Desmortos

Diretor-presidente:
Jorge Yunes
Gerente editorial:
Claudio Varela
Editora:
Ivânia Valim
Assistentes editoriais:
Isadora Theodoro Rodrigues e
Fernando Gregório
Suporte editorial:
Nádila Sousa
Gerente de marketing:
Renata Bueno
Analistas de marketing:
Anna Nery, Mariana Iazzetti e
Daniel Oliveira
Direitos autorais:
Leila Andrade
Coordenadora comercial:
Vivian Pessoa

Desmortos
© Mary C. Müller, 2024
© Companhia Editora Nacional, 2024

1ª edição — São Paulo
1ª reimpressão

Preparação de texto:
Camila Gonçalves
Revisão:
Fernanda Costa
Ilustração de capa:
Julia Cascaes
Diagramação:
Karina Pamplona

DADOS INTERNACIONAIS DE CATALOGAÇÃO NA PUBLICAÇÃO (CIP)
DE ACORDO COM ISBD

M958d   Müller, Mary C.
Desmortos / Mary C. Müller. - São Paulo : Editora Nacional, 2024.
412 p. : il. ; 16cm x 23cm.

ISBN: 978-65-5881-199-2
1. Literatura brasileira. 2. Ficção. I. Título.

2024-233

CDD 869.8992
CDU 821.134.3(81)

Elaborado por Vagner Rodolfo da Silva - CRB-8/9410

Índice para catálogo sistemático:
Literatura brasileira: Ficção 869.8992
Literatura brasileira: Ficção 821.134.3(81)

Rua Gomes de Carvalho, 1306 – 11º andar – Vila Olímpia
São Paulo – SP – 04547-005 – Brasil – Tel.: (11) 2799-7799
editoranacional.com.br – atendimento@grupoibep.com.br

Desmortos

Mary C. Müller

I cry in the afterlife
I cry hard because I have died, and you're alive
I try to escape afterlife
I try hard to get back inside your arms alive

— *Arms Tonite*, Mother Mother

Goodbye my friend
Life will never end
And I feel like you
And I breath on truth
Love is the lifebreath of all I see
Love is truelight inside of me
And I know you somehow
As I hold you in my heart

— *Internal Landscapes*, Anathema

Nascer

Aviso de conteúdo

Olá! Antes de você iniciar a leitura, queria conversar contigo sobre os temas tratados no livro. *Desmortos* é um livro sobre morte, então morte — e as diversas formas como uma pessoa pode morrer — será um tema recorrente. O livro também traz assuntos como trauma, depressão, suicídio e abuso de substâncias. Apesar de ser um livro sobre morte, *Desmortos* também é sobre vida. Sobre viver, continuar, não desistir, crescer. Se abraçar e se permitir uma segunda chance. Leia com calma e de maneira ponderada. Se necessário, converse com alguém e busque o apoio de outras pessoas.

Para todas as pessoas que já se
sentiram erradas, excluídas ou
desajustadas.

Continuem sendo
verdadeiramente estranhas.

Lorena

Capítulo 1

Sobre como acordar de repente não se parece com suco de framboesa

— *L.I.F.E.G.O.E.S.O.N.*, Noah and the Whale

Lorena não era claustrofóbica, mas acordar naquele lugarzinho apertado, escuro e gelado foi uma das piores experiências de sua ~~vida~~.

Não havia o que ver ou ouvir por ali.

Trêmula, tateou em volta, mas só encontrou paredes de metal rodeando o corpo com perfeição. Um gemido de pavor escapou dos lábios secos. Estava nua, coberta apenas por um pano fino que ela imediatamente supôs que seria branco. Ainda que não se lembrasse de nada, bem lá no fundo, uma parte dela desconfiava da verdade.

Inspirou fundo e gritou por socorro.

Nenhuma resposta.

Lorena ficou imóvel, ouvindo o silêncio. Finalmente se dando conta de que sentia um vácuo.

Seu coração não batia.

O peito não subia ou descia.

Não havia respiração.

— Mas o quê...

Esfregou o rosto. Será que era a tal paralisia do sono de que tanto ouvira falar? *Daqui a pouco eu vou acordar na minha cama para mais um dia chato*, ela se forçou a pensar. Ignorou o tremor das mãos e as acomodou sobre o peito, tentando se acalmar, mas o gesto apenas evidenciou o fato de que ela não estava respirando.

Fato.

Puro e simples.

Forçou o ar a entrar nos pulmões e soltou com cautela, reprogramando o corpo a seguir o movimento. Sentiu que ficou ali por minutos (?), horas (?), dias (?), não saberia dizer. Estava cada vez mais inquieta. Será que tinha se esquecido de programar o despertador? Não, não. Ela não podia faltar no trabalho.

Socou e chutou as paredes; era como se elas encolhessem ao seu redor. Sua mente buscava uma explicação, mas nada fazia sentido. Tornou a socar e gritar com toda força. Isso só serviu para fazer a cabeça girar e o estômago embrulhar. Aquela desconfiança boba de que talvez estivesse morta e enfiada numa gaveta de necrotério voltou a cruzar a mente por um segundo.

— É só um pesadelo — disse para si mesma, e a forma como o som ecoou pelo metal era realista demais para um sonho.

Tentou se acomodar. Precisava pensar direito se quisesse sair dali. Desistiu de esperar que os olhos se acostumassem com a escuridão. Afinal, não havia muito para ver.

Era só uma caixa grande.

Nada além disso.

Uma caixa grande.

Um caixão?

Esfregou os olhos.

— Pensa, Lorena, pensa...

Apoiou as mãos no tórax e esperou. Nada. Nenhum batimento. Nenhum coração acelerado. Por pior que se sentisse, o corpo era incapaz de emular a emoção que ela experimentava. Ainda sentia dor, sim, e uma pontada aguda preencheu o peito, acompanhada de um vazio total. Uma angústia que devorava cada pedacinho da pele. Lá estava o corpo imóvel, jogando na cara dela que, indiscutivelmente, estava *morta*.

E aquela palavrinha dissílaba a fez desmoronar. Veio primeiro um soluço dolorido, e então as lágrimas se precipitaram dos olhos. Lorena agarrou a raiz do cabelo e balançou a cabeça, incrédula.

Não queria morrer. Não queria ir embora sem ter feito nada da vida. Não agora, com apenas dezoito anos. Pensou em tudo que nunca faria. Pensou em todos os sonhos que deixaria para trás, estatelados no asfalto.

Asfalto!

Aos poucos se lembrou do acidente.

O carro, os sons, a dor. Os gritos. O fim.

Mas que besteira. É claro que não poderia estar morta. Afinal, estava se movendo. Pensando. Lembrando. Lembrando dos óculos de armação vermelha caídos no meio fio, longe do alcance dos dedos. Lembrando do... da... do que mesmo? Dos pais.

O que fizera para merecer aquele fim? Pensou nos pais e em como se sentiriam se *estivesse* morta. Será que já sabiam? Quanto tempo tinha passado?

Lágrimas voltaram a surgir quando pensou no rosto da mãe. O que as pessoas estariam pensando? Será que deixariam recados e mensagens? Ou levariam flores e escutariam as músicas que associavam a ela? Será que alguém estava triste? Ou será que ninguém se importava? Os colegas de trabalho notariam a sua ausência?

Ou... talvez nem estivesse morta, pensou, com um sorriso. Talvez ela tivesse se confundido. Estar paralisada em um sonho horrível fazia muito mais sentido. Era a explicação mais plausível.

O som de passos a tirou dos devaneios. Prestou atenção. O que faria? Um escarcéu para que a tirassem dali? Mas e se ela estivesse morta... O que aconteceria se alguém visse uma morta se mexer?

Por sorte, não precisou tomar nenhuma atitude, já que o som de gavetas se abrindo ficou cada vez mais próximo.

Pof! Pof! Pof!

O barulho se aproximava.

Assim que a porta dela foi aberta e a maca, puxada, ela soltou um gritinho. Seus olhos foram cegados por uma luz forte. Lorena franziu o cenho e se encolheu debaixo da mortalha.

E foi aí que ela viu aqueles olhos verdes.

Lucas

Capítulo 2
Sobre a parte boa de ser um fantasma

— *Tearing in My Heart,* Sunny Day Real Estate

Lucas estava confuso, perdido; e precisava garantir que não demonstraria nada daquilo para a garota do IML.

Ser um fantasma tinha suas vantagens: conseguia atravessar paredes, abrir fechaduras, movimentar objetos... Se tudo desse errado, se candidataria a uma vaga em uma casa mal-assombrada.

Enquanto desligava o alarme, ele podia ouvir os gritos da garota. Por quanto tempo o guarda permaneceria adormecido com aquele escândalo?

Atravessou a parede, chegando a uma sala ampla e fria. Uma das paredes tinha gavetas de metal de cima a baixo. Acendeu as luzes e olhou em volta.

Estar ali o fazia pensar em todos os encontros que tivera com a morte. A mãe. A esposa do irmão. O ex-namorado. Desgraça o seguia por toda parte. Talvez o necrotério fosse um bom lugar para assombrar.

A garota se aquietou. O local cheirava a ferro e estava impecavelmente limpo. Se aproximou lentamente das câmaras mortuárias e apoiou a mão na superfície metálica. Ainda estava se acostumando com aquilo. Para tocar algo sólido, era preciso se concentrar ou acabaria atravessando o objeto. Olhou atentamente para o puxador e o segurou.

Abriu as portas enfileiradas na parede, tentando adivinhar onde ela jazia. Flávia, a ceifadora que o tinha enviado, disse que os funcionários do Mundo Espiritual ficavam sabendo quando um desmorto acabaria por ali, mas que Lorena era uma exceção e precisava ser removida.

Abrir as portinholas exigia foco e o esforço mental de cada erro o deixava mais exausto. Já estava tonto quando, ao puxar uma das gavetas, ouviu um grito esganiçado.

A garota se ergueu, encolhida sob o pano branco. Eles se encararam por vários segundos e, caso tivessem fôlego para segurar, o teriam feito.

Instantes após o choque inicial, Lucas se deu conta da indelicadeza e cobriu o rosto com as mãos, virando-se de costas.

— Me desculpe, eu esqueci que você só teria um lençol.

Esperou um pouco antes de olhar para ela novamente. A garota tinha saído da maca e amarrado o pano ao redor do corpo. Olhava em volta, confusa.

Ela era muito baixa, nem gorda, nem magra, com a pele de um marrom-claro. Parecia ter ascendência indígena. O cabelo longo e ondulado estava manchado de rosa e roxo.

— O que tá acontecendo? — A voz dela soou fraca. — Quem é você?

Os lábios dele se comprimiram em uma linha. O que podia falar? O que se diz a uma pessoa recém-falecida?

Teve pena dela. Alguém deveria tê-la ajudado, guiado, explicado tudo. Não deveria ser ele a fazer isso. Ele não fazia ideia do que dizer a uma garota que tinha perdido a vida de modo tão trágico e repentino.

Lucas desviou o olhar e se apoiou na parede de gavetas, constrangido. Era mesmo um inútil. O que de bom poderia fazer por ela?

— Meu nome é Lucas — disse, mas sem fazer contato visual. — E você morreu, caso isso não tenha ficado claro.

Fez um gesto sem graça para mostrar o ambiente, mas se arrependeu no mesmo instante. Por que era tão difícil falar com outras pessoas? As coisas seriam mais fáceis se tivesse uma gota de autoestima.

Lucas era magro e, ainda por cima, alto, o que conferia a ele uma aparência desengonçada. O cabelo preto ondulado estava sempre bagunçado. Usava uma argola no canto esquerdo da boca e alargadores pretos. Sua cara de fantasma era ainda mais pálida do que quando estava vivo. Deveria pelo menos ter escolhido outra roupa no dia fatídico em que resolveu desencarnar; a blusa de manga comprida e listrada de preto estava desbotada, além de já ter enjoado do cinto e da calça apertada com All Stars.

Voltou a olhar para a garota.

— Sei de alguém que pode te ajudar. Me ajudou, pelo menos... mais ou menos.

— E o que é você? Isso aqui é o inferno ou coisa assim?

— Não, é só o necrotério mesmo — respondeu Lucas.

— O quê...? — ela soou perdida, o que era natural e esperado naquela situação.

A garota ajeitou melhor o pano e começou a andar pela sala, entre as mesas, olhando para o chão. Lucas não conseguiu deixar de notar o estado dela depois do atropelamento. Alguém desavisado até diria que aquela era uma garota viva qualquer e não uma zumbi. Era incrível como o corpo dela havia se regenerado.

— Você está morta — repetiu Lucas.

Ela o encarou e revirou os olhos.

— Eu não tenho sinais vitais e acordei em uma geladeira. É, acho que eu já percebi que estou morta.

Ignorou a rispidez na voz dela. Sabia bem como era difícil quando a ficha da ausência de um futuro caía.

— Me falaram que você é uma zumbi — disse ele. — Ainda tem o seu corpo. As pessoas podem te ver como se estivesse viva e tudo o mais. Acontece com algumas pessoas que morrem.

— Uma zumbi? E o que é você? Eu também estou te vendo.

— Eu sou só um fantasma, nada de muito emocionante.

Lorena começou a rir. Lucas ficou se perguntando se era um dos estágios do luto. As risadas pareciam um sinal de que ela passava do estágio da negação para o da raiva.

— Então você está me dizendo que sou uma zumbi e você é um fantasma? — Ela soltou um misto de bufada com riso. — Você só pode estar tirando com a minha cara. Essa é a coisa mais imbecil que já me disseram. Se você dissesse que estamos, sei lá, na fila de espera do céu, eu teria até pensado em acreditar. Até parece! Zumbis e fantasmas! O que vem depois? Fadinhas? Unicórnios? Dragões? Vampiros? Já sei: sereias!

— Lorena... — disse ele bem baixo. — Acho que você deveria parar de gritar. Tem um...

— Eu vou parar de berrar quando eu quiser parar de berrar!

Lucas apontou para a porta.

— Tem um guarda — ele falou, com firmeza. — Bem ali fora.

Aquilo pareceu desinflamar os ânimos dela.

— Merda. — Ela baixou a voz. — E como eu saio daqui?

Lucas atravessou a cabeça pela parede para espiar.

— Ele ainda tá dormindo.

— E se ele acordar e atirar na minha cabeça e me matar?

Lucas a encarou.

— Você não está viva — respondeu.

— Ué, mas eu não sou uma zumbi? Tiros na cabeça me matam!

— Você não é uma personagem de filme, Lorena. É só uma coisa que não está nem viva nem morta.

— E como você sabe meu nome?

— A etiqueta enorme no seu pé responde à pergunta? Temos que sair daqui antes que ele acorde.

Lorena se agachou, arrancou a etiqueta do pé e a rasgou em milhares de pedaços. Lucas abriu a porta tentando não fazer barulho, se concentrou para segurá-la pelo braço e a arrastou para fora.

Ela resmungou e praguejou durante todo o trajeto.

Lorena

Capítulo 3

Quando Lorena procura abrigo

— *Ghosts on the Dance Floor*, Blink-182

O garoto a arrastou pelo prédio inteiro. Lorena reconheceu onde estava quando chegaram na rua. O IML ficava em uma casinha numa área mais afastada do centro de Balneário Camboriú. A universidade ficava ali perto. Universidade esta em que ela nunca mais entraria.

Era noite e não havia ninguém além deles. Aquela região era abandonada nas madrugadas e os carros só passavam por ali com o objetivo de chegar à rodovia. Ou a algum dos inúmeros motéis baratos. Lorena parou na calçada e ajeitou o lençol para ter certeza de que cobria todo o corpo. Se tivesse sido mais praieira, talvez tivesse aprendido a amarrar uma canga.

— Precisamos achar alguma coisa pra você vestir — disse ele, olhando de esguelha para ela. — E aí vamos até a Flávia.

— Quem é Flávia?

— É uma ceifadora.

— Uma ceifadora? Uau, com esse cargo ela parece ser muito mais qualificada para me receber no pós-morte do que você.

— Ela vai te explicar tudo. Algo a ver com morte acidental, não planejada, sei lá — Lucas suspirou.

— Morte não planejada?

— Olha, eu não sei, tá bom? Só tô obedecendo aquilo que a Flávia me mandou fazer. Se quer respostas, me ajude a pensar numa forma de arranjar roupas pra você não ter que perambular de pano mortuário pela cidade. Além disso, alguém pode acabar te reconhecendo.

Lorena ainda tinha uma coisa ou duas para falar, mas ficou calada. Como o mundo dos mortos podia ser tão desorganizado? Nem o direito de morrer em paz ela tinha naquela cidade?

Precisava ligar para o SAC e fazer uma reclamação!

Esfregou o rosto e mordeu o interior da bochecha, pensativa.

— Eu sei aonde podemos ir — disse. — É o apê da minha tia, ela tá viajando a trabalho. Eu fico lá de vez em quando. Se ela não vier pro meu funeral, posso me esconder por lá durante um tempo... Mas, se ela não vier, eu vou ficar muito puta.

Lucas olhou em silêncio para o outro lado e tentou chutar uma pedra, mas o pé dele simplesmente atravessou a rocha. Com um suspiro, colocou as mãos nos bolsos, olhando para o chão.

— Mostre o caminho — falou, por fim.

Lorena concordou com a cabeça e começou a andar. Não estavam longe, uns vinte minutos de caminhada, talvez. Escolheu o caminho mais escuro e abandonado para não ser vista, passando pelas muitas ruazinhas entre os quarteirões — afinal, o que poderia acontecer? Ser assaltada? *Morrer* em um assalto?

* * *

A cidade estava calma naquela noite. Nenhuma festa ao redor, nenhum grupo de amigos, nenhum carro com música alta. Era outono, uma época que costumava ser agradável, mas que naquele ano estava mais gelado que o comum. Percebeu que não sentia frio algum e os seus olhos voltaram a se encher de lágrimas. Lançou um olhar rápido para o concentrado Lucas, admitindo duas coisas para si mesma: que ele era bonito e que ela estava com vergonha de chorar na frente dele.

Lorena desviou de algumas poças e caminhou pelo asfalto, fugindo da lama na calçada.

Após quinze minutos de caminhada ela se lembrou de que não

tinha as chaves e estacou no mesmo lugar. Lucas, que vinha atrás dela, a atravessou. A sensação foi idêntica a passar por baixo de uma cachoeira. O fantasma se virou para encará-la.

— O que foi? — perguntou.

— Não tenho as chaves.

— Você não precisa das chaves. Tem alarme na casa?

— É um apartamento. Tem sim, mas eu sei o código.

— Não tem problema. Eu consigo abrir a porta. Aí você corre e digita o código.

— Como?

— Como o quê?

— Como você abre as portas sem encostar nas coisas?

Lucas olhou para baixo e então para as próprias mãos.

— Não sei bem. Às vezes eu consigo encostar nas coisas e às vezes, não.

— Sei. — Aquilo não respondia muita coisa, mas ela resolveu deixar de lado por enquanto.

Lorena deu um passo e não se moveu mais. Acabara de levar o dedo até a ponta do nariz para ajustar os óculos, que por acaso não estavam ali. Mesmo com seis graus de astigmatismo, estava enxergando perfeitamente, olhou ao redor com espanto. Pensou em milhares de perguntas que poderia fazer, mas, por fim, decidiu ficar calada e voltar a andar. Lucas não parecia disposto a conversar. Ela queria saber o porquê de ter virado zumbi e não fantasma. Será que procurariam pelo corpo dela? Afinal, ela tinha *sumido* do necrotério.

Lembrou do acidente e olhou para si mesma. Os braços e as pernas. Passou as mãos no rosto e na cabeça, procurando por qualquer sinal de ferimentos. Não encontrou nada.

Lucas, reparando nisso, comentou:

— Você vai regenerar sempre que se machucar. Estilo Jason.

Lorena abriu a boca para fazer um comentário, mas ele a interrompeu, continuando a linha de raciocínio:

— Muito mais legal do que ser só um fantasma... Mesmo que ser um fantasma seja legal também.

— Eu meio que acabei de morrer, lembra? Então ainda tá cedo

pra achar super bacana eu ser a merda de um zumbi.

— Foi mal.

Lorena, por um segundo, achou que fosse sarcasmo, mas a expressão no rosto dele indicava o contrário.

Andaram em silêncio até o prédio. Lucas abriu a porta do hall de entrada com um pouco de dificuldade. Subiram pelo elevador e entraram no apartamento. Depois de digitar o código do alarme, agradecendo pelo prédio não ter porteiro, Lorena se deixou cair no sofá da sala.

O apartamento era pequeno, mas aconchegante e colorido. Uma das paredes era roxa e as almofadas do sofá eram de patchwork, cada uma de uma cor. Havia um grande aparelho de som ao lado de um vaso de bambu-da-sorte artificial, já que a tia não sabia cuidar de plantas de verdade. A parede oposta estava repleta de quadros; e o velho pôster amassado do The Strokes estava quase caindo.

Fitou a vela em formato de tigela de cereal colorido na mesa de centro. Havia dado de presente para a tia no último Natal. A tia adorava deixar seu lar o mais colorido possível e Lorena sempre a ajudava a pintar e encontrar objetos de decoração novos. Os batentes das portas eram cada um de uma cor.

Lorena coçou o nariz, engolindo o choro outra vez. Era tudo tão surreal. Como poderia estar naquele lugar que chamava de lar, porém morta? Como aquela loucura poderia ser verdade? Queria dormir. Dormir por horas e mais horas. Talvez, quando acordasse, pudesse se espreguiçar na própria cama e suspirar com tranquilidade sabendo que estava viva. Então, se levantaria, tomaria um banho e se arrumaria para um dia chato no trabalho.

Lucas se sentou no tapete em silêncio, fitando a estante de livros que ficava acima da televisão, correndo os olhos por tudo. *Talvez*, pensou Lorena, *ele estivesse pensando no tempo que tinha para ler todos os livros que quisesse*. Foi com essa imagem na cabeça que adormeceu.

Capítulo 4

Quando Lorena não acorda de um pesadelo

— *One More Light*, Linkin Park

Lorena adormeceu no sofá embrulhada na mortalha. Lucas sabia que ela não sentia frio, mas, ainda assim, se esforçou para pegar a manta da poltrona e jogar sobre ela, que resmungou enquanto se colocava em posição fetal.

Lucas estava curioso. Queria entender por que alguns se tornavam fantasmas e outros, zumbis. Para ele, o mundo sobrenatural ainda era um universo a ser explorado, e tentava dar sentido lógico a tudo. Talvez assim pudesse afastar a mente dos sentimentos que ameaçavam derrubá-lo. Evitar pensar em si mesmo e em todas as escolhas que o levaram até ali. Aquele mundo novo e misterioso parecia a melhor distração que poderia ter. Encontrava, porém, uma barreira nos ceifadores, sempre vagos ao responder qualquer tipo de pergunta. Não sabia se eles mesmos não tinham as respostas ou se precisavam manter segredo.

Entediado, andou pelo apartamento, conhecendo a cozinha colorida e o banheiro que cheirava a canela. A desvantagem de ser um fantasma jazia nisso: o tédio. O tempo demorava a passar e ele nem podia se dar ao luxo de dormir, como Lorena havia feito pelas últimas duas horas.

A tia da garota tinha um bom gosto para decoração, música e livros. O quarto dela era enorme, com uma estante abarrotada, uma televisão de tela plana e pequenos vasos de plantas falsas. Uma das paredes era decorada com capas de discos de vinil. A cama estava bagunçada e repleta de roupas e brinquedos. Gravuras de Andy Warhol em molduras coloridas pairavam acima da cabeceira da cama.

Amanhecia, e a cortina aberta deixava entrar um feixe de luz, o que não era muito comum. O excesso de edifícios fazia com que as casas e apartamentos precisassem disputar o sol. Apoiou-se na janela e ficou encarando o pedaço de mar que aparecia espremido entre dois prédios. Podia ouvir as ondas quebrando na praia e o céu adquirindo a cor dourada do sol que nasceria em poucos minutos. As nuvens cobriam o horizonte em manchas rosadas, azuis e lilás.

Esticou o braço, deixando a mão branca tocar o feixe de luz. Não sentia nada. Nenhum calor. Fechou a mão com força e esfregou os dedos.

Ficou ali por um bom tempo, remoendo pensamentos, até que resolveu continuar o tour.

O outro quarto tinha duas camas e parecia que alguém o dividia com uma criança pequena. Havia uma escrivaninha baixa repleta de lápis de cor e giz de cera, mas estranhou um dos cadernos abertos sobre ela. Os desenhos não poderiam ter sido feitos por uma criança. Folheou as páginas. Estavam repletas de croquis de moda alternativa. Saias, vestidos, calças, blusas. Anotações sobre tecidos e materiais. Tudo era incrivelmente bem-feito. No canto de algumas páginas, abaixo dos desenhos, uma assinatura: Lorena. As mãos de Lucas tremeram e ele guardou o caderno no lugar, dando-se conta de quem dividia aquele quarto com a criança.

Três livros de fantasia jaziam semi-lidos na mesa de cabeceira. Ao lado deles, uma paleta de maquiagem novinha, pouco usada. Era estranho olhar todas aquelas coisas incompletas que evidenciavam o fim. O que aconteceria com todos aqueles objetos? Para onde iria todo aquele potencial?

Olhou na direção do espelho do armário, pensando no próprio potencial desperdiçado. Andou até lá, a mão pairando sobre a superfície do vidro. Não se ver refletido o fez duvidar da própria existência por um segundo.

Sentou-se no chão, sem tirar os olhos do espelho que refletia o quarto e a cidade lá fora da janela. Aquele apartamento parecia tão acolhedor. Vivido, colorido, emanando a personalidade de quem morava ali. Seu olhar foi até a parede, onde havia uma fotografia de Lorena entre duas mulheres brancas. Nem conseguia se lembrar da última vez que se vira em um porta-retratos.

Será que sua vida teria sido diferente caso tivesse uma família como a de Lorena?

Pensou em continuar explorando o quarto, mas um palavrão veio da sala. Foi até lá e encontrou a garota encarando as próprias mãos, apertando-as e soltando em seguida. Ela deu uma pequena risada quando ele chegou.

— Que merda! — exclamou, rindo. — Eu jurava que era só um sonho!

Lorena soltou mais uma risada maníaca antes de se virar para Lucas.

— Por favor, me diga que ainda estou dormindo!

— Foi mal.

Ela sacudiu a cabeça e bateu no próprio peito.

— Sonhei que meu coração tava batendo. Aí acordo e vejo você. Que bela bosta.

Lucas soltou um longo suspiro, por hábito, e se sentou ao lado dela, encarando os próprios tênis.

— Se quiser, eu vou embora.

— Não, não é isso que eu quis dizer, é só que... acordei esperançosa.

— Sinto muito — respondeu Lucas, sem saber o que mais poderia dizer.

Esperou ela começar a xingar ou gritar de novo, mas ela apenas sorriu, as sobrancelhas caídas.

— Então já era mesmo?

— Sim — respondeu Lucas. — Você tá mortinha.

— Será que ainda estou aqui por causa dos objetivos inacabados, igual num filme? Porque se for, tipo, eu tô fodida, não fiz nem um terço do que queria ter feito. Eu sempre achei que iria atrás da minha carreira, guardar dinheiro e ir embora dessa cidade idiota.

Olhou-a de relance. Queria perguntar sobre os croquis, mas achou que não seria uma boa ideia entrar no assunto naquele momento.

Lorena estava de cabeça baixa e lágrimas silenciosas escorriam pelas bochechas. Tinha sardas espalhadas pelo rosto escuro. O nariz era pequeno e redondo. Olhos bem pretos. Os lábios grossos tremiam. O cabelo ondulado manchado de rosa e roxo estava colocado todo para um lado de modo desalinhado.

— Sei lá, deve ser algo assim mesmo — falou Lucas. — A gente faz o que precisa aqui e aí vai pro Mais-Além.

— O Mais-Além? Tipo, o céu?

Lucas desviou o olhar e deu de ombros.

— Ninguém sabe. Nem os ceifadores. A minha ceifadora, a Alice, me ensinou o pouco que sei. Ela disse que é impossível ter certeza, exceto quando se chega lá.

Lorena meneou a cabeça, fazendo que entendia.

— E meu ceifador? Quem é?

Ficou quieto por alguns instantes e então se forçou a olhar para ela.

— Ninguém. Não era pra você ter morrido.

— O que isso quer dizer?

— Significa que você morreu em um acidente, literalmente. Que a sua morte não era pra acontecer.

— Como isso é possível?

— Eu... não sei.

Foi a vez de Lorena desviar o olhar. Os lábios dela voltaram a tremer e ela secou os olhos.

— Vou me vestir — disse ela, e foi em direção ao corredor, agarrada ao lençol como se o objeto fosse um amuleto.

Lucas se deitou no sofá, apoiando a cabeça nas mãos. Sabia por que Flávia o mandara até ali e sabia qual era sua missão, mas desconhecia totalmente o objetivo de Lorena. E o desconhecido lhe dava medo. E o obrigava a se perguntar se era aquilo mesmo que queria fazer.

Lorena

Capítulo 5
E por que visitar seus pais depois de morta é uma péssima ideia

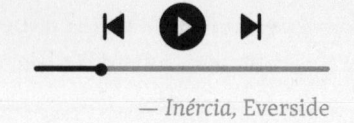

— *Inércia*, Everside

Lorena se trancou no quarto e foi para a cama. Costumava passar os fins de semana com a tia, com quem se entendia muito melhor do que com a própria mãe. Mãe esta que não a deixava sair ou escutar música. Que, a cada cinco minutos, reclamava do seu cabelo, de como se vestia, do seu peso, do que comia e do que gostava. Que brigava com ela por querer fazer faculdade de Moda em vez de algo mais rentável. Mas nada disso fazia diferença naquele momento. Sentia falta dela, com ou sem as chatices, e só de pensar em sua família o coração parecia bater de tanta dor.

Não era capaz de imaginar o pai vivendo o luto. Ele, sempre tão alegre, calmo, otimista. Será que um homem daqueles era capaz de chorar?

Agitou as mãos na frente do rosto para espantar o redemoinho de pensamentos. Olhou para o calendário com fotos de gatos que a tia havia colocado sobre a estante. Tinha passado uma noite inteira numa gaveta mortuária e essa informação se recusava a deixar seu cérebro, se recusando a ser computada como uma experiência real.

Puxou na memória o horário que saíra do trabalho, tentando contar nos dedos há quantas horas estava morta.

Voltou a pensar demais e imaginou seus pais tendo que reconhecer o corpo. Será que tinham feito isso enquanto estava desacordada?

Caso não tivesse desaparecido, deveria ser enterrada em poucas horas, lá no cemitério onde ficava o jazigo da família. Odiava aquele lugar. Quando criança, os primos sempre a assustavam, dizendo que os túmulos quebrados eram portais de onde vinham fantasmas. E pensar que eles estavam quase certos. Que roupa os pais teriam escolhido para ela? Algum vestido sem sentido ou alguma de suas roupas preferidas? Que flores colocariam no caixão?

Suspirou. Era engraçado usar o pulmão para falar e suspirar, mas sem precisar dele de verdade.

Procurou o celular e logo se deu conta de que não o tinha consigo. Então olhou o relógio na estante. Cinco e quarenta da manhã. Pensou em tudo que Lucas havia dito, sentindo uma queimação subir pela garganta. Precisava tomar uma atitude. Qualquer coisa que a distraísse... ou enlouqueceria.

Vestiu uma calça preta e uma camisa branca com a frase *"Love will tear us apart"* da música do Joy Division. Calçou o tênis surrado favorito, mexeu no cabelo para bagunçá-lo do jeito que gostava e colocou os brincos de raios e uma pulseira. Se olhou no espelho do armário, sentindo falta de como os seus óculos complementavam o look. Aproximou-se do vidro, encarando o próprio rosto. Conseguia enxergar tudo com perfeição. Os graus de astigmatismo haviam desaparecido. *Talvez ninguém a reconhecesse sem os óculos*, pensou. Talvez fosse o bastante.

Olhou para o relógio mais uma vez, ao mesmo tempo em que uma ideia brotava. *Que mal faria?*, se perguntou. Ninguém ficaria sabendo. Lucas nem ia perceber. A casa dos pais ficava logo ali, uns três quarteirões. Dar uma espiada não faria mal.

Abriu a porta do quarto lentamente e espiou pelo corredor. Nem sinal de Lucas. Fechou a porta e andou pé ante pé até a cozinha. Havia uma pequena lavanderia nos fundos e, lá, a porta de serviço.

A chave ficava sempre na fechadura, já que só a usavam para retirar o lixo. Saiu o mais silenciosamente que pôde do apartamento. Esperou na escada de serviço até que alguns moradores entrassem no elevador e partiu em disparada pelo hall de entrada.

Correu pela calçada, respirando só para sentir o ar entrar nos pulmões.

Passou por prédios, pessoas, carros, lojas... Viu a vida da cidade começando. Pessoas indo para o trabalho, gente saindo da padaria com pacotinhos de pão de queijo, estudantes sorridentes com mochilas nas costas.

Diminuiu o ritmo, pisando nas folhas secas, sentindo-as se esfarelarem debaixo dos sapatos e chutou pedregulhos pelo chão.

Quantas vezes já não havia pensado na morte? Ou que sua vida era inútil e não valia a pena? Agora, mais do que nunca, queria estar viva. Sentir frio e calor. Levar um sermão dos pais. Tomar um sorvete vendo algum filme bobo. Se apaixonar por uma garota ou garoto que não valia nada. Fazer um amigo. Perder um amigo. Qualquer coisa.

A cada metro que se aproximava do que um dia havia sido seu lar, a garganta se estreitava mais. Ali, haviam poucos prédios em comparação com o grande centro da cidade, e, naquela calmaria, era como se estivesse em outro mundo. Tudo parecia tão normal. Andou devagar, apertando o peito dolorido. Por fim, parou e se sentou de frente para a rua, em cima do murinho de um terreno baldio.

Ficou de olhos fechados, escutando o vento nas árvores e secando as lágrimas. O nariz coçava por causa do esforço de não chorar feito criança. Permaneceu assim até ganhar coragem para abrir os olhos. Assim que o fez, viu o pequeno sobrado à frente. Ficava bem na esquina. O quintal era pequeno, decorado com flores simples e um fícus de dois metros ao lado da porta. A árvore estava em um grande vaso vermelho que ela tinha decorado quando mais nova.

A brisa matinal bagunçou o seu cabelo enquanto encarava a casa em que nunca mais botaria os pés.

Estava toda fechada. Só de olhar ninguém adivinharia que aquela família acabara de perder a filha. Um carteiro passou de bicicleta, deixando correspondências nas caixas de correio. O vizinho idoso levou água para o cachorro. Uma mulher fumava na janela da varanda. Tudo muito comum. Até demais.

Deu-se conta da sua insignificância. Não como indivíduo, mas de maneira geral. Quantas pessoas morriam por dia? A morte dela faria diferença? O mundo estava cheio de gente e, por mais que a sua ausência pudesse fazer falta para a própria família, não afetaria em nada o resto do mundo. Tudo continuaria muito comum, mesmo no número 87 daquela rua pacata. A vida continuaria.

Tudo continuaria.

Emitiu um soluço e cobriu os olhos, tentando segurar as emoções. Encarou a casa por entre os dedos e, incapaz de se conter, chorou. Seu corpo inteiro tremia.

Lembrou-se do cheiro da mãe. Das mãos ásperas do pai. Da priminha de risada irritante que riscava os seus cds. Lembrou-se de tudo isso sabendo que nunca mais ficaria com eles. Não teria mais chocolate na Páscoa ou surpresas no Natal. A mãe não prepararia estrogonofe vegetariano no seu aniversário. Sua comida preferida. Nunca mais iria escolheria conchas e pedras com a prima na praia. Nem encontraria os amigos na Praça Tamandaré nas noites de sexta-feira. Nunca mais reclamaria com uma amiga de ter que trabalhar na loja da mãe. Ou passaria horas na frente do computador pesquisando cursos e universidades. Nem perderia sono desenhando croquis.

* * *

O que faria quando a tia voltasse? Assombrar um cemitério? Vagaria por aí? Será que havia outros como ela? Onde poderia morar? Não sabia. E por mais que quisesse e precisasse entender esse novo mundo, também, queria ficar longe das respostas. Como se fossem confirmar todos os seus temores.

Alguém sentou ao lado dela. Sabia que era Lucas. Afinal, ele era a única "pessoa" que tinha agora.

— Vai embora — resmungou, sem olhar para ele.

— Você não deveria estar aqui.

Lorena não se importou. Só queria ficar sozinha.

— Eu sei que é difícil — disse ele. — Se foi para mim, imagino como é para você, que tem família.

Surpreendeu-se com aquelas palavras. Então ele não tinha família? Virou o rosto para poder enxergá-lo. Lucas continuou:

— Por favor, só me escute. — Ele desviou o olhar. — Você pode lamentar o quanto quiser, mas não pode ser vista de jeito nenhum.

— Ninguém vai me ver aqui, é muito cedo. E não é como se esperassem me ver. Nem me reconheceriam.

Ele balançou a cabeça.

— Você está enganada. Quando a gente perde alguém, começa a ver essa pessoa em todos os lugares. Qualquer um que passa, você acha que a pessoa tá andando por aí. Um cabelo parecido; alguém da mesma altura; um borrão. Tudo nos faz pensar que a pessoa voltou. No começo, bastante, depois, menos. Até que você se acostuma e aceita que não a verá mais. Aí para de ver.

Lucas olhava para frente, os olhos desfocados. Seu rosto não expressava muito de nada. Mas os olhos não mentiam, tinha alguma coisa ali. Ele falava por experiência própria.

Lorena fungou e esfregou as lágrimas do rosto. Fez a pergunta antes de perceber o que fazia.

— Quantos anos você tinha quando morreu?

Ele hesitou por um instante.

— Dezenove.

— Hum. — Lorena esperou, mas ele não disse mais nada. — De quem você estava falando?

Ele virou o rosto lentamente quando ela fez a pergunta.

— Minha mãe. — Ficou quieto por um momento, antes de prosseguir. — Ela morreu quando eu tinha nove anos. Eu a via em qualquer pessoa.

Lorena abaixou a cabeça. Nunca perdera alguém próximo, não fazia ideia de como era ter que dizer adeus. Até os avós estavam todos vivos. O máximo que perdeu foi um hamster, e ela nem era tão apegada ao bicho, que sempre a mordia no dedo.

Seu pensamento foi interrompido pelo barulho de um portão abrindo.

Lucas se levantou num pulo, se colocando na frente dela em uma tentativa inútil de ocultá-la. Lorena sabia que precisava abaixar a cabeça, se esconder, mas não conseguiu. Ficou olhando fixamente para a mãe do outro lado da rua.

— O que você está fazendo? — gritou Lucas, atônito. — Se esconda, vamos!

Nada. Lorena nem se moveu. Ficou olhando para o cabelo castanho e ondulado da mulher, tentando se lembrar da textura dele. E, naquele instante, a mãe se virou na direção dela.

Lucas tentou puxar Lorena pelo braço, mas não conseguiu tocá-la. As mãos atravessaram o corpo.

Ela se manteve firme, olhando para a mãe que a fitava de volta do outro lado da rua. A boca dela se abriu em uma vogal não dita. Sabia que tinha que sair dali, que não podia ser reconhecida e que, se a mãe acreditasse que aquela era, de fato, Lorena, tudo ficaria ainda mais difícil. Como aceitar que a filha estava morta se uma "sósia" dela aparecia na frente de casa?

A mulher desviou os olhos com um suspiro e sacudiu a cabeça, colocando uma sacola no lixo, e voltou para casa, abraçando o corpo. Lucas parou na frente de Lorena, os rostos quase colados, e suplicou:

— Por favor, Lorena, vamos embora!

Percebendo a besteira que tinha feito, ela se levantou do muro e saiu correndo. Virou na primeira esquina, apoiando as costas num prédio qualquer, sem forças para impedir as lágrimas descendo pelo rosto. Começou a chorar sem se importar com quem a visse e sem medo de passar vergonha. Tudo o que queria, no fundo de seu coração morto, era correr de volta para casa e abraçar a mãe. Dizer que a amava, coisa que nunca havia feito em vida e que agora perdera a chance de fazer.

Queria reviver cada um dos momentos em família, os bons, os ruins, os péssimos e os maravilhosos. Se tivesse sido mais obediente e menos teimosa, será que ainda estaria viva? Será que teria sido tudo diferente?

Lucas olhava sem saber o que fazer. Os soluços não diminuíam e, entre eles, pedidos de desculpas e lamentos. A garota escorregou para o chão, se esforçando para conter o choro. Lucas sentou em silêncio ao lado dela durante os dez minutos que ela levou para se acalmar.

Lorena respirou fundo algumas vezes, controlando os soluços.

— Essa foi a coisa mais idiota que eu já fiz — disse ela, cutucando um canto da unha. A voz enfraquecida.

— Não sei por que, mas eu duvido.

Isso arrancou uma risada abafada dela.

— É, você tem razão — concordou, secando o rosto com a camiseta.

Ele se remexeu, inquieto.

— Por favor, não faça isso de novo. Existem umas regras que...

Ele parou de falar quando ela bufou, dando uma meia risada e balançando a cabeça com um sorriso irônico.

— Você realmente acha que eu tô preocupada com regras, ceifadores, ou fantasmas? Vocês todos podem ir pro inferno. Só me deixa em paz, por favor.

— É sério — insistiu Lucas. — Existem caçadores que podem vir atrás de você. Sem falar que o povo do Mundo Espiritual fica possesso de raiva quando um de nós aparece por aí.

Nem um pouco impressionada, Lorena se colocou de pé e chutou uma latinha, que foi parar em um terreno baldio.

— Eu morri. Até aí, beleza. Mas você é um cara que veio do completo nada e tá achando que pode ficar colocando regras na minha vida; perdão, não-vida. Não, obrigada.

— Beleza, então. — Ele jogou os braços para cima e começou a se afastar. — Boa sorte quando vierem atrás de você. E boa sorte achando a Flávia sozinha.

— Foda-se essa Flávia também! Pau no cu de todos vocês!

Ficou parada na esquina, vendo-o se afastar e sentindo-se mais sozinha a cada passo dele na direção oposta. Lucas podia ser um chato com todo aquele papo de regras, mas, pensando bem, era tudo o que ela tinha naquele momento. E, apesar da raiva, sabia que ele estava certo. Não é como se mortos ficassem aparecendo o tempo todo por aí.

Estalou a língua, contrariada e o seguiu. Ele parou de andar e sorriu para ela, irônico.

— Mudou de ideia?

— Só vamos embora.

Seguiram na direção do apartamento, mas, antes de tomarem a avenida, Lorena parou, pensativa. Não tinha mais um lugar no mundo. Só o apartamento, e mesmo assim teria que abandoná-lo em breve. Olhou para Lucas. A única coisa que tinha agora.

Um total desconhecido.

E só.

Deu alguns passos, sentindo o sol bater no rosto. Voltou-se uma última vez para a casa onde tinha morado por quase toda a vida. Gravou o máximo que pôde daquela imagem na memória. Até os descascados na parede, onde, muitos anos antes, o guidão de sua bicicleta raspou a tinta.

— Adeus — falou baixinho.

E nunca mais voltou lá.

Lucas

Capítulo 6

No qual o cabelo é pintado de azul

— *Comfortably Numb*, Pink Floyd

Lucas acompanhou Lorena até uma farmácia. Ficaram calados durante todo o percurso. Ele não sabia muito bem o que dizer e preferiu ficar quieto. Quando ela entrou no estabelecimento, o fantasma esperou do lado de fora até que ela voltasse com um grande saco de papel e a promessa de que arrumaria um disfarce melhor. Ele agradeceu o choque de bom senso. Lucas não queria problemas por falta de noção alheia.

No apartamento, Lorena se trancou no banheiro e ele ficou na sala outra vez. Desejava poder dormir, estava cansado. Tentou ficar deitado de olhos fechados, mas não aconteceu nada. Tinha que haver algo que pudesse fazer para simular o sono e ter alguns instantes de paz.

Foi até o estéreo e passou os olhos pelos cds nos suportes. Talvez, se colocasse música bem alta e fechasse os olhos, pudesse abafar o mundo exterior e desligar a mente por uns minutos.

Aquela pequena missão que haviam lhe dado estava começando a incomodá-lo. Não havia imaginado que se identificaria tanto com a garota, uma pessoa que, se tivesse conhecido em outras circunstâncias, talvez pudesse ter virado uma amiga.

Em uma cidade pequena como aquela, era até estranho nunca a ter visto, já que o pessoal alternativo andava em bando e sempre pelos mesmos lugares. Qual seria a possibilidade de ele ter vendido um daqueles CDs para a tia dela?

Encontrou o que queria e colocou o CD em uma das gavetas, aumentou o volume, acionou o *repeat* e se deitou no sofá de olhos fechados. Ouviu *Comfortably Numb* de novo e de novo e de novo. A mente se perdeu na melodia. Lucas sentia a vibração das caixas de sons em seu corpo etéreo. As mãos dançavam no ar como se estivessem no piano da universidade. Aquela música tão familiar que costumava ouvir com a mãe quando era pequenininho, na frente de um toca-discos e um fone de ouvido gigantesco na cabeça.

Ficou ali sem pensar em mais nada, a mente se desfazendo em música.

Lorena continuava trancada no banheiro. Quanto tempo já havia passado? Podia ouvir o barulho do chuveiro agora. O que ela iria pensar quando descobrisse a verdade?

Era tarde demais, disse a si mesmo. Precisava ir em frente e fazer como a ceifadora havia dito. Ela provavelmente tinha razão sobre o que era melhor para a garota. O foco dele era ajudá-la, não a si mesmo. E faria o que fosse preciso.

O pensamento estava longe quando escutou uma porta bater. Não se moveu. Não queria se levantar, queria voltar a descansar e aproveitar aqueles breves instantes de silêncio mental. Mas aí o volume da música baixou até quase sumir e ele abriu os olhos.

— Tu esqueceu que não deveria ter ninguém aqui? — disse Lorena. — E se alguém estranhar o som alto?

Lucas se ergueu e olhou para ela.

Quase não a reconheceu. Lorena estava descalça com um shortinho e uma camiseta de banda velha desbotada. O cabelo estava azul e cortado acima dos ombros em um chanel desordenado com franja. O corte a deixava ainda mais bonita e emoldurava o rosto redondo.

Ela trocou o peso de uma perna para outra e tentou ajeitar a franja.

— Acho que cortei demais. Era pra ter ficado assim, pro lado.

Permaneceu calado. Não era exatamente um disfarce, mas o bastante para não ser reconhecida de primeira.

Lorena se ajoelhou no chão e alcançou a capinha do CD que Lucas havia deixado sobre a caixa de som.

— A Nessa... Vanessa, a minha tia, ama esse álbum. Teve uma época que ouvia o tempo todo. Pelo menos é gigantesco e demorou até eu ficar de saco cheio.

— Acho que foi essa faixa que fez eu me apaixonar por música — comentou ele, olhando para o CD na mão da garota.

A zumbi guardou a caixinha e puxou uma caixa de sapatos cheia de CDs falsificados em saquinhos plásticos e impressão duvidosa em sulfite dobrado.

— Lá em casa meus pais não são muito de música, então era com a Nessa que eu conhecia bandas novas. — Ela passou os dedos pelos CDs e sorriu. — Ela trouxe esse monte de CD pirata de Sampa um dia.

Lucas deslizou para o chão e pegou um dos saquinhos.

Lorena riu.

— Não se empolgue muito, metade deles ou não tem nada gravado ou tem a banda errada.

— Ah.

— Um dia me diverti colocando um por um para ouvir e descobrir o que tinha dentro. Praticamente um Kinder Ovo musical. — Ela pegou um saquinho e pôs o CD na gaveta do rodízio ao lado de Pink Floyd no aparelho de som. Em vez de Green Day, como estava na capa, tocou Fall Out Boy.

Lucas deu um sorriso minúsculo.

— Acho que pro camelô que pirateou os CDs deve ser tudo a mesma coisa.

— Foi exatamente o que a Nessa disse! Mas ela não curte tanto essas coisas quanto eu. Ela é meio bitolada e gosta de ouvir meio que sempre a mesma coisa.

— Eu sou o contrário.

— Como assim?

— Acho que manter a mente aberta pra coisas novas faz bem pra minha criatividade. Conheço um pessoal que ouve só um gênero musical por puro orgulho e isso parece tão limitante.

— Vai me dizer que tu curte um samba com esse uniforme emo?

O fantasma não conseguiu segurar uma risadinha.

— Roots não seria Roots sem a influência da música brasileira, afro e indígena. Raimundos tem influência em Forró. O próprio movimento Mangue Beat mistura rock, rap e maracatu. Então por que não? Imagina um álbum emo com samba? A pessoa pode dançar e ser triste ao mesmo tempo.

— Alguns amigos meus teriam uma coisa ou outra pra dizer sobre isso.

— Você discorda?

— Eu? Não. Acho uma besteira ficar se prendendo a gênero musical. Qualquer um deveria ouvir o que gosta e deixar os outros em paz. Mas eu também acho que muita gente acaba caindo numa armadilha na busca por um lugar, por um pertencimento. Acho que algumas pessoas querem achar sua tribo e se apegam a esse tipo de regra e se dão mal.

Lucas sabia exatamente do que ela falava. Talvez Lorena tenha dito aquilo por experiência. Talvez, assim como ele, ela já tivesse passado por aquela situação. *Talvez*, ele pensou, *eles só estivessem ali, naquela sala, por causa dessa tal situação. Por causa* dele.

A garota deixou o sorriso morrer e encarou a caixa de CDs com o olhar vago.

— Antes de morrer, eu tava procurando meu lugar também. E até esse sonho se foi. E agora? Pra onde eu vou? O que eu faço? Não é como se eu pudesse ficar aqui pra sempre. Pra onde se vai quando não se tem lugar algum para ir?

Lucas apoiou as costas no sofá e dobrou os joelhos. Quisera ele saber a resposta daquela pergunta. Então só repetiu o que ouviu, pois se sentia obrigado a dizer alguma coisa. Qualquer coisa.

— A Flávia não me explicou muito, só... — ele fez uma pausa para organizar as palavras — ... mortos normais são enviados para casas de médiuns pelos seus ceifadores, você não tem um. Ela disse que ia organizar alguma coisa. Por isso preciso te levar lá.

— *Mortos normais*. Nem morta eu consigo ser normal. E você? É um *morto normal*?

Lucas levou alguns instantes para responder.

— Eu não... — Lucas se interrompeu. Podia falar a verdade. Podia acabar com aquilo tudo naquele instante. — Não tenho certeza.

37

— Então você não mora em lugar nenhum?

— Ainda não.

— Não é uma coisa bizarra de se pensar? Tu é um fantasma e precisa *morar* em algum lugar. — Ela bufou e balançou a cabeça. — Quem diria que morrer seria tão complicado. É tanta coisa pra se pensar que mal consigo ficar enlutada por mim mesma. E se eu não quiser?

Lucas ergueu o olhar.

— O quê?

— E se eu não quiser fazer nenhuma dessas coisas? O que me impede de apenas mentir e continuar vivendo a minha vida?

— Você tá falando sério?

— Eu tô falando muito sério.

O rapaz cruzou as pernas e pensou por alguns instantes. Nada daquilo deveria estar acontecendo. Como foi se enfiar naquela confusão? Não se deu ao trabalho de pensar em uma resposta. Lorena parecia inteligente e capaz. Sabia que aquela pergunta era fruto de desespero, puro e simples. Não era possível que ela realmente achasse que podia viver entre os vivos estando morta.

— De qualquer forma — disse ele, mudando de assunto —, você precisa ser registrada. Esse mundo... esse mundo novo é enorme. É cheio de regras e leis, de particularidades e normas, de perigos e segredos. Existem caçadores e fantasmas que fiscalizam tudo... Gente sobrenatural pra garantir que essas normas sejam seguidas.

Lorena se levantou de repente. Os punhos fechados. Os olhos perscrutando a sala como se procurasse uma saída. Como um animal encurralado.

— Eu deveria ter te levado direto pro hospital — disse Lucas.

— Foda-se esse hospital — resmungou Lorena. — E fodam-se os fiscais e caçadores e seja lá o que mais existe nesse mundo.

— O "foda-se" é sua filosofia de vida?

— É sério, Lucas.

— Eu entendo o que você tá sentindo, mas a Flávia é a única pessoa que...

— Que pode me dar respostas? Eu já nem sei se quero respostas.

Eu tô morta, não tô? De que me adianta ter respostas? Eu não quero respostas. Sabe o que eu quero? Minha vida de volta!

Então, ela desatou a chorar. O corpo inteiro sacudiu e se deixou cair no chão, embrulhada em si mesma.

— Fiscais, fantasmas, zumbis, ceifadores... — murmurou entre as lágrimas. — Eu não tô preparada pra nada disso.

Ela soluçava com o rosto enfiado entre os joelhos. Lucas se aproximou, hesitante, e se ajoelhou ao lado dela. Respirou fundo — só por fazer — e apoiou a mão nas costas da garota.

— Ninguém nunca tá preparado pra nada disso.

<u>Lorena</u>

Capítulo 7

Sobre o quarto estágio

— *Asking*, Anberlin

Lorena fungou e esfregou o rosto na camiseta antes de erguer o olhar.

Lucas tinha olhos verdes. Daqueles bem verdes mesmo, que não deixavam dúvida se eram verdes ou azuis. Pareciam tristes e cansados.

— Você precisa trocar essa camiseta nojenta cheia de ranho — comentou ele.

Lorena esboçou um pequeno sorriso com a fala descabida.

— Desculpa te causar tanto transtorno.

Lucas balançou a cabeça.

— Nunca mais se desculpe por estar triste por ter morrido.

Lorena tentou sorrir mais uma vez, mas as lágrimas não deixaram.

— E a gente tem todo tempo do mundo, né? A gente pode achar a Flávia quando você estiver pronta.

— É... tipo, daqui uns dois milênios quando as baratas dominarem o mundo.

— Eu não sei...

— Não sabe?

— É — respondeu ele. — Não sei se as baratas vão dominar o mundo, eu particularmente aposto minhas fichas em polvos.

— Polvos? Por que não elefantes?

— Nada, não se conquista o mundo usando só a memória.

— É, mas com a inteligência dos polvos a gente conseguiria fugir de fiscais e caçadores, não é?

— É só a gente ficar longe de problemas. E de elefantes, assim eles não lembram da gente...

Os dois se olharam sorrindo, felizes por terem encontrado alguém com o humor parecido. Lucas foi o primeiro a desviar o olhar, continuando a conversa:

— Eu passei por um lugar legal indo até o IML. Parecia um pub de gente morta. Quer dar uma olhada?

— Assombrar um boteco parece uma boa ideia.

Ele estendeu a mão para ajudá-la a se levantar. Lorena aceitou, mas quase caiu ao tentar se apoiar nele. Sua mão o atravessou de repente e ela cambaleou até recuperar o equilíbrio e se pôr de pé.

— Foi mal, não é sempre que consigo ficar sólido — disse ele, sem graça.

Ela lavou o rosto no banheiro, trocou a camiseta e voltou para a sala. Foi só então que um pensamento lhe veio à mente.

— Como você soube onde me achar quando fui pra casa?

— Eu te segui. Você não é tão ninja assim.

Os lábios dela se repuxaram em um sorriso de desdém.

— Podia ter me poupado do crime de aparecer na frente da minha mãe se tivesse me impedido.

— E você teria me escutado?

— Óbvio que não.

Lucas passou por ela, fez um sinal para que o seguisse e atravessou a parede para o corredor. Já do lado de fora, ele trancou a porta com truques fantasmagóricos.

Enquanto desciam, Lorena o olhou de esguelha. Lucas era quase duas cabeças mais alto que ela e tinha o olhar perdido. Ficou se perguntando como ele havia reagido quando descobriu que estava morto.

Ela queria se manter forte, parar de chorar e seguir adiante, mas como fazer isso se o peito não parava de doer? Se sentia tão solitária e confusa e com tanto medo que podia gritar. Ela tivera a resposta para a pergunta que todos se faziam, "existe vida após a morte?", mas para onde iria *depois*? Para o céu? Ou reencarnaria? Lorena não queria ir para lugar algum, queria continuar no seu cantinho de mundo, onde nascera e vivera.

Ainda era tão cedo.

Quando chegaram à rua, seus joelhos fraquejaram. Quase caiu para frente, mas foi amparada por Lucas, que conseguiu segurá-la dessa vez.

As lágrimas rolaram novamente. Em um gesto inesperado, Lucas a abraçou, apoiando o queixo em sua cabeça. Hesitou por um instante, mas o apertou de volta e chorou, soluçando alto e sem se importar com o fato de que ele era quase um total estranho.

Foi uma sensação esquisita, parecia água ao toque. Depois de alguns momentos, parou de sentir o frio que emanava dele e ficou só a textura estranha da pele inexistente a envolvendo como um lençol.

— Eu sei que é tudo muito recente, mas em algum momento tu vai ter que deixar isso para trás ou ficará presa aqui para sempre.

A voz dele era macia e calma. Com o rosto colado ao peito dele, tinha certeza de que poderia sentir a respiração e ouvir os batimentos cardíacos se estivesse vivo.

— O que você quer dizer com ficar presa? — perguntou ela com a voz trêmula, tirando o rosto do ombro dele.

— Quanto mais você se apega a coisas terrenas, mais difícil fica pra ir ao Mais-Além.

— E por que eu iria querer ir para lá?

Ele balançou a cabeça.

— Acho que um dia vamos descobrir.

Lucas se afastou, olhando para o chão.

— Você deve estar parecendo maluca, abraçando o nada.

Lorena fez um gesto displicente com as mãos, despreocupada.

— Isso não é novidade, as pessoas acham que eu sou maluca naturalmente, desde que eu nasci. Já não me importo mais. Mas devo parecer uma maluca pra você, chorando o tempo todo.

— Eu acharia você maluca se ficasse sem chorar depois do que aconteceu.

Ela secou o rosto com as mãos.

— Você acha que estou diferente o bastante? — Lorena abriu os braços e girou na frente dele, tentando sorrir. — Parece idiota, mas a falta dos óculos já me deixa bem diferente. Só é um saco ficar tentando ajustar os óculos no meu nariz.

Ele olhou para ela com uma expressão tímida e assentiu com a cabeça. Quando Lorena tentou arrastá-lo rua acima, conseguiu segurar em seu braço.

Lucas

Capítulo 8
Onde há um cardápio para mortos

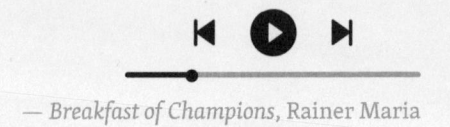

— Breakfast of Champions, Rainer Maria

Havia uma espécie de alívio tranquilo que ele costumava sentir quando ouvia o som do carro do irmão deixando a garagem. Ou ao deitar-se na cama quente numa noite de inverno. Agora, sentiu a mesma coisa ao adiar a ida ao hospital. Precisava ir para lá, mas assim como a zumbi, Lucas não queria.

Deixou Lorena segurar seu braço enquanto andavam. Tocar nela era como tocar na água. A sensação o lembrou de como era ter um corpo, e a melancolia tomou conta.

Queria estar sentado na praia à noite, sentindo a maresia bater no rosto enquanto compunha alguma música no violão. Uma canção que ninguém além dele mesmo jamais ouviria. Ignoraria a existência de qualquer pessoa que pudesse estar em volta e ficaria lá, improvisando e anotando coisas no caderno, como fizera tantas vezes antes. Lembrou-se de como costumava pensar na morte e se sentiu a pessoa mais tola na face da terra. Ficar vagando por aí como um fantasma sem poder falar com ninguém, sem que ninguém pudesse vê-lo parecia um sonho tornado realidade em outros tempos. Mas agora...

— Pra onde você foi?

Lucas balançou a cabeça e olhou para a zumbi. Lorena havia parado e o fitava com os olhos redondos e escuros.

— Só pensando... que seria legal poder comer alguma coisa.

— Verdade, nem pensei nisso. Será que eu posso comer? — Os olhos dela se arregalaram. — Meu Deus, se eu comer, preciso usar o banheiro? Como isso funciona?

— Imagino que seu estômago não funcione mais.

— Mas aí a comida vai pra onde?

— De volta por onde veio?

Lorena fez uma cara de tristeza.

— Que horror. — Lorena fingiu um engasgo.

— Né. E eu posso até provar comida, mas é asqueroso demais. Tipo... você, morde e tal, mas a comida vai meio que caindo pelo queixo.

Além de dormir, devorar potes de sorvete de chocolate era a segunda coisa que Lucas mais queria fazer. Ou um pacote de biscoito recheado com refrigerante na frente do computador. Ou macarrão instantâneo. Ou hambúrguer. Qualquer coisa que pudesse mastigar, na verdade.

Lorena deu uma risada e voltou a andar.

— Tem uma cena dessas em *Os caça-fantasmas*.

— Pois é, acho que eu seria capaz de ter pesadelos com isso se pudesse dormir.

Os olhos dela se arregalaram.

— Você não dorme?

— Infelizmente, não.

Observou a forma como ela agia, como se nem tivesse chorado há poucos minutos. O braço dela ainda agarrado ao seu. Se perguntou o que os humanos viam quando a olhavam.

— Isso é muito bizarro. Acho que nunca vou me acostumar.

Lucas abriu um pequeno sorriso e diminuiu o passo.

— A propósito, tava pensando aqui e não temos como pagar por nada.

Lorena tirou um cartão do bolso e o balançou.

— Dinheiro de plástico. Não comprei tinta pro cabelo usando vento, sabe.

— Dinheiro de plástico é rastreável. Não que você se importe com isso.

Ela balançou a cabeça confirmando que não.

— Vão achar que pegaram minha carteira no acidente ou qualquer coisa assim. Eu tinha só esquecido na casa da minha tia mesmo. Pelo menos uma vez minha falta de memória vai me ajudar.

— Você passava bastante tempo lá? Com sua tia, digo.

— Sim, meus pais são complicados. E às vezes ela precisa de ajuda pra cuidar da Lili, minha priminha.

— Sua tia viaja bastante?

— Sim, vai em muito evento da empresa, geralmente em São Paulo. A sede deles fica lá. Você trabalha? Quer dizer... trabalhava?

Lucas fez que sim e parou na calçada, lembrando que Lorena não podia simplesmente atravessar a rua sem prestar atenção nos carros. Aguardaram o sinal de pedestres abrir e foram em frente.

— Eu trabalhava na loja de CD do shopping — respondeu, por fim.

— Nossa! — exclamou ela. — Eu sempre comprava na loja do calçadão. Então a gente não se conheceu antes por coincidência.

— Eu teria preferido trabalhar lá no calçadão também. Meus horários eram meio nada a ver por causa da faculdade.

— O que você cursava?

— Música.

Os olhos dela brilharam.

— Música! Nossa, que foda! O que você tocava?

— Piano, guitarra, mas eu cantava também... bem, canto ainda. Às vezes eu tocava bateria, mas só pra brincar um pouco, não sou muito bom.

— Eu sempre quis aprender um instrumento, mas minha coordenação motora é um lixo. Você tinha que me ver tentando tocar flauta doce. Nem isso, sabe. Eu trabalho na loja da minha mãe pra guardar dinheiro. A ideia é tentar me mudar pra Floripa e estudar na Federal... Era, na verdade.

Lucas parou de andar.

— Não precisa falar dessas coisas, se não quiser.

Ela balançou a cabeça.

— Não, tudo bem... Conversar ajuda, eu acho. E aí pelo menos minha cabeça muda o foco um pouco. Se eu chorar mais vou desidratar. A propósito, preciso beber água?

Ele deu de ombros.

Andaram mais quinze minutos até chegarem no lugar que Lucas mencionou. Parecia um café na Terceira Avenida. Um punhado de pessoas vivas entrava e saía, comprando café da manhã para mais um dia entediante, sem saber que, em volta delas, pessoas mortas viviam como se fossem gente comum. Lorena foi em frente e entrou.

Por dentro, o café era escuro, iluminado por lustres alaranjados. As mesas ficavam encostadas nos janelões e o balcão era bem de frente para a porta de vidro. Andaram até os fundos e se sentaram a uma mesa de cadeiras acolchoadas.

— Você realmente vai comer alguma coisa? — perguntou ele.

Ela torceu a boca, pensando.

Uma garçonete de rosto redondo e simpático foi até eles e deu uma risadinha.

— Olá, bem-vindos ao Café com Corpos! O que os defuntos vão querer?

Lucas e Lorena se entreolharam e voltaram a fitar a garçonete.

— Vocês vieram no horário dos ordinários — disse ela. — Então, rapaz, nada para você. Não queremos assustar ninguém. Este é o menu. E sem vomitar no nosso banheiro, hein. Não é comum termos zumbis por aqui nesse horário, então não estamos preparados para isso. Se quiserem, venham de novo depois das dez da noite, esse é o horário que o bar de verdade abre.

Ela entregou o cardápio e saiu apressada. Lucas e Lorena voltaram a se entreolhar.

— Como será que ela consegue te ver?

— Deve ser médium. Ou alguma criatura.

— É tão estranho, estamos na mesma cidade de sempre, mas a impressão que tenho é a de estar em outro mundo.

— Eu sei o que você quer dizer. Antes de te encontrar, eu vi uma bruxa. Mas, tipo, uma bruxa que voava e tudo o mais, só que ela não usava uma vassoura. Veio me perguntar pra que lado ficava Itapema.

— Uma bruxa? E o que ela queria fazer em Itapema? Lá tem, tipo, um festival enorme de bruxas?

Lucas resolveu parar de falar. Não queria que ela fizesse mais perguntas e descobrisse que ele era fantasma há pouco tempo.

Ele próprio fazia as mesmas perguntas que ela. O que haveria depois da morte? Para que estavam ali? O que era o Mundo Espiritual afinal?

Lorena começou a ler o cardápio e Lucas ficou observando a expressão divertida no rosto dela: os olhos se apertaram ligeiramente e um sorriso brincava no canto dos lábios.

Curioso, ele fitou o cardápio e leu o nome dos pratos da primeira página em voz alta:

— Torta Caixão. Bolo Decomposto. Tortinha no crânio. Necro Bomba recheada. Café Tanato. Chá de Necrópsia. Ok, esse foi o pior até agora.

— É só o nome, olha aqui, tem a descrição dos ingredientes.

As sobrancelhas dele se uniram no centro da testa.

— Por que eu comeria um pudim de cérebro?

— É de baunilha.

— Tem formato de cérebro.

Lorena não parecia se importar.

— Ah, vai, é bonitinho. Olha a foto! Aqui eles chamam carolina de defuntinha. Acho que vou querer umas quatro. Tem recheio de creme tingido de vermelho. E esse bolinho red velvet imita sangue.

— Pelo amor de seja lá o que nos espera.

Ela deu uma risada, parou e encarou o cardápio com seriedade.

— Pois é. Estou tendo sérias dúvidas sobre comer ou não. Sabe, um dia eu comi tanta pizza que passei...

— Por favor, eu não quero saber.

— Ah, vai, é uma boa história! Mas, tudo bem, vamos deixar essa coisa toda pra lá.

— Ótimo. Foi a coisa mais sensata que você disse até agora.

— Lucas — chamou ela de repente.

— O quê?

— Como você morreu?

A pergunta o pegou de surpresa. Será que poderia ficar ainda mais pálido do que já era? Lucas não falava com ninguém sobre sua vida e não pretendia começar a fazer isso agora. Especialmente agora. Gostava de Lorena, ela era legal, mas não significava que estava pronto para se abrir ou compartilhar nada com ela. Ainda mais sobre aquele assunto específico. Queria distância. Ele ficou quieto por tanto tempo que Lorena deve ter percebido que nenhuma resposta viria. Ela baixou os olhos.

— Desculpe, eu não deveria me intrometer.

Lucas balançou a cabeça.

— Qualquer pergunta menos essa — disse ele.

Ela assentiu e começou a batucar na mesa com as unhas.

— Eu tenho... ahm, tinha dezoito anos — começou ela, com um nítido esforço para não voltar a chorar. — Estava voltando para casa depois do trabalho.

Lucas apertou os punhos embaixo da mesa quando ela começou a falar. Se pudesse, não ouviria mais nenhuma palavra.

— Estava com o fone de ouvido no volume máximo para não ouvir nada. Eu faço isso para não ouvir os carros, pessoas ou cantadas. Não gosto quando falam comigo. Sequer prestei atenção no sinal ou qualquer coisa. Mal percebi o carro se aproximando. Na verdade... — houve uma pausa quando a voz dela tremeu e ela engoliu um soluço — ... nem me lembro de ter visto o carro. Talvez eu apenas tenha imaginado ele em cima de mim.

Suspirou aliviado quando a garçonete parou ao lado deles perguntando se iriam querer alguma coisa e fazendo Lorena se calar.

A garota negou com a cabeça, e a moça se afastou, parecendo irritada por ter perdido tempo com os dois. Eles ficaram ali, e Lucas conseguiu desviar o assunto, discutindo o que aconteceria com a cidade no caso de uma invasão de zumbis comedores de cérebro, do tipo George Romero, não do tipo Lorena.

Lorena

Capítulo 9

Em que aparece um vampiro

— *Banquet*, Bloc Party

Lorena e Lucas perambularam pela cidade pelo resto do dia, aproveitando o ar fresco e o sol que brilhava suavemente. Sentaram-se na praia em total silêncio, observando as gaivotas investirem contra as redes dos pescadores. Depois, foram assistir às tentativas frustradas das pessoas patinando no gelo da pista montada em um terreno da Avenida Brasil. Ela fitava Lucas com o canto dos olhos, prestando atenção em como ele sorria sempre que alguém caía.

— Não acredito que morri sem patinar uma única vez na vida — comentou. — Todo ano instalam esse treco aqui.

— Eu ganhei um par de patins quando era criança — contou Lucas —, quebrei o dedo e ralei a cara toda no asfalto. Ficaram me chamando de Freddy Krueger por um mês.

Lorena se deu conta de que gostava da companhia dele. Era fácil. Ele não fazia perguntas bobas, então ela não se sentia pressionada para manter uma conversa. Quando um assunto surgia, podia comentar ou pincelar o tema sem implicâncias. Conversaram sobre música, livros e seriados, e viu que tinham mais em comum do que imaginara, mesmo ele preferindo a melancolia de Sunny Day Real Estate a My Chemical Romance, como ela.

Soube que ele não gostava de ser observado enquanto tocava ou cantava, mas ainda tentou fazê-lo prometer que tocaria uma música para ela. A desculpa de que não havia nenhum violão disponível não foi o suficiente para que Lorena desistisse. Só parou de incomodá-lo com aquilo quando ele, cansado, disse: "Ok, tudo bem, desde que você pare de falar sobre isso".

Enquanto andavam pelas calçadas movimentadas, a vida em volta fervilhava. A cidade apinhada de pessoas comprando e comendo, e indo e voltando compulsivamente. As sacolas de compras lotadas e as crianças correndo. Pessoas nadavam no mar apesar do frio de outono e ambulantes vendiam milho, água de coco, churros e todas as outras coisas gostosas que Lorena agora não tinha mais tanta liberdade para comer.

Já era perto das cinco quando voltaram ao apartamento, decididos a voltar ao Café com Corpos mais tarde. Lorena resolveu que comeria alguma coisa e tentou persuadir Lucas a fazer o mesmo.

A zumbi ligou o Super Nintendo e deixou o assunto "morte" de lado. Lucas foi massacrado por cinco partidas seguidas antes de ter sua merecida vitória e vingança.

— Acho que não jogo isso faz uns dez anos.

— Vai colocar a culpa da derrota na falta de prática?

— Melhor do que culpar o fato de que meus dedos atravessaram uma ou duas vezes o controle. Digo, eu *preciso* culpar alguma coisa pra me sentir menos envergonhado — respondeu ele.

— A Nessa e eu jogamos muito Super Nintendo, se for por essa lógica, vou vencer você em tudo que temos aqui.

— E seu tio?

— Até tenho tios, mas não por causa da Nessa. Meu pai tem dois irmãos, mas nem vejo eles. A Lili, minha priminha, foi produção independente. A Nessa queria ter uma criança, mas não queria namorar ninguém.

— Por que você não vê seus tios?

— Ah, são de Timbó e nunca vejo eles. Um deles é um babacão, então aprendi a dar um jeito de escapar das festas da família em que ele ia. O outro ficava tentando me convencer a comer carne de um jeito que chegava a ser inapropriado. E a sua família?

Lucas escolheu um boneco no jogo e se preparou para perder mais uma partida.

— Eu não tenho.

— Ah. Você morava sozinho?

— Infelizmente, não. Você podia, sei lá, matar meu boneco bem rápido pra gente trocar de jogo?

Lorena deu uma risada, tirou o cartucho do console e entregou a caixa a ele para que escolhesse outro.

A noite passou rápido e tudo o que faltou para ficar perfeita — além de, obviamente, a vida de volta — foi um balde de pipoca quando desistiram de jogar e ligaram a televisão.

Sentados no sofá, no escuro, Lorena vez ou outra olhava para Lucas e pensava em como era fácil esquecer que estava morta. Mesmo que ao seu lado tivesse um fantasma. Ele parecia tão sólido. Sempre pensou que fantasmas seriam mais etéreos, mas a diferença para os vivos era quase imperceptível. Se esticasse a mão, será que poderia tocá-lo? Sentiu um calafrio no ventre e notou que algumas partes do seu corpo continuavam funcionando perfeitamente.

Saíram do apartamento assim que o relógio bateu às onze da noite. Lorena havia se maquiado, colocado botas pretas por cima do jeans escuro e uma camisa preta estampada. Enquanto se arrumava perguntou-se para onde teriam levado suas coisas depois do acidente. Queria sua jaqueta de vinil de volta. Se é que ela não tinha sido destruída no acidente.

Enquanto andavam para o bar, Lucas falou de quando entrou na universidade. Do medo que ele tinha de não dar conta por não ter tempo para estudar. Um dos sonhos de Lorena era justamente entrar na faculdade. Ela riu da revolta de Lucas quando ele narrou sobre como a maioria dos alunos preferia ficar no bar bebendo em vez de ir às aulas, como foi zoado no dia do trote por não querer participar e como ganhava dinheiro extra fazendo o trabalho dos outros.

Ao chegarem no lugar, viram diversas pessoas rindo e conversando nas mesas altas colocadas na calçada. Não conseguiu distinguir quem estava vivo ou quem era um fantasma ou zumbi.

— Você tem ideia de quem é o que só de olhar para eles? — perguntou ela.

— Não faço ideia. Mas tem um cara meio transparente ali. — Lucas apontou um homem ao lado da porta.

A pessoa tinha uma barba espessa e usava boné. Era translúcido, mas não era esbranquiçado.

— Existem tipos diferentes de fantasma? — perguntou ela.

— Talvez. Ou pode ser que tenha a ver com o tempo em que estão mortos. Ou, quem sabe, são poltergeists, eu sei lá.

— E você já brincou de poltergeist? — Lorena riu. — Tipo, quebrar abajur, bater porta, sacudir cortina, coisas assim?

Lucas a olhou com a sobrancelha arqueada.

— Eu tenho cara de quem fica entrando na casa dos outros pra tentar assustá-los?

— Seria legal, né? — Ela devolveu o olhar, muito séria.

— Pena que você não é invisível. A gente podia ir naquele bairro de rico e escolher uma mansão pra passar uma temporada.

Não acharia tão ruim assim passar uma temporada ao lado de um fantasma gato. Lorena voltou o olhar para o homem transparente ao lado da porta e depois passou a observar todas aquelas pessoas, imaginando se teria conhecido algumas sem saber que na verdade eram seres sobrenaturais. Será que também existiam vampiros, lobisomens e monstros? Abriu a boca para perguntar, mas Lucas pegou sua mão e a levou para dentro do café, que realmente parecia mais um bar naquele horário.

O lugar estava cheio de gente do lado de dentro também. Lorena reconheceu a música vinda dos alto-falantes. Procuraram um lugar para se sentar e acabaram na mesma mesa da manhã. Lucas se sentou ao lado dela, abriu o cardápio e suspirou audivelmente. Lorena riu.

— Você vai comer alguma coisa? — perguntou ela.

— Vou?

Os dois olharam em volta. Lorena apontou o que ambos estavam procurando.

— Ali — sussurrou ela, fazendo uma careta.

Uma garota de roupas coloridas mastigava um bolo como se nunca tivesse comido antes, acontece que o bolo mastigado caía de sua boca e pescoço direto para uma bacia na mesa.

— Parece que tô num filme do Gasparzinho. Se algum dia você resolver comer perto de mim, não espere que eu fique por perto.

Lucas balançou a cabeça, desviando os olhos.

— Não tem gula que faça esse vexame valer a pena.

Os dois jovens foram surpreendidos pela garçonete de rosto redondo daquela manhã. Ela parou ao lado deles e soltou uma risada esganiçada, espalhando perdigotos pela mesa.

— Um dia você sentirá falta de chocolate, meu amigo. Um dia. Aí você virá correndo e pedirá uma torta bem grande. E então, alguém aqui criou coragem?

— Ainda estamos escolhendo — respondeu Lorena.

— Bem, decidam logo — disse ela indo embora.

— Essa deve ter sido a risada mais macabra que já ouvi — comentou Lucas.

Lorena sorriu sem perceber, reparando em como ele tinha mãos longas e delicadas. Seu rosto ruborizou e ela o virou para o outro lado. Observou o local em busca de casais. Será que pessoas mortas podiam ficar juntas? Era típico de sua falta de sorte achar alguém legal justamente agora que estava falecida.

Acabou voltando o olhar para o balcão, onde a garçonete que os atendera estava falando com uma mulher alta, apontando para a mesa em que estavam.

— Acho que tem alguma coisa errada...

Lucas seguiu seu olhar bem na hora que a mulher, vestida com uma calça boca de sino e um top laranja começou a andar na direção deles.

— Vão nos mandar embora porque não pedimos nada? — ele perguntou.

O mistério não demorou muito para ser resolvido, já que ela chegou na mesa e foi logo falando.

— Documentos?

Lucas e Lorena trocaram um olhar.

— Eu... perdi no acidente — Lorena respondeu, e ao ver o revirar de olhos da mulher, sentiu vergonha. Aquele não era o mundo que estava acostumada. Ela não queria saber a idade dela por estar em um bar. E não fazia a menor ideia de que documento apresentaria.

Odiava aquele olhar de julgamento. Que culpa tinha se haviam lhe mandado um fantasma qualquer para ajudar em vez de alguém mais capacitado?

— Tua carteirinha sobrenatural — a mulher falou de modo pausado.

E agora? Não tinha nenhuma carteirinha sobrenatural. O que fariam com ela? A mandariam para uma delegacia mágica?

— Não temos — Lucas respondeu.

— Bom, isso é um problema. Não podemos atender vocês. Precisam sair imediatamente ou vamos chamar a fiscalização.

Lorena não fazia ideia do que "fiscalização" significava, mas não podia ser nada bom. Qualquer vontade de bater boca para ficar ali desapareceu ao ouvir aquela palavra. Ela e Lucas ficaram de pé na mesma hora, mas a garota quase deu um grito de susto quando sentiu algo gelado tocar seus ombros.

Virou para trás e deu de cara com um vampiro que sorria de orelha a orelha, deixando os caninos pontudos à mostra.

Lucas

Capítulo 10

E o vampiro pop punk

— *Everything I Love is Going to Die*, The Wombats

Os outros clientes pararam de comer para assistir à cena e Lucas odiou sentir todos aqueles olhares.

O vampiro apoiou a mão sobre o ombro dele também, ficando bem perto, como se fossem amigos próximos.

— Ora, não tem necessidade nenhuma de chamar a fiscalização — ele falou. — Esses dois são... minha propriedade.

— Sua propriedade não está documentada.

— Sabe como tá a fila do Fórum Sobrenatural? Um verdadeiro inferno. Já estamos trabalhando nisso e vamos ficar fora do seu maravilhoso estabelecimento enquanto a papelada não fica pronta. Os dois tão lá no setor 37 com o médium Felipe Monteiro.

Sem dar chance para a dona do bar argumentar mais, o vampiro os empurrou para frente de leve e Lucas obedeceu ao gesto, andando na direção da saída, ao lado de Lorena, que parecia em choque.

Lá fora, se afastaram da fachada e o vampiro pareceu relaxar. Inspirou o ar profundamente, fechando os olhos, e então expirou com força. Ficou de frente para os dois.

Era um pouco mais baixo que Lucas, o cabelo preto e longo em um sidecut. Tinha ascendência do leste asiático e os olhos grandes sorriam por trás dos óculos de armação grossa. Os alargadores nas orelhas eram enormes e a regata branca deixava as tatuagens do peito e dos braços à mostra. Usava calças vermelhas, coturno preto e pulseiras que não combinavam nada com o resto do visual.

— Uau, vocês dois morreram com o cu virado pra lua, baita que sorte que eu tava aqui — disse ele, andando na direção de um ponto de ônibus.

Lucas e Lorena trocaram um olhar rápido e o seguiram.

— Obrigada — disse Lorena — Você nos salvou.

— Mas agora parece que eu tô preso com vocês, né? Ela com certeza vai conferir se vocês tão mesmo cadastrados no sistema e não quero arrumar problemas pro Felipe.

Como ficaram em silêncio, o vampiro deu uma risadinha.

— Vocês tão completamente perdidos, né? — O vampiro sentou no banco do ponto de ônibus enquanto Lucas e Lorena permaneceram de pé, ainda desconfiados daquela interação. — Ele voltou o olhar para cima. — Morreram hoje?

— Ontem — respondeu Lorena, forçando um sorriso.

Lucas preferiu ficar quieto.

— Ninguém se deu ao trabalho de explicar a situação de vocês? — perguntou o vampiro.

Ela negou.

— Você morreu num acidente de carro? Vai facilitar muito se a resposta for sim.

— Eu fui atropelada. A gente ficou de ir ao hospital ver a ceifadora Flávia.

O nome da ceifadora pareceu divertir o vampiro, que abriu um sorriso enorme.

— A Flávia? — Ele riu. — Vai te ajudar tanto quanto um pato... Nada disso, cola comigo que eu resolvo. Ela geralmente tá presa no hospital, ceifando quem morre por lá depois de um acidente automobilístico. Como zumbis são mortes não premeditadas, ninguém te ceifou e aí tá você, presa no corpo.

— E o que eu faço agora? — perguntou Lorena. — Eu não faço a menor ideia de nada.

— Percebi.

Um ônibus parou no ponto e ficaram aguardando até que os passageiros que desembarcaram saíssem de perto.

— Meu nome é Shion. Acho que já perceberam que sou um vampiro.

Lucas e Lorena se apresentaram e Shion passou alguns minutos ocupado trocando mensagens no celular, os dedos ágeis apertando os botões do tecladinho.

— Posso levar a zumbi pra casa, lá a gente entra com a documentação e cadastro dela — disse, distraído, sem tirar os olhos da tela. Cruzou as pernas e perguntou para Lucas: — E você? Quem te ceifou?

— A Alice...

— A Alice Gótica? Ou a Alice Patricinha?

Lucas franziu o cenho.

— A Alice Gótica.

Shion torceu a boca.

— Felipe cuida de almas mortas em acidentes e você definitivamente não é um acidente. Mas dá pra te colocar com ele se a Alice encaminhar seus documentos.

Lucas sentiu o corpo tremer e, por hábito, cutucou o piercing no canto da boca, ansioso. Shion deve ter percebido a hesitação.

— Olha, cara, a Alice é boa no que faz, era pra vocês já estarem com o médium designado. Algum problema aconteceu com a papelada toda. As coisas demoram quando dá merda... Infelizmente, é tudo muito burocrático do lado de cá.

Ele olhou para os dois, esperando resposta. Ambos trocaram um olhar rápido. Lucas não queria se separar de Lorena e seu instinto gritava que não deveria confiar no primeiro vampiro estiloso que aparecesse.

Como se pensasse o mesmo que ele, Lorena perguntou:

— Qual garantia eu tenho de que tu não é algum tipo de monstro?

— Eu até posso te mostrar meu documento, mas você não vai entender nada. Então posso, no máximo, te dar minha palavra.

Lorena parecia resignada e cansada. Ela sentou ao lado do vampiro sem nenhum tipo de argumento. No fim das contas, o que poderiam fazer além de verem Flávia? E se o vampiro tivesse razão sobre a ceifadora? Em quem deveria acreditar ou confiar?

— Esse tal de Felipe, ele é humano? — Lorena perguntou.

— Ele é um humano sim, um médium.

— Ok, eu acho.— Lorena deu de ombros. — Pode ser. O que mais vou fazer, ficar perambulando por aí?

Shion teclou depressa no celular e ergueu o olhar para Lucas.

— Falei com a Alice. Ela me disse que você é um idiota e que não vai te ajudar.

— É claro que ela ia dizer isso. Onde ela tá?

Shion teclou mais um pouco.

— Na frente do quiosque 23, te esperando. Se tu se concentrar bastante, consegue chegar lá bem depressa. E sugiro que vá bem rápido, ela normalmente não tem paciência com quem odeia.

Shion ficou de pé no momento em que um ônibus se aproximou e fez sinal para que parasse. Ele subiu e Lorena se demorou nos degraus, sem tirar os olhos de Lucas.

— Não se preocupa, ela te passa o nosso endereço — disse o vampiro.

Ele não queria se separar dela, mas talvez aquela intervenção vampírica inesperada pudesse ser positiva. Lorena precisava mesmo de ajuda profissional e Lucas desde o começo sabia que não seria capaz de dar a ela o que precisava.

Talvez toda aquela missão de encontrar e ajudar a garota tivesse sido um erro. Ou talvez, tivesse chegado ao fim. Ela estava em boas mãos agora, certo?

— Vou esperar você — prometeu ela.

Mas Lucas ficou em silêncio, vendo o ônibus se afastar.

Capítulo 11

Em que dúvidas são respondidas

— Save your Generation, Jawbreaker

Ela viu Lucas desaparecer na calçada e uma sensação estranha subiu pela garganta. Parecia errado se separar da única coisa familiar depois de literalmente perder tudo.

Shion pagou a passagem dela e foram se sentar nos fundos do ônibus vazio. Lorena deixou a aflição de lado, preferindo acreditar que veria Lucas novamente em breve.

— Onde é esse lugar que tamos indo? — perguntou.

Shion se ajeitou no assento.

— É a casa de um médium, lá no Bairro das Nações. A maioria das pessoas que morre vai pro Mais-Além, mas alguns de vocês acabam ficando por aqui. Pro mundo não virar um caos de fantasmas e zumbis perdidos, existem esses centros de apoio.

— Basicamente uma república com alta rotatividade de desmortos?

Ele riu, deixando os caninos à mostra.

— É uma boa descrição.

— E qual meu próximo passo agora? O que devo fazer? Tipo, a gente ouve falar sobre assuntos inacabados, mas eu morri com dezoito anos, minha vida toda tá inacabada.

O vampiro coçou a parte raspada da cabeça enquanto ponderava uma resposta.

— Todo mundo que morre tem assuntos inacabados. É mais sobre aceitar que esses assuntos chegaram ao fim, sabe? Aceitar que nunca vai fazer essas coisas que desejou fazer. E seguir em frente. Você realmente acha que alguém no mundo morre totalmente satisfeito? Não. É pra isso que servem as casas dos médiuns. Os ceifadores são responsáveis pela passagem pro outro lado, e os médiuns cuidam do que vem depois, até as almas irem para o Mais-Além.

A zumbi esfregou o cabelo, absorvendo todas aquelas informações.

— E o que exatamente é um ceifador?

— São desmortos também, mas em vez de irem pro Mais-Além, ficam na terra trabalhando pro Mundo Espiritual. Aí uma pessoa que morre atropelada vira uma ceifadora de pessoas que morrem atropeladas e por aí vai.

— Hum... e isso seria uma opção pra mim?

— Só se uma das ceifadoras de atropelados da região se aposentarem. O que não é comum.

Lorena apoiou a cabeça na traseira do ônibus e fechou os olhos. Sentiu aquela onda de lágrimas subir mais uma vez, mas esfregou o rosto, lutando contra a vontade de chorar.

— Olha... — disse Shion — ... todo mundo vai pro Mais-Além um dia. Todo mundo chega lá. Bem, menos a Nina, eu acho.

— Quem é Nina?

— Você vai conhecer ela. Morreu há décadas. Acho que ela gosta de ficar aqui. Curte mesmo ser um fantasma.

— Eu curtiria estar viva.

— Meus pêsames.

— Será que você pode me explicar o que eu sou? Digo, por que não sou fantasma?

— Sempre que alguém está pronto para morrer, um ceifador é enviado para cortar o cordão de prata. Às vezes, e muito raramente, acontece algum problema e o ceifador não consegue chegar lá. O mais comum é que a pessoa que morreu não deveria ter morrido, então nenhum ceifador nem ficou sabendo da morte. Uma dessas coisas aconteceu com você.

— Óbvio, até parece que alguma coisa na minha vida daria certo. Nem a morte acontece direito.

— Bom, seja como for, você tá presa aqui e agora precisa fazer todo o esquema chatérrimo de se aceitar como é. Que droga, né?

— E os vampiros? Fazem isso também?

Ele fez um gesto com as mãos.

— Vampiros são criaturas livres, perfeitas e não precisamos nos preocupar com gasturas desse tipo.

— E meu corpo? —perguntou ela. — Eu sumi do IML. Fiquei pensando nos meus pais, que não vão nem poder me enterrar.

— Uau, você é uma metralhadora de perguntas. Fica tranquila, esse tipo de coisa sempre se resolve. Os *adeême* do Mundo Espiritual sempre dão um jeito de evitar qualquer escândalo.

— Ade o quê?

— A administração.

Lorena torceu a boca.

— Você quer dizer... Deus?

Isso arrancou uma gargalhada de Shion, tão alta que chamou atenção dos outros passageiros.

— Não. — Ele precisou de um momento para se recompor. — Os espíritos que cuidam da burocracia. Sabe aquela coisa de que na vida você tem certeza de apenas duas coisas? Morte e impostos? Então, na morte a única coisa garantida é: burocracia.

Cada pergunta abria brechas para várias outras, mas Lorena sentia o cérebro cansado. Uma exaustão mais interna do que externa, como se fosse incapaz de absorver tanta coisa nova. Parecia que seu corpo inteiro seria capaz de se desfazer em pó de pura exaustão. Jogou as dúvidas para um canto da mente e fechou os olhos.

Zumbis, fantasmas, caçadores, médiuns, vampiros... E com certeza uma gama enorme de outras criaturas também.

Em vida, nunca tinha decidido muito bem no que acreditar, mas nunca imaginou que a vida após a morte seria tão complicada. Deveria ser simples, pacífico, fácil. Não? Mas ali estava ela, em um caos inimaginável, precisando aprender sobre um mundo novo tal qual um bebê.

Tudo foi sempre tão difícil quando estava viva. Por que morrer precisava ser difícil também?

Capítulo 12

Quando Lucas não consegue impressionar a Alice Gótica

— *Talvez*, Bad Luv part. Analaga

Lucas não fazia a menor ideia de como chegar *bem depressa* no quiosque 23 do jeito que Shion havia falado. Se concentrou no lugar, mas sequer sabia em que altura da praia ficava. Era para cima ou para baixo do quiosque 13? Não fazia a menor ideia. Só sabia que era um dos muitos quiosques no calçadão de frente para o mar.

Desistiu do exercício de teletransporte e correu. Foi uma experiência estranha. A pressa era tanta que correu em linha reta em direção ao mar, atravessando carros, pessoas, casas, lojas, prédios, estacionamentos e tudo mais que estivesse pela frente. Quando chegou na calçada preta e branca do calçadão, constatou que teria vomitado se tivesse um estômago.

Inclinou o corpo para frente, sentindo um mal-estar generalizado. A cabeça parecia prestes a explodir.

— Uau, estou impressionada.

Lucas ergueu o olhar.

Alice estava de costas, sentada no chão da calçada alta, balançando os pés sobre a areia. O cabelo escuro e crespo enfeitado com duas presilhas de chifrinhos vermelhos. Ela tinha aparência de adolescente, a pele era negra, bem escura, e uma porção de brincos prateados na orelha reluziam com a luz da cidade.

— Impressionada? — perguntou ele, se endireitando, sentindo

a tontura passar. Checou a placa do quiosque ao lado. Era o 23.

— É. Impressionada que você simplesmente não me ouviu e foi caçar problema.

Ela se levantou e limpou a areia que tinha ficado grudada na saia curta, fazendo um gesto com a cabeça para se sentarem no banco de madeira.

O barulho incomodava Lucas. Mesmo àquela hora da noite havia muita gente em volta bebendo, conversando. Músicas distintas vindas de vários lugares diferentes, todas ao mesmo tempo, invadiam seus ouvidos. Na praia escura, pessoas caminhavam, corriam, brincavam e jogavam bola.

Ele massageou a têmpora.

— Você pensou no que conversamos? — Ela cruzou os braços com uma expressão de desdém estampada no rosto pequeno.

— Não tem nada pra pensar.

— Tu é mais burro do que eu achei, então.

Lucas deu um passo para frente.

— Será que você poderia *tentar* me ouvir dessa vez? E parar de me ofender a cada cinco minutos também seria incrível.

Alice inclinou a cabeça e pôs as mãos na cintura.

— Vai. Desembucha logo.

O fantasma colocou as mãos nos ouvidos, desejando poder bloquear todo aquele som que vinha dos bares. Mal conseguia pensar no que tinha para falar.

— Eu entendo seu ponto — ele começou. — Entendo mesmo. E juro que considerei tudo que tu me disse. Mas não existe a menor possibilidade de continuar meu caminho se eu virasse as costas para ela. Eu... não seria capaz de lidar com essa culpa.

Ela suspirou e abriu um sorriso, mais triste do que feliz.

— A Flávia teve uma ideia de jerico mesmo. A pior que qualquer ceifador dessa cidade já teve e tu ainda foi no papo dela. — Ela se aproximou, ficando bem perto dele. — Esse não é o seu trabalho. Ajudar Lorena não é o seu trabalho.

— Nós encontramos um vampiro que... — começou a explicar, mas Alice o interrompeu.

— Eu sei. O Shion me disse. Pensa assim. Você já ajudou essa

Lorena. Ela achou o Shion e tá indo pra casa do Lipe, alguém que, se eu não soubesse que é humano, acharia que é um anjo. Mais ajuda que isso, impossível. Mas não vou ajudar você a ir pra lá também.

Lucas olhou para ela.

— Por quê?

— E tu ainda pergunta? Se essa situação toda *fosse* normal e vocês fossem apenas amigos mortos normais, eu te mandaria pra lá, sim. Sem problemas. Mas... — ela ficou muito séria de repente — ... nada disso é normal. E se tu pretende simplesmente desistir de si mesmo pra ajudar outra pessoa, então *eu* preciso tomar a decisão certa para o que é melhor para ti. Então vou te ajudar ao não te ajudar. Eu já tinha dito que era hora de se preocupar com você mesmo. De se ajudar. Você é um fantasma, meu anjo, que parte disso ainda não ficou claro? Não é hora de ajudar mais ninguém. A Flávia também tem cada ideia... Mas não importa. Não vou te mandar pra casa do Felipe.

— Alice, sério, por favor. Eu preciso disso.

— Você precisa é me ouvir.

Ela se virou no banco, ficando muito séria. O ar em volta dos dois mudou e Lucas sentiu seu corpo de ectoplasma se arrepiar.

— Eu sei que deve ser uma merda você se ver preso nesse cu de mundo mais uma vez. Sei bem. Bem *demais*. A sua situação exige que você foque em si mesmo. Eu dei meus pulos e coloquei você numa casa também. A Violeta vai cuidar bem de você.

Lucas cruzou os pés e encarou o mar. Alice tinha razão, é claro. Aquela coisa toda era pura estupidez. Mas não estava pronto para seguir em frente. Não estava pronto para encarar a realidade. E se conhecia bem o bastante para saber que abandonar Lorena o colocaria numa posição em que seria impossível ajudar a si próprio. Que seria consumido pela culpa.

— Quem é Violeta? — perguntou, sem saber mais o que dizer para tentar persuadir Alice.

— Uma médium. Como seu caso é... diferente, já expliquei tudo pra ela.

— Você não pode me forçar a ir pra lá.

— Ah, eu posso sim. Ah, se posso. E se você recusar, ela pode te invocar. E sabe o melhor de tudo? De mim, você pode até fugir. Mas dela? Não. Também já falei com a Flávia e mandei ela ficar bem longe de você. Você é *meu*. E não precisa se preocupar, eu tô cuidando de você. Vou te deixar cm segurança até seu cérebro voltar a funcionar. Eu sei que quando você pensar direito, vai tomar a decisão certa.

Lucas buscou na mente algum argumento que pudesse usar, mas não encontrou nada. Não conseguia nem pensar direito. Alice ficou de pé, tirou um aparelho do bolso e suspirou. Ela olhou para a tela do que parecia um celular moderno cruzado com um Palmtop.

— Agora eu tenho que ir. O dever me chama.

— Alice, espera um pouco.

— Lucas... eu sei que você não vai gostar, que vai espernear, que vai implorar. Mas esse é meu trabalho e minha responsabilidade. Alguém precisa cuidar de você e infelizmente esse alguém sou eu.

A ceifadora respirou fundo e seu corpo foi se transmutando até virar uma gaivota, que voou, roçando as asas em um homem que olhava o mar para ceifá-lo com seu toque.

Lucas desviou o rosto e apertou os olhos com as mãos. Ali estava outra vantagem de ser um fantasma. Não saíam lágrimas quando chorava.

Uma senhora branca se aproximou dele e sorriu. Lucas a encarou irritado, já sabendo que seria a médium. Afinal, quem mais conseguiria olhar para ele?

Ela tinha um sorriso bondoso, mas ele odiou tudo sobre ela imediatamente. A roupa riponga, a coroa de flores falsas, as trinta mil pulseiras que tilintavam e o cheiro de alfazema.

— Venha comigo, querido — disse ela. — Eu vou te ajudar.

Lorena

Capítulo 13

Com a participação de garotos vivos, mortos e desmortos

— *Johnny on the Spot*, Texas is the Reason

A mansão ficava semioculta por um muro alto de pedras e um portão de ferro. De fora, era possível ver o segundo andar, que tinha uma varanda espaçosa. A construção era de alvenaria com revestimento de tijolos cinza-escuros e o telhado, cheio de musgos. Seria bonita se fosse mais bem cuidada, as paredes do muro tomadas por unhas-de-gato que não viam uma poda há anos.

— Essa casa parece assombrada — disse Lorena.

— Deve ser porque é. — Shion se adiantou e abriu o portão com as chaves que tirou do bolso. Ele usava um chaveiro de pompom rosa enorme. — Bem-vinda, etc. e tal.

Lorena pisou no quintal. Plantas de todos os tipos se espalhavam dos dois lados do portão e um cheiro forte de ervas invadiu suas narinas.

— Uau, que cheiro bom.

— As plantas afastam algumas criaturas mais indesejadas. E fazem um chá ótimo também. Vou mandar fazer uma cópia das chaves para você, mas preciso de autorização pra isso.

— Tudo bem.

A entrada da casa era uma grande porta dupla de madeira escura. Shion as abriu.

A primeira coisa que viu foi a sala, ou melhor, não viu muito bem, porque metade das lâmpadas do lustre estavam queimadas. Ampla, com dois janelões enormes que deixavam entrar a brisa noturna e os cheiros do jardim. A decoração não combinava entre si. As cortinas e os tapetes eram vermelhos, mas almofadas coloridas decoravam os sofás e os pufes espalhados ao redor de uma grande televisão de tubo com a tela plana que ficava no centro da sala. Na frente do maior sofá, uma mesinha estava repleta de latinhas e pacotes de pipoca de micro-ondas. Havia também um rack cheio de videogames, uma estante com jogos de tabuleiro e em uma prateleira: um monte de livros, revistas e bonequinhos de personagens. Quadros emoldurados estavam tortos e empoeirados, assim como cada um dos enfeites nas prateleiras e cristaleiras com antiguidades. Nos espaços vazios da parede havia uma porção de pôsteres de bandas e filmes.

Tudo bem a casa parecer assombrada por fora, Lorena pensou, *mas precisa mesmo parecer assombrada por dentro?*

— Tá meio caótico — falou Shion, reparando no olhar dela. — Essa semana pulamos o dia da faxina.

Ele tirou os calçados e ela o imitou, deixando o tênis ao lado da porta em um tapete.

— *Tadaima!* — Shion falou e, de um dos pufes, um par de olhos o encarou e sorriu. A garota se levantou.

— E aí, Shion. — Ela virou para Lorena. — Você é a Lorena?

Ela fez que sim e deu um passo à frente. A garota parecia humana. Tinha a pele negra, o cabelo cacheado tingido de vermelho e um piercing no septo. Usava um vestido simples com um casaco por cima e parecia ser poucos anos mais velha que a zumbi. Tinha uma tatuagem na clavícula.

— Eu sou a Rúbia, o pessoal aqui me chama de Ruby.

— Você é uma... algum tipo de criatura também?

Ela sorriu e assentiu.

— Algum tipo de criatura, sim.

Shion se largou no sofá, colocou os pés para cima em um pufe e ligou a televisão.

— Cadê o Lipe? — perguntou ele.

— Trancado no quarto sendo triste.

— Você faz o tour?

— Faço sim. Cadê o fantasma? Não eram dois novatos?

Shion deu de ombros.

— Deve chegar depois, precisa pedir a documentação pra Alice.

— A Alice Gótica ou a Alice Patricinha?

— A Alice Gótica.

Lorena reparou quando Ruby torceu a boca, parecendo incrédula por alguns instantes. Pensou em perguntar qual o problema, mas deixou para lá.

— Venha — disse a garota que era algum tipo de criatura.

Lorena a seguiu até a cozinha. Nada além de uma bancada enorme a separava da sala.

— Aqui é a cozinha, óbvio. Você não precisa comer, mas pode, se quiser, só pede antes de pegar. Tem nossos nomes nas prateleiras, é só pedir.

— E aquela porta? — perguntou Lorena.

— Ah, leva lá para trás, tem uma piscina e um barracão que é o cantinho do Shion. E nem adianta brilhar os olhos, a gente deixa a piscina tampada no frio. Venha.

A guia turística da casa assombrada parou no pé de uma escada de madeira escura e apontou para um pequeno corredor nos fundos da sala.

— Ali tem um quarto, um banheiro e o escritório do Lipe e do Shion. Eles pegam uns *freelas* pra produzir música. Geralmente uns jingles pra comerciais, esse tipo de coisa.

— Todos vocês trabalham com música?

— Uhum. Temos uma banda, mas ainda não fazemos dinheiro com isso. Na verdade, eu nem moro aqui, mas tô nesse lugar quase o tempo todo. Você vai perceber que é normal andar em bando no mundo sobrenatural, é raro a gente ter amizade com humanos ordinários. É mais fácil entender e se dar bem com gente como a gente.

Ruby começou a subir as escadas e a curiosidade de Lorena já estava gritando.

— O que você é?

— A guitarrista.

— Não, digo, que tipo de coisa sobrenatural você é?

— Ah! Eu sou uma lobismulher.

Lorena travou onde estava, sentindo um frio descer por sua espinha. Ruby olhou para trás.

— Palavra feia, né? Pode falar lobisomem mesmo, eu entendo. Ou lobismina. Dá na mesma no fim das contas.

— Lobisomens existem?

— Não, boba, eu sou fruto da sua imaginação.

— É sério?

— Que eu existo? Claro!

Lorena voltou a subir as escadas até o segundo andar. Deu de cara com caixas de som, contrabaixo, guitarra e bateria. Microfones, pedais, cabos, mesa de som e um piano que parecia ter saído de um filme de terror de tão arranhado. As paredes estavam tomadas por pôsteres, colagens, pinturas, rabiscos, grafites e todo tipo de arte.

Da esquerda, vinha o som de música alta de uns dos quartos. Ruby foi até lá e bateu em uma das portas.

A porta se abriu e o tal de Felipe saiu lá de dentro, terminando de vestir um casaco por cima da regata. Os braços eram fechados até as mãos com tatuagens *old school* e, no peito, Lorena leu a frase *"Truly strange"* antes do moletom cobri-la. O cabelo loiro assentava na cabeça sem seguir qualquer tipo de ordem ou lógica e ia até os ombros. Ele usava brincos de argola nas duas orelhas. A barba estava por fazer e olheiras contornavam os olhos dele, mas o que mais chamou atenção era como o rosto dele parecia bondoso. A garota nunca pensou que descreveria a aparência de alguém assim. Só de olhar pra ele já sentiu paz.

Ele desligou o som e veio para fora, fechando a porta do quarto.

— Lorena? — ele perguntou, e ela apenas fez que sim com a cabeça.

— Eu sou o Felipe. Bem-vinda... — ele olhou para Ruby — ...cadê o Tomás e a Nina?

— Sei lá, o médium é você.

Ele esfregou os olhos e fez um movimento para que Lorena o seguisse. Atravessaram a sala em direção a uma porta repleta de adesivos, que ele abriu.

— Você pode ficar aqui. Tá meio zoado, ninguém usa faz tempo e os fantasmas usam pra socializar. Amanhã cedo a gente vê o que mais você precisa pra recomeçar. Imagino que também esteja bem confusa. E cansada.

Lorena não conseguiu responder nada. Sua mente girava e estava exausta. Se fosse sincera, diria que só queria se deitar e chorar por mais algumas horas.

Felipe apontou outra porta.

— Ali é o banheiro, tem toalha no armário. Toma um banho, descansa. Amanhã a gente conversa, tá?

— Eu meio que não tenho nada. Tipo, nem roupas. E estou preocupada com meus pais, já que meu corpo sumiu.

Ele sorriu. Parecia um anjo, só que tatuado e de brincos.

— Eu vou te emprestar uma camisa minha pra usar de pijama. Vemos a questão da sua família com calma depois. Tá tudo bem. Você vai ficar bem.

Ele falou aquilo com a voz calma e ela acreditou.

Lorena fungou e esfregou o nariz, olhando para seu novo quarto. Era estranhamente decorado, como se cada morador antigo tivesse deixado ali um pedacinho de si. Desenhos nas paredes, pisca-pisca, lambe-lambe, inscrições nos tijolos cinza, pequenas tranqueiras e bibelôs, cadernos, blocos de anotações, fones de ouvido, cabos, faziam o espaço parecer ter sido habitado por todo tipo de alma possível. Algumas caixas de frutas antigas serviam de apoio para pilhas de livros. Tinha duas camas de solteiro, um sofá velho, uma escrivaninha, mesa de cabeceira e uma cômoda.

Entrou no quarto e respirou fundo. Parecia ter tanta vida ali. Parecia ter tantas histórias. Tudo que precisava para viver sua desvida. Tudo o que precisava para recomeçar depois de tudo ter terminado. Talvez, quem sabe, sua desvida não precisasse ser apenas sobre a morte.

Lucas

Capítulo 14

Em que Lucas conhece seus novos colegas desejando não os conhecer

— *Desabafo, Cefa*

Violeta morava em um apartamento chique no centro da cidade. Daqueles caríssimos, de frente para o mar, com churrasqueira e tudo numa varanda enorme. Lucas suspirou, olhando a decoração bege, tão diferente do apartamento que estivera com Lorena. A única coisa colorida eram as plantas, mas até os vasos eram bege. Estavam espalhados por toda a sala. Até mesmo no teto. Um cheiro bom de café vinha da cozinha americana e uma mulher mexia em uma xícara, fitando-o com atenção.

Violeta foi até ela.

— Dani, te falei mil vezes pra não tomar café.

— Não se preocupa, eu ia beber na pia. Só quero sentir o gosto.

— Nada disso, café era um vício pra você em vida.

A médium tirou a xícara da fantasma e despejou o conteúdo no ralo. Lucas ficou observando o olhar derrotado dela.

— Agora, Dani, esse é o Lucas. Lucas, essa é a Dani. Está comigo há cinco anos.

— Isso é muito ou pouco? — perguntou Lucas, sem pensar.

A mulher riu. Ela havia morrido de pijama. O cabelo cacheado estava preso no topo da cabeça e havia uma mancha escura na barra da camisa azul.

— Pra quem queria acabar com tudo, cada segundo é muito —

comentou Dani, desgostosa. — Mas se você está aqui, deve saber disso. Se der sorte, logo chega sua carona. Essa sorte eu não tive.

E então ela sumiu.

— Tente não aborrecer meus mortos, Lucas — pediu Violeta, e Lucas soube imediatamente que teria dias terríveis pela frente.

— Eu fiz um total de zero coisas — respondeu. — Eu tô cansado. Onde posso me enfiar até o dia chegar?

Ela o guiou até um quarto com mais decoração bege nos móveis brancos. Lá tinha duas camas, e outro fantasma lia um livro em uma delas.

Lucas não disse nada. Nem queria estar ali, e não via necessidade alguma de socializar. Os dois se ignoraram. Ele deitou e fechou os olhos, se escondendo no universo fantasioso que só existia em sua cabeça.

Deve ter ficado ali por quase uma hora até sentir alguém cutucá-lo no ombro. Abriu os olhos. O falecido colega de quarto estava do seu lado e estendia um discman detonado e fones de ouvido.

— É um mantra — explicou. — Pra dormir. Tente decorar.

Lucas pegou o objeto, sentindo um mal-estar tomar conta de si ao reparar nos antebraços do rapaz.

— Obrigado — falou por fim. — Me chamo Lucas.

— Boa sorte amanhã.

— O que tem amanhã?

— Um dia novo.

***

O dia novo foi realmente horrível e Lucas não conseguia entender o que tinha feito de tão errado para merecer ficar trancafiado ali com aquela mulher. Como Alice podia confiar tanto em alguém que mais parecia uma carcereira?

Os fantasmas eram impedidos de ver televisão logo cedo. Música só podia ser ouvida com fones de ouvido. Não podiam sair para passear. Era proibido comer. Não podiam usar internet. Se havia algum método naquela loucura, Lucas não conseguiu ver.

Sem ter o que fazer, ficou na varanda, olhando o mar. Conheceu mais outra fantasma e descobriu que cada médium tinha sempre quatro mortos com quem trabalhar.

— Eu dei azar de alguém ir pro Mais-Além e liberar uma vaga? — perguntou Lucas com deboche.

A fantasma riu. Era uma senhora pequena de cabelo trançado.

— Tem um motivo para terem mandado você pra cá. Acredite no sistema, Lucas — disse ela, muito solícita.

Ele se esforçou para esconder o desgosto.

Às dez da manhã, todos foram convocados até a sala. Violeta balançava um sinete ridículo que Lucas teve vontade de jogar pela janela. Chegando lá, viu que o sofá fora arrastado e cinco cadeiras haviam sido dispostas em um círculo, bem no meio da sala.

As duas fantasmas se sentaram, empolgadas, mas o colega de quarto se sentou a contragosto. Lucas ficou de pé.

— Vamos, querido — disse Violeta, e Lucas odiava a forma que ela falava *querido*.

Sentou-se.

— Dani, por que você não começa? — perguntou Violeta.

— Oi, pessoal, meu nome é Daniela e estou morta há cinco anos e 32 dias.

A senhora, que se chamava Rose, e Violeta responderam o cumprimento, mas o colega de quarto ficou calado e Lucas olhou em volta, irritado. A mulher começou a contar a própria história, mas Lucas não queria ouvir. Não queria saber como ela tinha morrido nem os motivos que a levaram a isso. Se perguntou como estaria Lorena. Se a casa em que ela estava era melhor ou pior do que aquele suplício. Não sabia nem se conseguiria sair dali e sequer pôde se despedir dela.

Daniela falou por uns cinco minutos e finalizou falando sobre como as meditações e os exercícios a estavam ajudando a se encontrar. E assim foram, em um círculo, e Lucas, por ser novo, teve que ouvir a história de todos. Rose estava morta há dez meses. Seu colega de quarto, Max, chegara há seis meses e também parecia bastante insatisfeito com toda a situação. Falou muito pouco.

E aí chegou a vez de Lucas e ele olhou em volta enquanto todos o encaravam, curiosos para ouvir os detalhes trágicos que o levaram até ali.

— Oi... — começou a falar, imitando os outros, mas ficou quieto. Levantou-se e saiu da sala.

Sentou-se no chão da varanda mais uma vez, sacudindo as pernas com força. Observou o mar bater ao longe na Ilha das Cabras, a espuma se espalhando pelas ondas até desaparecer e o ciclo recomeçar.

Alguém foi até uma das cadeiras e ele fechou os olhos, controlando a irritação. Era Violeta.

— Não se preocupe — disse ela. — Os primeiros dias são assim mesmo.

— Não é da conta de ninguém o que aconteceu comigo.

Ela fez que sim com a cabeça, lentamente.

— Certo. O grupo de apoio é obrigatório. Mas você pode só ouvir até se sentir preparado para falar.

Lucas a encarou, mas logo desviou o olhar, desconfortável.

— Quando eu vou poder sair daqui? Gostaria de ver minha amiga.

Violeta sorriu e ele não soube dizer se fez aquilo por empatia ou malícia.

— Você não pode sair daqui. A Alice só manda pra cá...

— Gente fodida igual eu?

— Gente especial.

Lucas bufou.

— Especial? Alice te contou sobre mim? Especial seria uma palavra fofa para me descrever.

— Claro que ela contou. Preciso saber com o que estou lidando.

— Será que você pode pelo menos avisar minha amiga? Ela tá com um vampiro chamado Shion, talvez você conheça. Ela tá me esperando.

— Claro. A casa do Felipe. Setor 37, não é? Eu aviso, sim.

Violeta o observou atentamente e a frieza nos olhos dela eram um indicativo de que ela não avisaria ninguém sobre nada.

— Esse lugar aqui só serve pra gente ver o tamanho da merda que fez, né?

— Não importa qual minha metodologia. Importa que ela funciona. Agora, entre. A Rose vai contar a história de quando foi no próprio funeral.

Lorena

Capítulo 15

Em que Lorena descobre uma verdade

— *Moletom*, Karen Jonz part. Lucas Silveira

O corpo de Lorena foi sepultado com apenas um dia de atraso. Houve uma pequena confusão com papéis e etiquetas, mas tudo foi resolvido. O corpo, no caso, era de uma ceifadora que havia tomado a forma dela. Depois do enterro, ela fugiu do túmulo se transformando em algum inseto e o caixão ficou vazio.

Durante o evento, Lorena ficou na sacada do quarto de Felipe, enfiada na cadeira de balanço, embrulhada num cobertor fofinho e distraindo a cabeça com o Game Boy do médium.

A ceifadora a tinha visitado para copiar sua aparência e, desde então, Lorena estava mais quieta. Não queria pensar em tudo que estava acontecendo com a família. No funeral.

Enquanto se balançava, a porta de vidro se abriu e Felipe colocou a cabeça para fora.

— Tudo bem aí? — ele perguntou.

O cabelo loiro estava escondido no capuz do moletom e ele a fitava com um olhar preocupado.

Lorena tentou sorrir e fez que sim com a cabeça. Ela apontou para a cadeira de vime. Felipe entendeu o recado e sentou ali.

— O que tu tá jogando?

Lorena virou a tela do videogame na direção dele como resposta. Felipe cruzou as pernas na cadeira.

— Gosto de Castlevania, mas a história desse é, sei lá, estranha.

— Não fale mal do meu marido Soma.

Felipe riu.

— Prefiro o Alucard.

Ela revirou os olhos de maneira exagerada, mas não conseguiu segurar uma risadinha.

— Sua cara gostar de almas sofridas.

— Que nada, Lorena, eu só acho ele gostoso.

Lorena desligou o videogame e ficaram conversando sobre tudo e nada por um tempo. Não falaram sobre sua morte, sobre o enterro, sobre sua vida. Nada que a fizesse pensar no seu estado desmorto, no cemitério, na família.

Felipe a levou por um passeio nas próprias memórias, a distraindo com causos sobre o curso para trabalhar como médium e sobre a vez que ele precisou fazer reciclagem e renovar a licença quando um de seus fantasma atacou um familiar vivo na rua.

Algumas horas depois, Lorena soube que o sepultamento havia acabado. Ela soltou uma lufada de ar dos pulmões e apoiou as mãos sobre o peito imóvel. Pelo menos, saber que a vida não acabava com a morte do corpo lhe dava um pouco de esperanças. Não sabia o que tinha no Mais-Além, mas, quem sabe, um dia poderia reencontrar sua mãe, o pai, a tia e a priminha. E falar para eles tudo que deixou de dizer enquanto pode.

***

Foi fácil se acostumar com a casa de Felipe. A rotina era tranquila, assistia aos ensaios da banda, jogava videogame, conversava com todos e passeava com Nina e Tomás, os outros fantasmas da casa.

Naquele dia, havia ido até um shopping com Nina e Ruby. A lobismina tocava e cantava lá de vez em quando para fazer um dinheiro extra e, enquanto isso, Lorena e Nina passavam o tempo na livraria.

Levada pelo tédio de estar morta há muitos anos, Nina desenvolvera um novo hobby: ler escondida atrás de alguém vivo. Ela andava pela loja tentando escolher sua próxima vítima. Lorena achava graça e fingia folhear um livro infantil, enquanto observava a fantasma se pendurar nos ombros de uma mulher.

— Odeio esse tipo de história — disse ela depois de alguns segundos, descartando mais uma leitora.

Nina era uma garota pequena de pele marrom. Quando morreu, usava um vestido trapézio curto, branco de estampa geométrica vermelha e preta e sapatos vermelhos de salto baixo. O cabelo curto e alisado estava em um corte chanel.

— Por que você simplesmente não arruma um livro e lê sozinha? — perguntou Lorena, ajustando o fone no ouvido. Passara a usá-lo para conversar com fantasmas e evitar que a achassem louca por falar sozinha. O cabo do fone ia até o bolso, onde não havia celular algum. — Você consegue mover as páginas, oras.

— Aí não tem graça — respondeu ela, dançando. — Não é como se eu tivesse pouco tempo de sobra.

Ela flutuou para longe e Lorena guardou o livro que ainda segurava na prateleira. Soltou um longo suspiro passando o dedo pela lombada. O nome do personagem era Lucas. Sentiu uma repentina e dolorida saudade. Já passara um mês, e ela não passava um dia sem lembrar do colega de camisa listrada e sorriso difícil. O que mais a incomodava, porém, era o fato de que ele não dera nem sinal de morte. Tentava afastar o garoto da cabeça, mas era difícil. O tempo que passaram juntos não era fácil de esquecer, apesar de ter sido tão curto.

Levou um susto quando Nina pendurou-se em seu pescoço.

— Você fica aí toda emo olhando esse livro sempre que a gente vem aqui — acusou a garota. — E deve fazer uma semana que você não tagarela pelos cantos sobre esse tal de Lucas.

Lorena soltou deu uma bufada com um misto de riso. Lembrou-se com vergonha que não parara de falar de Lucas nos primeiros dias na casa de Felipe.

— Só acabou o assunto — disse Lorena, secamente. — Não passei tempo suficiente com ele pra ter tanta coisa assim pra contar. Foi literalmente só um dia.

Nina deu a volta e se sentou num pufe colorido, fitando Lorena, interessada.

— O que você acha que aconteceu?

Lorena bufou alto chamando atenção de alguns clientes. Ajeitou o fone no ouvido, disfarçando.

— Sei lá. Deve estar bem, seja lá onde estiver. Ele não está aqui e tenho todo o tempo do mundo pra esquecê-lo.

Nina riu, mas não disse mais nada.

Lorena voltou a passear pelas prateleiras tentando pensar em outras coisas.

Ruby as encontrou na saída do shopping e foram andando em direção à casa. Nina logo engatou em uma de suas infames histórias do passado. Ela adorava relembrar como tinha morrido. Caiu de uma ponte improvisada no caminho de uma festinha. Lorena havia prestado atenção na primeira vez que a amiga contou a história. Talvez na segunda ou terceira também, mas, depois de um tempo, começava a divagar assim que ela começava. Tomás tinha a mesma mania. Os dois adoravam reclamar da vida e da morte.

A certa altura da rua, Ruby começou a cantarolar, talvez para abafar a falação de Nina, mas a fantasma logo soltou uma exclamação.

— Por que você não invoca o seu carinha?!

Ruby ajeitou a guitarra no ombro e revirou os olhos.

— Lá vem você com suas ideias malucas. E Hector não é *meu carinha*, é a porra do meu namorado, Nina.

— Não tô falando de ti, tô falando da Lorena! E não é uma ideia maluca!

— *Meu* carinha? — perguntou Lorena. — Invocar? Como? Na verdade, acho que o Lucas já tá no Mais-Além.

Ruby e Nina trocaram um olhar.

— Que foi?

— Olha, Lori — começou Ruby —, não é por nada não, mas é rápido demais pra um suicida.

Lorena parou de andar e suas colegas ficaram olhando.

— Você não sabia? — perguntou Nina. — Se a ceifadora dele é a Alice Gótica, é porque ele se desaviveu.

— Desviveu, Nina. — Ruby colocou as mãos na cintura.

— Tanto faz a palavra. Desculpa, esse assunto é um tabu pra mim, eu não dou conta.

Lorena se forçou a continuar a caminhada, mas ficou para trás enquanto as duas discutiam a gramática de termos inventados. Elas sumiram de vista no meio da multidão na Avenida Brasil. A informação sobre a morte de Lucas ainda embotava sua mente. Ficou com vontade de poder tirar o cérebro para lavar.

Apressou o passo até Nina e Ruby.

— O que você quis dizer com *invocar*?

Nina se virou e deu um sorrisinho.

— Com o tabuleiro ouija. Ou fazemos com um copo ou compasso mesmo se o Lipe não emprestar o ouija pra gente.

Os pelos do braço de Lorena se arrepiaram.

— Essas coisas são reais mesmo?

— Claro que sim.

— Nada nunca aconteceu quando fiz o jogo do copo.

— Não deveria ter nenhum fantasma por perto te vendo. Se tu não for médium, não vai conseguir invocar nada. Além disso, o jogo é ilegal, então a maioria dos fantasmas têm o bom senso de não engajar — respondeu Ruby. — Dá uma baita multa ou até prisão. Não que isso impeça a Nina de qualquer coisa. Só médiuns podem usar.

Ficou com aquilo na cabeça, pensando em pedir a Felipe assim que chegasse em casa. Já fazia tempo que estava longe de Lucas e queria respostas. Além disso, estava com saudade. E para Lorena, a saudade não era um sentimento familiar.

Lucas

Capítulo 16

Quando Lucas se abre

— *Cada poça dessa rua tem um pouco de minhas lágrimas*, Fresno

Lucas passava boa parte do tempo na varanda. Max, também. No mês que passou, Rose foi embora para o Mais-Além e nenhum outro fantasma ocupou o lugar dela. A rotina era chata e repetitiva. Faziam a rodinha todos os dias pela manhã. À tarde, sessões individuais com Violeta, meditação e ioga. Podiam ver televisão à noite, mas cada fantasma gostava de uma coisa diferente e precisavam revezar.

Lucas não aguentava mais. Sabia que não deveria estar ali de verdade e que Alice só o mandara para Violeta por saber que assim ele ficaria longe de Lorena. Não tinha a menor vontade de cooperar com a médium e se sentia cada vez mais entediado e desesperado.

Ali, olhando para o mar e ouvindo música no discman, lembrou de uma conversa que tivera com Max em uma madrugada.

— Queria agradecer pelo mantra — dissera Lucas, sincero. — Funciona mesmo.

— É legal, né? Tenta decorar as palavras que aí nem precisa do áudio. É melhor que dormir. Quando eu dormia, só tinha pesadelo.

— Me diz uma coisa, ela não deixa a gente sair daqui, não?

— De jeito nenhum. Não tem como escapar daqui. Às vezes, a Alice ou algum fiscal aparece. Você pode falar com eles, mas sinceramente? Não vai dar em nada. Eu sei que é um saco, mas essa coisa da Violeta parece funcionar. Melhor do que ficar aqui pra sempre.

Lucas tentou, mas era realmente impossível fugir. As paredes pareciam sólidas. Não conseguia flutuar para fora das janelas ou pela varanda. Nem pelo chão ou pelo teto. Pediu autorização para Violeta e ela só faltou rir da cara dele.

Com todo aquele tempo livre, acabou se aproximando um pouco de Max. Passavam o tempo juntos no quarto, aprendendo a segurar objetos, abrir portas, solidificar o corpo. Com aquele exercício diário e constante, logo conseguiu pegar qualquer coisa sem derrubá-la.

Lucas percebeu que tinha muito mais facilidade com aquilo do que os colegas da casa e se perguntou o motivo. Max achava que era algum tipo de talento natural para o sobrenatural, mas Lucas teve suas dúvidas. Seu único talento sempre foi a música e seria muito irônico descobrir outro depois de virar um fantasma.

Estava treinando e restavam apenas alguns minutos para a próxima sessão do grupo de apoio. Será que deveria se abrir finalmente? Contar o que havia acontecido? Se estava preso ali, será que não era melhor aproveitar?

A sineta horrorosa de Violeta tocou e lá foi ele até a cadeira de sempre, feito um zumbi, desses de filme. Ouviu Dani falar sobre o pai dela, que era horrível, e sobre o tempo de escola. Depois Max passou trinta minutos destrinchando o relacionamento com os sete irmãos. Ele havia mesmo se aberto para Violeta. A médium falou um pouquinho, explicando como tinha ido parar em Balneário Camboriú e virado médium registrada do Mundo Espiritual.

E então...

Como sempre, todos olharam para ele.

Lucas suspirou. Olhou para baixo e remexeu nos dedos, girando-os de um lado para o outro. Por fim, abriu a boca e começou a falar.

Falou sobre a mãe e o irmão abusivo. Sobre seu sonho de viver de música. Como a morte parecia persegui-lo e como o falecimento do ex-namorado tinha sido a última gota na sua poça de lágrimas do desespero — com essas palavras, bem dramáticas. Contou que não havia restado ninguém com quem conversar. Que o irmão era a pior pessoa do mundo. E como começou sua pesquisa sobre a morte. Chegando mais para o fim, não poupou detalhes, deixando Dani com um esgar e Max boquiaberto.

Violeta apenas sorriu de leve, parecendo satisfeita por ele finalmente ter se aberto.

Quando terminou, Lucas não ficou para ouvir comentários ou perguntas. Só se levantou e foi se esconder na varanda. Gostava do barulho do mar. Ajudava a mascarar os pensamentos mais esquivos em um canto da mente.

Ficou sozinho enquanto não chegava sua vez para a sessão com Violeta. Lá pelas três da tarde, ela o chamou, e ele foi, a contragosto. Não gostava de ser analisado nem pressionado a falar.

Naquele dia, porém, as coisas foram diferentes. Violeta o parabenizou por se abrir e fez uma série de elogios que ele nunca imaginou ouvir saindo dela. Definitivamente havia um método ali, por trás do jeitão rígido. Podia ver as engrenagens da médium tentando se adequar para trabalhar com ele. Ela parecia ter assumido outra personalidade. Precisava ficar de olho para não ser manipulado.

— Se eu fui tão bem assim, que tal me deixar falar com minha amiga? Pode ser pelo telefone. Ou uma mensagem.

Os olhos dela faiscaram e, por um instante, ele conseguiu enxergar a Violeta rígida. Mas a médium se segurou e sorriu com o sorriso mais simpático que tinha.

— Estamos em um momento crucial do seu tratamento, querido. Contato com o exterior agora pode estragar o mês de trabalho que tive com você e não queremos isso, não é?

Ele demorou para responder.

— Certo.

— Que bom que você entende. — Ela levantou e abriu a porta para que ele saísse. — Que tal eu liberar a televisão mais cedo hoje?

— Ótimo.

Lucas se afastou até o quarto e abriu a porta da sacada. Infelizmente, Max estava lá.

— Foi ruim assim? — perguntou o colega.

Lucas não respondeu. Apenas apoiou os cotovelos no parapeito e encarou a espuma do mar.

Capítulo 17

Onde Lorena toma uma decisão

— *Olha*, Far From Alaska feat. Lenine

Finalmente chegaram em casa. Lorena estava ansiosa para falar com Felipe sobre o ouija e aquele plano doido de Nina. No tempo que passou ali, acabou se aproximando muito do médium. A convivência com todos da casa era fácil e tranquila, como se todos falassem a mesma língua.

Já tinha se acostumado a ter poucos amigos e uma vida social que beirava o minimalismo. Achou que seria difícil se acostumar com aquela casa cheia, mas em poucos dias já estava tagarelando com todo mundo, principalmente Ruby e Felipe. Gostava de cantar com a lobismina quando ela tocava violão na sala e de ficar na cozinha com Felipe enquanto ele cozinhava, ouvindo histórias dele e contando as suas.

Se Lucas pudesse estar ali também... tudo seria ainda mais perfeito.

Ficou nervosa de ver a calma com que Ruby abria o portão da casa, procurando o chaveiro, escolhendo a chave do molho, como se o tempo fosse eterno. Se já tivesse a sua, teria aberto ela mesma para que pudesse ir logo atrás de Felipe e falar do tabuleiro. Mas Lorena ainda não tinha conseguido sua própria cópia das chaves, o pedido de autorização estava parado em algum trâmite.

Ao entrar, deram de cara com um roupão velho e gasto com capuz de urso panda e um par de pantufas de coelhinho. Enfiado nisso tudo estava Shion, largado no sofá.

— Você deveria estar dormindo — disse Ruby, lançando um olhar preocupado.

— Estou com uma insônia horrível chamada Felipe-tocando--bateria — retrucou ele.

— E o quarto lá atrás?

Shion murmurou alguma coisa em japonês que Lorena não fazia ideia se alguém tinha entendido.

— Bom — Ruby falou. — Já que tu tá acordado, podia limpar a sala? Acho que vou dar um jeito na cozinha.

— Eu já limpei os banheiros — a zumbi falou, pra deixar bem claro que tinha feito sua parte.

Lorena adorava aquela casa. Não por ser enorme e bonita, mas por tê-la acolhido. Por ser um lar quando mais precisou. A mansão tinha sido dos pais de Felipe, que o deixaram sozinho ali quando ele tinha apenas quinze anos. Moravam em outro estado e apareciam de vez em quando.

Shion vivia ali desde que Felipe era uma criança pequena, sem que os pais dele sequer soubessem da presença do vampiro na casa.

O barulho da bateria denunciava que talvez fosse um daqueles dias em que Felipe estava particularmente mais sensível que o comum. Os sons ecoavam, vibrando em cada copo de bebida barata espalhado pela sala de estar em algo que não soava muito como música.

Tomás atravessou a parede vindo da rua e se sentou ao lado de Shion. Ele era um adolescente doce, branco, baixo e que usava o cabelo ruivo em um topete malfeito, além de calças apertadas e uma camisa de botão estampada. De acordo com ele, seu maior arrependimento era não ter arrumado o cabelo antes de sair de casa para encontrar o namorado. Os dois haviam se envolvido em um acidente de moto. O namorado ainda estava se recuperando dos ferimentos, e ele estava ali.

— Oi, Lori — cumprimentou ele, tranquilo, quando a garota se aproximou.

— Olá, Tommy — respondeu, no mesmo tom calmo.

— Eu juro que vou sugar cada gota de sangue desse moleque se ele não parar com esse barulho insuportável — resmungou Shion. — Ele tá tocando há horas.

— Eu falo com ele — ofereceu-se Lorena. — Mas você também podia só colocar um protetor auricular ou usar aquele fone chique do estúdio.

— Eu sou um vampiro, Lorena, eu ouço *tudo*.

Lorena subiu as escadas e se esquivou das baquetas que voaram em sua direção. Felipe gritou um palavrão e se levantou, derrubando o banco da bateria.

— Ei! — gritou ela, apanhando as baquetas do chão — Nem todo mundo é atravessado por objetos por aqui.

O estúdio estava um caos. O computador, coberto por uma pilha de camiseta, e até mesmo o piano sofria as consequências de duas semanas sem faxina. O tampo estava marcado com manchas de copos.

Felipe se largou no sofá, cobrindo o rosto com as mãos.

— Desculpa — resmungou.

Lorena se sentou também e passou o braço pelos ombros dele.

— O que foi agora, alguém tomou o seu Toddynho?

— Na verdade, tomou, sim, mas esse não é o problema — disse ele, descobrindo o rosto e se voltando para ela.

— Você está com cara de bunda de cabrito, Felipe.

— Eu sei. Me ignore, minha mãe ligou e tivemos uma conversa incrível sobre eu *não ter feito faculdade*. Imagina se ela soubesse que passei quatro anos num curso superior para médiuns...

— Não sei por que se importa tanto. Sei lá, ignora ela.

— Não é tão fácil, Lori, passei minha vida toda ouvindo merda dos meus pais e, em vez disso me fortalecer, só me fez acumular ódio. Mas deixa isso pra lá. Você parece menos pior que o normal.

— Estou tão péssima como em qualquer outro dia. Eu só finjo muito bem.

Ele se esticou no sofá e apoiou a cabeça no ombro dela.

— Temos isso em comum.

— Você não cansa? — perguntou ela, enrolando uma mecha do cabelo dele no dedo. O cabelo de Felipe era macio e tinha cheiro de xampu de fruta.

— De quê?

— De ficar ouvindo nossas reclamações. Às vezes eu até me

sinto mal de jogar todos meus problemas em você.

— Relaxa, é meu trabalho. Eu sou pago pra ouvir vocês. Mas cansa, sim. Preciso de férias. Quando tá insuportável, eu peço um tempo antes que me mandem mortos novos.

— Sinto muito.

— Não é sua culpa. E você não me cansa. — Felipe se ajeitou no sofá e se virou para ela. — Só um pouquinho, vai, às vezes.

Lorena deu uma risada.

— Pois vou te cansar mais ainda agora. Queria ver uma coisa contigo. Sobre um tabuleiro ouija...

Felipe se espreguiçou, bocejando.

— Você quer tentar achar seu amigo, né?

Lorena lançou seu melhor combo de sorriso com olhos brilhantes, pestanejando os cílios. Ele deu uma risadinha.

— Seu amigo tá com a Violeta. A Alice não queria me falar, mas arranquei dela mesmo assim usando o poder da chatice.

— Quem é essa?

— Uma médium especializada em casos específicos de suicídio, os métodos dela são... estranhos. Podemos tentar usar o tabuleiro, mas sinceramente... Os mortos da Violeta ficam presos no apê dela, são casos bem especiais. Provavelmente é por isso que ele sumiu. Nem pode sair de lá.

— E por que você não me disse isso antes?

— Porque eu tinha esperança de você esquecer dele por conta própria. E você não perguntou. Mas, vamos lá, quero ver o que tem de tão especial assim nesse defunto misterioso.

— Não chama ele assim.

— Fantasma misterioso.

Lorena seguiu Felipe até o quarto dele. Era o completo oposto do resto da casa. Estava impecável, com os móveis limpos e organizados, sem uma peça de roupa fora do lugar. Até a cama havia sido arrumada. Enquanto ele vasculhava o armário, ela reparou em um mural na parede onde vários desenhos e fotografias se acumulavam sobrepostas. Na escrivaninha, o desenho não finalizado de uma garota. Os traços à aquarela delicados, com um cabelo azul escorrendo pela página. Era ela.

— Você desenha todos os mortos que conhece? — perguntou.

Felipe tirou do armário uma caixa de madeira e olhou para o mural.

— Nem todos. Só os que vem aqui pra casa. Eu gosto de lembrar dos rostos de todo mundo. Pra alguns médiuns, vocês são só números. Pra mim, não.

— Você não existe, Lipe.

Nina havia sido pintada à guache, linda e com um sorriso enorme. Reconheceu Tomás, a lápis de cor, cheio de sardas em formato de coração.

— Bem que você podia me emprestar uns materiais de desenho.

— Quando quiser é só pedir, tem de sobra.

Felipe se sentou na cama e ela o acompanhou, meio ressabiada, enquanto ele abria a caixa. Parecia antiga. Era de madeira clara e as letras do alfabeto haviam sido gravadas em tinta preta, com um grande olho bem no centro. O "sim" e o "não" ficavam nos cantos e, na parte inferior estava gravado "adeus".

— Uau, que incrível. Parece saído de algum filme de terror.

— Legal, né? Paguei quinze pila no camelô.

Ele posicionou o ponteiro sobre o desenho do olho. Tinha um buraco no centro para que pudessem ver em que letra estava.

— Qual o sobrenome dele? — perguntou Felipe.

— Vixe, nem sei.

— Nossa, mas você também não fez o mínimo. Então você precisa se concentrar no rosto dele. Feche os olhos e mantenha o pensamento firme, sem se distrair. Com bastante afinco, porque devem existir uns trilhões de Lucas mortos e não queremos todos eles aqui em casa.

— Ok. Como isso funciona?

— O tabuleiro funciona como um catalisador. Ele aumenta a frequência e a conexão entre médiuns e mortos. No caso, a conexão de Lucas é com você, então eu meio que... — ele pensou por alguns instantes — ... junto as duas coisas e o atraio até aqui.

— Hummm, então gente normal não consegue usar?

— Até consegue, se o fantasma estiver do lado. Uma pessoa normal não vai conseguir invocar ninguém; — ele ergueu o olhar e deu uma pequena risada. — Isso foi ideia da Nina, né?

— É tão óbvio assim?

Ele deu de ombros.

— A Nina só quer ver tudo ao redor dela queimar, Lori. Ela ia te engabelar com um jogo do copo sem nem pensar duas vezes.

— Não sei se eu deveria achar isso ofensivo ou engraçado.

— Só fica de olho. Fantasmas antigos são estranhos e entediados — ele ajeitou o tabuleiro ouija entre os dois e cruzou as pernas. — Ponha o dedo no ponteiro comigo. Isso, assim, igual a mim. Feche os olhos. — Ele inspirou fundo e começou a falar: — Nos reunimos aqui para invocar o espírito de Lucas sei-lá-qual-sobrenome.

— Pô, Felipe, sério?

— Quieta aí e se concentra, o que eu falo não tem importância, o que vale é a intenção.

Ele pigarreou.

— Lucas, eu te invoco. Desejamos boas-vindas a seu espírito, coisas boas e tudo o mais. Bons pensamentos etcétera. Apareça!

Lorena abriu um olho para espiar o médium. Ele parecia bem sério apesar da baboseira que estava falando.

— Não tá acontecendo nada.

— Te acalma, mas que pressa. E feche os olhos!

— Aposto que você tá só tirando com a minha cara.

— Se concentra, Lori.

Ela suspirou e fechou os olhos. Imaginou o rosto de Lucas. Ele dando aquele sorriso mínimo. Os olhos verdes, as sobrancelhas grossas, a curva do nariz.

— Agora sim — Felipe falou, e Lorena realmente conseguiu sentir uma mudança no ar.

— Lucas Sei-Lá-Das-Quantas, te invocamos. Você é bem-vindo em minha casa. Não-lembro-direito-das-palavras-que-a-Berga-mota-me-ensinou, blá-blá-blá.

— Puta que pariu.

— Shhhhhh!

— Como uma fruta te ensinou alguma coisa?

— É o nome de uma bruxa, agora dá pra se concentrar e ficar quieta?

Apertou os olhos com força, tentando não ouvir o besteirol de Felipe. Se ele estivesse tirando sarro com a cara dela, ele ia ver só. Pensou em Lucas mais uma vez. Na vontade que estava de vê-lo novamente. Em como queria saber se ele estava bem. Queria contar tudo que se passara naquele mês. Sobre os novos amigos, as conversas com Felipe, suas descobertas sobre o Mundo Sobrenatural.

Felipe repetiu suas abobrinhas mais algumas vezes e Lorena já estava desanimando quando as luzes do quarto começaram a piscar.

Parte II
Viver

It's the simple things that are so hard to grasp
Can't find myself in all these days that pass
But I can feel it when it shines

— *Heaven*, The Fire Theft

Presentemente, eu posso me
Considerar um sujeito de sorte
Porque apesar de muito moço
Me sinto são, e salvo, e forte

— *Sujeito de sorte*, Belchior

Lucas

Capítulo 18

Em que Lucas consegue sua liberdade

— *Dói pa um caraio*, Lucas Silveira

Lucas olhava para o mar quando sua visão ficou turva. E depois, branca. Até que escureceu completamente.

Perdeu o chão, caindo no meio do nada, o corpo se desfazendo em uma torrente de água, cada vez mais depressa, líquida, espessa, de repente sólida, até que avistou uma luz branca e o movimento parou tão subitamente quanto começou.

A primeira coisa que viu foi um olho escuro desenhado em madeira clara. Dedos sobre um ponteiro ouija, mãos tatuadas e então um quarto inteiro.

— Puta que pariu! — Lucas deu vários passos para trás, as pernas fracas e cambaleantes ao recuperar o controle do próprio corpo.

Uma dor forte invadiu seu cérebro e o estômago parecia virado do avesso. Se encolheu no chão, sem entender nada.

— Caralho, isso dói. — E então olhou para cima. Uma garota baixinha estava agachada perto dele, olhando-o preocupada. Tinha o cabelo azul e lindos olhos escuros.

— Lorena? — gemeu ele.

— Eu mesma. Desculpa, não sabia que ia doer tanto te chamar com o ouija.

Queria dizer a ela que não tinha problemas, que estava feliz por ter sido resgatado da filial do tédio na terra, mas a garganta parecia empelotada. Queria vomitar, mas era um fantasma, então só ficou ali, passando mal.

— Espera um pouquinho, ele vai melhorar. — Ouviu uma voz desconhecida, aveludada.

Mentalizou um dos mantras que aprendera com Violeta e, depois de alguns minutos, conseguiu se levantar.

— Que lugar é esse? — perguntou. — Como eu vim parar aqui?

A pessoa loira no quarto lançou um olhar para Lorena e então falou:

— Você tem pouco tempo, Violeta vai perceber e chamar ele de volta rapidinho.

— Quê? — Lucas quase gritou. — Eu não posso voltar lá, aquele lugar é um inferno. Essa é minha única chance.

— O inferno é um tiquinho pior, eu acredito. Se você tem pressa, então sugiro não perder tempo com a Lorena e ir atrás da Alice. Só ela pode mudar isso.

Lorena se aproximou e colocou as mãos no rosto dele.

— Vá. Vá e depois volte aqui.

— Eu não sei como achar ela.

Felipe tirou um celular do bolso, teclou um número e o colocou no ouvido.

— Alice, onde você tá? Aham, oi pra você também. Onde você tá? Porque sim, só me responde, por obséquio, eu fico te devendo um favor.

Ele desligou o celular.

— Molhe da Barra Sul — instruiu Felipe. — Estamos bem longe. Sabe chegar lá?

— Eu não faço a menor ideia nem de onde estou.

— Tu tá no bairro das nações. Precisa ir depressa, ela não vai esperar.

Lucas fechou os olhos e mentalizou o molhe. A rosa dos ventos gigantesca no chão, o calçamento de pedras pretas e brancas, a vista para o mar, montanhas e cidade. E aí ouviu a voz de Felipe dizer:

— Geralmente pouco importa o que você faz. O que vale mesmo é sua intenção. Essa regra vale pra praticamente tudo nesse mundo.

Intenção, Lucas pensou. Se queria algo naquele momento, era sair do apartamento de Violeta. E, para isso, precisava falar com Alice. Focou a atenção naquele desejo. Naquela ânsia de nunca mais pisar naquele lugar.

E Lucas começou a ouvir o som de pessoas, das ondas quebrando nas pedras do molhe, gaivotas e de uma lancha. Abriu os olhos e lá estava ela. E ele.

Alice usava calça preta rasgada e uma blusa curta. Estava com óculos de sol redondos e o cabelo alisado.

— Venha comigo — disse ela, girou nos calcanhares e saiu andando.

Lucas a seguiu, cruzando o comprido molhe sobre o mar.

— Alice, eu...

— Eu sei por que você está aqui. Quer aproveitar a brecha e implorar. — Ela baixou os olhos e leu algo no celular, para aquele aparelho esquisito. — Sabe qual a sua sorte? Que o Felipe acha que você é o segredo para tal da Lorena ir pro Mais-Além.

Ela guardou o celular com força no bolso de trás, a voz cheia de rancor.

— Tá feliz? — disse ela. — Você estava certo, no fim das contas. Sobre ajudar a tal da Lorena. Era isso que queria ouvir?

Lucas não respondeu. A conversa parecia estar indo bem e não queria irritá-la ainda mais. Saíram para a calçada e ele a seguiu quando ela embarcou em um bondinho. Do rio, um barco pirata navegava na direção do mar, repleto de turistas. O bondinho vermelho foi sacudindo para lá e para cá na Avenida Atlântica.

— Eu não gosto disso — disse ela, enfim. — Não gosto quando gente morta ou desmorta começa a se apegar tanto. Já se passou um mês. Não dá pra esquecer, não? Se não deu, pior ainda. Coisas ruins acontecem com desmortos apegados à vida. E amor, saudades, esse tipo de sentimento, são coisas de gente viva.

— E o que eu deveria fazer, então? — perguntou Lucas. — Eu sinceramente não sei mais. Só sei que ficar com a Violeta é um suplício. É horrível. E eu sei dentro de mim, lá no fundo, que a melhor forma de me ajudar é ajudando a Lorena. E se o Felipe acha a mesma coisa, não vale a pena tentar?

— Olha, sinceramente? Já desisti de você. Faça o que quiser, não é problema meu mais. Eu fiz meu trabalho. Tenho mais com que me preocupar. Essa é uma decisão que você e apenas você pode tomar. Já disse tudo o que podia para ajudá-lo. Mas se resolver esquecer esse assunto, sugiro que se afaste dela o mais rápido possível. Vocês não pertencem ao mesmo mundo e não gosto nem um pouco da cara de cachorro que você faz quando fala dela.

— Eu não faço cara de cachorro.

— Claro que faz. Você só não está prestando atenção. Qualquer idiota percebe que você se apegou a ela.

O bondinho parou e os dois saltaram. Alice pegou o celular, o olhou, séria, e soltou um suspiro.

— Está na hora. Volte pro Felipe. Ele é todo seu. Vou falar com Violeta e encaminhar os documentos. O que você acha? — indagou ela, alongando os braços para cima. — Que animal seria dramático o suficiente para ceifar nesse belo fim de tarde?

— Um corvo? — sugeriu ele.

— Corvos são muito clichês. Vou de... joaninha.

Alice riu e lançou um último olhar para Lucas. Deu um pulo no ar. Seu corpo se transfigurou em um inseto pequeno e logo sumiu.

Capítulo 19

Em que Lorena sente desejos estranhos sobre nascer na época errada

— *It's Hard to Get Around The Wind* , Alex Turner

— Quer dizer que você me desculpou por usar o tabuleiro de ouija em você? — perguntou Lorena, se aproximando devagar.

Precisou segurar o sorriso que ameaçava invadir o rosto ao perceber que Lucas estava de volta. Um calor de expectativa tomando conta de seu ventre. Ela estranhou a sensação. Afinal, quase não o conhecia.

Lucas desviou a atenção do piano de cauda e a observou demoradamente com os olhos claros, caindo no sofá em seguida. Ficou ali, encarando as próprias mãos como se elas fossem realmente interessantes antes de falar qualquer coisa.

— Na verdade, eu nem preciso te desculpar por nada. Você me fez um favor. — Ele esfregou a nuca. — Foi mal, ainda tô esquisito. Essa coisa de me transportar rápido demais pela cidade não me fez muito bem.

Lorena assentiu e se sentou ao lado dele. Sem conseguir segurar mais, deixou o sorriso tomar conta do rosto. A proximidade a deixava com cataventos no estômago.

— Eu achei que não ia mais te ver — disse ela, antes que pudesse se segurar.

Lucas soltou uma meia risada, meneando a cabeça.

— Eu achei que ia ficar lá para sempre. Era como se aquele

lugar sugasse toda e qualquer esperança de mim.

Ele olhou em volta com um olhar confuso.

— Aqui é mesmo a casa de um médium?

Lorena fez que sim.

Os lábios dele se repuxaram nos cantos.

— Não parece.

— A casa da Violeta era muito diferente?

— O apê dela era o avesso disso aqui. Eu nunca vi tanto bege reunido em um único lugar.

— Bem, aqui não é bege, mas é difícil limpar, é grande demais. Eu deixo o meu quarto limpinho, pelo menos.

— A limpeza é o de menos. Sério, eu nem acredito que consegui sair de lá.

Lorena cruzou as pernas no sofá e um joelho atravessou a coxa de Lucas.

— Era tão ruim assim?

— A gente não podia fazer praticamente nada. O tédio era simplesmente horrível. Tem aquela coisa de rodinha aqui?

— Rodinha? Ah, você diz o grupo de apoio? Tem sim, é obrigatório. Mas não é ruim, não. A gente fica conversando de boas. E na sessão com o Lipe, ele leva a gente pra andar de carro por aí, ou ficamos jogando videogame.

— Videogame?

— É, eu disse que era legal. E o Felipe... Sei lá, tem alguma coisa nele. Você vai ver, ele tá com a Nina e deve voltar logo. Vai ficar tudo bem agora, eu acho... — disse ela. — Eu senti sua falta.

Ele subiu o olhar.

— Eu também. Foi, assim, muito estranho quando de repente não tinha ninguém fazendo perguntas ou chorando o tempo todo.

Lorena soltou uma risada e deu uma cotovelada de leve nele. Ficou surpresa por senti-lo sólido.

— Eu... — ele começou a falar, esfregou o rosto e se ajeitou no sofá. — Eu preciso ser honesto com você e preciso começar de algum lugar.

— Não precisa me falar nada que não quiser.

— Eu sei... É só que... Bom, eu te encontrei por causa da Flávia. Eu queria ajudar você — disse ele. A voz trêmula. — Tentar te ajudar a alcançar seus desejos, ou resolver seus problemas não resolvidos. Esse tipo de coisa que deveria fazer alguém morto ir ao Mais-Além. Eu não me preocupei se isso me ajudaria de alguma forma ou não, só queria... ser útil, sei lá.

Ele pareceu ter feito um grande esforço para dizer aquilo.

Lorena torceu os lábios e balançou a cabeça.

— Eu não sou a única que morreu sem ter realizado o que queria. Eu não fiz nem um terço das coisas que sonhava fazer. Não importa o quanto você queira me ajudar, não tem como continuar atrás dessas coisas. Elas estão no passado. Eu estou morta, acabou para mim. Não posso entrar na faculdade, sair com meus amigos, encher a cara, ter uma família... Eu nunca mais terei nada disso.

— E nem é isso que importa, né? A Violeta vivia falando disso. Que essa coisa de assuntos inacabados era balela. Que o real segredo é aceitar as coisas como são. Ela falava muito de perdoar também. Mas não sei se sou capaz disso.

— Quem você precisa perdoar?

— Meu irmão, principalmente. E... eu mesmo, eu acho.

— Por quê?

Lucas estava sério, mas soltou uma risada.

— O que foi? — perguntou ela.

— Nada, só senti falta das suas perguntas.

— Eu nem pergunto tanto assim, posso fazer o quê se sou curiosa?

— Não é por mal, é só que... é fácil conversar com alguém se eu não preciso ficar puxando assunto.

— Que coincidência, eu odeio que me perguntem coisas e você gosta.

Felipe surgiu nas escadas e veio até onde estavam, cumprimentando Lucas com um toque de mãos como se fossem velhos conhecidos.

— Deu tudo certo então? — perguntou ele, puxando uma banqueta e se sentando com a perna cruzada.

Lucas fez que sim.

— Obrigado.

— Que nada, é meu trabalho. Eu sou literalmente pago pra ser a babá de vocês. A Lori já te deu um resumo de como as coisas são por aqui?

— Mais ou menos.

— É um pouco diferente da Violeta, mas o princípio é o mesmo — Felipe fez uma pausa, pensativo, enquanto alongava os braços e estalava o pescoço. — Todo dia de manhã tem grupo de apoio. Todo mundo é obrigado a participar, mas ninguém precisa falar se não quiser. Três vezes por semana têm sessões comigo. A Violeta me mandou seu arquivo, mas nem li e nem lerei. Agora que você tá aqui, prefiro te tratar como um fantasma novinho em folha, e as informações são suas pra compartilhar comigo ou não.

Lorena viu como Lucas pareceu aliviado ao ouvir a última frase. Felipe continuou:

— Resumidamente, é isso. Você pode usar a televisão, videogame, ler livros, quadrinhos e tudo mais, não vai ficar entediado. Fique à vontade. Só não coma nada de ninguém sem pedir e temos uma regra de não atravessar paredes de quartos, sempre bater na porta. Pode sair da casa, só esteja aqui no horário do grupo. A sessão particular é flexível. Ah, e tem um computador com internet lá embaixo, mas redes sociais e sites de notícias são bloqueados.

Felipe deu um tapinha nas próprias pernas e se levantou.

— Acho que é isso. Os outros fantasmas não usam muito o quarto deles, mas se você quiser, tem uma cama extra no quarto da Lorena e uma cópia daquele mantra que vocês usam pra simular um sono.

— Eu mostro pra ele — disse Lorena.

— Ótimo. Fique tranquilo hoje, e amanhã a gente conversa. Lori, quero falar contigo depois do ensaio.

— Ok.

Ela se levantou e chamou Lucas, que a seguiu até o quarto. Nada havia mudado desde que ela chegara, exceto que Lorena tinha algumas peças de roupas novas. Sobre a mesinha, uma pilha com alguns livros e mangás que ela estava lendo, um pequeno relógio de plástico rosa e um vasinho de planta.

— Você tinha um quarto lá na Violeta? — perguntou ela.

Lucas assentiu.

— Eu dividia um quarto com outro cara, mas a gente não conversava muito.

— Eu durmo aqui — ela apontou a cama perto da janela e depois andou até a cama encostada na parede do outro lado do quarto, abrindo o gaveteiro na parte de baixo — e aqui ficam as roupas de cama.

Lucas se adiantou e pegou um lençol e uma fronha, e a garota o ajudou a esticar o elástico no colchão.

— Você tava falando do seu irmão — retomou ela. — Você não falou da sua família naquele dia.

— É porque não tive uma, exatamente. Fui morar com o filho do meu pai biológico quando eu tinha nove anos. E foi basicamente aí que tudo começou a dar errado. A minha mãe era pianista e morreu em um acidente ridículo. — Lorena se sentou na própria cama enquanto ele se ocupava em colocar a fronha no travesseiro. — Eu não consigo mais me lembrar do rosto dela, nem do cheiro, nem da voz.

— Não tinha mais nenhum lugar pra você ir?

Ele sacudiu a cabeça.

— Família pequena. Eu nem tinha contato com meu irmão, só sabia que ele existia. Meu pai foi embora assim que minha mãe engravidou e a família dela já era bem distante.

— Sinto muito.

— Tudo bem. Eu aprendi a lidar, aos poucos. Ficar fora do caminho dele.

Lucas flutuou até sua nova cama, agora feita, e se sentou de pernas cruzadas com a cabeça apoiada na parede.

Lorena se ajeitou.

— Ele batia em você?

Os ombros dele subiram e desceram.

— O que ele não fazia comigo?

Lorena sempre tinha vivido em um lar onde as pessoas se sentavam juntas para o café da manhã, igual propaganda de margarina. As coisas não eram perfeitas. Ela não era totalmente aceita. Mas não era indesejada. Como seria viver dessa forma? Tinha problemas com os pais, principalmente com a mãe, mas era amada.

— A minha sorte — continuou Lucas — é que minha mãe tinha me deixado dinheiro e os instrumentos dela, então eu podia fugir da minha nova realidade na música. Meu irmão vendeu o piano, mas comprei um teclado alguns anos depois.

— Que babacão.

Lorena chutou os chinelos e se deitou em sua cama, apoiando a cabeça nos braços e encarando o teto.

— Lucas... o que você teria feito diferente? — Ela se virou na cama para poder olhar para ele, que continuava sentado e apoiado na parede. — Troco um desejo meu por um seu. Você me diz um e eu retribuo.

— Justo — concordou ele. — Eu queria não ter queimado as fotos da minha infância. E me arrependo de fazer o trabalho dos outros, mesmo que me pagassem.

Lorena soltou uma risada. Lucas a fulminou com os olhos.

— Você é uma pessoa horrível. Eu aqui me abrindo e você dando risada.

— Não, não! Não é isso. Eu ri, pois achei engraçado você fazer o trabalho dos outros! Só isso.

— Era minha única fonte de renda antes de começar a trabalhar. Interessante que eu era o esquisito, até alguém precisar de nota boa em matemática ou física. — Lucas, que olhava para as próprias mãos, se ajeitou para fitá-la. — Sua vez.

Ela encolheu os ombros.

— Sei lá, fiquei com vergonha.

Lucas riu e jogou o travesseiro nela. Lorena o pegou e se sentou outra vez, abraçada a ele.

— Eu cumpri minha parte do acordo — alfinetou ele.

Existia uma infinidade de coisas que a garota queria ter feito. Queria se formar. Fazer sua coleção de roupas. Sair daquela cidade. Viajar. Ir ao show de sua banda preferida. Namorar e andar de mãos dadas. E principalmente, ela queria encontrar o lugar onde poderia ser ela mesma.

— Eu... eu queria... — Lorena travou. Sentiu sufocar, com um calor subindo pela garganta pensando em tudo o que perdera.

Teve de respirar fundo para continuar. — Para ser sincera — disse ela, depois de um tempo —, e para ser bem sincera, a única coisa que eu desejo agora era ter conhecido o Felipe e você antes de estar morta.

Não teve coragem de olhar para ele. Ficou cutucando uma linha solta na costura da fronha do travesseiro enquanto um silêncio se instalava entre os dois. Um silêncio onde nada podia ser ouvido, nem mesmo uma respiração, batida de coração, suspiro. Nada. O silêncio como prova definitiva que não havia para onde correr, como uma confirmação da morte. Tudo o que restava era a dor da perda e o desejo interminável de beijar Lucas.

Lucas

Capítulo 20

E a banda sobrenatural

— *Lonely Boy*, The Black Keys

— Que coincidência — respondeu Lucas, finalmente.

Pensou muito antes de falar aquilo, dividido entre a verdade e o engano.

Abriu a boca para continuar falando, mas foi interrompido por uma fantasma flutuando para dentro do quarto pela porta aberta.

— Vocês tão jogando Troca de Desejo?

Ela foi direto para a cama de Lorena, mas parou no caminho para se apresentar.

— Eu sou a Nina, a melhor fantasma da casa. Você deve ser o piá que a Lorena fala o tempo todo.

— Considerando o tanto que ela fala, não me surpreendo ter sido citado algumas vezes.

Nina riu e Lorena revidou, jogando o travesseiro de volta nele.

— Tá na vez de quem? — perguntou Nina, se acomodando confortavelmente na cama de Lorena.

— Na sua — indicou Lucas.

— Bom... eu desejava... ter feito uma maquiagem melhor antes de ir pra festa e morrer.

Olhou para Lorena, que mantinha os olhos baixos. Ela remexia nas unhas, em silêncio, descascando o esmalte azul. Parecia que ainda não tinha se recuperado da declaração.

Nina, alheia ao que estava acontecendo, apenas exclamou:

— Vai, Lori, sua vez!

Mas Lorena se levantou e disparou do quarto, descendo as escadas.

Lucas se levantou para ir atrás, mas Nina foi mais rápida e ele decidiu ficar ali.

O desejo de Lorena era um que ele compartilhava. Tê-la conhecido antes, quando os dois ainda faziam parte do mesmo mundo. Entendia muito bem o medo que ela sentia e que a fez fugir. O tão familiar medo da rejeição. Aceitar a morte parecia mais fácil do que aceitar a solidão.

A lâmpada do quarto começou a piscar e Lucas levou alguns instantes até perceber que era ele quem estava causando aquilo. Massageou as têmporas tentando acalmar os ânimos antes que quebrasse algo.

Olhou em volta e resolveu tentar se distrair explorando o local. Atravessou a porta até o estúdio no segundo andar. Conhecia bem aquele ambiente, pois ele mesmo tinha transformado seu quarto em algo parecido. No meio do caos, uma grande bandeira pintada a mão havia sido pendurada atrás da bateria. "Desmortos", dizia. O provável nome da banda. Havia três guitarras, uma delas pintada de vermelho com glitter. Um violão e um baixo acústico, além do elétrico. Tinha até um estojo de violino, mas de todos os equipamentos e instrumentos, o que mais chamou a atenção dele desde o início foi o piano maltratado no canto.

Lucas andou até ele e soprou a poeira das teclas. Sentou-se no banco e tocou um acorde. As notas reverberaram pela sala, estava afinado. Achou aquilo incrível, considerando o estado lastimável da peça. Ele soltou um suspiro. Encostar no instrumento trouxe uma sensação de alívio.

Sentiu a textura das teclas contra os dedos, tocando as notas melancólicas de uma composição própria. Murmurou a letra em voz baixa, com medo de que alguém escutasse.

Teve um sobressalto quando alguém apareceu atrás dele e parou de tocar.

— Que música é essa?

Felipe o encarava, desconfiado. As unhas dele estavam pintadas de preto.

— É minha.

Ele assentiu e continuou observando atentamente. Não sabia dizer se aquilo nos olhos do médium era curiosidade ou suspeita.

— Fantasmas costumam demorar bastante tempo até conseguir tocar em objetos assim. E mais cedo, quando te cumprimentei, você conseguiu tocar na minha mão.

Lucas estudou a expressão facial do médium, tentando ler nas entrelinhas o que ele queria dizer. O que de tão especial Lorena via nele, além do fato de ser atraente?

— Isso é um problema? — perguntou Lucas, genuinamente surpreso. — Às vezes ainda dá errado, mas boa parte do tempo eu consigo encostar nas coisas, sim.

— Hum. — Ele deu a volta em torno de Lucas, passando a mão pela madeira empoeirada do instrumento. — O toque, para os fantasmas, depende muito da intenção. Da vontade de tocar algo. É diferente do toque humano, que é apenas físico.

— O que isso quer dizer?

Os ombros do médium subiram e desceram.

— Que você tem uma habilidade incomum para tocar objetos.

Lucas pensou sobre aquilo por alguns segundos, fazendo a mão atravessar o piano antes de tocar um acorde.

— E quando eu toco em pessoas?

— Aí depende da intenção de todos os envolvidos. Você não conseguiria tocar num vivo que não vê fantasmas, por exemplo.

Lucas assentiu e testou o que Felipe havia dito mais algumas vezes, tocando e atravessando o piano. O médium inclinou a cabeça, como se considerasse algo antes de falar.

— Compomos uma música legal, mas Shion não quer gravar o piano, que só ele sabe tocar. Ele não gosta.

— Que tipo de pessoa não gosta de piano?

— É alguma coisa pessoal dele.

— Entendo. Em casa eu gravava todos os instrumentos eu mesmo. Eu gostava de brincar com o pedal de loop e gravar tudo de uma vez. Não que eu fizesse qualquer coisa de útil com os arquivos depois, além de jogar fora ou nunca mais ouvir.

Felipe riu.

— A Lorena me falou que você fazia faculdade de Música. O que você toca, além do piano?

Em qualquer outra ocasião, Lucas simplesmente daria as costas e fugiria da conversa. Mas era de música que estavam falando. A única coisa da qual ele sabia bem. Então se virou e respondeu:

— Principalmente guitarra. E eu canto. Também toco baixo, e não sou muito bom na bateria, mas consigo tocar.

Felipe pareceu interessado.

— É uma pena que esteja morto, ou te chamava pra fazer um teste pra nossa banda. Não conseguimos achar ninguém. E já tentamos fingir que somos ordinários e achar alguém ordinário, mas não deu muito certo. Principalmente na lua cheia. Ou quando algum fantasma não para de falar com a gente na presença da pessoa. Enfim.

Lucas balançou a cabeça.

— Eu não teria coragem de tocar em público nem se minha vida dependesse disso. No ambiente da universidade até que funcionava, depois de umas gotas de calmante, mas fora isso...

— Nunca é tarde. Você ainda tá aqui. Digo, mais ou menos.

— Meio que é tarde, sim.

— Esse é um equívoco bastante comum.

Felipe pegou uma pasta com divisórias e começou a procurar entre várias folhas de papel, separando algumas e entregando para Lucas.

— Consegue tocar isso aqui?

Lucas passou os olhos pela partitura e dispôs as folhas no suporte.

Inspirou fundo, por hábito, e começou a deslizar os dedos pelas teclas. Era uma música calma e melancólica em dó. Uma sequência de acordes para a introdução, com arpejos de dó e ré. A melodia bonita deslizou pelos dedos dele como manteiga e Lucas saboreou o som que reverberava pelo corpo.

Terminou de tocar a introdução e teve um leve sobressalto quando Felipe começou a cantar, a voz suave como chocolate derretido. A harmonia era simples, porém cumpria seu papel de acordo com o que Lucas acreditava: a canção contava uma história. A música avançou para o pré-refrão em um crescendo e Felipe fechou os olhos enquanto cantava.

A combinação de notas causou um arrepio que subiu pelos dedos de Lucas e percorreu os braços indo até a nuca, como uma ondulação, como se o corpo fosse um lago onde as ondas sonoras podiam nadar.

Fá.

Ré com baixo em fá sustenido.

Sol, mi com baixo em sol sustenido.

Felipe cantava com doçura, com sentimento. A voz adquirindo uma aspereza nas arestas, cheia de dor. Ecoava pela sala, invadia sua alma, se expandia dentro, fora, ao redor de si.

Havia três vozes naquela música. Era como se a mão esquerda e a direita do fantasma tivessem argumentos opostos em uma briga, fluindo; ora discordando, ora concordando, enquanto a terceira voz, a de Felipe, tentava apaziguá-las. A mão esquerda, forte, repetitiva, insistente. A direita, suave, calma, preenchendo os vazios da companheira.

Com a voz derretendo pelas notas, o médium tentava acalmar a guerra melódica entre as mãos que, aos poucos, começavam a concordar em alguns pontos.

Lorena tinha razão, Lucas pensou, com as notas melancólicas passeando pelas mãos. Tinha algo diferente em Felipe, algo que não ele conseguia identificar, mas que estava ali, na voz, no rosto, na letra da música que havia composto.

A canção acabou e Lucas sentiu seu corpo de fantasma arrepiar com o acorde que pairou no ar.

Felipe sorriu.

— Foda — disse. — Primeira vez que consigo ouvir essa música do jeito certo.

— Você que escreveu?

— Sim. O Shion fez o arranjo do piano, só porque insisti muito. Bem que você podia me deixar gravar.

— Melhor o vampiro fazer isso.

— Não quero. — Veio a voz de Shion da escada, se aproximando. — E você tocou mais bonito do que eu.

Lucas não soube o que dizer. Teria corado se não fosse um fantasma.

O vampiro pegou o contrabaixo e se esparramou no sofá.

— Eu toco piano porque sou uma criatura imortal e merecedora de tudo — disse ele. — Isso não quer dizer que eu gosto de fazer todas as coisas que sei. Por exemplo, francês é uma língua feia.

— A gente tem um show no fim do mês — comentou Felipe. — Eu tô na bateria. Ainda não temos um vocalista fixo, mas uma conhecida nossa vai fazer o vocal. Você podia ensaiar com a gente, sei lá.

— Não sei... A ideia me deixa um pouco ansioso. — Lucas olhou para o violão e precisou admitir para si mesmo que sentia falta de tocar e cantar. — Por que você não canta e outra pessoa fica na bateria?

— Eu gosto da batera. É catártico pra mim. Eu só canto em casa.

— É um desperdício de voz bonita.

— E você é um desperdício de pianista. Pensa nisso — disse o médium. — Me avise se mudar de ideia.

Felipe desceu, deixando-o sozinho com Shion, que dedilhava o baixo desconectado, distraído.

Lucas passou o resto do dia conhecendo todos da casa. Logo descobriu que a atividade favorita de Nina e Tomás era reclamar e se intrometer na conversa dos outros. Ruby xingava toda vez que morria no videogame e Felipe lavava a louça com a ajuda de Lorena.

No início da noite chegou uma humana que Shion chamou de "ordinária", e Lucas demorou um instante até perceber que era como humanos não sobrenaturais eram chamados. Ela não sabia de absolutamente nada sobre fantasmas, zumbis e vampiros. Seu nome era Sabrina, a jovem que cantaria para a Desmortos no show. Felipe contou que ela cantava para eles de vez em quando, mas que era difícil ter uma humana comum andando com eles.

Quase sempre Tomás e Nina a zoavam, surgindo atrás dela, fazendo sons e movimentos fantasmagóricos que Sabrina sequer poderia ver ou ouvir, o que criava um clima esquisito com outros humanos ordinários. Naquela noite não foi diferente e Lucas logo entrou na brincadeira dos fantasmas, soprando o cabelo loiro da garota, o que a fez estremecer.

Ela esfregou os braços.

— A casa de vocês é fria, né? — comentou Sabrina. — E escura. Por que não trocam essas lâmpadas quebradas?

Era inútil trocar as lâmpadas, pois os fantasmas as quebravam o tempo todo quando as emoções tomavam conta, mas ninguém disse isso a ela. Foram todos para o segundo andar, onde Shion já esperava de cara amarrada. Logo a banda terminou de arrumar os instrumentos e começou a tocar uma música que Lucas conhecia bem. Ruby fazia o *backing vocal*, mas ele ficou triste por Ruby não assumir o vocal. A voz dela era muito melhor que a de Sabrina. Quando perguntou, em outro momento, ele tinha descoberto que Ruby perdia a voz e ficava totalmente rouca por alguns dias depois da lua cheia, então era difícil ela conseguir assumir o papel de vocalista.

Lucas se sentou ao lado de Lorena no sofá velho e os dois ficaram demasiadamente próximos um do outro. Ela aproveitou a oportunidade para falar em seu ouvido:

— Você deveria aceitar a oferta de ensaiar com eles. Na verdade, deveria compor uma música. Tem que se chamar "Lorena é a garota mais legal que já conheci".

Lucas riu e deu uma ombrada nela.

— Eu não gosto de mentir — disse em tom de brincadeira, pensando na verdade que essa não era uma má ideia.

<u>Lorena</u>

Capítulo 21

Em que Lorena tem uma revelação

— *Treehouse*, I'm from Barcelona

Uma das coisas que Lorena gostava na casa de Felipe era como todos se tratavam como uma família, mesmo que cada um viesse de um local diferente, mesmo cada um sendo uma criatura diferente e mesmo parte estando morta. Shion e Lipe eram como os irmãos mais velhos, sempre ouviam tudo que alguém tinha a dizer, e Felipe nunca caçoava dos outros, por mais ridículos que fossem os desejos ou as lamúrias. Gostava de pensar que fazia parte daquela família.

Depois do ensaio, Felipe a chamou e foram até o quarto dele, na varanda. Ele se sentou em uma cadeira com uma lata de cerveja e o pé apoiado em um vaso de planta vazio. Lorena, na cadeira de macramê suspensa, fazendo-a girar.

Ele bebeu um gole da cerveja e ficou observando o rótulo por alguns instantes.

— Agora entendo o que você vê nele — falou.

— Ele é gato, né?

Felipe riu.

— Parece o tipo de pessoa com quem você gostaria de ficar.

Lorena se sentou sobre as mãos frias e deu um giro na cadeira, que ficou balançando.

— O que as pessoas costumam fazer nessa situação?

Ele encolheu os ombros e arrancou o anel da latinha.

— Depende. Cada morto é um morto. O que funciona com um nem sempre funciona com outro. Os mortos da Violeta, por exemplo, são controlados e mal podem fazer qualquer coisa, e, de acordo com a metodologia dela, isso é o que funciona para pessoas que morreram daquela maneira.

— E Lucas é um deles e deveria estar lá...

Ele fez que não.

— Alice só queria mantê-lo longe de você. Um mistério, inclusive, que me enche de curiosidade. Ou talvez... ela quisesse manter você longe dele.

— Por quê?

— Por quê? Gostaria de saber. — Ele fez uma pausa enquanto virava o restante da latinha. — Você já ouviu falar em ghouls?

Lorena pensou por um segundo.

— Só esses de filmes.

— Imaginei. É no que zumbis se transformam quando se apegam demais à vida. Alguns fantasmas enlouquecem, mas ainda dá pra salvá-los. Mas ghouls...

O corpo de Lorena se arrepiou e ela esfregou os braços.

— Agora você está me assustando.

— É bom tomar decisões informadas. Seu livre-arbítrio não acabou com a morte. Mas precisa ter consciência de que seu foco precisa ser você mesma. — Ele virou a cadeira, cruzou as pernas e olhou para ela. — É comum falarem que amor é um sentimento que pertence aos vivos. Amor é um sentimento humano. Você é humana. Logo, ama. É surreal pensar que se pode apenas arrancar esse sentimento de vocês. Isso traz mais ressentimento do que algum bem.

— Mas é difícil, né? — Lorena olhou para o chão. — Quando a gente é vivo, pensa no amor romântico como uma forma de ter um parceiro pra vida. Morar junto, ter uma família...

— Talvez você precise atualizar sua visão do amor. A pessoa que mais amo na vida é o Shion. E ele é meu amigo. Onde tá escrito que você não pode ter parceria na morte? O que muda é o foco. Se ajudar, se unir, em busca do novo objetivo que é o Mais-Além. — Ele fez um gesto apontando dele para Lorena. — É isso que estamos fazendo agora, não é?

— Você acredita mesmo nisso?

— Acredito, pro horror do Mundo Espiritual. Veja só, a Nina ama ser um fantasma. Nina está apaixonada pelo planeta e tudo que ele tem a oferecer. Ela já está aqui há cerca de quarenta anos e não está nem perto de enlouquecer. É completamente sã. Eu acredito que ela vá ao Mais-Além quando enjoar. Quando sentir que já fez tudo que podia fazer. Existe uma pressa do sistema para se livrar dela. Mas pra quê? Ela não é má. Desocupada, talvez, mas não é nenhuma vilã.

— Isso... me deixa um pouco mais leve.

— Você precisa se preocupar menos. Você já está morta. E eu estou aqui. Não deixaria nada de ruim acontecer contigo. Se eu sentir que algo foi longe demais, vou te puxar de volta. Não sei o que acontece depois daqui, no Mais-Além. Mas a pior coisa que podia te acontecer, já aconteceu. E esse mundo, o Sobrenatural, é incrível. E você tem o direito de experimentá-lo. Além disso — ele fez uma pausa e deu um sorriso de lado —, a gente fala bastante de amor, né? Mas às vezes é só fogo no rabo e tá tudo bem também.

***

Lorena tinha muito o que pensar depois da conversa com Felipe. A cabeça se ocupou de repassar as palavras dele, analisando, considerando. Enquanto todos jogavam no Mega Drive revezando o controle, ela se deitou em um dos sofás. Até então, tinha acreditado que precisava mesmo se manter emocionalmente longe de Lucas, controlar seus sentimentos por ele. Mas agora...

Não fazia ideia do que ele sentia, se gostaria de se aliar a ela no pós-morte; não sabia nem se Lucas gostava de garotas, apesar de seu radar dizer que ele era como ela.

Era vez de Lucas jogar e ela ficou observando o rosto dele, concentrado na tela. Como torcia a boca, como as sobrancelhas se uniam, como ele cutucava o piercing quando ficava ansioso. A pequena covinha nas bochechas nas raras vezes em que sorria. O que se passava na cabeça dele? Qual o mistério que carregava?

Quando sentiu que pensava demais, Lorena subiu as escadas

em silêncio. Tomou um banho e se enfiou na cama confortável. Virou-se de lado e ficou olhando para a cama vazia de Lucas na escuridão. O corpo inteiro esquentou e ela soltou um suspiro entrecortado.

Fechou os olhos, mas uma batida na porta a desconcertou.

— Entre.

Lucas atravessou a porta e flutuou até a cama dele.

Lorena sorriu.

— Esse é seu quarto também, não precisa bater.

— Sei lá, vai que você estava se vestindo.

— É... eu não tinha pensado nisso. Já vai dormir?

— Cansei de perder.

— Você é muito ruim.

Lucas deu uma meia risada.

— É, meu talento foi pra outra coisa, não pra controlar bonequinhos de pixels. O Felipe falou que tinha um CD do mantra aqui, não?

— Ah, sim.

Lorena se levantou e foi até a escrivaninha, procurando nas gavetas até achar. O discman já estava nas últimas, mas o fone era novinho. Entregou para ele.

— Obrigado — Lucas agradeceu, passando o fone pelo pescoço.

— Esse negócio funciona mesmo? Já vi a Nina e o Tomás usando, mas eles pareciam mais em um transe que dormindo.

— É tipo isso mesmo. Não é um sono de verdade. A mente meio que vai pra um lugar escuro e quieto e o tempo passa mais rápido.

— Parece bom.

— É ótimo. E sem sonhos. Você ainda sonha?

Ela se deitou e se cobriu com o edredom. Não sentia frio, mas o peso era confortável.

— Sim. Nada muito bom, na verdade.

— Com o quê?

Ela se virou, tentando identificar o contorno dele no breu.

— Eu sonho muito com meu funeral. Como se eu estivesse lá assistindo. Consigo ver o rosto dos meus pais e é horrível. Eu tento acordar e não consigo. Não consigo me mexer. E aí, de repente, estou dentro da gaveta no necrotério de novo.

Ficaram em silêncio por alguns instantes.

— Sinto muito.

— Não é sua culpa.

— Eu... — Lucas fez uma pausa.

— Você o quê?

— Sei lá. Queria que as coisas fossem diferentes.

Elas podem ser, pensou ela. Mas Lucas colocou os fones e Lorena adormeceu, controlando o desejo de ir para a cama dele.

Lucas

Capítulo 22

E a rodinha não convencional de Felipe

— *Hold on Pain Ends*, The Color Morale

Lucas acordou antes de Lorena, assim que acabou a pilha do discman. Ainda não tinha prática o bastante para permanecer no estado meditativo sem auxílio do áudio. Levantou e fuçou as gavetas em silêncio, atrás do carregador que estava na última gaveta, junto de cadernos, lápis e papéis aleatórios. Colocou as pilhas no carregador, conectou na tomada e saiu do quarto.

Tomás e Nina estavam no estúdio, discutindo sobre quem havia queimado a luz. Lucas pegou o violão de Ruby e matou tempo até o horário da famigerada rodinha, tocando as músicas que estavam no *setlist* pregado em um quadro de cortiça. Conhecia a maioria e encontrou em uma pasta as autorais da banda.

Os dois outros fantasmas ficaram assistindo-o, mas Lucas preferiu ignorar a existência deles. Ser observado era estranho. Acabou se acostumando à força por causa da faculdade, mas a existência de um público sempre atacava sua ansiedade. Sem um corpo, porém, era mais fácil controlar isso. A inexistência de sintomas físicos, como mãos suando e respiração ofegante, parecia deixar tudo mais fácil. Mas assim que Lorena saiu do quarto de pijama e parou ao vê-lo tocar e cantar baixinho, ele travou.

— Ué, parou por quê? — reclamou Tomás.

— Já vai começar a coisa lá do grupo — respondeu Lucas

depressa, inventando uma desculpa.

— Ainda tem tempo. — Lorena se uniu aos fantasmas. — Bom dia.

Lucas sentiu um formigamento na barriga.

— Bom dia, eu acho.

— Que foi, tá nervoso?

— O grupo de apoio não era exatamente muito legal na casa da Violeta.

Nina apoiou o queixo na mão e o olhou interessada.

— Vai, me conta *tudo* sobre a Violeta. Sabe, talvez me mandem pra lá um dia se o Felipe não conseguir me mandar pro Mais-Além. Me mandam pra todo tipo de médium, sabia? Não só os especialistas em morte acidental. Uma vez fiquei dois anos com uma médium que ajudava eletrocutados.

— Deve ter sido um choque.

Nina riu alto, mas a expressão de Lucas permaneceu a mesma.

— Um dia te conto, quem sabe — Lucas falou.

Ele se levantou, passou um pano no violão e o guardou no mesmo lugar de onde tinha tirado.

— Sério que vai parar justamente quando cheguei? — reclamou Lorena, fazendo biquinho.

— É que você pediu aquela música especial chamada... como é mesmo? Lorena-é-a-garota-mais-metida-que-já-conheci?

Nina e Tomás começaram a rir e Lorena se fingiu de ofendida.

— Você vai ver só — ameaçou ela. — Eu sou um doce. Sou a desmorta mais legal dessa casa.

— Ah, agora temos um problema! — exclamou Nina. — Esse título é meu!

Felipe surgiu da escada enquanto elas sacaneavam uma com a outra e fez um movimento para que Lucas o seguisse. O médium estava com um moletom rosa estampado de gatinhos e segurava uma xícara de café preto. O cabelo loiro caía pela testa.

— O que foi? — perguntou Lucas, quando chegaram na cozinha.

Felipe tomou alguns goles do café e começou a guardar a comida que estava sobre a bancada.

— Eu só queria te lembrar que não precisa falar nada. Eu não manjo nada da sua *causa mortis*, mas isso pouco importa. Pode só ouvir se quiser.

— Ok...

— O Tomás fica ansioso quando falam do namorado dele. É bom evitar. A Nina está sempre feliz, mas o pai dela é um assunto proibido. Ela fica um pouco... ahm, estranha. A Lorena ainda tá bem traumatizada por não ter tido uma ceifadora pra ajudá-la. Só pra você ter uma base. Evite perguntar qualquer uma dessas coisas.

— Tudo bem.

— Algo que eu deva saber de você?

Lucas se sentou numa banqueta e mordiscou a argola do lábio.

— Na verdade... sim, mas... só não quero que me perguntem como morri.

— Tudo bem. Sinta-se à vontade pra se abrir quando quiser. E se quiser falar comigo, é só avisar. Tô sempre aqui. — Ele terminou o café e colocou a xícara na pia. — Eu não consigo nem imaginar o que você tá passando. Eu só sei que aqui em casa você tá bem amparado. Você tá com os seus.

Lucas assentiu, se perdendo no tom de voz suave de Felipe.

Foram para a sala juntos. Um tapete felpudo e limpo havia sido estendido no chão, com várias almofadas e alguns cobertores de microfibra. Bem no centro, alguns jogos infantis. Pega vareta, Pula Pirata e uma caixa de Brincando de engenheiro.

Lucas não entendeu nada. Logo os outros mortos chegaram e se acomodaram também. Lorena se cobriu com um dos cobertores e fez sinal para que Lucas ficasse ao lado dela. Ele obedeceu.

— Ah, tem Pega vareta hoje! — exclamou Nina.

— Vamos de Engenheiro antes — pediu Tomás, e Nina concordou, abrindo a caixa e despejando os blocos no tapete.

Logo os três veteranos da casa começaram a unir os blocos, formando casinhas e prédios. Tomás não era muito bom segurando objetos, mas Nina o ajudava. A maioria das peças que ele pegava atravessavam seus dedos e caíam.

Felipe colocou uma música para tocar e voltou, se enfiando embaixo de um cobertor, abraçando uma almofada.

— Tomás, ontem você tava falando da competição de futsal — disse o médium.

— Ah, sim — concordou ele, cutucando uma lasca na madeira do bloco que conseguiu segurar. — Então, eu ia comentar da injustiça que é ficar meses treinando igual um cavalo pra depois ser colocado no banco de reserva. E eu sei que o treinador só fez isso porque me odeia. Digo, odiava. Aposto que ele ficou muito feliz por eu sair do time.

— Mas todo mundo teve que treinar igual cavalo, não? — questionou Felipe.

Tomás bufou.

— Sim, mas eu era o melhor fixo do time. Aí ele colocou o Robson no lugar que deveria ser meu e óbvio que perdemos. E eu lá, sentado sem poder fazer nada além de sentir ódio. Você não entende, Lipe, eu treinei muito mais que qualquer um.

O garoto finalmente empilhou o bloco que segurava e se voltou para Lucas.

— Uma das minhas maiores dores é ter morrido antes de ter feito algo com minha carreira esportiva — explicou ele. — Eu ainda não acredito que morri num acidente tão imbecil.

— O meu acidente foi pior.

— Nina, não é uma competição — observou Felipe.

Tomás continuou a narrativa, contando toda sua trajetória e como tinha descoberto sua paixão por futsal. Lorena tecia alguns comentários, engajada. Já Lucas, que odiava futsal pelo tanto que o esporte o fez sofrer na escola, ficou calado, fingindo interesse. Notou como a garota cheirava bem. Um aroma de melancia vinha do cabelo dela. Estavam bem próximos. Era estranho pensar que, na casa de Violeta, teriam sido colocados em lados opostos da roda. Que estavam todos ali tendo uma conversa casual, com Felipe apenas ouvindo e mediando o papo.

Puxou alguns blocos de madeira do jogo para si e começou a empilhar uma torre alta. Lorena se uniu a ele, soltando uma risada quando os blocos se inclinaram até cair. A risada vibrava no corpo dele e fazia cócegas. Olhou para o rosto sorridente da garota e foi tomado por um sentimento misto de dor e atração.

Nina passou um tempo falando sobre a ponte improvisada de onde caiu para a morte e Lorena falou sobre a priminha e da saudade que sentia dela.

— É estranho, eu nunca fui muito de sentir saudades — disse ela. — Sempre morei perto de todo mundo, nunca viajei... Na maioria dos dias eu nem penso nos meus pais, mas penso nela, na Lili. Aí eu lembro deles e me sinto culpada. Eu deveria pensar neles o tempo todo, né? Quão desalmada eu sou?

— Você não é desalmada — tranquilizou-a Felipe. — Você me falou que tem TDAH, é normal não pensar naquilo que não está perto.

Tomás deu um peteleco no prédio que tinha construído, derrubando o telhado.

— Eu também mal penso na minha família. Só fico pensando no Edu. Eu vou sempre no hospital dar uma olhadinha nele.

— Eu aprendi a desapegar faz tempo — contou Nina. — No começo eu visitava bastante a minha família, mas chegou num ponto que era dolorido demais. Uma hora eles seguiram adiante e era difícil ver eles tocando suas vidas sem eu estar por perto. — A fantasma se voltou para Lucas. — E você?

Ele olhou em volta, sentindo aquele calafrio como se todos estivessem esperando algo, mas lembrou que não era obrigado a falar nada. Nina só havia perguntado pois foi o único deles que não comentou nada sobre saudade.

A verdade é que não tinha muito do que sentir falta. Sentia falta da mãe. Sentiu falta do Guto quando achava que gostava dele. Sentiu falta de Lorena no mês que passou longe.

— Eu... — começou a falar. Os colegas estavam entretidos com Pega vareta. Era mais fácil falar sem olhos encarando. — Não tenho família viva. Eu não considero meu irmão como família. Meu ex-melhor amigo morreu faz pouco tempo. A gente namorou uns meses, mas sei lá, ele era uma influência horrível, terminei tudo e pouco depois ele teve uma overdose. Eu fico pensando... se ainda estivéssemos juntos... talvez eu estivesse lá com ele. E talvez eu tivesse morrido com ele.

— Credo, Lu. — Lorena apoiou a mão nas costas de Lucas e fez um afago.

— Não quero que você tenha pena de mim.

— Não é pena. É só que, puta merda, pesado, sabe?

O espanto faz sentido, Lucas pensou. Os mortos presentes haviam tido vidas tranquilas e morrido em acidentes. Não era de estranhar que as histórias de Lucas destoassem um pouco das demais.

Para elevar os ânimos, Felipe narrou a história de quando precisou ajudar um fantasma desconhecido na rua enquanto estava bêbado e tinha dezessete anos. Um tempo depois, Lucas olhou para o relógio antigo na parede e se deu conta de que o horário da roda já havia passado. Mas ainda estavam todos ali, jogando Pula Pirata e conversando.

Para Lucas, era estranho sentir pertencimento. Mas, naquele momento, foi o que sentiu. Que pertencia a aquele lugar.

Capítulo 23

Em que Ruby surge com uma surpresa

— *Am I a girl?*, Poppy

Felipe estava com a porta do quarto aberta, sentado na cama com o notebook no colo quando Lorena bateu na porta. O médium tirou os fones do ouvido e fez um gesto com a cabeça para que ela entrasse. Colocou o computador de lado e se espreguiçou.

— O que foi?

Ela se sentou na cama dele, um pouco encabulada.

— Queria ver com você os materiais de desenho.

— Ah, claro.

Felipe foi até a mesa abarrotada de itens de papelaria: porta-lápis, estojos, papéis, desenhos, pastas e blocos.

— O que você gosta de usar?

— Pode ser só o básico mesmo, lápis e borracha, eu uso aquele papel que tá no quarto.

— Que besteira. O que você prefere? — Ele colocou a mão na cintura, esperando. Estava com o cabelo liso preso num rabo de cavalo alto.

Lorena achava impossível olhar para ele e não o achar lindo. Com mais frequência do que deveria, se perguntava o quanto era errado sentir atração pelo próprio médium.

— Então pode ser lápis de cor, aquelas canetas de nanquim, se tiver...

— Você gosta de marcadores? Usam bastante em desenho de moda, né?

— Eu gosto, mas são caros demais e não tenho esse nível de cara de pau.

Felipe abriu a última gaveta e pegou uma caixa branca.

— Acredite, você vai me fazer um favor. Comprei um tempo atrás e não curti muito, estão aqui parados. Seria legal terem utilidade.

Lorena olhou do estojo para o rosto dele e de volta para o estojo, sem saber se deveria aceitar ou não. Mas antes que decidisse, Felipe deu um passo para a frente, pegou a mão dela e colocou o estojo ali. Ela olhou para cima, se perguntando se zumbis podiam entrar em combustão espontânea.

— Obrigada — disse, a voz trêmula. — E é daquele chique ainda, nunca nem toquei nesse treco.

— Pode usar sem medo, se ficar parado vai estragar antes de eu criar coragem de revender ou dar pra alguém. — Ele fez uma pausa. — Tá aí, presente. São seus.

— Lipe...

— Nem vem. Meu negócio é aquarela, Lori.

Ele pegou um caderno de desenho, empilhou tudo que havia separado e entregou para ela.

— Obrigada, Lipe. — Ela pegou os objetos, tocando nas mãos dele de propósito. Era bom encostar em um corpo quente.

— Não precisa agradecer, não é nada demais. E vê se desenha uma roupa pra mim, figurino comemorativo pro primeiro show que a gente não precisar tocar nenhum cover.

Lorena riu.

— É bom pra eu treinar desenho de roupa masculina.

— Ah, não precisa se prender a esses detalhes, tanto faz, eu fico bonito com qualquer coisa. Não é como se eu me sentisse homem mesmo. Ou mulher.

Lorena trocou o peso de uma perna para outra, lembrando de uma frase dita por David Bowie no Grammy de 1975.

— Como diria Bowie, damas, cavalheiros e outros.

Felipe sorriu.

— Isso.

— Bom, não posso discordar, você tem cara de que realmente não fica mal em roupa nenhuma. Eu te atrapalhei? — Lorena apontou o computador. — Você parecia concentrado.

Ele torceu a boca.

— Nada, eu tava preenchendo o relatório da manhã. É um saco, preciso mandar esse treco todos os dias pro meu chefe. E tem quem ache que gerenciar mortos é superfácil, que eu fico o dia inteiro coçando o saco de pé pra cima.

— Nossa, você precisa fazer relatórios? Com o quê? Contando o que a gente faz e te disse?

— Não, o que vocês falam pra mim ou na roda fica entre a gente. Os relatórios são bem vagos. Eu tenho meu arquivo pessoal pra não esquecer nada e acompanhar a evolução de todo mundo. Meu cérebro é meio derretido das ideias, não gosto de depender da memória.

— O que tem no meu relatório?

— Que você é intrometida. — Ele sorriu e engatinhou de volta para o computador. — Fique à vontade se quiser outros materiais ou para usar minha mesa.

— Isso aqui já tá bom pra uma intrometida.

— Você sabe que eu só tô te provocando, né?

— Sei, você é horrível. Um anjo, porém, horrível.

— Você vai almoçar hoje? Vou descer pra fazer comida quando terminar isso aqui.

— Ugh, não.

Ele colocou os fones de volta no ouvido e Lorena desceu as escadas.

***

Lorena estava vendo televisão com os fantasmas enquanto rabiscava um vestido, distraída, tentando acertar o drapeado. Lucas ajudava Felipe na cozinha e, até o momento, o fantasma ainda não tinha quebrado nenhuma louça. Ruby veio da porta correndo, empolgada, segurando uma caixa de papelão.

A garota foi até Lorena com um sorriso de orelha a orelha.

— Vamos lá pra cima — disse ela.

Lorena arqueou as sobrancelhas.

— Por que você tá tão animada?

— Você vai ver! Ah, Lorena, vem logo.

Ruby sumiu escada acima e Lorena fechou o caderno e o colocou debaixo do braço, sem pressa.

Ao passar pela cozinha, vislumbrou Felipe fazendo macarrão enquanto Lucas lavava a louça.

Parou onde estava para farejar o ar, sentindo o cheirinho familiar de brócolis que amava.

— Ai, que cheiro bom!

— Quer um pouco? — perguntou Felipe. Ele estava com um avental amarelo claro com padrão de corações. — É molho vegetariano.

— Nah — Lorena repuxou o canto dos lábios. — Uma tentação, mas ainda não tenho coragem.

Felipe deu uma risadinha e se virou para ela, experimentando um pouco do molho.

— Sério, tá bem bom.

— Para de me tentar, Lipe.

— Lucas, você quer?

— Credo.

— Eu te deixo incorporar em mim e aí você come um pouco.

O fantasma parou o que estava fazendo e encarou Felipe.

— Sério?

— É, ué.

— LORENA! — gritou Ruby do andar de cima e Lorena foi encontrá-la.

Procurou a amiga no estúdio, mas ela estava no quarto que Lorena dividia com Lucas. Lorena entrou, erguendo uma sobrancelha ao ver o sorriso de Ruby.

— O que você tem aí de tão emocionante?

Ela se sentou na cama da zumbi, batucando a caixa com as unhas.

— Olhe e descubra.

Lorena se sentou. Se o coração batesse, teria descompassado ao prestar atenção na caixa. Bem em cima, com um canetão vermelho, estava escrito "doações". Ergueu o olhar para a lobisomem, que assentiu para ela, respondendo à pergunta silenciosa.

Lorena estendeu a mão devagar até tocar na tampa da caixa.

— Eu tava separando as doações e do nada senti seu cheiro.

— Eu não precisava saber que tu sabe meu cheiro.

A amiga deu uma risada.

— Que bobagem, é normal pra mim. É como a visão, eu apenas reconheço.

— Deve ser horrível quando alguém usa o banheiro.

— Quando criança a gente já aprende a controlar os sentidos. Do contrário, eu ficaria maluquinha com tanto estímulo.

— Tá, mas o que tem meu cheiro?

Ruby abriu um sorriso enorme e apertou os punhos, fazendo uma pequena dança empolgada.

— Achei uma caixa sua entre as doações! Falei pra assistente social que conhecia alguém que estava precisando. Ela me deixou separar algumas coisas.

Lorena mal ouviu o que Ruby contava, notando a caligrafia da tia.

— Essas coisas são minhas?

Ruby fez que sim.

— Vou ficar de olho, talvez seus pais também mandem algumas doações pra lá.

Lorena abriu a caixa com cuidado, sem querer estragá-la, como se fosse um baú do tesouro, uma preciosidade.

A primeira coisa que viu foi a *case* de CD com ilustração de coelhinho. Depois, tirou seu Converse preto de cano alto. Algumas camisetas, um vestido, calças e, lá no fundo, sua adorada jaqueta de vinil, que pegou e levou até o nariz, sentindo o cheiro de sucupira e do perfume de seu antigo armário. Por último, pegou um coelhinho de crochê e um porta-lápis de dinossauro.

— Essas coisas se destacaram lá no meio. Seu cheiro tá bem forte nelas.

Lorena concordou, secando uma lágrima que escorria pela bochecha e abraçando o coelhinho de crochê.

— Obrigada.

Ruby sorriu.

— Agora tu tem mais coisas pra vestir, mas aposto que vai continuar usando as camisetas do Felipe de pijama.

Lorena soltou uma risada fraca.

Tudo bem, as camisetas são legais e cheiram bem.

— O cheiro do Lipe é realmente muito bom, né?

As duas amigas riram e Lorena ficou de pé, dobrando as peças de roupa com cuidado e guardando na cômoda. Ajeitou o coelhinho ao lado do porta-lápis de dinossauro sobre a escrivaninha, perto do porta-CD. Olhou para seus objetos por alguns segundos. Era tão pouco, mas tão muito. E faziam o quarto parecer mais dela. Menos como um lugar de passagem e mais como um lar.

Pensou nas coisas doadas que ficaram para trás. Outra pessoa vestiria suas roupas. Usaria seus tênis, ouviria seus CDs, leria seus livros. Uma pessoa viva, com a vida inteira pela frente.

— Tudo bem eu manter essas coisas da minha antiga vida?

— Claro que sim. E não deixe ninguém te dizer o contrário. Quem fez esse coelho pra você?

— Foi minha vó. Foi o primeiro bichinho de crochê que ela fez. O porta-lápis eu tenho desde criança. Meu pai comprou pra mim quando comecei a primeira série.

— Sua família parece legal.

— Na verdade... A gente tinha muitos problemas. Agora que morri, eu consigo ver a parte boa. Queria que minha mãe tivesse me aceitado mais do jeito que sou, mas sempre que penso nela, lembro das partes legais. Meu pai tentava. Mas eu via que, no fundo, ele só queria me fazer achar que tava tudo bem. Quando na verdade ele também estava decepcionado comigo, assim como minha mãe.

Ruby alisou o lençol e passou a mão pelos cachos.

— Por que eles estariam decepcionados com você?

Lorena inspirou fundo e soltou o ar com força.

— Quando eu era menor, só tirava dez na escola. E aí as coisas foram piorando e no ensino médio eu mal conseguia passar de ano. Eles achavam que eu tinha um grande potencial. Que eu faria alguma faculdade que dá dinheiro, mas decidi por Moda. O escândalo envolvendo a garota que eu beijei também não ajudou muito. — Lorena fungou, querendo mudar de assunto. — E sua família, é como?

Ruby estalou a língua, abrindo a cortina para olhar para fora.

— São complicados. Minha família é muito tradicional, então não gostam que eu me misture com outras criaturas.

— Seus cinco irmãos são como você?

— Ah, são. A gente não quer ficar vivendo no século passado, sabe? Mas atrás da gente, enchendo o saco a cada cinco minutos, tem trocentos avós, tios, tias, primos... e meus pais são os piores.

— Parece ser muita gente.

— E é! Nossa, você tem que ver o furdunço nas festas de Natal. Ainda bem que parei de ir.

— O que você faz no Natal?

— Fico aqui, com o Lipe, o Shion e o Hector, meu namorado, isso quando ele tem tempo. Eu não tenho estômago pras brigas natalinas da minha família, são sempre exageradas, e aqui a gente tá sempre bem.

— No outro dia, quando você disse que ia se trancar pra se transformar... é assim com todo lobisomem? Digo... vocês todos se trancam num quartinho?

Ruby se sentou ao lado dela, cruzou as pernas, pegou o caderno de Lorena e começou a folhear.

— Na verdade, não. Eu fui ensinada a... rejeitar minha loba. As famílias têm tradições e visões diferentes de como encarar a licantropia. Na minha, é quase uma negação de si. Uma recusa de aceitar a natureza como é.

— Parece... péssimo.

Os lábios de Ruby se curvaram em um sorriso irônico.

— Eu tenho tentado mudar isso, mas é difícil. Depois de tantos anos... minha loba ficou... selvagem. É um processo. É foda que muitos lobisomens não conseguem manter um emprego por causa disso. Quem vai contratar uma pessoa que todo mês precisa de licença? Aí eu faço os bicos tocando no shopping, em bar... E o serviço voluntário, que gosto de fazer e pelo menos dou um uso pra minha faculdade de Serviço Social.

— Sobre a questão da loba e tal...

— O que tem?

— E se você morder alguém?

A pergunta pareceu divertir Ruby, que deu uma risada sincera.

— Provavelmente vai doer muito. Mas minha mordida não vai transformar ninguém. A gente já nasce assim. Somos outra espécie, só isso.

— E o tempo de vida de vocês? É igual a de um humano?

— A gente só vive um pouco mais.

Ruby voltou sua atenção para o caderno de ilustrações e Lorena ficou observando a amiga folheá-lo.

— Você quem fez esses desenhos?

— Uhum. Queria fazer esse vestido aí, dessa página. — Lorena se esticou e foi folheando até chegar no croqui.

— Nossa, é lindo! Você deveria fazer.

— Eu prefiro não costurar à mão.

Ruby descruzou as pernas e lhe deu uma piscadela.

— Eu tenho uma máquina de costura velha em casa.

Os olhos de Lorena brilharam.

— Sério?

— Uhum! Que tal a gente ir numa loja de tecido depois? Eu compro tudo que você precisar, a gente passa lá no meu apê e pegamos a máquina.

— Nossa, seria incrível! Eu posso fazer um pra você também. — Lorena pensou por um instante. — Não, Ruby, seria muito caro, não posso aceitar.

— Lori... você prestou atenção quando eu disse que minha família é tradicional?

Lorena ergueu uma sobrancelha.

— Você é rica?

— Eu não sou pobre. É só tecido, Lorena. Só aceita, vai.

Abriu a boca para negar mais uma vez, e aí lembrou que estava morta e que aquela seria sua última oportunidade de fazer as roupas que tanto queria.

— Ok!

Aquilo pareceu alegrar a lobisomem, que voltou a olhar as

páginas do caderno.

— Que tal essa saia aqui? Só que vermelha.

— Ruby, se você pagar o tecido, eu faço várias pra você, uma de cada cor.

Lucas

Capítulo 24

Quando Felipe compartilha sua verdade

— *What I'm Looking For*, Hawk Nelson

Lucas ficou na sala ouvindo música em um aparelho mp3 aleatório que achou por ali enquanto Felipe e Ruby almoçavam. Lorena estava deitada no sofá lendo um livro e os outros dois fantasmas foram incumbidos de arrumar as prateleiras. Estavam em uma missão de tentar deixar a casa limpa e arrumada, mas era tudo muito grande. E muito caótico. Sem alguém dedicado a limpar, era impossível manter uma casa daquele tamanho limpa o tempo todo.

Estava nervoso, já que depois do almoço teria a primeira sessão com Felipe. O que deveria falar? Como se explicar?

Tinha levado um mês para juntar coragem de compartilhar sua história com Violeta e o grupo dela, e agora tinha voltado à estaca zero. Ficou batendo os pés depressa enquanto a música tocava em seus ouvidos, mordendo o interior da bochecha e treinando mentalmente o que falar.

Lorena se sentou ao lado dele casualmente, colocando a mão no joelho balançante.

Ele tirou o fone dos ouvidos.

— Tá nervoso?

Ele se ajeitou no sofá e ela se acomodou com os pés descalços para cima. Lorena usava uma camiseta de banda que ia até os joelhos.

— Sei lá, não curto muito essa coisa de conversar.

— Você conversa comigo.

— É diferente.

— Você parece traumatizado da última casa.

— Talvez eu esteja.

— Treina comigo. Me fala alguma coisa sobre você.

Lucas enrolou o cabo do fone e colocou o aparelho no braço do sofá. Olhou em volta e fez um gesto para as paredes da casa.

— É engraçado, enquanto estou aqui sinto falta de algumas coisas. Sinto falta de música, da faculdade. Mas aí eu lembro de todo o resto da minha vida e deixo de sentir falta.

Lorena se inclinou e, para surpresa dele, se acomodou em seu ombro. Esperou o coração acelerar ou sentir um frio na barriga, mas nada *físico* aconteceu. Sua cabeça, por outro lado, ficou totalmente consciente da presença dela. Quando a zumbi pegou em sua mão, ele a apertou de volta. Um nó se prendeu na garganta e ele afagou o cabelo dela com a mão livre.

— Como foi pra você, falar com ele? — perguntou Lucas.

O corpo de Lorena era confortável contra o seu. Sem saber qual era o limite, se permitiu apoiar a cabeça contra a dela.

— Eu fiquei bem nervosa também, mas falar com o Lipe é fácil. Nas primeiras vezes, a gente nem falou da minha morte. Ele ficou pacientemente respondendo todas as minhas dúvidas aleatórias.

Lucas riu.

— Fico feliz que você tenha encontrado sua enciclopédia particular.

— Você não fica curioso com tudo?

— Claro que fico. Mas eu não gosto de ficar incomodando os outros.

— Você tá dizendo que eu incomodo?

Ele fez um gesto com os dedos indicador e polegar.

— Só um pouquinho.

Felipe apareceu na sala terminando de colocar uma camisa de flanela. Estava com um gorro preto e cachecol. Fez um gesto com a cabeça para Lucas e o fantasma se levantou. Felipe sumiu porta afora e Lucas inspirou, deixando o ar inexistente sair entrecortado.

Lorena pegou sua mão.

— Vai ficar tudo bem — confortou. E se inclinou na ponta dos pés para alcançar seu rosto e lhe dar um beijo na bochecha. — Boa sorte.

Lucas fitou os olhos escuros dela antes de desviar a atenção para os lábios. A mente anuviada. Soltou a mão e se afastou antes que fizesse alguma besteira, indo atrás de Felipe.

Ele o esperava na rua com a cara no cachecol e as mãos encolhidas nos bolsos.

— Achei que estaria menos frio aqui fora — disse ele.

— Quer voltar e pegar um casaco? Eu espero.

— Nada, o sol vai me esquentar logo mais. Vamos.

Andaram pela calçada em silêncio. Lucas não fazia ideia de onde estavam indo, mas logo chegaram na Avenida do Estado. Felipe parou em uma padaria, pegou alguma coisa e voltaram a caminhar em direção à praia enquanto o médium comia um bombom. Quase nenhum sol batia neles e Felipe parecia com muito frio. Ele tirou um fone do bolso e encaixou no celular e depois na orelha.

— Eu sei que tem alguma coisa diferente em você — disse o médium. Ele levou alguns segundos para voltar para a sua linha de raciocínio. — E eu sei que essa coisa te incomoda.

Lucas ficou calado enquanto andavam, calculando o que falar. Felipe continuou:

— Nem sempre os mortos querem compartilhar as coisas comigo. E tudo bem. Como eu disse, não vou te forçar a fazer nada. Mas essa coisa, seja lá o que for, te corrói por dentro. Eu consigo sentir em você. Talvez possa achar uma forma de extravasar isso. É bom colocar pra fora de algum jeito.

— Aonde estamos indo? — Lucas não soube como responder de outra forma.

Felipe o olhou de relance.

— Num lugar que talvez te ajude.

Continuaram em silêncio até chegarem à praia. O vento frio vinha do mar, acompanhado de maresia. Lucas sentiu o cheiro do sal, ouviu o som da água, das gaivotas, das pessoas e dos carros. Atravessaram a Avenida Atlântica e foram para a areia.

— Tem bastante barulho, né? — perguntou Felipe.

Lucas não respondeu.

Felipe se sentou na areia e o fantasma se forçou a se sentar ao lado dele.

— Eu sou médium desde que me entendo por gente. Já nasci assim — disse ele. O vento bagunçava seu cabelo e Felipe cobriu o nariz com o cachecol. — Vejo fantasmas desde que nasci. Meus pais não entendiam. Me levavam em consultas tentando descobrir o que tinha de errado comigo. Quando eu tinha uns seis anos, o Shion foi enviado pra ser meu guardião. Meus pais nem sabiam que ele estava na casa. Eram hipnotizados sempre que o viam. Meu pai e minha mãe... — ele fez uma pausa e arrumou o gorro — ... acho que tinham medo de mim. Me mandavam pra tudo que é coisa pra tentar me deixar longe do caminho, eu acho. Aula de canto, de bateria, de natação, de inglês, de judô... fiz de tudo. Aí o Shion fez meus pais irem embora quando eu fiz quinze anos e comecei a trabalhar pro Mundo Espiritual.

— Por que você tá me falando isso?

Os ombros dele subiram.

— Às vezes eu também preciso desabafar. É difícil pra mim... me sentir responsável pelos outros. A Lorena e a Nina me acham incrível. A verdade é que eu estou cansado. — Ele suspirou, fechando os olhos, abraçando o próprio peito. — Eu pensei... já que você prefere ficar calado, talvez me permitisse falar no seu lugar.

Lucas se inclinou para trás, apoiando os cotovelos na areia. Não soube o que pensar sobre aquilo. Não se importava de ouvi-lo falar, na verdade, e Felipe tinha razão sobre o fantasma preferir ficar calado. No fundo, sabia que em algum momento teria que se soltar. Contar sua história, mas, por enquanto, não queria. Tinha medo.

— Às vezes eu me pergunto quanto tempo vou aguentar fazer isso — continuou Felipe. — Eu gosto de ajudar os mortos. Me sinto bem fazendo isso. Mas às vezes eu queria ser mais do que só um médium. Queria poder focar mais na banda. Queria não ter de dizer adeus pra todo mundo o tempo todo. Os mortos entram na minha vida e vão embora; e é um saco.

— Parece solitário.

— É, mas pelo menos tenho minha família. No caso, a Ruby e o Shion. Você também me parece bastante solitário.

Lucas se ajeitou e começou a desenhar formas geométricas na areia fofa.

— Estou menos, agora. Isso é meio confuso.

— Imagino.

Felipe fez um movimento com a cabeça, indicando o oceano.

— Por que você não fala com o mar? — disse o médium. — Pode até gritar com ele, se quiser. Ele não grita de volta e o barulho abafa tudo.

— Parece idiota.

— Ninguém vai te ver. Eu fico de costas.

Lucas cruzou as pernas e olhou para ele. Felipe sorria.

— Vai lá — insistiu.

Lucas torceu a boca e se levantou. Foi espanar a areia do corpo, mas lembrou que não tinha um para sujar.

Andou até a beira do mar, onde a água molharia os tênis se pudesse. Era estranho estar ali sabendo que em outra circunstância os pés afundariam lentamente na areia molhada.

Olhou para trás. Felipe estava virado de costas, cumprindo com sua palavra.

Se voltou para o oceano, que ia e vinha, alheio a seus problemas. As ondas quebrando a seus pés, a espuma desaparecendo aos poucos na areia. Um eterno movimento de vai e vem.

Então começou a falar. Sentiu-se estranho no começo, mas logo se acostumou. E então fechou os punhos e gritou. Gritou com força. E o mar gritou mais alto, abafando suas palavras.

Quando voltou até Felipe, ele estava distraído, comprando churros.

— Eu realmente tenho um segredo — falou Lucas. Felipe o encarou de um jeito desconfortável, como se tentasse ler sua mente. — Mas não estou pronto pra compartilhar com ninguém.

— Tá bom. Tu quer churros?

Lucas suspirou, os ombros caindo com o peso removido.

— Quero.

Felipe estendeu a mão e Lucas a segurou.

Não soube bem o que aconteceu em seguida, mas o corpo ficou sólido. Ouviu a voz de Felipe rir dentro da própria mente, até que se deu conta de que, na verdade, era ele dentro da mente de Felipe. Os dois dividiam o mesmo espaço e Lucas se sentiu estranho, compartilhando de uma intimidade como nenhuma outra.

Então se lembrou por que estava ali. Para comer churros.

Lorena

Capítulo 25
E a sensação de beijar um fantasma

— *We're so far away*, MAE

Lorena estava no quarto com os três fantasmas. Era cedo. Nina lia distraída e Lucas tentava ensinar Tomás a abrir a fechadura da porta. O garoto ruivo só conseguia mexer objetos pequenos.

— Desista, Tommy — falou Nina, sem tirar os olhos da leitura. — Daqui uns meses você começa a pegar o jeito.

— Não faz sentido, o Lucas consegue encostar em qualquer coisa.

— Faz sentido, sim — resmungou Nina.

— Que sentido?

Nina ficou calada, de repente tão distraída que parecia não ter ouvido.

Lucas balançou a cabeça.

— Você não pode tentar segurar a maçaneta com sua força física, ela não existe mais.

— Que força eu uso então?

— Sua intenção.

— Eu tô usando minha intenção, quero muito pegar nessa merda de maçaneta.

— Não, não é assim. Não é como se a porta tivesse qualquer significado pra você. Pensa diferente, talvez algo que tu goste muito?

Lorena ergueu os olhos da revista que folheava.

— Já tentou pegar na mão do seu namorado?

Tomás tirou a mão da maçaneta e a encarou.

— Claro que já.

Nina fechou o livro.

— Tomás, você não pode encostar nele.

— Desde quando *você* se importa com as regras?

— Não é questão de regra. Pra você tocar alguém, a pessoa tem que querer te tocar de volta.

Nina e Tomás passavam bastante tempo na casa, mas, à noite, costumavam sumir. Lorena logo se acostumou com aquele hábito dos fantasmas. Os dois ficaram ali mais um tempo antes de ir para o hospital ver o namorado de Tomás, coisa que faziam toda semana.

***

Com a saída dos fantasmas, ficou no quarto sozinha com Lucas. Ele parecia mais leve depois da conversa com Felipe, mas, com a casa cheia, não tiveram muita oportunidade de conversar a sós. Ficaram no escuro, conversando um pouco antes de dormir. Ele falou sobre a faculdade mais uma vez e contou algumas histórias da vida dele, tomando um cuidado enorme para não fazer Lorena perguntar mais do que deveria; e depois Lorena entrou em um longo monólogo sobre trabalho, os pensamentos que costumava ter sobre a universidade e a marca de roupas que queria construir. E ele a ouviu. Sem opinar e sem pontuar os caminhos errados que ela tomou em vida.

Quando acordou, Lorena abriu os olhos para encontrar Lucas deitado de lado, na cama dele, fitando ela.

— Você é esquisito — disse ela, segurando um sorriso.

Ele se levantou e foi até a cama dela, sentando-se perto das pernas da garota. Ela gostava de reparar como quando ele tocava na cama, o lençol e o cobertor se retesavam com seu peso. O mesmo não acontecia com Nina ou Tomás.

— Desculpa — respondeu ele. — É só excesso de tédio.

Lorena se encheu de coragem e se afastou, deixando espaço na cama. Virou de lado e deu uma batidinha no travesseiro, chamando-o para mais perto.

Lucas soltou um suspiro e, com a cabeça apoiada no braço, se deitou de frente para ela.

— Quer fazer alguma coisa diferente hoje pra te tirar do tédio? — perguntou ela.

— Pode ser... Só que antes, eu tenho que ir num lugar.

— Onde?

— Tem uma pessoa que preciso ver.

Ela entendia.

— Ok.

Ela tentou pensar no que podiam fazer, mas o cérebro se recusava a funcionar direito com o garoto tão próximo. Agarrou a mão livre dele com as suas, a envolvendo em concha.

— Quando você voltar, a gente podia arrumar um monte de filmes ou anime e ficar na sala assistindo o dia inteiro como se não houvesse amanhã.

Lucas se ajeitou na cama, piscou os olhos cansados e respondeu, apertando as mãos dela de volta:

— Eu gosto da ideia.

Lorena se sentia em paz, a casa estava silenciosa e a cama confortável. Lucas a deixava nervosa, mas de uma forma boa. Seu corpo formigava com a sensação gostosa da proximidade e percebeu que podia ficar ali por horas.

— Lucas — chamou ela, depois de um tempo. — Se eu estivesse viva, você me levaria para tomar sorvete?

Ele sorriu timidamente. Os lábios apertados para que não risse, até desistir. Lucas tinha uma risada baixa, quase não fazia som algum.

— É claro que te levaria para tomar sorvete, eu só não teria coragem de convidar.

Lorena se aproximou mais, devagar, com medo de assustá-lo, como se ele fosse desaparecer se fizesse movimentos repentinos.

Ficaram em silêncio por longos segundos. Então Lorena se aproximou mais e o abraçou. O corpo frio do garoto enregelou sua pele, fazendo os pelos se arrepiarem. Aos poucos, ele a abraçou de volta. As mãos envolvendo as costas com carinho. Lorena quase pôde sentir o coração bater mais depressa, mas sabia que era apenas uma ilusão. Inspirou fundo com o rosto grudado no pescoço dele, reparando não apenas como ele estava imóvel, mas também como ele era rígido. Aquelas pequenas afirmações da morte que se apresentavam aqui e ali.

Afastou o rosto do cabelo dele para poder falar.

— Eu queria que a gente estivesse vivo.

Sentiu os olhos arderem e os esfregou antes que pudesse deixar alguma lágrima escorrer.

— Eu também — respondeu ele.

Aquele era o tipo de coisa que fazia Lorena se perguntar o que havia do outro lado de tão bom para que todos o desejassem tanto. O que era o Mais-Além? O que havia de tão especial na tão esperada carona? O que possivelmente poderia ser melhor que amor ou chocolate ou aquela sensação de desejo?

No fim das contas, eram só dois jovens que perderam tudo cedo demais, nadando em um mar de incertezas. Deitados em uma cama, tão próximos, mas com bilhões de quilômetros de distância entre eles. Deveria ser simples. Deveria ser fácil.

Apoiou a mão no rosto dele e se aproximou mais ainda. Era fácil tocar nele agora, cada vez mais compacto sob sua mão. Não sentia a maciez da pele, mas aquilo não importava. Era uma correnteza, um rio, que de tão depressa chegava a ser sólido ao toque.

Reparou como ele raramente a olhava nos olhos, mas achava excitante como parecia admirar seus lábios.

Estavam tão perto agora, que os narizes quase chegavam a se tocar. Conseguia ver cada marca na pele branca, cada detalhe da sobrancelha grossa, as pequenas e esparsas sardas pelo rosto. Uma cicatriz minúscula na testa. A curva entre a orelha e a mandíbula, descendo até o queixo. As marcas de cansaço eternizadas sob os olhos verdes.

E o cheiro. Um cheiro adocicado que era incapaz de identificar. Que a fazia fingir respirar quando se aproximava dele, só para sentir.

Ele soltou a mão dela e um dedo longo foi até a bochecha, jogando para trás uma mecha do cabelo azul que havia caído sobre a boca da garota. A mão ficou ali, pairando no ar por alguns instantes antes de se acomodar na nuca e descer gentilmente pelos ombros, espalhando um calafrio pelo corpo dela.

Lorena se moveu na cama. O corpo sedento se aproximando mais do dele até as pernas se encontrarem e se entrelaçarem.

Quantas vezes não havia fantasiado com aquele momento? No que faria e como o faria? Mas ali, sentindo o corpo eletrizar com a expectativa, a cabeça era incapaz de pensar em qualquer plano.

Então não pensou.

Encostou a testa na dele e o beijou.

Lucas retribuiu, o corpo se retesando contra ela, a mão gélida em suas costas procurando a nuca e subindo para o cabelo. Não era como um beijo comum. Era frio, turvo, vibrante. Um que enregelava e aquecia o corpo ao mesmo tempo.

E tão rápido como começou, acabou.

Lucas se afastou depressa e se sentou de costas.

— Desculpa — disse ele, sem se virar para trás. — Eu... não tô pronto pra isso.

— Tudo bem.

— É que... — Ele virou o rosto para trás por um instante, desviando o rosto como se não conseguisse olhar para ela. — Sei lá.

— Eu disse que tá tudo bem — mentiu ela.

Lucas balançou a cabeça e a garota apoiou o rosto nas costas dele. Pensou depressa em algo que pudesse salvá-los do clima estranho.

— Sabe, quando te conheci, você disse que não podia compor uma música pra mim porque não tinha um violão. Agora não tem mais desculpa.

Lucas se virou para ela.

— É sério?

— Sério.

— É sério que você tá pensando nisso agora?

— Minha cabeça funciona de uma maneira misteriosa, Lu. Você não se lembra da música?

— Impossível esquecer, você não para de falar nisso.

Lorena ignorou a brincadeira, saiu dali e voltou segundos depois com o violão de Ruby. O garoto riu, balançando a cabeça.

— Você quer que eu simplesmente faça uma música pra você assim, de repente, do nada?

— É, ué! Nossa carona pode chegar a qualquer momento, só se é morto uma vez, não temos tempo a perder. Todas as oportunidades devem ser agarradas!

— Sorte a minha ter você como uma *autoajuda* zumbi.

Ele revirou os olhos para ela de modo exagerado e tomou o violão. Lorena se acomodou na cama, mas Lucas andou em volta do quarto, parecendo pensar.

— Qual era mesmo o nome da música que você queria?

— "Lorena é a garota mais legal que já conheci." Boa sorte.

Ele voltou a se sentar, empunhou o violão, pensou por um tempo e batucou na madeira com o dedo. Em seguida, passou a mão hesitante pelas cordas, os pés batendo no chão. Lorena observou com um sorriso de canto de boca enquanto ele olhava para o teto, distraído.

Então dedilhou algumas notas, olhou para ela e começou a cantar.

Eu nem sei dizer por quê
Isso tudo é tão novo
Você vai querer dizer
Tomo sorvete feito um bobo
Um sorriso no Japão
Um ser tão no teu sorriso
E é assim que eu te aviso

Mas passei pra te avisar
O que su'antena não vai captar
Tomei o meu Nescau
com a Lorena mais legal
Passei pra te encontrar
Aqui ou em Senegal

Uma garota diferente
Bem zumbi na minha frente
De All Star não coerente
Tão assim eu nunca vi
Foi só aí que percebi

Você pode me fazer sorrir

Lucas tocou os últimos acordes improvisados sob o olhar embasbacado de Lorena. A garota o fitava boquiaberta. No máximo, esperava por uma estrofe com uma rima qualquer e três acordes. Só estava tentando aliviar o clima estranho depois do beijo, não acreditou de verdade que ele fosse fazer a música. Sentiu que choraria na frente dele mais uma vez. Era de longe a coisa mais brega e incrível que alguém já tinha feito por ela.

O fantasma deu um sorriso, colocando o violão de lado.

— Eu sei que tá uma porcaria, não é como se tivesse tido muito tempo pra pensar no assunto e a letra não faz o menor sentido.

Lorena balançou a cabeça, ficando de pé. Com as notas e palavras reverberando no cérebro. Foi bastante difícil ela se segurar para não beijá-lo de novo.

— Uma porcaria? — perguntou ela. — Não, Lucas, isso foi... Isso foi...

Parou de falar quando reparou que o olhar dele foi para o relógio. Não faltava muito para o horário do grupo de apoio.

— Lorena... a gente pode conversar depois? Desculpa estragar o clima, é que...

Ela fez que sim, sem perguntar aonde ele ia.

— Posso te abraçar antes de ir? — perguntou ela.

Ele veio até ela e a envolveu em um abraço apertado. Sentiu os lábios dele em sua testa, e então ele simplesmente desapareceu.

Lucas

Capítulo 26
Como se divertir sendo um fantasma, o guia

— *Fase Feita*, Mundo Alto

Lucas voltou para a casa de Felipe bem na hora do grupo de apoio. Todos já estavam sentados no tapete, jogando Cilada e Resta Um. O fantasma se apressou e foi para o espaço vazio ao lado de Lorena.

— Desculpa — falou ele.

— Nada, chegou bem na hora — disse Felipe. — A Nina ia contar sobre os primeiros dias dela como fantasma. Pela milésima vez.

A garota contou como recusou ajuda da ceifadora e da médium para onde a tinham levado. E, assim, passou os primeiros anos vagando a esmo. Conheceu vários desmortos, assombrou algumas casas e namorou um fantasma por uns meses até os fiscais a forçarem a ir para a casa de um médium.

— Eu tô morta há tanto tempo que dois médiuns meus já morreram.

— Nina, eu te imploro pra não aparecer no meu leito de morte pra se despedir — pediu Felipe.

Lucas continuou calado durante a duração da roda, mas ninguém fez perguntas a ele nem o pressionou para que contasse qualquer coisa. Até que era confortável ouvir os problemas e dores dos outros. Ficou atento, prestando atenção em Lorena falar sobre a relação conflituosa com a mãe e como estava confusa com os sentimentos em relação a ela agora que morrera. Ela sentia uma culpa muito profunda, como se fosse a única responsável pelo relacionamento das duas.

Quando a roda acabou, cada um foi para um canto da casa e Lucas ajudou Lorena a guardar o tapete, as almofadas, os cobertores e os jogos. Ia tudo para um armário que ficava nos fundos da enorme sala.

— Conseguiu ver a pessoa? — questionou ela.

Lucas ficou confuso por um instante.

— Ah, sim.

— Você tá estranho. Digo, mais quieto que o comum.

— Eu só não esperava ver o que vi.

Ela o fitou, curiosa. Podia ver como Lorena se segurava para não perguntar para onde ele tinha ido e o que tinha feito. Melhor assim.

— Você acha que consegue tocar aquela música pra mim de novo? — pediu Lorena. Os olhos brilhando e o sorriso bonito como sempre. Ele sentiu os joelhos fraquejarem.

— Não sei — respondeu. — Eu só improvisei na hora.

— Eu queria gravar.

— Nem pensar.

— Foi a coisa mais legal que alguém já fez pra mim e eu quero guardar. Se bem que não sei se daria pra ouvir sua voz no gravador...

— Vou pensar no seu caso. Além disso, minha voz não apareceria no gravador.

— Ah, e se você usar o corpo do Felipe? Além disso, a voz dele é bonita.

— Não, né, Lorena. Ele não tem nada a ver com isso.

— Você é tão sem graça. Um verdadeiro chato.

Já tinha composto muitas músicas, mas antes daquela manhã, só tinha feito isso para alguém uma única vez. Para Gustavo, e se arrependia de cada acorde.

Se pegava pensando nele de vez em quando. Se havia virado um fantasma. Quem o teria ceifado. Se já estava no Mais-Além. Mas a lembrança ainda lhe causava dor e era mais fácil distrair a cabeça e evitar sofrer.

* * *

Os dois passaram uma parte considerável do dia largados no sofá, fazendo nada mais que assistir a *Jurassic Park* e filmes de fantasma. Ou melhor, não assistiram, porque ficaram comentando o quanto metade daquelas coisas era inverossímil e como os vampiros dos seriados pareciam idiotas agora que conheciam Shion.

Entre os filmes, a zumbi passou um tempo no quarto cortando e alinhavando tecido. Ela tinha trocado de roupa e estava confortável numa camiseta da Desmortos e shorts, enquanto Lucas tocava violão na cama. Mas logo voltaram para a televisão, preguiçosos.

A garota se esticava no sofá com as pernas sobre as dele ou se deitava direto no seu colo, fazendo com que Lucas prestasse atenção apenas em um terço de cada filme que assistiam. Ele passava os dedos pelo cabelo azul da garota e se distraía pensando nela, no beijo e no que viu quando foi ao hospital.

De noite, ficou sozinho no quarto enquanto Lorena tomava banho e foi surpreendido por Tomás e Nina, que atravessaram a parede dando risadinhas e o chamando com as mãos.

— Você tem que vir com a gente, Lucas. Vem, vem, vem — chamou Nina, rindo tanto que mal conseguia falar direito.

— Esqueceram da regra de bater na porta?

— Que foi, tá com medo da gente pegar você e a Lori fazendo alguma coisa? — perguntou Tomás.

Ele revirou os olhos.

— Quantos anos vocês têm? Cinco? O que querem?

Eles voltaram a rir, vieram até Lucas e o agarraram pelo braço, arrastando-o pela janela até a casa vizinha. Ele tentou se desvencilhar dos dois no início, mas a curiosidade venceu e se deixou levar.

Se viu em um enorme quintal, muito bem-cuidado, com uma churrasqueira, mesas e cadeiras. Um canil abandonado e uma porção de árvores pequenas e arbustos no jardim. Era estranho poder invadir a casa dos outros daquele jeito; mas, ao mesmo tempo, ele sentia uma sensação de expectativa, como ler a carta de outra pessoa ou bisbilhotar uma conversa.

Em uma das mesas, vários adolescentes bebiam, comiam batata frita e olhavam interessados para o centro da mesa.

— Por que vocês me trouxeram aqui?

Tomás tapou a boca, evitando rir novamente e apontou.

— Eles estão jogando o jogo do copo.

Ele e Nina dispararam em uma risada tão alta que a lâmpada acima da mesa dos adolescentes começou a piscar. O grupo levou um susto e os fantasmas riram mais ainda.

O jogo do copo. A típica brincadeira onde um grupo de pessoas tenta invocar um fantasma usando um alfabeto e um copo para descobrir o que o morto queria dizer. Fazia sentido que fantasmas adorassem aquele jogo, nem que fosse apenas para rir dos vivos.

Lucas ficou instantaneamente interessado. Não sabia se pela oportunidade de assustar desconhecidos ou pela curiosidade que tivera com o jogo quando criança.

Flutuou até onde o grupo estava, com Tomás e Nina em seu encalço. Eram cinco jovens, cada um deles com um dedo sobre um copo de vidro virado de cabeça para baixo, colocado sobre um alfabeto e algumas palavras chaves, como "sim", "não", "bem" e "mal".

Os adolescentes vivos se entreolharam e uma delas bufou:

— Que coisa estúpida, não vai acontecer nada.

— Vamos tentar só mais uma vez — disse o que parecia ser o mais velho. — E não mexam no copo, senão não tem graça.

Eles fecharam os olhos e perguntaram em uníssono:

— Há alguém aqui?

Nina flutuou sobre a mesa, colocou um dedo no copo e começou a arrastá-lo lentamente até o sim. Os adolescentes começaram a olhar um para o outro, procurando qual seria o responsável por aquilo.

— Eles vão achar que é um deles movendo o copo — observou Lucas, apontando a mão para a lâmpada e a fazendo diminuir a intensidade da luz. — Agora sim, mais verossímil.

As cinco cabeças se voltaram para cima e uma garota tirou a mão do copo, assustada, cobrindo a boca.

— Ai, meu Deus, tem alguém aqui! Olha a lâmpada!

— Para de besteira, deve ser só o Tiago mexendo o copo e uma queda de energia, só isso, é uma coincidência.

Os três fantasmas riram e os jovens voltaram mais uma vez para o copo.

— Quem é você? — perguntou um deles.

— E agora? — disse Tomás.

— João é um nome comum, né?

Nina começou a deslizar o copo, soletrando João, enquanto olhares de medo e desespero tomavam conta dos adolescentes.

— Alguém aqui conhece algum João? — disse uma garota. A voz dela tremia.

Os cinco se entreolharam.

— O nome do meu tio era João... — respondeu um deles.

— Tiago, para de mexer no copo!

— Eu não tô mexendo no copo!

Tomás empurrou Nina para o lado e começou a mover o objeto. No começo, o copo apenas tremeu um pouco, arrancando gritinhos de um dos garotos. Mas, em seguida, se moveu depressa pelas letras.

— O que você tá escrevendo? — perguntou Lucas.

— Nada! — Tomás riu. — É só pra eles ficarem confusos.

— Para, Tiago!

— Não sou eu!

Tomás parou.

— Uau! — exclamou Nina. — Você conseguiu pegar no copo direitinho!

O sorriso de Tomás se alargou tanto que a alegria dele se expandiu pelo quintal, fazendo todas as lâmpadas piscarem algumas vezes.

Tiago se levantou da mesa.

— Pergunta outra coisa, vai. Aí tu vai ver que não sou eu mexendo o copo.

A garota revirou os olhos.

— Fantasmas não existem, Tiago.

— E como você explica as lâmpadas?

— É só coincidência.

Os três fantasmas se entreolharam com um sorriso.

A garota se ajeitou na cadeira, parecendo mais corajosa agora que o amigo havia se levantado. Ela posicionou os dedos no centro do copo, e perguntou em um tom de voz alto:

— Você é do bem ou do mal?

Lucas pegou o copo e o fez andar até o "mal". Uma das garotas se levantou da mesa, dizendo que não iria mais jogar. Outro acusou a colega de estar mexendo no copo. Ao ver que todos haviam tirado suas mãos da mesa, Lucas viu a oportunidade perfeita. Pegou o copo e começou a movê-lo no alfabeto ante os olhares apavorados dos adolescentes. "Morte", soletrou, letra por letra.

Eles começaram a gritar e Nina e Tomás riram tão alto que a lâmpada sobre eles queimou com um estouro oco. Para finalizar, Lucas agarrou o copo e o atirou do outro lado do quintal, o espatifando na parede. Cadeiras caíram, mesas foram viradas e batatas fritas voaram pelos ares enquanto cinco pares de pernas corriam desesperados dali.

Lucas sentiu uma pontada de culpa enquanto Nina e Tomás riam, sentando-se nas cadeiras vazias. A fantasma pegou uma batatinha e começou a mastigar.

— Você é bom de assombração, Lulu, deveria sair mais com a gente — disse ela, enquanto a batata mastigada caía no chão.

Lucas desviou o olhar.

— É isso que vocês fazem quando somem?

— Isso e outras coisas. Festas e shows de graça, parques de diversão, cinema, gente disponível que não sabe que é médium pra entrar e pegar uma carona... entrar em avião e ir pra outro país... A desvida é simplesmente incrível.

Lucas não tinha mais tanta certeza daquilo.

— Você viu como eu peguei no copo?! — exclamou Tomás. O garoto se concentrou em uma caneta sobre a mesa, segurando-a com cuidado. — Acho que peguei o jeito.

Lucas deixou os colegas ali e flutuou de volta para casa. Apesar de ter se divertido, torturar adolescentes não lhe parecia uma boa forma de aproveitar seu tempo como fantasma.

Atravessou uma parede e foi parar bem na cozinha. Felipe lançou um olhar para ele, como quem dizia que sabia muito bem o que havia acontecido na casa do vizinho. O cabelo do médium estava preso em um coque bagunçado que se desfez quando ele balançou a cabeça.

— A Nina poderia ter a decência de fazer esse tipo de coisa um pouco mais longe daqui — comentou ele, e abriu uma gaveta, pegando alguns folhetos.

— Como você sabe o que aconteceu? — perguntou Lucas.

— Eu consigo sentir. — Felipe entregou os papéis ao fantasma. Lucas leu.

"Por que não devemos brincar com humanos vivos."

"Jogos sobrenaturais: o que você precisa saber para evitar."

— Isso é sério? — perguntou Lucas.

Felipe tentou enrolar o cabelo no topo da cabeça mais uma vez, sem muito sucesso.

— É.

— Foi mal.

— Não tem problema. É que se pegarem vocês, quem você acha que paga a multa?

— A... multa.

— Sim — falou ele. — A multa.

— Desculpa, eu não sabia mesmo.

Para sua surpresa, Felipe riu.

— Tá tudo bem — disse, trocando o peso de uma perna para outra e apoiando a mão no balcão. Lucas fitou a flor que ele tinha tatuada ali e se pegou imaginando até onde as tatuagens iam. — Quando alguém aparecer perguntando, diga que não sabe de nada.

— Quê?

— Diga que não sabe de nada — repetiu Felipe. — Quando o Otto aparecer perguntando sobre o fenômeno.

— Ah. Sim. Quem é Otto?

O médium começou a guardar os copos secos do escorredor dentro do armário.

— Otto é o fiscal do meu setor. É tipo um... policial? Não é bem a polícia, mas é quem garante que as normas tão sendo seguidas por todas as criaturas. Do mesmo jeito que eu consigo sentir vocês atazanando os vizinhos, eles conseguem rastrear energia e acontecimentos incomuns e sobrenaturais.

— Hum. — Lucas olhou para os folhetos mais uma vez. — Eu não queria te arrumar problemas.

— E nem vai. Sei me virar. Tu parece distraído. Aconteceu alguma coisa lá?

Lucas ergueu o rosto por apenas um instante. Os olhos azuis de Felipe pareciam ler sua alma.

— Não, eu só... fiz a besteira de ir ver minha casa hoje.

— Ah... faz sentido. E como foi?

Lucas olhou de um lado para outro, vendo que estavam sozinhos. Sentou-se em uma das banquetas, largando os folhetos ali, e Felipe fez o mesmo.

— Uma bosta. Meu irmão... eu... — Fechou os olhos com força. Por que era tão difícil falar?

Abriu os olhos quando sentiu um par de mãos agarrar a sua.

— Por que você não me conta outro dia? — Felipe se levantou e começou a andar na direção da sala — Tu sabe jogar Guitar Hero?

— Sei.

— Tu pode tocar guitarra na vida real, mas eu duvido que faça mais pontos que eu no jogo.

***

Felipe entregou um controle do videogame para Lucas, que se sentou ao lado dele no sofá. O fantasma olhou para o médium de esguelha. Violeta fingia se importar para manipular os mortos, mas Felipe não parecia estar fingindo. Tudo que fazia e falava parecia genuíno. Será que ele era daquele jeito com todos os mortos? Não sentia que estava na casa de um médium. Era como se apenas morasse ali. Como se fossem apenas amigos.

— Felipe — chamou.

O médium olhou para ele, desviando o olhar da tela de seleção de personagem.

— Quê?

— Você tá fingindo?

— Fingindo o quê?

— Se importar. Eu não me importo se estiver. Só prefiro saber a verdade. Se isso tudo for um truque pra me fazer falar, só me diz.

Aquilo arrancou uma risada dele.

— Não, Lucas, eu não tô fingindo. — Ele colocou o controle de lado. — Parece que ficar com a Violeta realmente não era o lugar certo pra você. Eu desconfio que a Alice sabia muito bem disso e só queria te deixar longe da Lorena.

— Hum.

— Sabe o que eu acho?

— Hum.

— Que eu não vou errar nenhuma nota e quem perder vai aspirar o estúdio amanhã.

Felipe

Capítulo 27

Quando rola uma competição

— *Canoa*, Kamaitachi part. Lagum

Felipe deu uma risada gostosa ao olhar para a tela da televisão. Ao fim da primeira música que jogaram, nenhum dos dois havia errado uma nota. Lucas olhou para ele com um olhar de pura arrogância.

— Tu ainda acha que sou eu quem vai aspirar o estúdio amanhã?

O médium sorriu e olhou do fantasma para a televisão.

— Nós fizemos 100%, mas minha pontuação ainda foi maior.

— Só escolhi mal a hora de usar o poderzinho.

— Vou deixar o aspirador separado pra você.

— Coloca a próxima logo e vamos ver. Põe *Free Bird*.

— Já? Deixa por último.

— Por quê? Precisa aquecer seus dedos de salsicha?

— Preciso aquecer meus dedos de gente viva.

Lucas soltou uma risada curta, sem se ofender com a piada.

— *War Pigs*, então. Vai ser um bom aquecimento pros seus dedos vivos.

O fantasma encarava a televisão com um sorriso de expectativa. Depois de alguns momentos, os olhos semicerrados se voltaram na direção do médium.

— Vai colocar a próxima partida ou o quê?

Felipe voltou a atenção para a TV e navegou pelo menu até a

música pedida por Lucas. Havia se perdido no rosto dele por um instante. Alguma coisa o atraía naqueles olhos verdes brilhantes que não conseguia decifrar. O fazia querer ficar admirando e explorando para desvendar o segredo que escondiam.

A música começou e Felipe inclinou o corpo para frente com os braços apoiados nos joelhos, concentrado em não errar nenhuma nota. Aquela era uma das músicas mais fáceis de tocar, mesmo no expert. Pelo menos até chegar no solo onde corria o risco de se atrapalhar com os dedos.

Felipe não ficou nem um pouco surpreso quando a voz de Lucas se elevou do seu lado e o fantasma começou a cantar junto ao cover de Black Sabbath do jogo. Era difícil jogar sem cantar ao mesmo tempo. O médium, porém, estava focado no seu objetivo de não passar aspirador de pó. Ficou calado com os dedos se movendo de maneira ágil no ritmo da música. A cantoria de Lucas o desconcertou. Ele não estava cantando de verdade, mas imitando a voz de Ozzy Osbourne e sorrindo com as pernas cruzadas no sofá, a atenção toda na tela.

Felipe fixou os olhos no jogo. Verde, amarelo, verde, laranja, azul. Nota atrás de nota, focado nas cores e na sequência. Apertando os botões no ritmo, na velocidade. A boca se curvando cada vez mais para cima, querendo sorrir, querendo rir de Lucas ao seu lado, cantando com vontade naquela imitação tosca. Mas não ia cair no truque. Ia se concentrar. Ia vencer aquela partida.

Quando chegou o momento do solo, engoliu o sorriso. Olhou em frente, as sobrancelhas unidas no centro da testa, acionando o *star power*. As pernas se movendo como se estivesse na banqueta da bateria. Queria levantar e tocar a música de verdade. Talvez fizesse exatamente isso no dia seguinte.

Quando a música acabou e a animação do público ovacionando transicionou para a tela de pontuação, os dois encararam com expectativa o resultado. Novamente os dois tinham acertado 100% das notas, mas, daquela vez, a pontuação de Lucas tinha sido maior.

Os dois trocaram um olhar.

— Melhor de três, então — falou Felipe, se ajeitando no sofá.

— *Free Bird* agora.

Felipe largou o controle sobre a coxa e alongou as mãos, enquanto Lucas soltou o controle sobre a mesa e pegou o violão de Ruby que estava ali na sala no suporte da parede.

O fantasma se acomodou no sofá, cruzou as pernas, testou as cordas e começou a tocar a intro de *Free Bird*.

— É sério?

— Seríssimo — respondeu Lucas. As mãos tocando a base da música num ritmo lento e melodioso.

Felipe se perguntou se o fantasma faria o solo, mas ele apoiou as costas e apenas tocou a base cantando a primeira estrofe com suavidade e calma no olhar.

Felipe se ajeitou e ficou assistindo os dedos longos de Lucas passearem pelo braço do violão com naturalidade. O balançar do corpo. A emoção da música no rosto dele. O movimento dos lábios, dos olhos. A voz límpida. O crescendo da música.

Lucas não tentou tocar nenhum solo ou se esforçar para parecer um baita guitarrista nem nada do tipo como já tinha visto acontecer com colegas músicos um infinito número de vezes. Estava apenas curtindo a canção, despreocupado. O que, para Felipe, era ainda mais impressionante. O fantasma tinha uma familiaridade com o violão que fazia a mente do médium se perder imaginando o que Lucas seria capaz de tocar.

Ao chegar perto do último solo, Felipe cantou junto e seus olhares se prenderam um no outro, o *won't you fly high, free bird* a plenos pulmões, tocando uma bateria aérea com empolgação.

O garoto riu pouco antes de soltar o violão, encurtando os minutos finais da música. Felipe admirou as covinhas nos cantos dos lábios dele, pensando em como elas pareciam claves de fá.

Sentiu um frio repentino na barriga e o sorriso sumiu do rosto imediatamente ao reconhecer a sensação. Lucas estava morto. E não podia se permitir sentir nada por ele. Não importava como a aparência ou como o talento dele o fizesse se sentir. Aquela imagem que surgiu em sua mente, de fazer música com Lucas, era uma ilusão, uma impossibilidade.

Lucas reparou na mudança de expressão, mas, por sorte, interpretou da forma errada.

— Eu também já tinha até esquecido da competição — comentou ele, olhando para a televisão. O jogo aguardava na tela inicial.

Felipe aproveitou a deixa para disfarçar.

— Vamos considerar que foi um empate.

— Empate? Vai desistir?

— Eu já ouvi sua versão acústica da música essa noite, não preciso de mais nada.

Lucas lançou um olhar incrédulo e guardou o violão no lugar antes de voltar para o sofá.

— De onde você tirou a ideia de fazer música? — perguntou ele, apoiando a bochecha na mão. O cotovelo no assento do sofá e o corpo virado na direção do médium.

Felipe reparou em como as pernas dele eram longas. Nas sobrancelhas bem pretas, escuras como o cabelo. Em como um dos cachos parecia cair sempre no centro da testa. A camisa dele estava erguida do lado que o fantasma usava para se apoiar no sofá. Se mexesse mais um pouco o braço, será que conseguiria ver a barriga?

— As aulas de bateria — respondeu Felipe, tirando os olhos do corpo do fantasma. — A ideia dos meus pais era só me manter ocupado e longe de casa, mas eu realmente me apaixonei pelo instrumento. E como o Shion era outro que amava música, nossos gênios bateram e fomos atrás. A Ruby não tocava quando a conheci, mas a gente conversava bastante de música e ela pediu pros pais pra entrar num curso de violão e foi quando começamos a sonhar com a banda. A ideia era compor músicas nas quais a gente pudesse falar da nossa vida secreta, nos expressar, sem chamar atenção de ninguém.

Felipe mudou de posição, esticando uma perna, lembrando das tardes de sábado com Ruby, quando escreviam letras sem sentido e Shion os ensinava tudo que podia sobre teoria musical.

— Vocês três tiveram sorte de se encontrar.

— Tivemos. Teve tudo pra dar errado mil vezes, mas aqui estamos. Você foi por causa da sua mãe? Ela era pianista, né?

Lucas assentiu com um olhar saudoso.

— Ela tocava piano, mas ela amava música de uma forma... sei lá, tão profunda. Ela via cores nos sons como se fosse uma fada ou bruxa musical. Ela ia tocando e me falava o que via. Amarelo, rosa, roxo, um arco-íris inteiro de notas musicais. Eu achava incrível.

"Ela passava horas me ensinando, me contando de tudo um pouco da história da música. Eu ia aos concertos e os músicos que tocavam com ela me paparicavam. Algumas noites, eu me sentava lá na frente pra ouvir a orquestra e era como se meu corpo pudesse se alimentar de som. Sempre soube que seria músico como ela. E quando ela se foi... é como se as cores tivessem ido junto."

— Eu sinto muito.

Lucas deu de ombros, sem saber reagir.

— Pensar que ela foi pra um lugar melhor me traz um pouco mais de paz. Só espero que ela não tenha ficado o bastante para ver no que a vida com meu irmão se transformou. Principalmente depois que a esposa dele morreu. Pelo menos agora eu sei que tem alguma coisa do outro lado.

— Isso traz mesmo um consolo, né? Meus pais estão vivos, mas penso que um dia, quando eles morrerem, vão ver que fantasmas existem e eu vou poder dizer "eu te disse". Vão saber que eu não estava louco, que não tinha apenas amigos imaginários.

— Vingativo. Eu gosto.

Felipe riu.

— Sugiro que você fique longe da casa do seu irmão daqui pra frente.

— Não vou me fazer de santo e fingir que não pensei maldade.

— Por isso mesmo que é melhor ficar longe. Não vale a pena foder a própria cabeça com gente que não vale o ar que respira.

— É isso que você acha dos seus pais?

— Sim. E já gastei bastante dinheiro com terapia pra perceber que tá tudo bem não gostar de nenhum dos dois. — Felipe soltou uma bufada misturada com riso. — Na verdade, sequer amo qualquer um deles. Engraçado que ainda assim fico dando satisfação de várias coisas da minha vida pros dois. Às vezes eu queria que Shion me fizesse esquecer deles. Mas aí já seria cruel e eu não sou assim. Não vou deixar meu trauma me fazer agir como eles.

— É meio... — Lucas fez uma pausa — ... dicotômico.

— É, sim. Mas foram eles que fizeram isso comigo. Eles que

partiram minha cabeça e meu coração em duas partes. E eu sei que nunca mais serei inteiro. Então todo dia eu acordo e decido ser a parte que eu sou, não a parte que eles queriam que eu fosse. Posso ser uma boa pessoa e odiar eles ao mesmo tempo. E saber que isso não faz de mim alguém cruel.

Lucas cruzou as pernas e abaixou a cabeça. Uniu as mãos no colo e ficou olhando para os dedos por um tempo.

— Eu tenho pensado muito sobre isso. Sobre o que senti quando vi meu irmão. — Ele fez uma pausa, perdido em pensamentos. — Como você, eu quero ser tudo o que ele não é. Só que a raiva, o rancor... essas coisas não saem de mim.

"Eu sei que não posso agir guiado por essas coisas. Mas também sei que deixo de ser eu mesmo sem essas coisas. Não dá pra arrancar de dentro da gente anos e mais anos de porrada nem fingir que tá tudo bem. Que o passado não existiu. Que eu não me quebrei por dentro. Tem alguma coisa dentro de mim que eu não sei o que é. Uma incerteza. Algo que me afasta das pessoas, que me diferencia e me corrói. Que ano após ano me dilacerou até ser grande demais para aguentar. Em alguns momentos, eu só queria rasgar meu peito de fora pra dentro e, quem sabe, sentir qualquer espécie de alívio. Eu só queria que o mundo se calasse. Só queria que as vozes da minha cabeça se calassem. Que minha mente funcionasse direito. Só queria me sentir normal."

Felipe se inclinou na direção do fantasma até alcançar as mãos dele. Segurou as duas sem olhar para cima. Não queria se ver refletido naqueles olhos verdes. Não queria pensar em todas as semelhanças e intersecções daqueles sentimentos. Onde coincidiam e onde divergiam.

Lucas apertou as mãos de leve. Para surpresa do médium, a cabeça dele se aproximou devagar e tocou no seu ombro.

— Hoje eu vejo que não deveria ter desistido de encontrar uma resposta — continuou o fantasma. A voz baixa, não mais que um sussurro. Como se falar mais alto que aquilo pudesse afastar a coragem de dizer o que queria. — Aqui nessa casa... tudo fica mais claro. Quem eu sou e o que poderia ser. E não sei se isso faz com que as coisas fiquem mais fáceis ou mais difíceis.

Lucas ergueu a cabeça e Felipe encarou ele. Olhou para as duas piscinas verdes que o fitavam. E como havia imaginado, viu a si mesmo ali. Não no reflexo convexo. Mas naquele brilho, naquela dor. Naquela dúvida.

— Eu... — Felipe começou, sem saber direito o que falar — ... espero que deixe as coisas mais fáceis...

Soltaram as mãos e a sala ficou muito silenciosa por alguns momentos, até o fantasma se ajeitar no sofá. Ele pegou o controle e começou a navegar pelo menu até a música que queria. Felipe secou disfarçadamente a lágrima que ameaçava cair e pegou o próprio controle.

— E agora? — perguntou, como se os últimos minutos nunca tivessem acontecido.

— *Killing in the Name* — respondeu Lucas.

E os dois jogaram juntos madrugada adentro.

Capítulo 28

Quando Lorena consegue um emprego

— Eu Sou a Maré Viva, Fresno

Lorena acordou ao lado de Lucas. O fantasma estava apagado, flutuando levemente acima da cama com os fones no ouvido. Lembrou dele chegando tarde no quarto, contando o que havia feito com Tomás e Nina na festinha dos vizinhos e da competição com Felipe. Ela foi até a cama dele enquanto conversavam e se deitou com a cabeça no peito de Lucas. Dormiram ali, juntos, no conforto um do outro.

Era sábado e não tinham grupo de apoio naquele dia. Pensou em voltar a dormir, mas logo veio o som do aspirador de pó e depois da banda ensaiando na sala.

Lucas despertou imediatamente, flutuando até o chão. Lorena se levantou e, se sentindo ousada, trocou o pijama por outra roupa logo ali na presença dele, mas o fantasma olhou na direção oposta. Ele parecia mais irritado com o barulho do que interessado nela naquele momento.

— Desde quando eles ensaiam de manhã?

— Desde que eles têm um show no fim do mês.

— Essa vocalista deles é péssima.

— É a única que têm.

Lucas saiu do quarto pela porta fechada e Lorena foi atrás. Ficou observando o garoto esperar uma brecha entre duas músicas para se aproximar do baterista.

— Felipe, demite ela — falou Lucas. — Você vai pro vocal e eu fico na bateria.

Todos pararam e olharam para ele, menos a pobre humana, que não entendeu nada.

Shion a chamou pelo nome:

— Sabrina, você quer muito ir ao banheiro, né?

Lorena sempre se arrepiava quando via Shion hipnotizar alguém.

A garota foi, sem falar nada.

— Não me adianta de nada você na batera no dia do show — comentou Felipe. — Seria um pouco estranho uma bateria que se toca sozinha.

— A Ruby não pode cantar pelo menos nesse dia?

— Poder eu posso. — Ela olhou para Felipe. — Talvez seja melhor a gente aceitar logo que não tem mais ninguém e só não ensaiar nem pegar nenhum show depois da lua cheia. Não é tão trabalhoso assim.

— Vamos fazer um teste — sugeriu Shion, colocando o baixo no suporte. — Eu vou pra bateria, Felipe e Lucas no baixo e vocal e a Ruby continua na guitarra. A maioria das nossas músicas usa duas vozes e é melhor o Lipe no centro do palco do que cantando da batera. Você toca baixo, né, moleque?

Lucas fez que sim.

— Ótimo, o Lipe é um merda no baixo, aí você usa o corpo dele pra tocar e fica tudo nos conformes. Você foca no baixo, ele canta.

— Faz sentido — concordou Felipe. — O que vocês acham?

— Acho ótimo — disse Ruby.

Felipe saiu de trás da bateria e se aproximou de Lucas.

— Você tem uma semana pra pegar as músicas.

— Pra que isso tudo?

— Ah, que arrogante! — exclamou Ruby.

— Lorena, eu já tava esquecendo — falou Felipe, indo até uma mesa e pegando um envelope. — Suas chaves chegaram e sua documentação, também.

A garota abriu o pacote, encontrando lá a carteira de identidade especial do Mundo Sobrenatural e cópia da chave da casa de Felipe. Ela sorriu.

— Finalmente!

— Agora que tá documentada, você pode conseguir um emprego. A Bergamota, uma bruxa amiga minha, tá precisando de ajuda, por que não vai lá falar com ela?

— Queria ver o ensaio, mas também quero muito ter dinheiro.

— Vai lá, vamos ensaiar a semana toda.

— Okay! — Ela não parou de sorrir.

Voltou para o quarto e procurou a roupa mais arrumada que tinha. Com a vantagem de não precisar se preocupar com a temperatura gélida que fazia na rua.

***

Bergamota morava a poucas casas dali. Era a bruxa do Bairro das Nações e a ideia de trabalhar com ela a empolgava muito mais do que ser atendente em alguma loja sobrenatural, como Ruby sugerira.

Quando passou pelo estúdio antes de descer, só deu um tchau rápido para Lucas que conversava sobre o *setlist* com o resto da banda. Ele piscou para ela com um olho só e Lorena sentiu que derreteria.

Disparou para fora da casa, felicíssima em usar a própria chave para abrir o portão. Pegou a carteirinha no bolso e sorriu novamente. A foto tinha ficado horrível, mas tudo bem. Era uma pena os fantasmas não precisarem da carteirinha física. Adoraria saber como Lucas ficaria na foto 3x4.

Andou rua acima até chegar em uma casinha fofa de muro baixo, repleta de ervas no jardim enorme. Bem no centro do quintal havia um pé de bergamotas, e ficou ali espiando e se perguntando quem veio primeiro, o nome da bruxa ou o pé de fruta.

Havia alpiste espalhado por todo o chão do quintal e dezenas de canários, rolinhas e pardais se esbaldavam com o café da manhã. Um gato preto preguiçoso a observava do telhado. O sino dos ventos pendurado no alpendre balançava suavemente.

Reparou que o portãozinho estava aberto. Parecia pouca segurança, mas, na verdade, fazia total sentido, já que um feitiço impediria qualquer pessoa indesejada de entrar ali.

Lorena tocou a campainha e logo a porta se abriu e um vira-lata de três patas veio correndo, latindo feliz.

— Aquiles! — Bergamota gritou da porta.

Bergamota era uma mulher de aparência jovem, pele marrom e cabelo castanho escorrido. Usava muitos brincos nas orelhas e os braços estavam repletos de tatuagens de flores e ervas. Nas mãos, a marca de uma pintura de henna. Os óculos eram vermelhos, no estilo de gatinho, e ela tinha um piercing dourado no nariz.

O cachorrinho atendeu ao chamado da dona e correu até ela, que abria o portãozinho com um gesto do dedo, sem sair da soleira da porta.

— Pode entrar! — disse.

Lorena atravessou o quintal, nervosa, e entrou na sala atrás da mulher. O aposento era cheio de bibelôs e enfeites de sapo espalhados por tudo, preenchendo as prateleiras, os aparadores, as estantes e as cristaleiras. Os sofás estavam cobertos por mantas artesanais com padrões de sapos. Da cozinha vinha um cheiro adocicado de chocolate.

— O Felipe me falou que você vinha — comentou, empolgada. — Zumbis são o melhor tipo de assistentes, vai dar muito certo!

— Mesmo? — perguntou Lorena, desconfiada.

— Claro! Fantasmas derrubam tudo e outras criaturas podem interferir com a magia. Mas zumbis são perfeitamente sólidos e completamente desprovidos de magia, então não interferem em nada. Além disso, você mora aqui na rua, será muito prático pra nós duas. Não vou nem te entrevistar, a vaga é sua.

Lorena ficou um pouco chocada. Não podia ser assim tão fácil.

— Tu tá falando sério?

— Claro que sim. Eu só preciso de ajuda com coisas básicas do dia a dia. E os horários são bem livres, imagino que você fique bastante ocupada com as reuniões.

Ia abrir a boca para fazer algumas perguntas, mas se deu conta de que Felipe já havia conversado com ela. Aquilo provavelmente seria um combinado da bruxa com o médium.

— O que eu preciso fazer? — perguntou.

— Eu preciso de ajuda com os feitiços. Pegar, separar e pesar ervas, picar as coisinhas, manter a temperatura do caldeirão, buscar os ingredientes nos armários e no quintal... É bem um trabalho de assistente mesmo.

Parecia fácil o bastante, além de interessante.

— Quando posso começar?

— Você aceita?

— Claro!

— Na segunda-feira, então!

Lorena sorriu, feliz, sabendo que nem se tivesse odiado a proposta teria recusado. Era ruim demais não poder ajudar com as contas da casa ou comprar roupas e itens de higiene pessoal.

— Ótimo!

Ela se virou e começou a juntar alguns papéis dentro de uma pasta.

— Que tipo de feitiços você faz? — perguntou Lorena, interessada.

— Ah, um pouco de tudo. Feitiço pra ajudar a tirar nota boa; pro cabelo ficar bonito; pro pé de morango dar fruta o ano todo; poção de coragem; elixir para afastar fantasmas; feitiço de esquecimento e de alembramento... Você vai ver, sou bem eclética. Só não mexo com nada que tire o livre-arbítrio e sigo as regras. Na maioria das vezes.

— Na maioria das vezes?

— É... uma experimentaçãozinha aqui e ali, sabe?

— Legal.

A bruxa entregou uma pasta à zumbi.

— Eu preciso que você assine esse contrato e leve pro Felipe assinar também. Leia com cuidado e, qualquer dúvida, é só falar. Te espero na segunda-feira à tarde, pode ser?

— É só meio período?

— É, sim, por causa dos seus compromissos com o grupo de apoio. E, sendo sincera, acho que uns dias você nem precisa vir se for rápida e deixar tudo pronto.

— Legal. — Lorena apertou a pasta contra o corpo. — Obrigada!

— Eu que agradeço, boba! É você que está me ajudando!

Lorena voltou para casa sem conseguir parar de sorrir. Aquilo marcava uma nova etapa em sua pós-vida.

Lucas

Capítulo 29
E o ensaio

— *Doomed*, Bring me the Horizon

Comer churros no corpo de Felipe era diferente de tocar um instrumento e cantar ao mesmo tempo. Durante os primeiros minutos, ele ficou no sofá com o contrabaixo, tentando coordenar as mãos. O formato do corpo de Felipe era outro. Os dedos tinham tamanhos diferentes dos seus, o que arruinava sua memória muscular.

Lucas errou uma nota e soltou um grunhido de frustração.

— Tá difícil aí, Lulu? — debochou Shion.

— Se o Lipe não tivesse dedos de salsicha, seria mais fácil.

— Dedos de quê?! — respondeu Felipe, em voz alta.

— Seus dedos são muito largos.

— Meus dedos são normais, os *seus* dedos é que são compridos igual macarrão.

Ruby deu uma risadinha e se levantou.

— Enquanto as duas princesas discutem, vou pegar mais água.

— Respira e tenta de novo — falou Felipe. — Você perdeu o hábito de respirar.

Lucas fechou os olhos, respirando fundo várias vezes. Tentou se concentrar no corpo do amigo. Moveu e relaxou os dedos das mãos e dos pés. Os braços, as pernas, o pescoço. Fez um pequeno aquecimento vocal, aprendendo o timbre dele, como as notas vibravam em sua boca, nariz, testa, peito, garganta.

Sentia a presença de Felipe lá dentro o tempo todo e o médium lhe passava o conhecimento que precisava sobre a música. Só precisou ler a cifra porque Shion tinha razão: Felipe era muito ruim no baixo.

Ali, dentro do amigo, reparou em sentimentos que não eram seus e ficou claro que o contrário seria verdadeiro. Se perguntou o que Felipe sentiu emanar dele quando viu Lorena subir as escadas com um sorriso enorme no rosto. Ela estava linda. Quis voltar para aquele momento na cama e o pensamento causou uma reação física inesperada.

Soltou um palavrão e desviou o olhar para outra coisa, se concentrando no instrumento.

— Tudo pronto? — perguntou Ruby, pegando a guitarra de volta.

Lucas meneou a cabeça e respirou fundo quando Lorena se sentou ao lado deles no sofá. E sem conseguir prever as reações daquele corpo, se levantou.

— Sim, melhor me acostumar tocando. Vou deixar o baixo desconectado pra não atrapalhar vocês, quem sabe da segunda vez dê certo.

Ajustou o microfone, tirou o cabo do baixo e esperou a deixa de Shion para que a música começasse. Era uma música da banda. Ruby tocou para ele uma vez para se familiarizar. E era frustrante errar tantas vezes em um instrumento que conhecia tão bem.

Cantar, porém, era outra história.

O timbre de Felipe era límpido, fluido e, não podia negar, sedutor. Soava como um anjo e o som saía de seus lábios com facilidade. A sensação cresceu dentro de si. O contato da sua alma contra a dele, o atrito do corpo contra o baixo, contra o chão, contra as roupas. O sentimento do ar enchendo os pulmões enquanto cantava.

A música o preenchia e o enchia de vida. A voz de Ruby, doce contra o microfone, o atingia em cheio. O ritmo da bateria o fazia se mexer e tocar com empolgação. Era como se seu espírito vibrasse como um diapasão, com as vozes, os instrumentos, a música nos ouvidos. O ar, expandindo os pulmões. O som da inspiração no microfone. A aspereza das cordas grossas de aço nas pontas dos dedos macios, não acostumados com as cordas de aço.

Os fios longos do cabelo de Felipe em seu rosto. Tantas sensações com as quais já não estava acostumado.

Lorena, no sofá, movia a cabeça e cantarolava junto enquanto assinava uma pilha de papéis.

Era bom estar ali. Na casa, perto de Lorena, trocando aquela intimidade estranha e incomum com Felipe, rodeado de música.

Depois de tanta dor, de tanto sofrer, se percebia apaixonado mais uma vez. Não apenas pela garota ou pelo médium. Mas pela música que decidiu abandonar. A alma repleta de tesão pelo corpo que possuía e pela vida que deixou para trás.

Pediu que repetissem a música mais uma vez, se desculpando. Na terceira, já havia pegado o jeito de usar as mãos de Felipe e pôde conectar o contrabaixo, se enchendo de prazer com o som que atingiu os ouvidos.

Lá, dentro do corpo, podia sentir a alma reverberar. Podia sentir as vibrações de Felipe quando finalmente dividiram o corpo por completo enquanto Lucas dedilhava e o outro cantava.

Avançaram no *setlist* até chegarem na metade e decidiram fazer uma pausa. Lucas desceu o baixo para o suporte, piscou e se viu fora do corpo do médium de repente. Ficou tonto, dando alguns passos para trás.

Trocou um olhar demorado com Felipe, que apenas sorriu com as bochechas avermelhadas.

— Achei que ficou ótimo, e vocês? — perguntou ele.

— Foda — disse Ruby. — Muito melhor assim.

— Quem diria, Felipe no baixo — zombou Shion, e o médium riu.

— Até o final da semana eu já vou ter aprendido.

— Duvido. Ainda vai ter que treinar muito.

O médium passou reto por Lucas, descendo a escada com Ruby e Shion atrás.

— Pizza? — a lobisomem perguntou.

— Pode ser — respondeu Felipe.

— Eu tenho que olhar meu estoque — disse Shion ao passar.

Eles desapareceram e Lucas criou coragem de olhar para Lorena.

— Como foi? — perguntou ela, deixando a pilha de papéis de lado.

Ele esfregou o rosto e se sentou ao lado dela. O corpo ainda vibrava, como se tivesse tomado um choque e a eletricidade se recusasse a deixar o corpo.

— Foi... — Lucas tentou encontrar as palavras certas, pois não queria mentir e, ao mesmo tempo, não sabia o que a zumbi acharia da resposta — ... sinceramente?

— Sinceramente.

Lucas suspirou e foi como se estivesse sem fôlego. Olhou as mãos com atenção, como se fosse capaz de enxergar a vibração que ainda passava pelos dedos. A pulsação do coração de Felipe. Mas não havia mais nada ali. Só o próprio ectoplasma, reagindo, tentando segurar aquela sensação pelo máximo de tempo possível.

— Foi incrível e difícil e estranho e gostoso. Tudo ao mesmo tempo.

Ela o encarou com os olhos enormes. A expressão no rosto dela não mudou, então ele continuou.

— E, caralho, eu senti uma vontade enorme de passar a mão pelo meu próprio corpo. Digo, pelo corpo dele, a situação toda foi... quase... sensual?

Lorena sorriu.

— Eu não te julgo, o Felipe é um gostoso.

Ela desviou o olhar e Lucas ergueu a mão, deslizando o dedo pela bochecha dela.

— Não precisa ficar com ciúme.

— Eu não tô com ciúme, eu tô com inveja — disse ela, dando uma risadinha e colocando uma mão na coxa dele. — Eu também tiraria uma casquinha do Felipe se tivesse a chance.

Lucas não estranhou a resposta dela. Sentia uma atração por Felipe que ainda não conseguia entender completamente e tinha a impressão de que Lorena compartilhava daquele sentimento. Mas Felipe era inalcançável demais para pensar muito no assunto.

— Você conseguiu o trabalho?

— Sim! Que alívio pensar que terei meu próprio dinheiro.

Sem recolher a mão, Lucas passou os dedos pelo cabelo dela, retirando a mecha de trás da orelha, deixando os fios azuis caírem sobre o rosto redondo.

— Sei que trabalhar para uma bruxa não era exatamente o que você queria pra sua desvida, mas fico feliz que tenha conseguido.

Ela sorriu, inclinando o rosto, apoiando a bochecha contra a mão aberta de Lucas.

— O dinheiro vai me ajudar a comprar os tecidos e os materiais, então, no fim das contas, vai ser bom, sim. E, bem, não é todo mundo que pode dizer que já trabalhou para uma bruxa.

Ela terminou de falar deixando a boca entreaberta. O lábio cheio, rosado, liso como veludo, convidativo.

Lucas acariciou o rosto dela com o dedão, da têmpora até o canto da boca.

Lorena fechou os olhos.

— Como você consegue ser tão... sólido?

Lucas se afastou alguns centímetros, pensando na pergunta. Ele mesmo se perguntava a mesma coisa, apesar de ter uma teoria.

— Não sei. Acho que é só... um reflexo.

— Reflexo do quê?

— Do que eu desejo.

Ela abriu os olhos. As íris negras, atentas. O corpo completamente imóvel como uma estátua, com cada perfeição, cada detalhe, cada curva, cada dobra, preservada no tempo pela eternidade.

Lucas afastou a mão, deixando-a no ar espalmada.

— O que você sente? — perguntou.

Lorena tocou a mão dele de leve, os dedos pequenos tocando os seus.

— Você já foi numa cachoeira?

— Uhum.

— Sabe quando você coloca a mão debaixo e sente a força da água? E é como se fosse sólido, mas não é. É líquido. Gelado. É movimento.

— Então você sente minha pele se movendo?

— Não exatamente. É mais como uma... vibração. Uma pulsação. Uma correnteza. Depende de como você me toca. Da intensidade. Eu acho. Talvez... da intenção.

Lucas fechou a mão, entrelaçando os dedos de Lorena nos seus, se aproximando mais. Com a outra mão abaixo do queixo dela, a puxou para si, devagar.

Lentamente, a beijou no rosto.

— Assim? — perguntou, sentindo o corpo dela estremecer.

— Hum... assim é como... uma asinha de borboleta — murmurou ela.

A beijou no canto dos olhos, na testa, na ponta do nariz.

— Assim é como...

— Você é linda.

— E você é maluco.

— Eu sei. Eu tenho um laudo. E você continua linda.

Lucas inspirou o cheiro adocicado que vinha dela. O aroma fazendo seu corpo vibrar. Deslizou os lábios até o outro lado do rosto, beijando abaixo dos olhos, nas maçãs do rosto, no canto da boca.

— Linda. E talentosa. É incrível. Esperta, inteligente, linda, perfeita e gostosa.

— Lucas...

Seu nome na boca dela era como uma súplica. Um pedido dolorido.

— E seu cheiro. — Lucas a beijou no pescoço, inspirando, erguendo o rosto até o ouvido dela, falando mais baixo. — Seu cheiro de melancia desorganiza todo meu senso de direção.

Ele ensaiou dizer tantas coisas. Um universo de sentimentos e palavras que se perdiam na garganta. Um mundo inteiro de desejos, arrependimentos e segredos. Mas apenas deu vazão ao ímpeto e a beijou. Lentamente. Saboreando cada segundo daquela eternidade que teria fim. Sabendo que tudo acabaria em caos e dor.

A boca dela era quente contra a sua, apesar dos corpos frios. Ela o abraçou, colocando as pernas sobre as dele, segurando o rosto de Lucas com força, aumentando o ritmo do beijo, com pressa.

As mãos percorreram o corpo de Lorena, passando por debaixo da blusa justa, apertando a cintura dela contra si. Os dedos se entrelaçaram e a beijou com mais urgência.

Naquele momento, nada mais importava. Seu passado, ou como chegou ali. Quem era e o que deixou de ser. Só o que importava era que finalmente estava beijando muito aquela boca. Que finalmente estava tocando aquela pele, sentindo o fogo dela inundar seu corpo gelado.

Não precisavam respirar e se beijaram por muito tempo. Não queriam parar nem desacelerar. Lucas só queria estar o mais perto possível daquela garota que o fazia se sentir vivo.

Quando ela ofegou contra sua boca, ele sentiu o corpo inteiro ondular como uma onda, o desejo fazendo o ventre se agitar.

Lorena beijou seu pescoço. O corpo nunca esteve tão sólido, nunca quis tanto estar em um lugar. Sabia que tudo não passava de uma percepção física causada pela própria intenção.

E sua intenção era arrancar a roupa dela ali mesmo naquele sofá velho.

Lorena afastou os lábios do seu pescoço e o corpo arrepiou inteiro.

— É uma droga não poder levantar sua camisa — sussurrou ela no ouvido dele, lentamente.

Lucas beijou seu rosto devagar até parar no pescoço.

— Você não precisa tirar minha roupa — disse ele com a voz baixa e grave.

Lorena arfou.

— Por que não?

— Tirar a sua é o suficiente.

Ela afastou o rosto com os olhos semicerrados, apreciando--o por baixo dos cílios. Então a garota se levantou e o puxou pela mão até o quarto. Trancou a porta e o beijou até chegarem na cama onde ele se sentou.

Ela ficou entre suas pernas, o olhando de cima com a boca entreaberta. Lucas observou a curva dos lábios, o ângulo do queixo, os quadris largos e as coxas grossas que ele segurou para fazê-la chegar mais perto. Mal podia acreditar em como ela era perfeita. Em como o corpo dela parecia se encaixar ao dele com perfeição.

Lorena se inclinou e apoiou a testa na dele, segurando-o pelo cabelo.

— Você tinha dito que não tava pronto...

— Ignora o que eu disse. Eu falo merda de vez em quando.

E ele a agarrou pelo quadril, a puxando para o colo.

Lorena

Capítulo 30

Sobre encontros e torturas

— *Are you Ok?*, Violet Soda

Lorena montou no colo de Lucas e o beijou com força. Aquele beijo estranho, diferente de tudo que já tinha sentido. O toque gelado de Lucas logo esquentou. Como se o corpo aos poucos se acostumasse com a sensação, que estava longe de parecer um toque humano, vivo.

Era, contudo, vivo de outra forma. Pulsante como a batida de um coração. Latejante. Vibrante. Como lado opostos de imãs, o corpo dele puxava o seu.

Com uma mão, ele a segurava com força na cintura e explorava o corpo dela com a outra. Lorena agarrou a curva do pescoço dele com força, soltando um arquejo quando Lucas roçou os lábios nos mamilos dela, por cima do tecido. A boca dele foi subindo até a jugular e se alguma parte de Lorena não estava em chamas, se incendiou naquele momento.

Lucas enfiou as mãos por baixo da blusa dela e a removeu devagar. Ele afastou o rosto para vê-la melhor. Os olhos faiscavam com o desejo. Alguém alguma vez já havia olhado para ela daquele jeito? Com aquela sede, como se ela fosse a coisa mais deliciosa do mundo inteiro?

Uma mão explorou o corpo da zumbi lentamente, deslizando pela cintura, subindo pelas costas, descendo pelos ombros, enquanto os dedos da mão restante se enterravam na coxa dela cada vez mais.

Lorena se arrepiou inteira quando as duas mãos se encontraram e seguraram os seios, ofegando com o atrito do tecido contra os mamilos. Lucas enterrou o rosto ali, beijando e mordiscando. Entre um carinho e outro nas costas, ele tirou o sutiã dela depois de se atrapalhar por um momento.

Lorena gemeu alto quando ele passou a língua em um seio e depois no outro, sem pressa.

Como se um curto-circuito dissolvesse seu cérebro, ela perdeu toda capacidade de pensar. Só queria mais daquilo que estava sentindo. Mais prazer. Queria ficar mais perto. Queria tudo.

Pressionou seu quadril contra o dele e a inexistência de um volume entre as pernas a trouxe de volta para a realidade.

Lucas era um fantasma.

Ele não tinha corpo.

Se desconcentrou, parou o que estava fazendo e o olhou nos olhos.

— Como a gente faz?

Lucas se ajeitou, a puxou e a deitou na cama, ficando sobre ela. Tirou uma mecha de cabelo do rosto de Lorena com delicadeza e a beijou no pescoço, mordendo a mandíbula até chegar nos lábios.

— Como assim? — perguntou ele, colando novamente a boca na dela.

Ela passeou as mãos pelas costas dele.

— Você é um fantasma.

— Para de se preocupar com coisa besta.

Ele foi descendo, beijando a pele exposta, se demorando nos seios, sugando com calma. Massageando com os dedos. Lorena soltou um gemido afoito. Apressado. Desejoso.

O fantasma tirou a saia dela devagar, beijando as pernas o caminho inteiro até os pés. Lorena fechou os olhos, sentindo-o explorar as coxas. As mãos dele subiam e desciam, se aproximando cada vez mais da virilha, sem nunca chegarem aonde ela queria que chegassem.

— Porra... Lucas... — falou ela, baixinho.

— Quer que eu pare? — Sentiu a voz dele no seu ouvido e abriu os olhos.

Ele sorria com o canto da boca, deixando claro que não tinha a menor intenção de parar.

— Se você parar, eu te exorcizo.

Lucas baixou o rosto e a beijou devagar, saboreando a boca, mordiscando o lábio, descendo a mão cada vez mais até se alojar entre as pernas dela.

Ele a tocou por cima da calcinha, dando um beijo final antes de descer e Lorena gemeu entre os dentes. *Ele estava certo*, ela pensou. *Tirar a roupa dela seria o suficiente.*

Lorena fechou os olhos com força, uma vogal engasgada na garganta. Ela teve de morder a palma da mão para não gemer alto quando Lucas finalmente tirou sua calcinha e inseriu os dedos, colocando a boca entre as pernas dela..

Ela soltou um palavrão e agarrou o lençol. E ele não parou o que estava fazendo até Lorena soltar um suspiro de alívio por finalmente liberar todo o desejo acumulado.

***

Lucas voltou para o ensaio e Lorena ficou ali na cama. Ainda processava o que tinha acontecido com um sorriso abobalhado tomando conta do rosto.

Quando foi para o sofá da sala, Lucas, cantando no corpo de Felipe, olhou para ela e sorriu, a ponto de soltar uma risada curta no microfone.

Eles ensaiaram por mais um bom tempo, guardaram o equipamento e, Felipe, ainda segurando Lucas dentro de si, veio até ela.

— Me encontra na garagem daqui uns trinta minutos?

— O Felipe ou o Lucas?

— Felipe.

— Ok.

— Coloca uma roupa bonita.

— Quão bonita?

— Médio. Tipo, você também não conseguiria estragar nenhuma roupa.

Ela riu.

— Tá bom.

Os dois-em-um desapareceram no quarto do médium e ela ficou se perguntando onde iriam dessa vez para a sessão particular. Na maioria das vezes ficavam em casa ou caminhavam. Às vezes, porém, Felipe ia comer fora e a levava junto.

Era esquisito falar com ele sabendo que Lucas estava lá dentro. O que será que o médium sabia? O que tinha sentido ao receber a alma de Lucas? Afinal, sabia que o fantasma não teve tempo de se acalmar.

Lorena tomou um banho e escolheu um vestido. Colocou a jaqueta de vinil e fez uma maquiagem básica.

— Você tá linda.

Ela tirou o olhar do espelho e se virou. Lucas estava apoiado na porta do banheiro.

— Obrigada. — A zumbi ajeitou um minúsculo borrado no batom e guardou as coisas na nécessaire. — Onde você tava?

Ele se afastou para que ela passasse pela porta e não respondeu. Lorena olhou de esguelha para o rosto dele enquanto entrava no quarto. Parecia encabulado.

— Já que você não vai responder, vou usar minha imaginação.

— Fique à vontade.

Ela soltou uma risada baixa e começou a calçar as meias.

— Desculpa torturar você.

— É um prazer ser torturado por você, Lori.

Ela se levantou, deu um beijo leve nos lábios dele e se afastou porta afora.

— Até mais! Tenho um encontro com meu *outro* namorado.

Lucas sorriu e Lorena desceu as escadas. Felipe já estava no carro, trocando de música compulsivamente. O cabelo penteado para o lado, brincos longos e delineador nos olhos.

Ele a olhou de cima a baixo e ela sentiu o rosto esquentar. Felipe finalmente achou a música que procurava enquanto ela dava a volta no carro e se sentava no banco do carona.

— Aonde vamos?

O médium girou a chave na ignição e baixou o volume.

— Aquele lugar que você me falou um dia, esqueci o nome. Lá na Avenida Central.

— Ah! Sério? A confeitaria fofinha que tudo é rosa e lindinho?

— Lá mesmo. Mas acho que o nome não é Confeitaria Fofinha.

— Bobo.

Felipe manobrou o carro, saíram da garagem e Lorena abriu a janela, inspirando o ar do fim da tarde.

— Não acredito que vou lá morta. Queria tanto comer aqueles bolinhos de gatinhos.

— Come, ué.

— Ai, Lipe, a gente já conversou sobre isso.

— Não, você só disse que tinha nojo e ficou por isso mesmo. Você pode comer, Lori. É só não se empanturrar. Come uma porção normal que caiba no seu estômago e vai poder esperar umas horas até seu estômago rejeitar a comida. Dá tempo de voltar pra casa.

— Ué. E todo o terrorismo com comer?

— É porque os zumbis são idiotas e comem demais. É só ir com calma. Come devagar. Eu não tô indo contigo na cafeteria mais cara da cidade pra comer sozinho.

— Ah, Lipe, eu ainda não tenho dinheiro.

— A regra é clara, eu te convidei, eu pago. Não tô falindo, não se preocupa.

***

Durante o trajeto, Felipe e Lorena não conversaram. Ele cantarolava junto com a música no alto-falante e ela olhava pela janela, ainda absorvendo os últimos acontecimentos com uma sensação gostosa e borbulhante na boca do estômago.

Estacionaram um pouco longe da confeitaria, só para garantir a vaga, e andaram o resto do caminho. Ela ficou um tempo apreciando a vitrine, obcecada pela estética dos doces. Bolinhos decorados com gatinhos, biscoitos de unicórnio, milk-shakes de sereia, donuts de cachorrinho... Até que reparou que Felipe a observava com as mãos nos bolsos da jaqueta.

— Que foi?

— Nada — respondeu ele. — Você é fofa.

— E você é...

— Esfomeado — interrompeu ele. — Agora vamos comer com a boca e não com os olhos.

Felipe abriu a porta e fez um gesto para que ela entrasse em sua frente.

Escolheram uma mesa nos fundos, ao ar livre, mais afastada dos outros clientes.

Uma garçonete com orelhas de gatinho e uniforme rosa entregou dois cardápios e Lorena já começou a ler, indecisa. Tudo parecia gostoso e lindo.

— Queria esse bolinho fofinho com o patinho, apesar que essa fatia de torta parece mais interessante. Mas não é tão bonita.

— Pega a torta e escolhe alguma coisa fofinha pra levar pra casa e você come amanhã.

— O que você vai comer?

Ele passou os olhos pelo cardápio.

— Eu tô morrendo de fome, vou pegar de tudo.

Fizeram os pedidos e Lorena ficou analisando o rosto de Felipe até ele perguntar por que ela estava encarando.

— Queria saber por que você me trouxe aqui.

Ele se ajeitou na cadeira e apoiou o queixo na mão.

— Eu já falei, lembrei que você disse que sempre quis vir aqui.

— É muita consideração sua.

— O que posso dizer, eu tento ser uma pessoa legal.

A moça voltou com os pedidos. Lorena tinha escolhido uma torta de morango com chocolate, um cupcake decorado com um patinho e um milk-shake que tinha um cachorrinho desenhado no chantili.

— Dá até dó de comer.

— Só vai com calma e, se sentir que está cheia, pare imediatamente.

Felipe pediu um salgado, quatro carolinas e um café com leite.

— Como você é básico.

— Você tá ofendida que não tem um ornitorrinco fofo desenhado na minha coxinha? Olha, tem uma florzinha aqui, ó.

— Ufa!

Ele riu.

— Obrigada por me trazer aqui — falou ela, passando o pé na canela dele por debaixo da mesa.

— Disponha. Na verdade, eu nem sabia que isso aqui existia até você falar. Eu mesmo fiquei curioso.

Comeram em silêncio por alguns minutos. Lorena sabia que aquilo não era um encontro. Sabia que estava ali porque estava morta e ele era um médium tentando ajudá-la. Mas não parecia uma sessão comum.

Era difícil para Lorena discernir o que sentia por Felipe. Era mais que uma admiração, mais que amizade, disso tinha certeza. Afinal, como não gostar de alguém que a ouvia, a tratava bem, e que se sentia confortável em se abrir com ela? Além disso, o achava lindo. Passavam mais tempo juntos do que seria o necessário e ele sempre tocava nela, algo que a irritava em outras pessoas, mas que aceitava e até esperava dele.

Seria ele daquele jeito com todos os mortos? Ou será que tinha alguma coisa de especial ali? Nunca teria coragem de perguntar e estragar o que tinham.

— Como tão as coisas com o Lucas? — perguntou ele, mexendo no café com leite.

Ela sacudiu a cabeça ligeiramente e repuxou o canto dos lábios num sorriso zombeteiro.

— Você sabe.

Ele se engasgou com a bebida e tossiu.

— Finja que não sei.

— Como tão as coisas com o Lucas?

— Quê? — perguntou ele, escondendo o rosto no guardanapo.

— Sim, entre vocês dois.

— Não tem nada entre nós dois — respondeu, em tom baixo. — É sério, Lorena, foi só... você sabe.

— Eu sei.

— Isso é um problema pra você?

Ela criou coragem de tocar no milk-shake e estragou o desenho no creme. Tomou um grande gole para ganhar tempo e soltou um gemido de prazer por finalmente experimentar milk-shake de novo.

— Eu... deveria, né?

— Deveria?

Lorena deu de ombros, girando o canudo no copo.

— Eu sinto que deveria, mas eu não me importo. Não sei bem o motivo... só que... sei lá, eu tô morta. O Lucas tá morto. De repente a vida ficou tão curta e parece tão bobo se importar com certas coisas... Essa é nossa última chance de experimentar o mundo e eu não quero deixar mais nada pra depois.

— Faz sentido.

— Então para de falar de mim e fale de você.

Felipe abriu um sorriso enorme e soltou um riso anasalado.

— Tu não vai escapar assim fácil, Lori, tamos aqui pra falar de ti.

— Tá bom, tá bom. O que você quer saber?

— Por que Moda?

— Hã?

— Por que estudar Moda? Tipo...

— Eu não pareço o tipo de pessoa interessada em Moda?

Felipe ficou calado antes de assentir com a cabeça. Lorena riu.

— Não é que eu goste de moda no sentido do que vestir. Mas no sentido de identidade. Faz sentido? A Moda como tendência é uma coisa tão... fugaz. Passageira. Uma ferramenta pra vender e falar pras pessoas que elas não são bonitas o bastante.

"Mas, pra mim, Moda é uma forma de expressão. De mostrar quem você é. Colocar o que tá lá dentro para fora. Ou ser um tipo de escudo pro mundo moderno. Ela não precisa ser sobre você mudar quem é ou se encaixar. Maquiagem não precisa disfarçar imperfeições, te corrigir. Pode ser o contrário. Pode te exaltar, te ajudar a encontrar uma identidade. Mas você sabe disso. Se não soubesse, não estaria aqui comigo usando sombra."

Ele deu uma risada curta.

— Você tem razão. E faz muito sentido. Tipo a Moda contra a Moda.

— Tipo isso... E a favor de uma Moda que não seja tão Moda. Agora tenta imaginar eu explicando isso pros meus pais.

— Tem pensado neles?

Ela balançou a cabeça e tomou um grande gole de milk-shake.

— Vai devagar — alertou ele.

— Você realmente acha que não sou uma pessoa horrível por não ficar pensando neles?

— Lorena, meus pais me abandonaram emocionalmente quando eu tinha uns quatro anos de idade e o Mundo Sobrenatural precisou me mandar uma babá vampiro. Eu sou a última pessoa que vai te julgar por não ficar pensando na família.

— Eu fico tentando racionalizar. Tentando achar onde errei. Onde eu poderia ter sido melhor...

— Melhor? Melhor no quê?

— Uma filha melhor.

— Negando quem você é pra agradar eles?

— Você fez isso?

Ele comeu uma carolina e pediu outro café com leite enquanto ponderava como responder. Lorena aguardou em silêncio, comendo o patinho do cupcake, começando pela cabeça.

— Fiz por um tempo. E não adiantou nada.

— Eles tinham medo de você, né? Por causa do que dizia quando era pequeno.

— Não era só isso. Quando comecei a usar acessórios ditos de "mulher" o medo virou uma coisa muito pior. Eu apanhava constantemente e meu pai dizia que eu ia morrer de AIDS... Preconceito e desinformação que se entendeu na família desde a epidemia nos anos oitenta.

"Eu não sei o que eles viam quando olhavam pra mim. Um monstro, talvez. Ou um fracasso. O sonho deles de terem filhos e uma família feliz, por água abaixo. Só sei que cheguei num ponto que não aguentava mais ficar atuando na frente deles. Se não fosse o Shion, eu não sei o que teria acontecido. Eu sabia que ele não deixaria fazerem nada de pior comigo."

Ficaram calados enquanto a garçonete colocava a segunda xícara de café com leite de Felipe na mesa.

— Eu não conseguia fingir — explicou Lorena. Percebeu que estava cheia e deixou o cupcake de lado. — Tava sempre brigando com minha mãe. Acho que minha vida teria sido mais fácil se eu só abaixasse a cabeça. Parasse de pintar o cabelo, fosse à igreja, parasse de agir de maneira estranha, escutasse um tipo diferente de música, não beijasse garotas...

Lorena parou de falar antes que chorasse.

— Como eles ficaram sabendo? — perguntou ele.

Observou ele colocar três pacotinhos de açúcar na bebida.

— Um primo me fotografou numa festa com outra garota e contou pra todo mundo depois de me subornar.

— Caralho! Sinto muito.

— Fazer o quê. Matar primos é contra a lei, né?

— Foi parecido comigo — disse ele. — Mas Shion tava lá pra hipnotizar meus pais sempre que passavam do limite. Durante a noite ou dentro de casa, pelo menos.

— Você tem sorte.

— Eu tenho.

— E hoje em dia?

Ele fez um movimento com o ombro e jogou o cabelo para trás.

— Como é de praxe, acham que sou um gay indeciso. Mas não sabem da mediunidade. Minha mãe tem esperanças de que eu me case com uma mulher um dia. Isso meio que fode minha cabeça, porque se eu ficar com uma mulher sinto que não casaria enquanto meus pais estivessem vivos. Só pra não dar esse prazer a eles.

— Meus pais começaram a fingir que estava tudo normal. Minha mãe dizia que era só uma fase. Curiosidade adolescente.

— Típico.

Felipe virou o restante da bebida e esfregou os próprios braços. Estava escurecendo e ventava ali fora.

— Quer ir embora, Lipe? Não me liguei que tava frio.

— Eu não me importaria de a gente conversar no carro.

Felipe pagou a conta e Lorena embalou seu cupcake para levar para casa. Felipe se encolheu e andaram até o carro. Lá ele acionou o aquecedor e esfregou as mãos.

— Quer ir em algum lugar?

Lorena até queria, mas não o faria passar frio.

— Não, aqui tá bom.

Ficaram lá, escutando música e conversando. Ela tirou as botas e se esticou, com os pés no colo dele. No fundo, ainda tentava discernir o que sentia. Diferenciar os sentimentos por ele, por Lucas. Mas se havia alguma diferença, não conseguiu encontrar.

Lucas

Capítulo 31

Quando Felipe conta um segredo

— *Damn These Vampires*, The Mountain Goats

Lucas passou a noite ensaiando com Shion. O vampiro pegou o baixo acústico e repassou as músicas com o fantasma, dando dicas e compartilhando ensinamentos que tivera muito tempo para acumular. Ele tocava incrivelmente bem e Lucas aproveitou cada segundo de oportunidade para aprender.

Shion guardou o baixo no estojo e Lucas agradeceu a ajuda.

— O prazer é todo seu, Lucas — respondeu Shion.

— Você sempre foi bom com música ou isso veio quando virou um vampiro?

— Quando se é jovem por mais de cento e trinta anos, dá tempo de ser bom em muita coisa. Eu sempre gostei de música, mas... não tinha espaço pra isso na minha vida anterior. Eu sempre abandonava a ideia e deixava de lado até conhecer o Lipe. É difícil ter uma banda quando não se envelhece. Se a gente fizer sucesso talvez eu comece a usar uma máscara pra ninguém ver que meu rosto não muda.

— Faz sentido.

— O Lipe gostava de música, então eu finalmente pude dar um objetivo pro meu conhecimento e ensinei ele.

— E o piano? Por que você odeia?

Ele guardou o estojo na prateleira nos fundos da sala, puxou a banqueta da bateria e se sentou perto de Lucas.

— A mulher que me transformou em vampiro era pianista. Piano me faz lembrar dela. E como eu odeio ela, logo, odeio piano.

— Você disse que é jovem há mais de cem anos. Você... veio pro Brasil com os imigrantes?

Ele fez que sim.

— Vim pro Brasil com a minha família em 1910. E aí uma vampira me arrancou deles. Mas eu prefiro não falar no assunto.

— Foi mal.

— Eu não tinha muito propósito antes do Lipe. Ficava perseguindo minha família e meus descendentes e acabei arrumando um serviço no Mundo Sobrenatural pra tentar ocupar a cabeça. O Felipe acabou sendo a minha segunda chance de ser uma figura paterna pra alguém. E em breve ele vai ter a aparência mais velha que a minha, mas prefiro não pensar no assunto. Ou vivo um dia de cada vez ou enlouqueço.

— Você parece ter se adaptado bem... digo...

— Isso é sua forma de falar que não pareço japonês suficiente?

— Não... eu só...

Shion riu.

— Relaxa, Lulu. É muito fácil tirar com sua cara. Respira. Ah, você não pode.

— Caralho, Shion.

O vampiro riu mais um pouco e Lucas achou errado como uma pessoa com uma atitude tão blasé pudesse ser tão bonita.

Shion tentou explicar:

— Quando se é um vampiro, ou você se adapta, ou morre. — Ele se ajeitou e cruzou a perna. Puxou o cabelo e amarrou no topo da cabeça em um coque. — O passar do tempo acaba com nossa cabeça. Eu podia viver no passado ou seguir minha vida. A sensação... é difícil explicar. Eu tô e não tô aqui. Quando morri e virei isso, eu tava lá. Podia ver minha família e eles podiam me ver. Eu podia fingir, se quisesse. Mas a sede... ah, a sede nos primeiros anos...

Lucas não sabia bem como tinha ido de música para aquele assunto tão íntimo e ficou calado, ouvindo.

— Eu ainda era eu mesmo — continuou Shion, depois de uma pausa. — Não é como se tivesse me transformado em um monstro da noite pro dia. Mas se não me alimentasse, corria o sério risco de acabar machucando minha família. Então machucava um estranho. Só que era consumido por culpa. Aí fui embora. E quando aprendi a controlar minha sede, já era tarde. Meu filho já... Enfim. É difícil você ser você e não ser ao mesmo tempo. E aí precisa se descobrir de novo. E é por isso que tô aqui.

— Porque achou seu propósito?

Ele fez que sim.

— Posso ser eu mesmo aqui. E pude descobrir quem sou, finalmente. Eu acho. Sei que daqui algumas décadas vou ser outra pessoa, mas no momento sou esse. E você? — perguntou Shion.

— Por que tá aqui?

A pergunta pegou Lucas de surpresa. Shion o encarou com os olhos castanhos como se pudesse ler sua alma. E como não sabia nada sobre quais poderes vampiros tinham ou não, temeu que ele realmente pudesse ler pensamentos. Desviou o olhar depressa, desconfortável, baixando a cabeça, fingindo analisar o instrumento nas mãos.

Tentando recuperar um pouco da normalidade da conversa, falou a primeira coisa que lhe veio à cabeça:

— Você toca algum instrumento japonês?

O vampiro abriu um sorriso tão grande que deixou seus caninos expostos.

— Eu tenho um shamisen, quer ver?

— Você tá me zoando de novo?

— Não.

Lucas se voltou para a escada ao ouvir o som de passos e viu Felipe subindo dois degraus de cada vez.

— E aí? — cumprimentou ele. — A Lorena te trouxe um cupcake. Eu posso comer com você depois.

— Tá.

— Já vou avisando que foi ela quem comeu o patinho. Posso falar contigo rapidão?

Lucas apoiou o baixo no suporte e se levantou do sofá.

— Valeu pelo ensaio — falou para Shion. — E eu quero ver o shamisen depois.

— Disponha. É só me chamar quando quiser. A gente pode ensaiar lá na casinha de madrugada.

Lucas seguiu Felipe pelo corredor e entraram no quarto do médium, que se sentou na cama e tirou as meias.

— Aconteceu alguma coisa? — perguntou, receando que ele fosse falar sobre o que aconteceu entre eles depois do ensaio.

— Mais ou menos.

Ele tirou o celular do bolso, abriu o flip e olhou a tela por alguns instantes antes de suspirar.

— Pra começo de conversa, eu preciso me desculpar.

— Pelo quê?

— Pelo que fiz. Eu... tá, deixa eu começar pelo começo. — Felipe inspirou fundo. — Tu falou sobre seu ex. Que ele teve uma overdose. Eu deveria ter ficado na minha, mas aí a curiosidade me venceu e usei as informações que tu falou pra descobrir o que aconteceu com ele.

Lucas sentiu um gelo escorrer pelas costas. As pernas ficaram bambas e sentiu um mal-estar na boca do estômago. Sentou-se ao lado do amigo.

— Ele... ainda tá aqui? — perguntou.

Felipe não respondeu de imediato e Lucas começou a esfregar os dedos.

— Tá. Ele é um fantasma. Ele morreu faz sete meses, certo?

— Sim.

— Quando não o achei no sistema de Balneário, pesquisei em Itajaí, por causa da faculdade de Música. Você conheceu ele lá?

— Caralho, Felipe.

— Desculpa. Não achei que ele ainda estivesse por aqui. Aí quando vi que tava, fiquei pensando e acho que a decisão precisa ser tua.

— Decisão? Que decisão? Se eu quero ver ele?

— É.

Lucas levantou e começou a andar de um lado para o outro. Enterrou os dedos no cabelo e sentiu uma sensação familiar, como se perdesse o fôlego, como se o coração apertasse, como se seu corpo estivesse se preparando para lutar ou correr. Se agachou no chão e simulou algumas respirações profundas.

Felipe se ajoelhou e apoiou a mão nas costas do fantasma.

— Já tô vendo que foi má ideia. É melhor deixar pra lá.

— Não.

Lucas se ajeitou do lado de Felipe, apoiando as costas na cama. Esticou as pernas e olhou para o lado, encontrando os olhos azuis do médium.

— Acho... que preciso ver ele. Por um tempo eu o culpei por tudo que aconteceu comigo. E, sei lá, preciso aceitar as escolhas que fiz. Aceitar a responsabilidade pelo que aconteceu comigo.

Felipe ergueu a mão e passou o dorso dos dedos pela bochecha de Lucas.

— O que aconteceu? — perguntou ele.

Lucas inclinou o rosto, aceitando o carinho. Então balançou a cabeça e jogou o pescoço para trás. Ficou encarando uma manchinha na pintura do teto.

— Sei lá, ele era tudo pra mim. Eu era meio cego. Acho que passei tanto tempo sozinho que me apeguei ao pouco de afeto que apareceu. No começo era tudo tranquilo. Aí a gente começou a namorar e... ele me pressionava pra beber, pra fumar... pra... — Felipe agarrou a mão do fantasma, entrelaçando seus dedos. Lucas se recostou de encontro ao corpo quente dele, suspirando.

"E eu comecei a me odiar por não dizer não e quanto mais me odiava, mais amava ele. Comecei a ir mal na faculdade, no trabalho. Piorei. Uma noite eu passei mal pra caralho depois de tomar alguma coisa que ele me deu, até hoje eu não faço ideia de que droga foi. Aí decidi acabar com tudo. Pouco depois ele morreu."

— Porra, eu deveria ter ficado na minha.

— Não. Tá... tá tudo bem. Você não tinha como saber. Eu quero ver ele. Nunca falei o que sentia. Acho que... vou me sentir melhor se fizer isso. Às vezes, quando eu tô com a Lori ou contigo, me lembro do meu relacionamento com ele. Eu não quero mais isso. Quero me livrar dessa coisa. Por um fim.

— Tem certeza?

Lucas fez que sim e Felipe se levantou, pegando o celular na cama.

— Ok — falou ele, devagar. — Vou conversar com a Rê. É a

médium que tá com ele. Aí precisamos esperar e ver se ele aceita. E se ela aceita também, claro.

— Tá bom.

Felipe teclou alguma coisa no aparelho, o deixou de lado na escrivaninha e começou a tirar a jaqueta. Lucas ficou de pé e reparou na mesa. Uma ilustração de Lorena feita de aquarela de um lado e uma ilustração do seu rosto no outro, feito à carvão. No desenho, Lucas sorria. Os olhos cerrados com a expressão tranquila. Ele havia desenhado suas covinhas como claves de fá. Pegou o papel na mão, fingindo não reparar que Felipe tirava a camiseta e pegava uma toalha na gaveta.

— É assim que você me vê? — perguntou.

Felipe se aproximou, só de calças. Olhou do desenho para o rosto de Lucas e de volta para o desenho.

— É assim que te vejo. — E sumiu no banheiro da suíte.

Lorena

Capítulo 32

Em que Lorena conversa com Tomás

— *Tarde de Outubro*, CPM 22

No fim daquela semana, Lorena acordou ao lado de Lucas na cama. Os dois tinham juntado as duas camas de solteiro no centro do quarto. Lucas estava deitado de lado, com os fones no ouvido. Lorena tirou o fone dele e Lucas abriu os olhos devagar.

— Bom dia.

Ele levantou e colocou as pilhas do discman no carregador.

— O que você vai fazer hoje? — perguntou ele.

Ela se sentou na cama e encolheu os joelhos.

— Vou desenhar meu vestido pro show e ver o ensaio. Amanhã de manhã vou na loja de tecido com a Ruby, pegar a máquina de costura, e à tarde já tenho que começar a trabalhar. Aí quero tentar desenhar hoje.

Lucas encaixou o carregador na tomada e se sentou ao lado de Lorena, dando um beijo rápido nos lábios dela. Ele se afastou, mas ela o puxou de volta e Lucas precisou reunir toda força que tinha em si para afastá-la.

— Será que dá pra gente esperar até mais tarde? — perguntou ele.

— Que antiquado, Lu.

— Lori, o ensaio começa daqui a pouco. Ontem eu passei uns quinze minutos escondendo uma ereção atrás do baixo.

Lorena se engasgou com uma risada e ele apenas a encarou

sério até que conseguisse se controlar.

— Desculpa.

— Eu vou me afastar antes que sobre pra mim.

E Lucas sumiu. Pouco depois, ela o encontrou na cozinha, no corpo de Felipe, comendo o cupcake de patinho que já não tinha mais patinho.

***

Com grupo pela manhã e trabalho à tarde, Lorena tinha pouco tempo para acompanhar os ensaios da banda. Bergamota era simpática. Descrevia para ela tudo que fazia, explicava bem o que precisava e parecia imune a irritação. O serviço era simples e passava boa parte do tempo com fones de ouvido, cantarolando pela casa e fazendo carinho em Aquiles e no gato Ed. Era tranquilo. O ar pacífico da casa a deixava em paz. Também era uma boa distração de seus problemas e dores, além de preencher os seus dias de modo mais útil.

Sempre que tinha um tempo livre, costurava a roupa que vestiria no show. Um vestido preto com sobressaia de tule armado. A saia de Ruby logo ficou pronta: um kilt vermelho muito curto que ela amou. Ficou feliz de dar aquele pequeno presente para a amiga que a tinha ajudado tanto.

Pela manhã, nas rodas, Lucas permanecia calado boa parte do tempo. Fazia alguns comentários e compartilhava coisas pequenas, sem nunca contar a própria história, mantendo alguns segredos para si. A curiosidade de Lorena crescia cada vez mais, afinal, passavam as noites juntos. Sentia que já passava da hora de saber um pouco mais sobre ele.

Quando chegou em casa no fim da tarde, a banda fazia uma pausa na cozinha. Lucas estava na sala jogando Super Nintendo. Lorena o cumprimentou com um beijo nos lábios, como havia se habituado a fazer sempre que chegava em casa.

— Como foi o ensaio?

— Foi bom. Agora que peguei o jeito, tá mais fácil. O problema, na verdade, é outro.

— Que foi?

Ele pausou o jogo e subiu os pés para o assento.

— Eu tô muito nervoso. Sério, parece que eu seria capaz de vomitar se pudesse.

Lorena pegou as mãos dele.

— Você vai ficar bem. O Felipe te ajuda a manter a calma.

— Foi o que ele me disse. Mas não sei, tô com medo de travar. Tocar em um pub é bem diferente de tocar na faculdade. E se eu me embolar com os dedos do Lipe e fazer ele passar vergonha?

— Isso não vai acontecer.

— Você não sabe.

— Pois eu sei — tranquilizou Felipe, sentando-se do outro lado de Lucas.

O médium abocanhou o lanche que tinha trazido da cozinha, terminou de mastigar e tomou um gole de refrigerante.

— Por que você tá com tanto medo? — perguntou Felipe. — Eu consigo sentir esse receio todo quando você tá aqui dentro.

Lucas ficou batucando os pés.

— Eu não quero estragar as coisas.

— Você não vai estragar nada. Sério, confia em mim.

Lucas grunhiu e desapareceu.

Lorena trocou um olhar com Felipe.

— Eles precisam desaparecer sempre?

— Se eu pudesse desaparecer, também desapareceria.

— Felipe, você consegue mesmo deixar ele calmo?

— Eu não faço a menor ideia. — Ele fez uma pausa para tomar o resto do refri. — Eu nunca fiz um show com um fantasma assustado dentro de mim, Lorena, eu não tenho absolutamente nenhuma ideia do que pode acontecer.

A garota bufou.

— Sério? E você fica falando que vai ficar tudo bem?

— O que mais eu vou dizer pra ele?

— Porra, Lipe.

— Relaxa, Lori, é normal ficar nervoso, mas ele vai ficar bem.

***

Lorena se trancou no quarto, costurando enquanto a banda ensaiava. Concentrada, logo terminou o vestido e o provou. Estava perfeito. Sorriu, se olhando no reflexo do espelho. Ficou ali admirando ele e alisou o tecido. O tirou e guardou com cuidado na gaveta. Como sentira falta de costurar.

A tia foi a única que apoiou aquele sonho enquanto Lorena estava viva. Os pais não conseguiam entender o que ela via na Moda e estavam sempre levantando assuntos sobre futilidade e padrão de beleza.

Era tão confuso para ela. Não queria se ressentir pela família, mas não conseguia afastar a mágoa do peito. Era algo que a corroía constantemente. Queria ter amado mais, mas queria ter sido mais aceita também. Era difícil amar sem se sentir amada.

Tantas coisas nunca foram ditas nem nunca seriam. Tantas oportunidades perdidas. Parecia tudo tão trivial agora. Cada briga, cada discussão. Por vezes repassava algumas delas em sua cabeça e se ressentia de si e dos outros. Era tão tolo brigar. Perder tempo precioso com intrigas.

Sabia que fora daquele quarto, entre os amigos, todos se orgulhavam dela. Mas por que as coisas precisavam ser assim? Por que não pôde sentir isso com sua família?

Fechou a gaveta como se o gesto pudesse fechar a mente para aqueles pensamentos.

A banda ensaiou até tarde e Lorena aproveitou para pintar o cabelo. Ajustou o corte da franja com cuidado, pintou as unhas e treinou a maquiagem que faria para o show.

Com o som da banda vindo pela porta aberta, nem reparou quando Tomás entrou no quarto e se sentou na cama, suspirando.

Lorena olhou na direção dele pelo espelho, mas só viu o quarto refletido.

— Que foi Tommy?

— Nada, a Nina sumiu e tô entediado.

— O Lipe falou que a Nina desaparece bastante.

— Ela some por dias. — Tomás cruzou as pernas, o olhar perdido. — Será que ela volta pro show?

— Com certeza, ela disse que ia.

Lorena voltou a encarar seu reflexo, pensando em que cor de sombra usar.

— Como tá o Edu? — perguntou, puxando assunto enquanto se maquiava.

— Melhorando.

— Você tá aqui no pós-vida só pelo namorado? Digo... sei lá, é como se estivesse acompanhando ele.

— Sim... Eu preciso saber se ele vai ficar bem. Não posso partir sem ter certeza.

— Pelo menos você sabe porque tá aqui. Eu... não sei bem nem se quero ir pro Mais-Além, entende?

— Eu quero. Mas entendo. Acho que quando você descobrir porque tá aqui vai se sentir diferente. Mas eu sonho com o dia que minha carona vai chegar. — Os olhos dele se iluminaram e ele abriu um sorriso enorme. — O que será que vem me buscar? Um trem? Um pedalinho? Seria muito chato se fosse uma moto ou um táxi.

Lorena soltou o pincel de maquiagem e olhou na direção dele.

— Com minha falta de sorte, minha carona vai ser algo muito sem graça. Tipo um carro cinza qualquer.

— Você? Toda *style* como é? Duvido! Só rezo pro Edu ficar bem. Quero entrar na minha carona sozinho e que ele tenha a vida inteira pela frente e adote muitas crianças e seja mega feliz.

— Não te machuca visitar ele?

Ele abaixou a cabeça, pensativo.

— Um pouco, mas é diferente. Não é bem uma dor. É uma saudade, e é bom ver ele melhorar cada vez mais. Você acha que ele pode sentir minha presença?

— É melhor não se iludir. — Ela sabia que Tomás se agarrava nas migalhas de esperança, por isso resolveu mudar de assunto: — E seus pais? Sua mãe parece tão legal. Se eu fosse fantasma e não zumbi, acho que visitaria minha casa.

— Minha mãe é incrível. Mas, sabe, eu não me sinto responsável por ela. Me sinto pelo Edu. Então acabo não indo lá em casa. Eu sinto que... consigo desapegar de todo mundo, menos dele.

Lorena olhou para trás.

— Você não tava pilotando a moto.

— É, mas eu tava lá com ele. Sou responsável também.

— Credo, Tomás, então a culpa é do Edu?

— Claro que não! Ele não fez nada errado.

— Então! Por que a culpa seria sua?

Tomás bufou, descruzou as pernas e se apoiou nos cotovelos.

— Pensa no seu caso — disse ele. — De quem foi a culpa?

— Óbvio que do motorista.

— Será?

— Como assim, será, Tomás?

— As coisas são complicadas, sei lá.

Lorena desviou o olhar e se focou no espelho.

— Você acha que sua família culpa o Edu por sua morte?

— Com certeza. Mas eu não.

— Minha mãe com certeza também culpa o motorista que me atropelou.

— Ai, Lori, todo esse papo de culpa...

— A gente tava falando justamente sobre responsabilidade.

— O que é diferente de culpa.

A música parou de vir da sala e Felipe botou a cabeça para dentro do quarto.

— Tommy, ontem eu fiquei te procurando por todos os cantos.

O garoto flutuou para perto do médium.

— Foi mal. Me distraí e acabei passando a noite com o Edu.

— Ok. Como ele tá?

— Tá melhor, graças a Deus. Acho que logo deve ir pra casa.

— Que bom. Você deve estar empolgado.

— Claro que sim! Eu te trouxe algum problema sumindo?

— Relaxa, eu só menti no relatório. Não vou deixar ninguém se encrencar. A gente conversa depois então, pode ser?

— Pode sim.

Felipe girou nos calcanhares para sair do quarto, mas Lorena reparou quando ele se deteve, lançando um olhar para ela.

— Que foi? — perguntou a zumbi.

— Nada — disse Felipe, voltando para o ensaio.

Tomás escondeu uma risada na mão.

— Que foi? — repetiu ela, dessa vez para o fantasma.

— Ele gosta de você, sua tansa.

Lorena revirou os olhos e começou a aplicar o rímel.

— Deixa de tolice, Tomás. Ele é só meu médium. Além disso, o Lipe é legal com todo mundo. E se ele gosta de alguém, esse alguém é o Lucas.

— Primeiro, ele é humano e não pode desligar os sentimentos dele. Segundo, ele gosta de vocês dois. É tipo um combo.

— Nada a ver.

— Lori, só vampiros e a Nina, enquanto ela quiser, são desmortos para sempre. Aproveita. Vá viver um pouco, você já morreu. O que mais você tem a perder?

Felipe

Capítulo 33
Sei lá

— Caos e Dor, Gloria

— Onde é que a gente tá indo? — perguntou Lucas, sem desviar os olhos da janela.

Felipe ajustou o volume para conversarem melhor e batucou os dedos no volante ao som da música.

— Pensei em mudar de praia. Tô enjoado de chorar sempre na mesma.

A resposta arrancou uma risadinha de Lucas e Felipe sentiu o familiar calafrio no ventre que se apoderava dele com cada vez mais frequência na presença do fantasma. Tinha certeza de que Lucas já havia percebido, visto que compartilhavam o mesmo corpo todos os dias nos ensaios da banda. Era fácil esconder seus pensamentos e sentimentos, mas reações físicas... isso ele não podia controlar. E aquela tarde, depois do ensaio... seria impossível de esquecer.

— Você se importa?

— Me importo com o quê? — perguntou Lucas.

— Da gente ir em outra praia. É que sempre te levo pra conversar na Praia Central e, sei lá, cansei.

— Sei lá, tanto faz, Lipe, por mim, a gente nem saía de casa. Quem paga a gasolina é você.

— Eu mando a conta pro Mundo Espiritual. E gosto de dirigir.

Me acalma. Posso ficar concentrado na estrada e esquecer que minha cabeça não fica quieta. E ela tem estado... caótica. Pra dizer o mínimo.

— Por quê?

Porque o meu cérebro parou de funcionar direito desde que me apaixonei não por uma, mas duas pessoas mortas pelas quais sou responsável como médium, pensou.

— Sei lá — respondeu.

Aquele pensamento o encheu de amargura. Havia se aproximado demais dos dois, de uma forma que não conseguia desapegar. Era comum virar amigo dos seus mortos. Aquele era seu jeito. Apegado, amigável. Mas sempre tentava manter um pé atrás. Com Lucas e Lorena, porém... não conseguiu manter aquela distância.

No começo, foi tomado por culpa. Que logo foi ofuscada pelo calafrio no ventre e pelo frio na barriga. Pelo coração acelerado quando chegava perto deles. Se dividia entre seguir a razão e a emoção. E, acima de tudo, temia acabar prejudicando alguém.

Felipe entrou na Avenida Marginal Leste. Lucas movia os lábios, cantando a música que vinha dos alto-falantes e movendo os pés no ritmo, sem fazer barulho. Ficaram em silêncio, dirigindo pela cidade escura.

Não era um silêncio ruim. E era justamente o conforto do silêncio que incomodava Felipe. Lucas estava morto. E não era certo se sentir tão confortável perto dele. Precisava manter uma distância que fosse saudável para os dois. Mas não conseguia. Sentia-se atraído por Lucas e por Lorena feito um imã, como se fossem as duas peças do quebra-cabeça que faltavam em sua vida.

E com esse pensamento brega na cabeça, perguntou:

— Como tá você e a Lori?

Lucas deu de ombros.

— Bem. Eu acho. Ela parece estar ficando melhor a cada dia.

Felipe assentiu com a cabeça, concordando.

— Eu não acho que a Lorena vai ficar muito tempo aqui.

Lucas, que estivera com a cabeça apoiada na janela, se virou, interessado.

— Quanto tempo mortos que morrem em acidentes de carro costumam ficar aqui?

Felipe olhou para ele rapidamente, ainda atento à estrada.

— Uns quatro meses.

— É muito pouco.

— Sim. Mas Lorena é um zumbi, os zumbis demoram mais. Uns seis meses, talvez.

Lucas pareceu aliviado, mas a expressão se neutralizou depressa. Felipe não deixou a oportunidade passar.

— Achei que você queria que a Lori fosse pro Mais-Além.

— Eu quero. É só que... — ele balançou a cabeça, fazendo os cachinhos negros balançarem — ... sei lá.

— Parece que a noite será repleta de sei lás.

— O que você quer que eu diga, Lipe? Não quero ficar sem ela e sei que vou ficar por aqui por muito mais que seis meses. Tinha uma fantasma na casa da Violeta que já tava lá há cinco anos.

Entraram na Avenida Interpraias. Felipe gostava de dirigir ali à noite. Nada além de mata atlântica dos dois lados e a expectativa da vista da praia noturna em frente. O cheiro da maresia e da floresta entravam pela janela do carro junto com o vento gelado, mas não subiu o vidro.

Lucas manteve os olhos verdes na Praia de Laranjeiras que se revelava entre a mata fechada. Felipe pensou em parar ali mesmo, mas dirigiu mais alguns minutos até o mirante de Taquarinhas que estava escuro e vazio.

Saíram do carro e caminharam até a mureta de pedras, onde Felipe apoiou o pé, sentindo o ar gélido no rosto. O vapor que logo se condensou em volta da boca, era levado pelo vento. Ele tremeu de frio.

Lucas, que não era afetado pelo clima, se sentou na mureta com os pés na direção do mar. Um pouco relutante, Felipe se sentou ao lado dele, sentindo o traseiro gelar contra o concreto frio. Esfregou as mãos e as colocou no bolso do moletom. Respirou fundo, olhando em volta. Apenas as luzes dos postes, fracas, iluminavam a rua. O mar infinito lá embaixo do morro e a mata ciliar estavam à sombra, com nada além da lua e das estrelas como iluminação.

O som das ondas, indo e vindo, encheram o ar noturno servindo de distração para aquele silêncio confortável entre os dois. O frio beliscava sua pele e o cabelo loiro batia em seus olhos com o vento.

Tinha pensado em tantas coisas para falar naquela noite. Mas ali, naquela quietude, vendo toda a imensidão, só conseguia ficar calado. Falar o colocaria numa situação vulnerável e não queria se sentir assim ali. Só queria ficar em paz.

Foi Lucas quem quebrou o silêncio, apesar de ser ele quem geralmente o prolongava.

— Eu tava pensando — começou ele, demorando um pouco antes de continuar —, a gente provavelmente já esteve no mesmo lugar ao mesmo tempo antes de eu... virar isso.

Felipe o olhou de esguelha. Lucas olhava para frente, como sempre. Não era comum ele fitar seu interlocutor.

— Eu tava pensando nisso outro dia — respondeu. — É capaz de eu já ter comprado com você na loja de música e nem lembro.

— Eu teria me lembrado de você.

Felipe balançou a cabeça.

— Tenho certeza de que eu seria só mais um maluco tatuado entre todos os malucos tatuados que você via por dia.

— Tenho certeza que não.

Felipe olhou para ele e Lucas o fitou de volta. Os olhos dele cintilavam de um jeito que não costumava ver em fantasmas. O médium tinha a impressão de que eram quase vivos, mas sabia que estava apenas vendo o que queria ver. Que era seu desejo falando mais alto, sua ânsia para que Lucas estivesse vivo, presente e disponível.

Esfregou o rosto e colocou o cabelo para trás da orelha, desviando o olhar.

— De qualquer forma, eu comprava lá direto. O Shion e a Ruby, também.

Lucas cruzou as pernas, a coluna torta, olhando para o mar como se algo emocionante estivesse acontecendo por lá. Felipe podia imaginar no que ele estava pensando. Algo comum em todos os mortos que ajudava: como a vida teria sido se a, b ou c tivesse acontecido. Se teria morrido caso tivesse pegado um caminho diferente ou conhecido a pessoa certa.

Felipe pensava nisso também, sabendo que Lucas estivera tão

perto, trabalhando em uma loja que a banda costumava frequentar. Se tivessem anunciado lá que precisavam de um vocalista, será que Lucas...

— Eu tento não pensar nessas coisas — disse o fantasma, tirando a cabeça de Felipe do lugar que não queria estar. — Mas penso mesmo assim.

— Todo mundo pensa assim.

— Até você?

— O tempo todo. Essa é uma das coisas que mais prendem os mortos aqui. E, sinceramente, os vivos também.

Lucas voltou o olhar pensativo para o oceano mais uma vez, cutucando o piercing no canto da boca.

Ficou ali sentado, abraçando o próprio peito frio, volta e meia espiando Lucas com o canto dos olhos. Queria tanto saber como ele morrera, desvendar aquele segredo. Mas sabia que o fantasma não estava preparado para aquela conversa e que tocar no assunto o afastaria. A resposta para aquela dúvida, porém, responderia muitas perguntas não ditas. Alguns dias, sentia que seria incapaz de resistir à tentação de olhar o arquivo dele e ler a história completa. Queria saber tudo sobre o tempo que ele passara com Violeta. Muitas vezes se questionava: se uma médium como ela, especializada em suicidas, não havia sido capaz de ajudá-lo, então o que poderia fazer com ele? Como seria capaz de ajudar?

Resolveu arriscar:

— Me fale da Violeta.

— Ela é horrível. — A resposta veio rápida. Lucas costumava medir mais as palavras.

— Ouvi dizer. Me estranha ela ser tão...

— Eficiente?

— É...

— É porque viver lá é uma tortura e os fantasmas vão pro Mais-Além pra escapar do tédio que é ficar naquele apartamento bege com cheiro de incenso de lavanda. Aposto que até a árvore de Natal dela é bege.

Felipe soltou uma risada.

— Talvez minha casa seja interessante demais pra você e a Lori.

— Particularmente, não tô com a menor pressa de ir pra lugar nenhum. Que ironia, hein?

— Você não gosta de pensar muito nisso, né?

— E alguém gosta?

Felipe ajeitou a perna, esfregou as mãos e jogou o cabelo para dentro do capuz do moletom.

— Tem gente que gosta, sim. Alguns fantasmas odeiam ficar nesse plano e ficam com pressa de ir embora logo de uma vez.

— E a Lorena?

— Você precisa perguntar isso diretamente pra ela.

Ele fez um muxoxo, movimentando os ombros para cima e para baixo.

— Se eu perguntar isso pra ela, ela vai ficar emo.

— A Lorena *é* emo.

— Ficar *mais* emo — Lucas se corrigiu com um sorrisinho. — Nunca pensei que fosse gostar tanto dela — acrescentou em voz baixa, olhando para a vegetação densa do outro lado da mureta.

Felipe ficou calado com um pensamento parecido preso na garganta. *Nunca pensei que fosse gostar tanto de vocês dois.*

— Você acha que eu deveria me afastar dela? — perguntou Lucas, olhando de relance para o médium.

— Quê? Não, por quê?

— Bem, porque eu... — Lucas se interrompeu e ficou em silêncio por um momento que parecia nunca acabar.

Felipe ficou olhando para ele, esperando a resposta que nunca veio. Queria saber o que se passava na cabeça dele, mas precisava esperar. Todo aquele medo, receio e angústia pareciam vir de algum lugar muito particular e não podia arrancar as respostas.

— Não, não pensa nisso. Você ama ela — falou Felipe.

Lucas se voltou para ele.

— Eu nunca disse isso.

— Tem coisas que você não precisa dizer.

O fantasma apoiou os cotovelos nos joelhos e se embalou para frente e para trás de leve, sem falar mais nada.

— Por que você pensou que eu acharia que vocês deveriam se afastar? — perguntou Felipe, querendo retomar o assunto.

— Sei lá. Parece ser a coisa responsável a fazer.

— E eu lá tenho cara de quem é 100% responsável? Eu já falei isso pra Lorena uma vez. É estúpido achar que as pessoas vão parar de amar só porque morreram. E é mais estúpido ainda achar que mortos não merecem ser amados.

— Você não acha esse pensamento muito idealista?

— Como assim?

— Como todo o resto em você.

— Não sou eu que sou um sonhador idealista, Lucas, é o Mundo Espiritual que pensa de um jeito burro.

Irritado, se deitou no concreto gelado, apoiando a cabeça na perna de Lucas, que era mais gelada ainda. O corpo todo estremeceu, mas olhou para cima ao mesmo tempo em que o fantasma abaixava o rosto e observava a boca dele em vez dos olhos. Logo o corpo começou a aquecer.

Admirava a facilidade de Lucas em se fazer sólido, algo que apenas fantasmas um pouco mais experientes costumavam fazer. O que era interessante, uma vez que a única coisa que tinha certeza sobre a morte dele, era que estava morto há pouco tempo.

— Sei que nosso trato é que você não precisa dizer nada pra mim sobre sua morte. Mas será que você podia me falar pelo menos uma coisa?

Lucas ficou visivelmente irritado. Estalou a língua, virando o rosto para longe e começou a batucar o pé.

Felipe suspirou, arrependido de falar aquilo.

— Eu não queria...

— Tudo bem — respondeu Lucas, a expressão suavizando. Olhou para Felipe, na altura do peito dele e passou a mão de leve pelo cabelo loiro do médium. — Não me pergunte nada sobre isso, não quero mentir pra você.

Felipe riu e Lucas revirou os olhos.

— Eu tô falando sério, Lipe.

— Eu sei.

Fechou os olhos, sentindo a mão gelada fantasmagórica acariciar sua cabeça. Cruzou os braços sobre o peito para se aquecer e encontrou ali a mão do garoto. A segurou e Lucas o apertou de leve.

— Nosso combinado — começou Lucas — é que nas nossas sessões, quem fala é você. Então vai, comece a falar.

Felipe riu de novo e abriu os olhos para ver Lucas torcendo a boca para ele.

— Tu só quer que eu fale pra você não precisar pensar.

— Óbvio, não sou tão complexo.

— Não tenho nada pra dizer.

— Me fale, sei lá, da sua faculdade de médium.

Felipe respirou fundo, segurou a mão de Lucas e ficou cutucando os dedos de ectoplasma dele, distraído. Gostava da textura contra sua pele.

— Sei lá.

— Afe.

— Sei lá, Lucas, você que deveria me falar da faculdade. Eu queria ter feito Música, sabia?

— E por que não fez?

— Porque sou burro, ué.

— Ainda dá tempo.

— Sou muito ocupado, Lu. Entre a banda e o trampo como médium, não consigo fazer mais nada.

— Me fala do curso de médium, vai — Lucas insistiu.

— Eu já falei.

— Já falou pra outros bilhões de fantasmas, não pra mim.

Felipe soltou o ar com força pelo nariz e inspirou fundo.

— Não tem muito o que dizer. É obrigatório pra quem quer ser médium oficial e a gente aprende de tudo, tipo biologia de criaturas sobrenaturais, as regras e leis do mundo, um pouco de psicologia pra ajudar a gente a lidar com a morte e esse tipo de coisa. Eu até poderia ter escolhido outra coisa, mas o Mundo Espiritual paga bem e posso trabalhar como médium o resto da vida se eu quiser. Tem o lado negativo, mas isso toda profissão tem, né?

— Você disse que tava cansado do serviço.

— Eu estou exausto, só preciso de um tempo. Tirar férias, sei lá. O trampo banca a banda. E não é como se algum trampo numa firma qualquer por aí, atrás de um computador, fosse ser melhor que ser médium. Eu gosto de ser médium.

Lucas ajeitou o cabelo de Felipe, puxando-o todo para trás. O médium deu uma risadinha de cócegas quando o fantasma mexeu no pescoço dele para pegar no brinco, um ponteiro ouija preto. Ficou ali em silêncio, observando o rosto distraído de Lucas, conjecturando se seria muito errado beijá-lo.

Já tinha ficado com mortos antes. Na verdade, já tinha ficado com todo tipo de criatura sobrenatural. Era, inclusive, difícil para ele se relacionar com humanos ordinários. O pior de tudo é que já se forçara a ficar com quem não gostava, só pra não ficar sozinho.

— No que você tá pensando? — perguntou Felipe, fechando os olhos mais uma vez.

Lucas soltou seu brinco e suspirou.

— Que carregar um ponteiro de ouija por aí é bem prático.

— Na real, se eu precisar em uma urgência, é mais fácil arranjar um copo ou um compasso.

— Faz sentido. E você?

— Eu o quê?

— No que tá pensando?

— Sei lá.

— É sério.

Felipe se ajeitou, enfiando as mãos nas axilas para aquecê-las. Não podia falar pra ele o que estava pensando. Até poderia, mas deveria? A situação de Lucas já era complicada por si só. Não tinha como adivinhar como Lucas e Lorena reagiriam se falasse para qualquer um deles o que sentia.

— Tô pensando que tá muito frio e que vir pra cá foi um erro.

— Pelo menos tá vazio e você pode falar comigo sem parecer um louco, falando com o nada.

— Isso é. — Felipe dobrou os joelhos, a brisa gelada pinicando seu nariz. — Sua vez.

— Minha vez o quê?

— Ué? Falar o que tá pensando.

— De novo?

— É.

Lucas balançou a cabeça, passou a mão no cabelo e voltou a balançar os pés.

— *Quero sair.*

— Você quer voltar pra casa?

— A música *Quero sair* — respondeu ele, fazendo uma longa pausa antes de continuar: — *Quero sair, preciso ir embora, posso vê-la se aproximar. Já não sei mais onde me esconder quando ela chegar.*

— O que tem? — perguntou Felipe. A voz de Lucas era bonita até recitando a letra da música sem emoção alguma.

— Foi você quem escreveu?

— Foi.

— Quem é *ela*? E, se você responder com *sei lá,* eu chuto seu pâncreas.

Um canto do lábio de Felipe se retorceu e ele soltou um suspiro lento e profundo, formando uma nuvem de vapor na frente da boca. Escrevera a primeira versão da música com uns doze anos de idade, impulsionado pela presença sufocante da mãe. Na época, ser músico e ter uma banda não passava de um sonho que ele compartilhava com Ruby, a única amiga sobrenatural que tinha além de Shion. Então brincava de escrever músicas.

Como tudo que fazia, isso também era censurado pela mãe, que acreditava ter algo errado com o filho, mas que não conseguia atinar exatamente o quê. Felipe ainda precisou esconder a mediunidade por mais três anos até os pais serem hipnotizados pelo vampiro e, finalmente, irem embora.

— Minha mãe.

Fechou os olhos e ficou esperando um comentário de Lucas, mas ele ficou quieto. Lembrou-se que o fantasma não tinha uma relação boa com o irmão, com quem viveu por anos, e se perguntou se os dois teriam mais aquilo em comum. Sofrer violência física de quem deveria protegê-los.

— *Meu coração acelera e não consigo dizer não* — começou Lucas, recitando lentamente a música que só poderia ser dele. — *O que sinto, o que desejo, tudo parece em vão. Minha cabeça se esvazia, meu corpo se prepara, tudo que quero agora é poder ir para casa. Não há aonde ir, para onde voltar. E de repente o que mais quero, o que desejo, é ter um lar.*

Lucas parou de falar e Felipe abriu os olhos. O fantasma enrolou e desenrolou uma mecha do cabelo do médium no dedo. Felipe segurou a mão dele, fazendo-o parar.

— São parecidas — disse, levando a mão de Lucas até o peito e a segurando ali.

— São.

Não falaram mais nada por muito tempo. Não precisavam. Os minutos passaram em quietude e a mão do fantasma já parecia até quente contra a sua. O calafrio na barriga era constante e a vontade de beijar Lucas ficava cada vez mais insuportável. Piorava a cada minuto em que ele acariciava seu cabelo, roçava os dedos em seu rosto e murmurava uma canção.

Queria que aquele momento durasse horas. Ficar ali naquela paz, naquele silêncio, naquele conforto, até o mundo virar pó.

— Sua vez — falou Lucas.

— Não.

— É justo. Você só falou coisas nada a ver, tipo, sei lá, tá frio.

Felipe deu uma risada.

— Tem alguma coisa específica que você quer me ouvir dizer?

— E se tiver?

Felipe bufou. Cansado, com frio e sem muito saco de usar o cérebro. Se levantou do colo de Lucas, apoiou a mão atrás dele na murada e resmungou:

— É nisso aqui que tô pensando.

Segurou o rosto de Lucas com a mão livre e tascou um beijo que o fantasma retribuiu depois de dois segundos de choque.

Lucas se aproximou mais, se ajeitaram e o fantasma montou no colo dele, segurando o rosto de Felipe com as duas mãos, o beijando com força.

Era uma sensação estranha, beijar um fantasma. Mas Lucas conseguia deixar o corpo tão sólido que era fácil se deixar levar e esquecer que ali não tinha nada. Que ele era gelado. Que parecia água corrente. O mais difícil era esquecer que ele estava morto. Que não tinha futuro nenhum com ele.

O médium havia falado para Lorena que ela precisava ver afeto e amor de modo diferente agora que estava morta, mas ele mesmo tinha dificuldade de seguir o próprio conselho ao se relacionar com alguém sem vida. Queria que fosse como das outras vezes. Só diversão. Ou algo passageiro. Apenas uma curtição mútua que ficaria no âmbito da amizade colorida, só um detalhe, um algo a mais até o fantasma ir para o Mais-Além. Mas não era aquilo que sentia com Lucas. Nem com Lorena. Só que era impossível se afastar. Não conseguia criar distância e sair daquele redemoinho que acabaria em miséria.

Felipe separou a boca da de Lucas e apoiou a cabeça no ombro do fantasma. Não queria erguer o olhar e ver o rosto dele. Não queria saber que expressão estaria fazendo. Lucas movimentou a cabeça de leve, como se o acariciasse com a bochecha.

— Às vezes eu fico pensando... — o fantasma começou.

Felipe demorou alguns segundos para responder.

— No quê?

— Em como deve ser estranho ver a gente pra quem não pode ver fantasmas.

— Eu prefiro nem imaginar.

A risada vinda de Lucas foi baixa, balançando seu corpo suavemente. Era bom ali, perto dele. Isso o fazia pensar no quanto doeria quando fosse embora.

— O que foi que você disse pra Lori? — perguntou Lucas.

— Sobre?

— Sobre... — ele ficou em silêncio, buscando as palavras — ... amor após a morte.

Felipe afastou o rosto. Os olhos de Lucas fitaram os seus por um breve instante, foram para os lábios mais uma vez, e lá ficaram. Entrelaçou os dedos atrás de Lucas, o segurando bem perto de si.

— Ela não te falou?

— Falou, mas você sabe como ela é.

Felipe abafou uma risada.

— Falei pra ela que amor não é um sentimento exclusivo dos vivos. E que as pessoas veem o amor como algo meio exclusivamente romântico, que precisa durar uma vida inteira. Mas eu acho que não precisa ser assim. Sei lá, algo desse naipe. Eu também não lembro bem.

Lucas afastou o corpo alguns centímetros, ajeitou as pernas, pendurando-as do outro lado da mureta. Roeu uma unha e olhou para o morro.

— A Alice Gótica discorda do seu ponto de vista.

Felipe agarrou a mão de Lucas e entrelaçou os dedos nas mãos pálidas dele.

— Foda-se o que a Alice pensa.

— É que... Sei lá.

— Sei lá o quê?

— Sei lá, o jeito que ela falou. Me deixou com medo. Da Lorena... ficar presa aqui.

— Ela não vai ficar presa aqui.

— Como você pode ter tanta certeza?

— Sei lá, só tenho. Lucas, eu trabalho com isso desde sempre, chega uma hora que a gente começa a *sentir* essas coisas.

— Ah, é, então o que você *sente* em relação a mim?

Felipe torceu a boca para forçá-la a ficar quieta, mas ela se abriu mesmo assim.

— Acho que você não é nada como qualquer coisa que eu já tenha conhecido.

— Coisa.

— Caralho, você realmente se apega aos detalhes, né?

— O que você quis dizer?

— Tenho a impressão de que você quer que eu adivinhe o que você esconde só para não falar nada. Parece que você tá tentando sabotar nossa amizade. Às vezes acho que gostaria muito que eu lesse seu arquivo e me afastasse. Pois seria mais fácil.

"Mas você acha o quê? Que assim vai doer menos? Acha que eu tenho medo da forma que você morreu? Que tenho pena de você? Lucas, eu tô cagando e andando pra como você morreu. Eu já vi de tudo. Nada me assusta ou me surpreende mais. Tem algo que você queira me falar? Porque parece que sim."

— Isso não é novidade.

— Então fala.

— Eu não tô pronto, Felipe. Que inferno.

Felipe soltou o fantasma do abraço e esfregou o rosto, levando as mãos para o cabelo, como se o gesto pudesse dissipar a energia acumulada pela discussão.

— Eu sei — falou em voz baixa. — Desculpe.

— Não precisa se desculpar.

— Preciso, sim. Eu só fico puto de ouvir esse tom na sua voz.

— Que tom?

— De quem... se odeia.

Lucas se desvencilhou de Felipe e ficou de pé sobre a mureta. Os punhos fechados ao lado do corpo, olhando para o céu enevoado.

— Você se sente realmente responsável por ela, né? — perguntou Felipe. — Pela Lorena.

Lucas assentiu lentamente como resposta.

— Por quê? — insistiu Felipe.

Dessa vez, a cabeça do fantasma se moveu para os lados.

— Será que a gente pode ir embora?

Felipe ficou de pé ao lado dele e tentou apoiar a mão no ombro de Lucas, mas os dedos apenas atravessaram o corpo.

— Lucas...

— Tá tudo bem. Eu só... não consigo te falar o que você quer ouvir.

— Não quero ouvir nada. Prometi que não ia te pressionar. Desculpa, eu só...

O fantasma ficou esperando o resto da frase, mas Felipe ficou calado por um minuto inteiro antes de continuar.

— Posso te mostrar uma coisa? — perguntou o médium.

Lucas olhou para ele arqueando uma sobrancelha.

— O quê?

Felipe estendeu a mão, como sempre fazia quando convidava o fantasma para incorporar nele. Lucas deu um passo para trás.

— Eu não consigo proteger meus pensamentos como você.

— Não precisa. Eu não vou olhar. Só quero te mostrar uma memória minha.

Lucas hesitou por um instante, então deu de ombros e segurou a mão de Felipe com força. E aí o médium o deixou entrar.

***

Felipe está na cozinha, lavando louça. Ele para e olha para o fogão, con-

ferindo o molho vegetariano. A memória é vívida e Lucas sente o gosto do estrogonofe. O aroma do arroz cozinhando. O cheiro das laranjas cortadas na bancada.

Ele escuta a voz de Lorena. Felipe se vira, seca as mãos em um pano pendurado no bolso do avental e se senta em um banco. A garota está desenhando um vestido em um caderno de Felipe, concentrada.

— Tá ficando muito foda. — Lucas acha estranho sentir a voz de Felipe sair da sua boca, mas logo se lembra de que aquela é a boca dele. Que seu corpo de verdade está em uma mureta, longe dali, no escuro. Que o que via era apenas uma memória.

Lorena não responde. Sequer ergue a cabeça. Não se importa. Felipe também não. É difícil saber quem sente o quê.

Lucas faz a mesma coisa quando toca piano ou guitarra.

Sente Felipe sorrir, lá na praia, no escuro. Sente que ele pode sentir aquele pensamento.

"Você prometeu."

"Eu não fui atrás desse pensamento. Você que pensou ele."

"Não pense em um elefante rosa."

"Não é assim que funciona. Se você não quer que eu veja algo, não vou conseguir ver sem forçar."

Lucas sabe que é verdade, porque sente isso na cabeça dele.

Felipe desliga o fogo. Termina o suco de laranja. Lucas vê a si mesmo surgir na sala e se sentar no sofá ao lado de Shion. Era tão estranho se ver. Parecia tão desengonçado, tão alto. Tão pálido.

"Tão lindo."

"Seu gosto é horrível."

Vê como Felipe olha para Lorena. Como admira o talento dela. Pode sentir como ela o atrai. Como o coração acelera quando ela ergue os olhos escuros e ajeita o cabelo azul atrás da orelha.

Lucas suspira. Ou Felipe?

"Nem tão horrível assim", ouve ele pensar.

"Por que você tá me mostrando essa memória?"

"Foi difícil achar uma que não violasse confidencialidade."

— O que você acha? — pergunta Lorena, empurrando o caderno para ele, como se minutos atrás ele não tivesse elogiado.

— Achei lindo — responde Felipe.

Ele vira as páginas do caderno. Saias. Botas. Vestidos. Blusas. Tudo preto, roxo e azul. Tudo digno de um desfile de moda alternativa.

— Desenhar não te deixa mal? — pergunta ele.

Lorena segura um lápis de cor vermelho e o equilibra entre os dedos. Ela balança a cabeça.

— Não. Achei que ficaria... mas... eu gosto.

— Alguns mortos não curtem muito fazer o que faziam em vida. Dá pra entender. — Ela olha para o caderno. As sobrancelhas caindo de leve. — Meu sonho era ser estilista e nunca vou fazer essas roupas. Mas também não consigo deixar essa parte de mim de lado.

Felipe continua virando as páginas. Lá na sala, Lucas se vê com um baixo nas mãos e Shion do lado. Lembrava daquele dia. O médium vira o papel novamente e sente o coração dar uma batida mais forte. Ocupando uma folha inteira, havia um desenho de Lucas. Ele sorria, a guitarra nas mãos.

— Não sabia que você desenhava mangá.

— Não desenho.

— Isso é o que então?

— Só um desenho, não quer dizer que eu desenhe mangá.

Felipe ri e Lucas sente um calafrio no estômago com o som da risada saindo da boca que não é dele.

O médium pega um lápis grafite, morde a ponta por uns instantes e começa a desenhar na folha ao lado. O estilo de desenho é diferente. Apressado, como um rascunho. Logo reconheceu as feições da ascendência indígena de Lorena nascendo no caderno.

— O Lucas se sente responsável por você. — Ele continua desenhando, fazendo o cabelo chanel repicado dela.

Lorena dá de ombros.

— Bobiça dele.

— Eu queria entender por quê.

— Por causa da Flávia. Aquela ceifadora. Ela colocou na cabeça dele que ele precisava me ajudar.

Lucas sente os lábios de Felipe se torcerem e voltarem à posição original rapidamente. Consegue sentir na cabeça dele que aquela informação faz pouco sentido.

— Você discorda, então? — Felipe hachura as sombras no rosto de

Lorena no papel. Ela olha, atenta.

— Claro que sim. Ele não me deve nada.

* * *

A visão se desfez e Felipe deixou Lucas sair do seu corpo. O fantasma deu alguns passos para trás e voltou a sentar na amurada.

— Eu sempre soube que ela acha que não devo nada a ela.

— Mas você continua achando que deve.

Ele balançou a cabeça e dobrou o joelho até o peito.

— Talvez pelo fato de...

— Hum.

— Esquece.

Felipe pulou para o chão e andou até o carro.

— Vamos embora, não aguento mais esse frio.

Quando o médium se sentou no banco do motorista, Lucas já estava no do carona. Felipe esfregou os dedos gelados e ligou o ar quente.

— Fiquei pensando naquilo que a Lorena falou sobre os croquis dela — disse Lucas, cruzando as pernas no assento. — Sobre ela gostar de desenhar, mesmo sabendo que as roupas nunca serão feitas e tal.

Felipe assentiu, olhando para ele, esperando que Lucas terminasse a linha de raciocínio.

— Aquele violão ainda tá no porta-malas?

— Tá sim.

— Pega pra mim.

Não perguntou o motivo, só saiu mais uma vez para a noite fria e pegou o violão, deixando o *case* no porta-malas.

Lucas havia se transportado para a mureta e lá estava sentado. Felipe soltou um suspiro cansado e friorento quando viu, mesmo assim andou até ele.

— Eu não tenho mais o que fazer com essa música — falou Lucas. — Então pensei que talvez a banda pudesse ficar com ela. Afinal, eu tocava o mesmo estilo que vocês.

— A gente não pode roubar sua composição, Lu.

— Então coloca os créditos no CD.

— Lucas...

— É sério, é o mínimo que eu posso fazer por vocês. E seria um favor pra mim, também.

— Acredite, você já está ajudando muito nos ensaios e tudo mais.

O fantasma balançou a cabeça.

— Deixa eu tocar no seu corpo, e aí você pega a música sem correr o risco de alguém passar e ver um violão flutuante.

Felipe decidiu não discutir. Estendeu a mão para Lucas, o deixou entrar mais uma vez e sentou a bunda na mureta gelada. Permitiu-lhe tomar conta de suas mãos e da sua voz.

O garoto testou as cordas, afinou uma delas de ouvido e começou a dedilhar uma melodia melancólica, como tudo que Lucas compunha.

— Eu ainda não dei um título — disse, terminando de dedilhar a introdução. — Então vocês podem decidir alguma coisa. Se gostarem, é claro.

Ele inspirou fundo.

Meu coração acelera e não consigo dizer não
O que sinto, o que desejo, tudo parece em vão.
Minha cabeça se esvazia, meu corpo se prepara,
tudo que quero agora é poder ir para casa.

Gritar
Ah! Não há aonde ir, para onde voltar.
E de repente, o que mais quero,
o que desejo é ter um lar.

Já tentei
tentei ir para fora
e me vejo encurralado
sem querer admitir
que preciso voltar

Meu coração se aperta, grito não
Fico sem fôlego, perco a respiração

Sem controle, capacidade, poder, vontade
Sem saber quem sou eu de verdade

Sem saber
Vejo seu rosto e só quero fugir
sumir dessa cidade

Destruir meu próprio corpo parece uma opção
pra você não me tocar
nunca mais te ouvir gritar
e nessa casa de horror e ódio
nunca mais ter que pisar

Grito um não
Já tentei
tentei ir para fora
e me vejo encurralado
Ah, será que algum dia
terei pra onde voltar

Lucas terminou de tocar as notas finais e saiu do corpo do médium, ficando ali sentado de cabeça baixa.

Felipe dedilhou a introdução da música de Lucas. Conseguia lembrar completamente dela. Enquanto o fantasma cantava, teve vislumbres do quarto antigo dele, repleto de pôsteres nas paredes e equipamentos musicais pelo chão e sobre a cama.

— Isso é uma coisa que me assombra... — o fantasma começou, pausando antes de continuar — ... minhas músicas. Não só elas, mas... tudo. Eu não me preocupei com isso quando... Fui embora e fiz o que fiz. Só que agora, tocando com vocês... eu fico, sei lá. Confuso. Ao mesmo tempo, não teria conhecido vocês se não fosse um fantasma. Então fico preso nessa espiral.

Felipe soltou o violão delicadamente na amurada para não o arranhar e abraçou Lucas. O fantasma enterrou o rosto em seu ombro e o corpo de Felipe estremeceu. Lucas tentou se afastar.

— Foi mal, tô piorando seu frio.

— Tá tudo bem. — Felipe o segurou em seus braços por mais

uns minutos.

O frio era passageiro, ao contrário de momentos como aquele. E o tempo com Lucas, como sempre era com os mortos, seria curto.

Afastou o rosto apenas o necessário para beijá-lo mais uma vez e ficaram ali com as testas grudadas até o frio de Felipe falar mais alto.

Lucas

Capítulo 34

Quando Lucas tem um ataque de pânico

— *Day Old Hate*, City and Colour

Ensaiaram pela última vez de manhã e estava tudo dando certo. Lucas já tinha conseguido aprender todas as músicas e se habituado a tocar usando o corpo de Felipe como se fosse seu. Na tarde antes do show, passaram o tempo separando e levando os equipamentos para o carro de Felipe.

Com tudo tão dentro dos conformes, o fantasma não soube dizer por que estava à beira de um ataque dos nervos.

A cabeça rodopiava, pensando em tudo que poderia dar errado. Ficava ensaiando as músicas mentalmente. Passando e repassando tudo que faria e poderia fazer no caso de um fiasco. Outras duas bandas tocariam naquela noite e eles seriam a última, então sua angústia demoraria a passar.

Estavam todos na cozinha, rindo e conversando. Já Lucas tinha preferido ficar perto da piscina, nos fundos da casa, observando os pequenos insetos andarem sobre a água que havia se acumulado em cima da lona laranja que cobria a piscina no inverno, tentando calar os pensamentos.

De noite, todos se arrumaram mais que o comum. Lorena estava linda com o vestido que fizera, a jaqueta de vinil e botas que pegou emprestadas de Ruby. Shion usava roupas coloridas espalhafatosas e Ruby, calça xadrez, uma blusa curta e jaqueta vermelha.

Felipe foi até o fantasma, que se levantou quando o viu. O médium vestia uma camiseta com estampa de dinossauro, jaqueta, gorro e coturno. Estava com um kilt comprido de inverno. A maquiagem vermelha nos olhos se estendia para a têmporas e usava argolas nas orelhas.

— Você tá pronto?

Lucas fez que não.

Felipe se aproximou e apoiou as mãos nos ombros dele. Lucas baixou a cabeça e os dois ficaram ali por alguns instantes, com as testas se tocando.

— Eu estou calmo. Logo, você vai ficar calmo também.

Lucas soltou um suspiro longo.

— Lembra o que a gente conversou ontem?

Felipe fez que sim, apertando o toque no ombro do fantasma. Lucas fechou os olhos e os punhos.

— Eu queria retribuir o que vocês fizeram por mim, sinto que não mereço.

Felipe se aproximou um passo e segurou o rosto de Lucas com as mãos.

— De onde você tirou isso?

— Eu... preciso te falar uma coisa.

— Então fala.

— Lipe? Lucas? — Ouviram Ruby gritar. — Onde estão eles? Ah! Venham logo, não queremos atrasar!

— Depois a gente conversa? — perguntou Felipe.

Lucas fez que sim. Já estava em cima da hora para entrar em qualquer assunto delicado. Teria que se acalmar e esperar.

Para sua surpresa, Felipe ficou na ponta dos pés e o beijou na testa carinhosamente.

***

O grupo se dividiu em dois carros. Felipe, Lorena, Lucas e Tomás em um; Ruby, Shion e Nina no outro. A cidade estava cheia, pulsando com vida em cada esquina.

O bar ficava em frente ao mar, no centro da cidade. Subiram

por uma escada passando por uma cortina de palhetas para entrar. Descarregaram os instrumentos e os equipamentos aos poucos, guardando tudo na salinha ao lado do palco.

O local estava lotado. Era um pub pequeno, conhecido como um dos únicos locais para quem gostava de música alternativa na região. Contava com várias mesinhas e era possível sentir um cheiro de pipoca vindo do bar. Sentaram-se em uma mesa ao lado da janela e Nina e Tomás ficaram dançando no teto com outro fantasma que encontraram por lá.

Lucas sentiu como se o estômago se revirasse. O corpo inteiro pesava mais que o normal e uma sensação ácida o corroía por dentro. Lorena apertou sua mão.

— Lucas, você tá bem? — Ela teve que falar alto para ser ouvida por cima da música que vinha dos alto-falantes.

Lucas balançou a cabeça ligeiramente.

Ruby se inclinou sobre a mesa na direção dele.

— Porra, Lucas, vê se não vai dar pra trás agora — falou ela.

— Caralho, Ruby — ralhou Shion. — Relaxa.

— Relaxa nada, esse show é importante pra gente.

— Ele sabe. — Lorena se intrometeu.

Lucas não se lembrava de ver Ruby sendo grossa daquele jeito, mas entendia a fonte do nervosismo e não tirava a razão dela.

— Ah, calem a boca vocês todos! — Felipe se levantou e arrastou Lucas dali em direção à saída do bar.

Lucas não reclamou. Só tocariam dali algumas horas e preferia mesmo passar o máximo de tempo possível longe daquele palco.

Desceram as escadas, atravessaram a Avenida Atlântica e foram para frente do mar. O calçadão preto e branco estava cheio e música alta vinha de outro bar próximo. Em um quiosque, um grupo tocava violão.

— Eu não sei se eu consigo fazer isso — disse Lucas.

— Consegue sim, enquanto você estiver usando meu corpo, eu posso influenciar você também. Posso te deixar calmo, você só vai ter que fazer metade do esforço. Ninguém vai saber que é você lá, então se fizer besteira e darem risada não vai mudar sua vida. Serei eu quem vai passar vergonha.

— Isso é ainda pior! E vocês saberão que fui eu quem estragou tudo.

— Você já fez isso antes, na faculdade.

— É totalmente diferente. Mas hoje eu já tava mal com outras coisas e sei lá, tá juntando tudo. Parece que meu corpo tá derretendo.

Lorena e Ruby se aproximaram.

— Desculpa, cara, eu só tô ansiosa — falou Ruby.

— Tudo bem, você tá certa.

— Não tá, não — disse Felipe.

— Olha — disse ela —, seu problema é o público, né? Então vamos fazer o seguinte.

Ela se afastou e foi até o grupo de amigos que tocava violão. Lucas e os outros observaram ela trocar algumas palavras com eles e pegar o instrumento emprestado. Fez um gesto para que se aproximassem e foi lá com Felipe e Lorena.

Ruby entregou o violão para o médium, sem dizer mais nada. Com um olhar, o fantasma entendeu tudo. Suspirou, e quando o médium lhe estendeu a mão discretamente, a tocou, entrando no corpo dele.

Lucas segurou o instrumento com força e se sentou no banco. Empunhou o violão e respirou fundo, se engasgando com o ar nos pulmões. As duas garotas observaram, ansiosas, enquanto o grupo de humanos vivos o olhavam com expectativa, parecendo curiosos com o que sairia dali depois de uma total estranha pegar o instrumento deles.

O violão estava com um capotraste. Ajustou o objeto na quarta casa e dedilhou as cordas, testando os dedos e respirando fundo, criando coragem.

Os dedos de Lucas — ou de Felipe — passearam pelas cordas de modo hesitante no começo, tocando notas desconexas, ainda sem coragem de ir em frente. Então fechou os olhos e começou a tocar a introdução suave e melancólica de uma música sua.

As notas soaram nos ouvidos e ele sentiu a aspereza da corda como uma velha amiga que não via há tempos. O contato das cordas de aço nos dedos o fez se sentir vivo. Não pelo contato físico, mas porque nada o fazia tão real quanto a música. Segurar o violão e tocar aquelas pequenas notas o lembravam de que sentia falta daquilo. De viver, respirar e correr atrás do que gostava e do que amava.

Lembrou-se do tanto que teve de lutar para alcançar tudo o que conquistou. As moedas que juntou para comprar os próprios instrumentos. As horas sentado na cama com o violão e as vezes em que apanhou do irmão por causa do barulho.

Era uma sensação estranha sentir o ar nos pulmões e aquele batuque que vinha do peito de Felipe. Ele emanava vida e bondade. Lucas sentia calma com aquela presença. Ele estava ali, acompanhando tudo, guiando.

O fantasma sempre se sentiu próximo dele durante os ensaios, mas, naquele instante, sentiu que se abria verdadeiramente.

Flashes de memória vieram à mente. Como se as lembranças estivessem sincronizadas. Imagens desconexas de Felipe brigando com os pais. Dele brincando na praia com uma versão muito nova de Ruby. Dele beijando um garoto e sendo surpreendido pela mãe.

Bloqueou as memórias, sem querer invadir a privacidade do amigo, com medo de que todos os próprios segredos agora também fossem de Felipe.

Inspirou fundo, sentindo o cheiro do mar, da areia, do perfume e do cheiro adocicado de tintura que vinha do cabelo de Lorena. Tomou consciência de que, naquele momento, não havia espaço para segredos nem mentiras, e tudo o que existia era a confiança. Se concentrou no violão.

Manteve os olhos fechados, bloqueando a visão das duas garotas que espreitavam. Ruby parecia ansiosa, como se esperasse algum erro. Mas ele não iria errar, pois não errava e não era o público que faria com que isso acontecesse. Aquilo ficou claro para ele. Que Felipe realmente era capaz de ajudá-lo a manter a compostura.

Puxou o ar e cantou a primeira estrofe. Gostava do timbre peculiar da voz de Felipe, mas sentia falta da própria voz.

Conhecia a música como se fizesse parte dela. Já a tocara até a exaustão. Os dedos e a voz seguiam com naturalidade, fazendo aquilo que eram realmente bons em fazer. O coração palpitando no peito, bombeando sangue para cada pedaço de si. Manteve os olhos fechados por dois minutos, sem se dar conta do que acontecia à sua volta. Não queria abrir os olhos e ver o que o esperava, mas o som de passos na calçada começou a deixá-lo nervoso.

Abriu os olhos devagar, apenas para enxergar vários pares de sapatos em volta deles. Lorena o fitava de olhos arregalados. A música havia atraído um pequeno grupo de pessoas que os observava, admirados.

Enquanto cantava, reparou no olhar de Ruby. O medo tinha desaparecido do rosto dela. Ao contrário do que imaginara, as últimas notas foram as mais difíceis, pois assim que parasse de tocar teria que lidar com a reação dos outros. E não apenas isso. As últimas linhas da música eram as mais difíceis. A frase: "Tudo o que fiz para sobreviver", sendo repetida de novo e de novo. Aquelas palavras batendo com força em sua cabeça, e as lembranças rodopiando em volta de tudo o que o levou até aquele momento.

Assim que terminou, as pessoas aplaudiram e disseram palavras que não gravou na memória. Tinha os olhos grudados nas duas garotas: Ruby parecendo maravilhada e Lorena radiante, com um sorriso enorme estampado nos lábios. Os curiosos voltaram para a calçada e para as bebidas, deixando-os sozinhos. Ruby devolveu o violão, agradecendo várias vezes ao grupinho.

— Pô, Lucas, eu não me canso de te achar um desperdício de talento — disse ela.

O rosto do garoto ficou instantaneamente vermelho de vergonha. Não fazia ideia do que responder.

— A voz é a do Felipe — disse, envergonhado.

— Isso foi incrível — disse Lorena — Tô toda arrepiada.

— Está ventando bastante — respondeu Lucas.

— Eu estou morta, não sinto frio.

— Não adianta, Lori, ele não vai aceitar elogio. Agora vamos subir, eu quero ver as outras bandas.

— Eu vou depois — falou Lucas, saindo de Felipe. — Encontro vocês daqui a pouco.

— Tem certeza? — perguntou o médium. — Você tá melhor?

— Você sabe que sim. Eu só... prefiro ficar num lugar quieto por enquanto.

Ele fez um afago de leve na cabeça de Lorena e se afastou em direção ao mar. Segundos depois, Shion surgiu do seu lado.

O vampiro não disse nada. Só ficou ali olhando para o horizonte com as mãos nos bolsos. O mar quebrando perto dos pés, sem alcançar os tênis. Não trocaram nenhuma palavra e Lucas agradeceu mentalmente pela companhia silenciosa.

Demorou um pouco, mas logo sentiu a mente se acalmar. Deu alguns passos para trás até a areia fofa e se deitou no chão, olhando o céu com poucas estrelas.

— Foi mal surtar justamente hoje — falou o fantasma.

Shion agachou do lado dele.

— Não precisa se desculpar. A gente que te colocou nessa situação.

— Mas eu *quero* estar nessa situação. Só não sei como.

— Você sobe no palco, escolhe um rosto ou uma parede ou seus tênis, fixa os olhos e toca sem pensar em nada.

Lucas deu uma meia risada.

— Vou tentar. — Ele suspirou e ergueu o corpo, abraçando os joelhos. — Como é pra você ter uma banda sendo imortal?

O vampiro se ajeitou e deu de ombros.

— Se a gente fizer sucesso, vou ter que trocar de identidade em algum momento. Nada demais. Ou talvez eu devesse usar uma máscara e ser um mistério. As tatuagens também são um problema. Elas somem bem rápido em mim e acabo trocando os desenhos em vez de retocar.

Shion se levantou e colocou as mãos atrás do corpo, enquanto olhava na direção do bar.

— Tá quase na nossa vez. Vou subir.

— Vou ficar aqui mais um pouco.

— Tudo bem.

Era bom estar ali, bem na beira do mar, onde os ruídos das ondas abafavam os sons de risadas, músicas, carros e mil vozes falando ao mesmo tempo. Podia se concentrar no movimento rítmico do vai e vem do oceano, como se fossem as batidas de um coração.

Não soube dizer quanto tempo passou até Lorena surgir para

buscá-lo. Ela sorriu, estendeu a mão e ele a segurou para ficar de pé.

— Tá na hora, tá na hora! — ela cantou e Lucas riu.

— Como você pode estar tão empolgada?

— Como não estar? Um show especial da minha banda favorita, que por acaso é das minhas pessoas favoritas? É a melhor noite da minha morte!

Ele revirou os olhos de modo exagerado, a enlaçou pela cintura e a beijou.

O resto da banda já havia ajeitado tudo no palco e encontraram Felipe no bastidor do lado direito do palco. Sem falar nada, Lucas estendeu a mão para ele, que a apertou com força. E entrou no médium.

Respirou fundo e sentiu a calma do amigo. Estava pronto.

Lorena se aproximou, segurando as mãos deles. Ela parecia mais alta, mas era Felipe quem era mais baixo. Estava linda e radiante. Parecia tão feliz. Tão diferente da garota que conhecera no IML.

— Boa sorte — disse ela.

Queria beijá-la, mas pensou que seria estranho usar o corpo de outra pessoa para fazer aquilo. Acariciou o rosto dela e sentiu que Felipe não apenas consentia como também a desejava.

— Posso te beijar? — perguntou.

Ela o encarou com doçura no olhar e em vez de responder, se aproximou mais e ficou na ponta dos pés, dando um selinho suave nos lábios do médium.

O corpo reagiu sem que ele necessariamente ordenasse. Passou a mão pela nuca da garota e a beijou.

Sentiu o corpo frio dela contra o de Felipe, que esquentava cada vez mais. A maciez da pele, a textura do cabelo, a umidade da boca, todas as sensações que perdia quando a tocava sendo um mero fantasma.

O coração bateu depressa na caixa torácica quando sentiu as mãos delas subindo por debaixo da camiseta, envolvendo as costas e inflamando o corpo de desejo.

Os medos e os receios que o fantasma sentia foram completamente entorpecidos e a cabeça virou uma lagoa turva com cheiro de melancia. Sedado pelo beijo, subiu no palco e empunhou o contrabaixo.

Felipe estava confiante e ele, também. Nada poderia pará-los.

Capítulo 35

Quando o show começa, acaba e tudo o que acontece depois

— *The Nights of Wine and Roses*, Japandroids

Apenas alguns centímetros separavam Lorena do palco. Ainda sentia a euforia do beijo e o desejo acumulado no corpo.

Lucas-Lipe empunharam o contrabaixo ao lado de Ruby. Nos fundos, na bateria, Shion soltou um bocejo, despreocupado.

A plateia, já bêbada, tentou fazer silêncio para ouvi-los.

Os membros da banda se entreolharam rapidamente e acenaram a cabeça em concordância. Shion bateu as baquetas quatro vezes antes de começar a tocar a introdução da primeira música. Lucas-Lipe permaneceram de olhos fechados quando Ruby entrou com a guitarra.

As pessoas do bar começaram a pular esperando pelo vocal e ninguém reparou que a intro foi tocada duas vezes, já que Lucas--Lipe não entraram na hora que deveriam.

Lorena podia ver o nervosismo no rosto dele, mas da segunda vez, quando chegou a hora, ele abriu os olhos, fixou os olhos nos da zumbi e cantou como se a plateia não existisse.

Ela soltou um grito estridente e começou a pular e dançar na frente do palco, sendo empurrada de um lado para o outro em meio à pequena multidão que se juntou para cantar e gritar junto. A proximidade com a caixa de som fazia sentir como se o coração-zinho morto batesse ao ritmo da bateria e, durante aqueles breves minutos, sentiu-se realmente viva.

Encontrou o olhar de Lucas-Lipe mais uma vez e ele abriu um sorriso enorme para ela antes de começar a pular e bater a cabeça.

Não conseguia tirar os olhos dele. E pensar que, num tempo pouco distante, Lucas havia dito que não gostava de tocar em público, agora tocava, mesmo com medo. Quanta coisa podia mudar em dois meses?

A primeira música acabou com Ruby gritando "Nós somos a Desmortos" ao microfone, seguida de vários gritos e aplausos antes de tocarem a seguinte.

O tempo pareceu parar naquela noite. As músicas duravam eternidades. Lá pela quarta música, Lucas já havia perdido totalmente a vergonha, bem a tempo das músicas autorais da banda, as quais Lorena realmente amava e se odiava por não ter conhecido antes.

O público também pareceu gostar das músicas. Era a parte mais importante da noite e que mais preocupava os músicos, mas tudo foi perfeito.

Lorena cantou junto, abraçada a Nina e Tomás e seria impossível dizer qual dos três gritava mais quando cada música acabava.

A última música do *setlist* era uma canção melancólica que ficava linda na voz de Felipe. Enquanto cantava junto, pensou na noite que acordou na gaveta, após sua morte. Nas coisas que pensou que nunca faria. Uma delas, que nunca iria num show da sua banda preferida.

Sorriu e deixou uma lágrima escorrer pelo rosto, já que sua banda preferida estava bem ali. Formada pelos melhores amigos que podia ter.

Como felicidade de morto dura pouco, o show acabou. Era perto das três da madrugada e o bar começou a esvaziar rapidamente enquanto a banda desmontava os equipamentos. Lorena ficou sentada esperando, ansiosa, até que os quatro saíram do bastidor e ela correu até eles, dando um gritinho histérico.

— O show foi incrível! Onde pego autógrafo?

Shion riu.

— Nossa primeira fã!

— Depois de hoje? Tenho certeza de que serão vários fãs.

— Espero que você esteja certa — falou Ruby, abraçando Lorena.

— Caralho, Ruby, sua voz é linda, sem comentários.

— Isso por si só já é o bastante.

Lucas passou o braço pelo ombro dela, parecendo cansado. Ela ficou na ponta dos pés e o abraçou.

— Eu tô tão orgulhosa de você.

— Você é boba.

— Sou mesmo.

Soltou Lucas para abraçar Felipe com força e ele a ergueu do chão.

— Valeu, Lori — disse ele no ouvido dela.

A garota sentiu o corpo arrepiar. Ele era firme e quente.

— Valeu pelo quê?

— Por estar aqui. Parece brega falar isso, mas significa muito pra mim.

— Eu te concedo permissão de ser brega hoje.

Felipe a soltou e sorriu. Lorena se perdeu nele por um instante. O delineador fazia com que os olhos ficassem ainda mais azuis. Ele ajeitou o cabelo dela devagar e a zumbi ficou paralisada com as pernas bambas. Lembrou do beijo mais cedo. Quem a havia beijado? Lucas, Felipe ou os dois?

Queria repetir o gesto. Queria sentir os braços quentes dele ao seu redor. Sentir o hálito dele na sua boca. Queria devorá-lo por inteiro.

A garota ajudou a carregar os instrumentos e os equipamentos para os carros de Felipe e Ruby. Sentia o corpo eletrizado. Mal podia esperar para se jogar nos braços de Lucas. Queria chegar logo em casa e arrastar Lucas para a cama para aplacar o desejo que sentia, sabendo muito bem que o fantasma não era a única pessoa que ela desejava.

Quando o carro parou na garagem, Lorena foi direto para o andar de cima, levando o fantasma pela mão. Trancou a porta do quarto e o puxou para bem perto. O beijou com força, com pressa, ansiando por seu toque.

— Você foi incrível — falou.

— Você que foi. Acho que sem você lá eu não teria tido coragem. — Ele passou os dedos pelo cabelo azul dela e deslizou a mão até o rosto da zumbi, tocando o lábio inferior com a ponta do dedão.

— Que besteira. Você tinha o Lipe também.

— Pra você ver, eu sou tão covarde que preciso de *duas* pessoas pra me encorajar.

Lorena deu uma risadinha curta e colocou a mão sobre a dele.

— Você gosta dele?

Ele demorou alguns segundos para responder.

— Tu sabe que sim.

Lorena deu um passo adiante, olhando-o nos olhos.

— Eu acho que... gosto dele também.

— Eu sei.

— E?

— E o quê?

— Isso não é estranho? — perguntou ela.

Lorena já tinha entendido que o que sentia por Felipe não era mera admiração ou atração física. Mas tinha passado a vida inteira ouvindo que era impossível gostar de duas pessoas ao mesmo tempo.

— Mais estranho que você ser zumbi, e eu, um fantasma, e estarmos dividindo o mesmo teto que um vampiro, um médium, uma lobismina e mais *dois* fantasmas? — respondeu Lucas.

Ela sorriu e meneou a cabeça.

— Um tipo diferente de estranho, então.

— Eu sou estranho, você é estranha, Felipe é estranho. Acho que deve ser normal que gente estranha sinta coisas estranhas.

— Simples assim?

Ele deu de ombros.

— A desvida já é complicada demais. E eu já passei a vida fugindo do que eu sentia. *A vida é curta e a desvida é mais curta ainda.* Não foi isso que você me disse quando eu perguntei se você tinha ciúme dele?

— Foi o que eu disse pra ele também.

— Quando?

— Quando ele me perguntou a mesma coisa.

— Tudo resolvido, então.

Ele a beijou, segurando a namorada com ternura. Lorena ficou na ponta dos pés para conseguir alcançá-lo e envolveu o pescoço dele, aprofundando o beijo. Aproximando o corpo o máximo possível. Afoita por sentir as mãos dele em seu corpo, os beijos gelados na pele, os carinhos onde mais precisava. Afoita por ouvi-lo sussurrar em seu ouvido todo aquele desejo e adoração.

O segurou pelos quadris, roçando o corpo contra o dele, deixando um suspiro desejoso escapar por entre os dentes.

Começaram a andar lentamente até as camas, mas uma batida na porta os fez parar.

— Que merda — ofegou ela.

— Vai abrir.

Ela abriu.

Felipe estava parado ali fora e ficou em silêncio por longos segundos antes de falar:

— Querem continuar isso lá no meu quarto? A cama é maior.

Lorena olhou de um para o outro sem entender muito bem e então seu rosto se iluminou, dando-se conta do que ele queria dizer. O médium deu alguns passos para dentro do quarto, segurou o queixo de Lucas com cuidado e o beijou nos lábios, fazendo o mesmo com Lorena no momento seguinte.

Ela sentiu que ia explodir.

Os joelhos fraquejaram como se as pernas fossem feitas de marshmallow, mas Felipe a segurou com firmeza até parar de beijá-la.

Tentou falar alguma coisa, mas a mente, em puro estado de curto-circuito, não conseguiu traduzir nada em palavras.

Então foram até o quarto dele.

Felipe trancou a porta e a beijou mais uma vez. Ele exalava calor. Os braços fortes a seguravam com vigor e ela sentia o peito dele subir e descer. O hálito quente arrepiava a pele. A boca com gosto fresco de pasta de dente. O puxou para perto segurando-o pela alça do cinto do kilt e se pressionou contra o volume cada vez mais duro.

Soltou um gemido fraco. A cabeça embotada com todas as sensações.

Colocou a mão no rosto dele, olhando-o nos olhos azuis e faiscantes, sentindo a textura áspera da barba na palma da mão. A face dele avermelhada como se sentisse calor, mesmo no frio.

Enfiou os dedos no cabelo de Felipe e procurou sua boca mais uma vez, dando-se conta do quanto o queria. O corpo inteiro desesperado para tê-lo para si, de um jeito que a fazia tremer.

Sentiu Lucas contra as costas, roçando os lábios em seu pescoço e ombros, abrindo o zíper do vestido, fazendo-a soltar um murmúrio entrecortado. Lorena tirou a jaqueta e a camiseta de Felipe, beijando o peito dele na altura da tatuagem.

"Truly strange". Verdadeiramente estranho. E era isso que eram.

Ergueu a mão, passando os dedos de leve pelo peito dele, delineando os desenhos com beijos, sentindo o corpo estremecer e se arrepiar com o toque.

— Lori — falou ele. A voz ecoando fraca e tremida próxima do ouvido.

— Hum? — Lorena fez, sentindo seu ventre pulsar, sem conseguir dizer mais nada.

— Tem certeza? — perguntou ele, enquanto Lucas, atrás de si, segurava os quadris dela.

Lorena deu um passo curto para trás e olhou para cima. Para a boca entreaberta dele. Para os ombros que se moviam de leve com a respiração. Para o pomo-de-adão que subiu e desceu enquanto aguardava uma resposta.

— Lipe, eu nunca quis tanto uma coisa em toda minha morte.

Ele a beijou com força. Ela ficou ali no meio dos dois, perdida entre as sensações dos corpos que a tocavam. Quente e frio. Seco e úmido. Pulsante e inerte.

Apertou Felipe em um abraço ouvindo as batidas do coração enquanto Lucas terminava de despi-la. Beijou o fantasma enquanto Felipe chutava os coturnos para um canto e tirava a parte de baixo da roupa.

Abriu os olhos quando o beijo foi interrompido e se perdeu na visão do corpo tatuado do médium se aproximando, segurando

Lucas pelo cabelo da nuca, mordendo-o no pescoço. O fantasma soltou um arquejo em um suspiro longo.

Observou os dois se beijarem por um tempo, os corpos encaixados, cheia de desejo pelo par. O peito de Felipe subia e descia, o rosto estava corado. Vivo. Ele foi jogado na cama por Lucas e se deitou para trás, olhando para Lorena.

— Vem cá — convidou ele numa voz rouca.

Ficou ali por um segundo, que pareceram minutos. Queria ir, mas não fazia a menor ideia do que fazer. Lucas não tinha um corpo. Felipe, sim. Um corpo que ela não fazia ideia de como tocar. Mas que queria.

Lucas subiu na cama e o beijou na barriga, fazendo Felipe desviar o olhar ao deixar a cabeça cair para trás. As mãos dele subiram para o peito do médium e foram descendo até as coxas enquanto experimentava com a boca a pele dele perto do umbigo.

O fantasma ergueu a cabeça e estendeu a mão para Lorena. Ela a pegou e subiu na cama devagar ao lado dele.

Ajoelhados na cama com Felipe deitado entre eles, Lucas a beijou e alguns instantes depois, ouviu o médium gemer.

Ela abriu os olhos, moveu a cabeça para baixo e viu Lucas segurando Felipe com firmeza, movendo as mãos para cima e para baixo lentamente.

Parou de beijar Lucas para assistir por um minuto, perdida na expressão de prazer do médium, o corpo se arrepiando toda vez que um gemido chegava aos ouvidos.

Deitou-se ao lado de Felipe, passando a mão pelo corpo firme, mordendo-o no queixo. Buscou o gosto da boca dele, o cheiro do pescoço, se inebriando do perfume que ele exalava.

Foi descendo a mão aos poucos e ele gemeu quando ela encontrou o que procurava. Lucas, que ainda estava lá, olhou para Lorena e sustentou o olhar.

Os dois entrelaçaram os dedos ao redor de Felipe e movimentaram as mãos juntos. Primeiro, lentamente, e depois, mais depressa.

Ao aumentarem o ritmo, Felipe arqueou as costas e ergueu a mão, agarrando o cabelo de Lorena com força, cerrando os dentes, a respiração irregular.

Logo a zumbi estava deitada entre os dois e, quando seus gemidos deixaram de ser tímidos, Felipe se esticou na cama e deu play no aparelho de som, deixando a música abafar os ruídos.

Foi um pouco estranho para ela no começo, pois não sabia muito bem o que fazer enquanto os dois interagiam. Aos poucos foram se ajeitando. Lucas e Felipe separados e depois os dois juntos no mesmo corpo, até que já nem sabia mais onde um começava e outro terminava. O corpo perdido nas sensações em meio a escuridão. Gelado e ardente. Macio e duro. Às vezes eram dois. Às vezes eram três, mergulhados um no outro.

O toque de frieza de Lucas contrastava com o corpo vivo e pulsante de Felipe. Fechava os olhos, absorvendo cada sensação, ouvindo os sussurros e gemidos roucos e desejosos.

Quando acabou, ficou ali no meio deles até adormecer com o som do coração acelerado de Felipe nos ouvidos.

Lucas

Capítulo 36
Em que Lucas enfrenta um medo

— *Shiver and Shake,* The Cure

Lucas puxou a coberta sobre os ombros de Felipe e Lorena. Olhou para as roupas espalhadas no chão e juntou o vestido que ela havia feito, o dobrou e o colocou sobre a mesa. Foi até a cadeira. Ficou ali, sacudindo os pés, observando os dois dormirem iluminados pela luz fraca que vinha da porta da sacada. Estavam abraçados, de lado, descabelados e com a maquiagem borrada. Lucas sorriu e fechou a cortina.

E no instante seguinte não estava mais no quarto.

A expressão leve no rosto foi substituída por uma cara séria. As sobrancelhas grossas se uniram e os punhos se apertaram.

Olhou para a casa no outro lado da rua. Odiava tudo naquela construção. As paredes descascadas, o quintal sujo, a caixa de correio, o telhado. Tudo. Ergueu o rosto na direção do local que um dia foi seu quarto. O nascer do sol fazia o vidro da janela refletir as nuvens alaranjadas e sentiu que ela não tinha o direito de parecer tão bonita.

Lembrou da conversa que teve com Felipe, sobre não voltar mais ali. Mas a casa o chamava.

Andou em linha reta, ultrapassando o muro e a porta. Torceu o nariz, vendo — e sentindo — a cozinha suja. O cheiro horrível de cigarro que estava impregnado em tudo.

Subiu as escadas até o quarto do irmão. Ele estava lá. Afundado na cama, e o fantasma apertou os punhos com força, empurrando bem para dentro de si a vontade do que queria fazer com ele. *Seria tão fácil*, pensou. Virou as costas e foi para seu quarto. Ou o que havia sobrado dele. Lançou um olhar rápido e dolorido para onde suas coisas deveriam estar, até que não aguentou mais e saiu dali.

***

— Você tá bem? — perguntou Nina, assim que ele deixou o corpo cair no sofá da sala de Felipe.

Lucas apoiou os cotovelos nos joelhos e balançou a cabeça.

Era tudo culpa dele. Do irmão. Quanto mais pensava, mais lembrava e mais o culpava. Não estaria ali, naquele corpo inexistente, se não fosse por ele. Poderia ter conhecido Lorena e Felipe em outra circunstância, de outra forma.

Esfregou o rosto e ergueu a cabeça.

Nina e Tomás o fitavam, preocupados. Trocaram um olhar entre si.

— Lucas, aconteceu alguma coisa? — perguntou Tomás.

— Tudo, Tomás — respondeu. — Tudo aconteceu.

— Achei que a noite tivesse sido boa pra vocês — falou Tomás.

Lucas lançou um olhar duro na direção dele e Nina logo interrompeu a grosseria iminente.

— Quer saber uma fofoca?

— Que fofoca?

— Sabe a Renata, aquela amiga médium do Lipe?

Lucas, que antes não estava particularmente interessado em fofoca, logo começou a prestar atenção.

— O que tem ela?

Tomás torceu a boca e se virou na direção da fantasma, parecendo não concordar com o que a amiga estava fazendo. Nina fingiu que não viu e continuou.

— Ela ligou ontem à tarde pro Lipe. Disse que o Gustavo aceita falar com você. Ele deve te falar hoje, acho que não queria te deixar ansioso ontem.

Lucas voltou a cobrir o rosto com as mãos, suspirou e esfregou o cabelo.

— Que merda.

— Lucas? — chamou Nina e ele voltou o olhar pra ela.

— Hum.

— Por que você tá aqui perdendo tempo com a gente?

— Como é?

— Você não tem muito mais tempo. Por que fica aqui sendo triste, perdendo tempo, em vez de estar lá em cima numa cama quentinha com duas pessoas que te amam?

Ele suspirou e abriu um sorriso torto.

— Às vezes você fala umas coisas inteligentes, no meio de tanta abobrinha.

— Você esquece que eu sou mais velha que você, Lulu.

Lucas voltou para o quarto silencioso. A cortina barrava a luz, deixando o ambiente escuro e aconchegante. Sentou-se ao pé da cama e olhou para Felipe a tempo de vê-lo abrir os olhos.

O médium ergueu o corpo, cuidando para não acordar Lorena.

— Por que fantasmas precisam ser tão esquisitos? — disse ele em tom baixo.

Lucas admirou aquele rosto bonito e luminoso de sorriso gentil por um longo instante.

— Às vezes eu só não quero ficar ouvindo o mesmo mantra pela centésima vez.

Felipe bocejou.

— Às vezes o seu Felipe precisa de você descansado pro dia longo que vem pela frente. Volta pra cama. Coloca o mantra. — Ele se esticou até tocar os dedos de Lucas e Lorena se remexeu, resmungando algo inaudível.

— Sei lá, Fê.

Ele arqueou as sobrancelhas.

— Fê?

— É. É mais palatável que Lipe ou Felipe.

O médium abafou um risinho.

— Aconteceu alguma coisa? Você não parece bem. Eu... fiz alguma coisa errada?

Lucas se aproximou, engatinhando, até se aninhar no peito dele. Felipe tremeu, puxou a coberta e os dois se acomodaram na cama.

— Não se preocupe, não tem nada a ver com você. Eu só... tô sendo eu mesmo.

Fechou os olhos quando sentiu os dedos de Felipe passarem pelos seus cabelos.

— Lu?

— Hum.

— Coloca o mantra.

— Hummm.

— Você precisa descansar a cabeça.

— Tá bom.

**

O sol já estava alto no céu quando Lucas acordou, a cama estava vazia e o som de chuveiro e risada baixa vinham do banheiro.

Ficou esperando, observando os retratos desenhados por Felipe na pasta sobre a mesa. Pouco depois, Lorena surgiu, enrolada numa toalha. Ela foi até ele, se esticou o máximo que podia e o beijou nos lábios, dando um bom dia alegre.

Então, ela girou nos calcanhares e saiu do quarto. Felipe veio em seguida e começou a se vestir, o cabelo molhado escorrendo pelo ombro.

— Conseguiu descansar? — perguntou, arrepiado de frio. Olheiras contornando os olhos claros.

— Um pouco — respondeu Lucas. — Não muito. E você?

— Quase nada.

O médium vestiu um moletom com gorro de orelhas de coelhinho e esfregou as mãos.

— Vai secar o cabelo — mandou Lucas.

— Tô com preguiça.

— Você tá tremendo de frio.

— E com fome. Que horas são?

— Sei lá, o tempo é uma mentira pra mim.

Felipe procurou o celular até encontrá-lo embaixo da cama. Sentou e leu a tela depois de abrir o flip.

— Então — começou ele —, falei com a Renata, minha amiga médium, lembra? Você quer ver o Gustavo daqui a pouco? Eu posso tomar café da manhã e te levar lá. Ele aceitou te ver.

Lucas ficou enjoado. O sangue inexistente pareceu descer da cabeça e ele se sentou. Mesmo já sabendo que o plano havia dado certo, foi pego de surpresa.

— Ei. Não precisa dizer sim.

O fantasma ergueu os olhos.

— Eu preciso. Eu não posso só ignorar que ele existe.

— Pode sim.

— Mas eu não quero.

— Tá bom. — Felipe afagou o rosto de Lucas, o beijou e saiu do quarto.

***

Lucas desceu para a cozinha pouco depois. Um discman fora conectado a uma caixa de som de computador em uma gambiarra de fios e um som baixinho vinha da bancada. Felipe passava café e comia biscoitos enquanto Lorena tagarelava sobre o show. Ficou ali parado, só olhando os dois. Aquela cena era tão simples. Tão pacífica. Tão normal.

Tão... cotidiana.

Tão viva.

Irreal.

Seria capaz de se acostumar com algo como aquilo. Mas ele precisava se lembrar de que, assim como a vida, aquela pequena felicidade tinha um prazo para acabar.

Lucas se aproximou em silêncio para não interromper o fluxo de consciência da zumbi. Ela parecia radiante, descrevendo o show e falando sobre suas músicas favoritas. Quando se sentou ao lado dela, ela se virou e sorriu. Se tivesse um coração, ele seria capaz de parar vendo aquele sorriso. Como podia ter tanta sorte e tanto azar ao mesmo tempo?

— E você tava incrível, Lu! — disse ela, terminando uma frase que ele não ouviu o começo, concentrado na alegria que irradiava dela.

— Eu mal tava lá — disse. — Foi tudo o Felipe.

Felipe fez um muxoxo, pegou um pacote de bolacha e foi até a bancada, dando uma beijoca em Lucas antes de se sentar.

— Para de falar merda, Lu.

— Ué, é verdade, eu só...

— Só cantou, tocou, decorou e aprendeu as músicas em poucos dias.

— Nada demais.

Felipe deu uma gargalhada, quase derrubando o café.

— Uma coisinha de nada!

— Para, Fê!

O médium soltou a caneca e abraçou Lucas com força.

— Se você quer que eu pare, vai ter que me obrigar.

Lucas fingiu que tentava se desvencilhar dos braços de Felipe, mas, na verdade, não queria sair daquele aperto.

O médium afrouxou os braços e aproximou o rosto, passando um dedo de leve pela bochecha de Lucas.

— Você tava incrível ontem, sim — falou. A voz baixa e tão perto que sentia o aroma do café. — Tava incrível, perfeito, lindo...

— Aí você já foi longe demais.

— Ué, você tava dentro de mim, e eu sou lindo, logo, você tava lindo também.

Os três soltaram uma risada e Felipe fez cara de quem não havia dito nada demais. E então, ainda sorrindo, aproximou a boca da de Lucas e disse:

— Você é lindo também.

Lucas resistiu ao impulso de beijá-lo.

— Você precisa de óculos.

— Na verdade, eu preciso mesmo.

Felipe o soltou e andou pela cozinha, pensativo.

— Inclusive, deveria estar por aqui... ah, aqui ó.

Ele abriu algumas gavetas e portas de armário até achar um estojo. Abriu o objeto e colocou no rosto um par de óculos de armação preta grossa.

— Tchanan! — disse. — O que acham?

— Porra, Lipe — falou Lorena, se aproximando dele. — Tu fica ainda mais gostoso.

Os dois se beijaram e Lucas sentiu vontade de transar com Felipe ali mesmo na cozinha. Infelizmente, para sua tristeza, ele tirou os óculos.

— Não gosto de usar — explicou, e voltou para sua caneca de café e bolachas.

— Mas você fica tão lindo — comentou Lorena em tom de súplica.

Felipe deu uma risadinha.

— Eu coloco de novo pra você depois. Inclusive... Lori, pega meu laptop na escrivaninha, por favor? Eu preciso terminar uns relatórios.

— Mas é domingo.

— Pois é.

Lorena subiu e Felipe ergueu os olhos até encontrar os de Lucas.

— Que foi? — perguntou Lucas.

— Tem certeza de que quer ir lá? Tipo, mesmo?

Lucas suspirou.

— Eu já falei que sim. Eu acho que... ver ele vai me ajudar a entender...

— O que você tem pra entender?

O fantasma baixou a cabeça para a mesa, pensando. Felipe segurou sua mão com um aperto leve.

— Por que eu fiquei com ele...? — respondeu Lucas. — Por que não fui embora antes? Eu... não sei bem. Um dia ele estava aqui e no outro não estava mais. É como se eu tivesse ficado com esse monte de coisa entalada na garganta.

— Você não deve nada a ele.

— Eu sei, mas eu devo a mim.

Felipe torceu a boca, inclinou a cabeça e apertou sua mão com mais força.

— Ele já fez muito contigo em vida, não deixe que continue te torturando depois da morte. — Ele pegou o celular. — Deixa, eu vou cancelar essa merda.

— Não! — Lucas puxou a mão dele, o olhar fixo no chão.

— Lucas...

Lorena se aproximou devagar com o laptop de Felipe, o colocando na bancada e apoiando a mão nas costas do fantasma, procurando a explicação para aqueles rostos aflitos.

— Meu ex me fez pensar que era minha salvação. Que sem ele eu não seria nada e não teria ninguém.

— Tu sabe que isso é mentira, né?

— Agora é meio tarde pra isso.

— Pode ser tarde pra algumas coisas, Lu, mas não é tarde pra você saber que não precisa de ninguém para ser ou merecer algo. Ele te falou essas coisas pra te diminuir. Pra que tu ficasse com ele e sentisse que não merecia nada melhor.

— Aí que tá o problema, Fê. Até conhecer vocês... isso era um fato pra mim.

— Que *ele* colocou na tua cabeça — disse Lorena. Ela o puxou até ele ficar de frente para ela, segurando seu rosto com as duas mãos. — Eu não quero que tu vá, Lucas.

Ele segurou a mão dela em seu rosto.

— Eu não tô fazendo isso por ele, Lori. Preciso fazer isso por mim. Preciso olhar na cara dele e entender que o que eu sinto agora e o que sentia antes são coisas diferentes.

— Por quê? — Ela parecia irritada.

— Não sei, Lori. — Sua voz saiu mais alta do que pretendia. — Numa realidade alternativa, eu estaria lá, naquele quarto, quando ele bateu as botas e isso fode com a minha cabeça.

— Mas você não tava!

— Mas eu tô aqui agora e preciso entender se a culpa é dele. — A voz de Lucas subiu e tremeu na última palavra. Ele se afastou, sacudiu a mão, esfregando o rosto com a mão restante. — Eu só preciso culpar alguém pela merda que eu fiz!

Sentiu que, em outra circunstância, seu coração estaria acelerando. Que estaria sem ar. A mente rodopiava, o corpo pesava, os olhos ardiam. Sentiu Felipe o abraçando com força contra as costas.

— Lucas... — disse ele — ... respira.

— Eu não posso, respirar, Fê! Essa é a porra do problema!

— Eu sei. Só finge.

O corpo queria explodir. Se desfazer em mil pedacinhos ecto-plasmáticos e desaparecer dali. Só queria conseguir calar os pensamentos. Fazer as imagens de uma morte que não presenciou sumirem. Esquecer do passado e de que não tinha um futuro.

Lorena surgiu a sua frente, o abraçando também, e ele ficou ali, prensado entre os dois. A segurou pelo rosto e a beijou, se perdendo naquela sensação. Não podia esquecer, mas podia amortecer a mente, se entorpecer daqueles dois corpos que, por um motivo que não conseguia entender, o desejavam.

Soltou Lorena e beijou Felipe, que o segurou com vontade, puxando-o contra si, envolvendo-o com braços firmes.

Por quê?, Lucas pensou, sentindo dois pares de mãos nele. Como aquilo tinha acontecido? Há poucos meses se sentia a pessoa mais solitária do mundo e, de repente, estava ali... *Não*. Interrompeu a linha de pensamento e abriu os olhos, afastando o rosto de Felipe.

— Fê... — disse, em voz baixa — ... eu não quero pensar. Não quero pensar em nada agora.

O médium assentiu e Lucas pegou a mão dele. No instante seguinte estava sentindo o conforto da mente do outro. Uma pressão firme ao seu redor, o contato com o corpo de Felipe, *ele*, o mantendo são. Calmo. Não em um canto da mente, mas juntos. Logo sentiu tudo que ele sentia e tomou consciência do corpo, inflamado com uma vontade de cuidar, de afastar a dor dele de qualquer maneira.

Por isso, deu vazão ao desejo. Beijou Lorena, sentindo a boca úmida contra a dela. Os batimentos do coração no peito, nos ouvidos, nas pontas dos dedos que seguravam o corpo macio da garota.

Felipe falou alguma coisa no ouvido dela, mas Lucas não prestou atenção no que, de tão perdido que estava com a mera sensação de senti-la contra si. Lorena, porém, reagiu ao que ele disse, tirando a camiseta e a jogando no chão.

A segurou com força e a sentou na bancada da cozinha. Enquanto a beijava, levou a mão para a calça e segurou o pau de Felipe na mão. A sensação arrepiou seu corpo inteiro e um gemido escapou dos lábios do médium. Ou foi dos seus?

— Vamos lá pra cima — sugeriu Lorena.

Foram, e lá ficaram por um bom tempo.

* * *

Renata morava em um prédio da Praia de Cabeçudas. Estavam dentro do carro estacionado e Lucas olhava pela janela, lembrando de uma das poucas coisas úteis que aprendera com Violeta. Um exercício de concentração para se acalmar. Procurava na rua objetos com cores iguais e as contava. Não funcionou muito.

— Você sempre pode desistir — falou Lorena do banco traseiro.

Ele se virou e colocou a mão na coxa dela.

— Tá tudo bem — mentiu. — Bora.

Lucas atravessou a porta do carro e esperou Felipe e Lorena na calçada. O dia estava lindo. O sol ajudava a aplacar a brisa fria e o som das ondas quebrando dava uma sensação de calmaria no meio do caos que era a mente do fantasma.

O médium foi na frente e eles o seguiram em silêncio. Felipe tocou o interfone de um prédio chique e o portão abriu sem que ninguém falasse nada. Subiram de elevador até o terceiro andar e encontraram uma mulher no corredor. Era branca, baixinha com o rosto em formato de coração e tinha o cabelo roxo preso em um rabo de cavalo. Cumprimentou Felipe com um beijo na bochecha e logo se voltou para Lucas.

— Tu é o Lucas?

— Eu mesmo.

— Eu sou a Renata. Venha comigo.

A mulher entrou no apartamento, deixando a porta aberta. Felipe e Lorena se aproximaram e pegaram nas mãos de Lucas.

— Você pode acabar com isso a hora que quiser — afirmou Felipe. — Vamos te esperar na sala.

Lucas assentiu e entrou. Uma parede colorida estava cheia de quadros com ilustrações e um casal o cumprimentou com os olhos da cozinha americana. Lucas apenas baixou a cabeça rapidamente para eles e foi atrás de Renata, que o guiou até um escritório amplo. Ele parou de chofre na porta.

Ali, confortavelmente sentado em uma poltrona, estava Gustavo.

Talvez não fosse uma boa ideia, afinal. Talvez devesse desaparecer e voltar para a casa de Felipe. Talvez preferisse nunca mais olhar na cara daquele que tanto o machucou.

— Vou deixar vocês à sós — disse Renata, fechando a porta com os dois ali dentro.

Ninguém disse nada por muito tempo. Gustavo tinha morrido com uma camiseta idiota de "visitei Becê e amei" e samba-canção. Tinha uma tatuagem horrível e malfeita na coxa. O cabelo castanho parecia vomitado. Ia mesmo se sentir intimidado por aquele cara?

***

Lucas sentiu nojo.

Conjurou uma memória na qual Gustavo estivesse bem-vestido e limpo para ver se mudava de ideia, mas não. O nojo não vinha da aparência dele. Vinha apenas *dele*.

Ficaram se encarando até Gustavo falar com o sotaque puxado de Itajaí.

— Eu sei o que aconteceu contigo.

Lucas puxou uma das cadeiras da escrivaninha e se sentou.

— Sabe? Como? Ficou me seguindo?

— Um pouco.

— Falta do que fazer.

— Tu também pareces bem desocupado pra vir atrás de mim.

— Eu não vim *atrás* de você, Gustavo.

— Ah, é, então tu tás fazendo o que aqui? Eu sei que tu sentiu minha falta. Tás arrependido? Era pra tu estar lá naquela noite. Lembra? Eu te liguei... Quem sabe...

Lucas abriu a boca e a fechou. Então sorriu.

— É disso que tô falando — disse Lucas, interrompendo o outro. — Eu mal apareço na tua frente e a primeira coisa que tu faz é tentar me manipular.

— Ah, Lucas, para, né? Eu? Manipular você? — Ele se levantou da cadeira, crescendo sobre Lucas. — Agora só falta falar que te obriguei a fazer tudo que a gente fez.

Lucas encarou o rapaz que tentava intimidá-lo. O que estava fazendo ali? O que tinha para dizer?

— Vim até aqui pra conversar contigo e, antes de sequer me dizer um oi, tu já partiu pra agressividade. Não sei o que eu esperava. Esperava pelo menos um pingo de decência, mas parece que nem morto tu presta. Tu não tem mais poder nenhum sobre mim. Já não tinha desde o dia que terminei contigo. E eu já não tenho medo de ficar sem ti. Achei que te amava, mas hoje eu sei que nunca te amei. E nem você a mim.

— Tu precisa ser sempre tão emo e dramático? Tu é patético, Lucas.

— Emo eu sou com orgulho, e posso até ser patético. Mas pelo menos não morri numa camiseta de brinde e uma cueca freada.

— Tu quer a porra dum troféu por ter se vestido antes de encher o cu de remédio?

— Eu sabia.

— Sabia o quê?

— Que tu não sabe de porra nenhuma sobre como vim parar aqui.

Gustavo pareceu ofendido e Lucas passou a mão pelo cabelo.

— Eu acreditei que precisava te ver — falou. — Te falar minha verdade. Agora, te vendo na minha frente, entendo que precisava olhar na tua cara pra perceber que não sinto nada por ti. Nada. Que não te devo nada. E que você não deve nada a mim. Foda-se você e toda merda que tu me disse. Como sempre, tu só serviu pra me fazer perder meu tempo. E tu tava errado, a propósito. Quando disse que ninguém nunca me amaria.

Gustavo apenas riu.

— Meio tarde, agora, né?

— Adeus, Gustavo, e bom resto de pós-vida pra você. E vai pra puta que te pariu.

Capítulo 37

Quando Lucas fala umas coisas pesadas e Felipe só quer dormir

— *C0nst3llat10ns//L1f3*, Twin Pumpkin, measyou, Mary More.

Lorena estava sentada ao lado de Felipe no sofá confortável de Renata. Os dois médiuns conversavam, mas a zumbi não conseguia prestar atenção no que diziam. Estava nervosa, preocupada e curiosa, tudo de uma vez só.

Ouviu a porta se abrir e ficou de pé, esperando ver Lucas surgir do corredor. Mas, em vez disso, viu um rapaz mais velho. A pele branca macilenta, o cabelo sujo e uma camiseta amarela de Balneário Camboriú. Ficou ligeiramente constrangida ao ver que ele estava de cueca.

Abriu a boca para falar, mas Felipe se adiantou, se levantando.

— Cadê o Lucas?

O rapaz, que só poderia ser Gustavo, sorriu.

— Fugiu, como sempre foge.

Lorena revirou os olhos.

— Talvez ele tenha percebido que não precisa perder tempo com você.

— Tempo é realmente algo que ele tem pouco.

— Tu que és o médium dele? — Gustavo se voltou para Felipe.

Felipe fez que sim.

— Deixa eu te contar um segredo sobre o Luquinhas. Tu sabia que ele-

Gustavo não teve tempo de terminar a frase. Felipe revirou os olhos, deu dois passos rápidos e acertou o fantasma com a palma da mão aberta. Houve um estalido alto e Gustavo desapareceu em uma névoa branca.

Lorena pulou com o susto. Renata soltou um grito.

— Porra, Lipe! Tu não pode ficar esconjurando meus fantasmas!

Felipe sacudiu a mão como se ela estivesse doendo.

— Relaxa, Rê — disse ele. — Ele vai se refazer em algumas horas. Caralho, eu não fazia isso faz tempo, esqueci que doía tanto.

Renata respirou fundo e esfregou a testa.

— O que foi que aconteceu de tão grave pra te fazer esconjurar ele?

Felipe massageou o braço.

— Você não sabe? Era para ser uma parte importante da vida dele, tinha certeza de que te contaria alguma coisa.

— Ele nunca me falou nada sobre nenhum Lucas. Por isso me surpreendi quando você entrou em contato e quando ele aceitou depois que eu perguntei se queria vê-lo. Ele disse que era um colega da faculdade e só.

— Ele mentiu.

Lorena apoiou a mão no ombro de Felipe.

— Vou ver se ele tá no carro — disse ela.

— Já encontro vocês.

A garota desceu do prédio o mais rápido que podia. Foi até o carro, olhando em volta, sem encontrar Lucas. As ruas estavam vazias, eram calmas e arborizadas e Lorena perambulou por alguns minutos até decidir checar o mar. Atravessou a rua até a praia e cobriu a luz do sol com a mão para tentar enxergar melhor. Avistou o fantasma no balanço de um parquinho de frente para o oceano.

Foi até lá lentamente. Ele se balançava de leve, olhando para os próprios pés. O corpo sacudia como se chorasse, e ela decidiu deixá-lo sozinho. Sentou um banco próximo e ficou ali, vendo o mar arrebentar na areia, sentindo o sol esquentar sua pele fria. Não soube quanto tempo se passou, mas logo Felipe se sentou ao lado dela, suspirando.

Entrelaçaram os dedos e Lorena apoiou a cabeça no ombro dele.

— Gostei quando você explodiu o ex do Lucas — elogiou ela, e o corpo dele sacudiu com uma risadinha.

— Infelizmente ele vai se refazer — disse Felipe, resignado.

— Que pena.

Lorena não sabia o que pensar de Gustavo. Não sabia o que esperava, mas definitivamente não era aquilo. Lucas era tão gracioso. Delicado. E Gustavo... parecia o completo inverso.

Felipe avistou o balanço e se levantou. Lucas não parecia chorar mais, então andaram até ele e se sentaram cada um em um balanço.

— Tá tudo bem? — perguntou Lorena, tomando impulso.

Lucas começou a se balançar no mesmo ritmo que ela.

— Tô ótimo.

Felipe cruzou as pernas e bocejou, cansado.

— Assombrar balanço, multa de um salário do médium e detenção para o fantasma — disse ele.

Lucas parou imediatamente de se balançar e ergueu os olhos para o rosto de Felipe.

— É sério?

— É sério. Tava num dos folhetos que eu te dei.

— Eu não li.

Aquilo arrancou uma risada de Felipe.

— Um dia ainda vou me ferrar por ser tão legal.

— Qual a multa por interferir em jogo do copo?

— Por favor, me diga que você não fez isso de novo.

— Jamais. Foi só aquela vez no vizinho. Sabe? Quando eu te massacrei no Guitar Hero.

Felipe jogou as mãos para cima.

— Foi uma diferença minúscula de pontos!

— Além disso, a Nina me obrigou daquela vez, então não conta como uma infração.

— Claro. Vou falar isso pro Otto quando ele aparecer.

— Minha boca é um túmulo.

— Não só a boca. Será que a gente podia ir embora? Eu tô vivo e morrendo de dor no corpo, com sono, com fome, cansado e puto.

— Ele tava mesmo mentindo pra Renata? — perguntou Lorena.

Lucas franziu o cenho.

— Quê?

Felipe pegou impulso no balanço e pulou na terra.

— Pelo pouco que a gente entendeu, o Gustavo mentiu pra Renata e não foi pouco. Por isso ele tá aqui há tanto tempo, impossível ajudar quem não quer ser ajudado.

Felipe foi andando na frente, mal-humorado.

— Lucas, sabia que o Lipe explodiu o Gustavo?

— Quê?

Lorena narrou tudo o que tinha acontecido de maneira exagerada até chegarem no carro.

— Como foi a conversa? — perguntou Lorena.

Lucas ficou ao lado de Lorena no banco traseiro.

— Basicamente eu passei horas treinando o que ia falar. Aí, quando abri a boca, eu não disse nem metade do que queria e fui embora em seguida.

— Tudo bem — confortou Felipe, ligando o som e colocando *Envy* pra tocar em um volume alto. — Eu... qual foi a palavra que a Lori usou? Ah, explodi ele pra você.

— Obrigado. É a coisa mais romântica que já fizeram por mim.

O médium deu partida e saíram em silêncio, cansados. Pararam em uma pastelaria onde Felipe se esbaldou antes de voltarem para casa.

***

A mansão estava silenciosa. Nina e Tomás não estavam em lugar nenhum, e Ruby e Shion deveriam estar dormindo.

Felipe se arrastou até o armário, pegou uma almofada, cobertor, e voltou para o sofá, onde se cobriu e fechou os olhos, se encolhendo e dizendo:

— Não me acordem a não ser em caso de emergência. Ou se a Ruby pedir pizza. Do contrário, me ignorem e finjam que morri.

Lorena foi até lá e se sentou no tapete, fazendo um afago no cabelo de Felipe.

— Lipe.

— É uma emergência?

— É uma emergência emocional.

Ele murmurou e ajeitou a coberta, mas permaneceu de olhos fechados. Lucas se aproximou, se sentando ao lado dela, apoiando a cabeça no sofá.

— Que foi? — resmungou Felipe depois de alguns segundos.

— Como isso funciona?

— O quê?

— A gente. Digo... você tá vivo e tudo mais.

— Oh, não, que horror — retrucou ele, sem emoção na voz.

— É sério, Lipe.

O médium soltou um muxoxo. Ele parecia muito cansado e Lorena queria deixá-lo dormir, mas, desde a última noite, não conseguia tirar aquilo da cabeça.

— Você sabe como funciona — admitiu ele, por fim. — Prefiro viver não pensando no dia que vocês vão embora. Se eu ficar pensando nisso, só vou sofrer e não quero sofrer. Só quero ficar de boa e aproveitar. Falando nisso, continue a fazer o cafuné aqui ó.

Lorena sorriu e obedeceu. Lucas trocou a posição e acariciou o braço de Felipe.

— E se eu ficar presa na terra pra sempre? — perguntou ela.

— Você não vai ficar presa aqui pra sempre.

— Como você sabe?

Felipe deu de ombros.

— Sei lá, Lori, eu tô fazendo isso a minha vida toda. Eu meio que reconheço. Você é honesta consigo, com os outros. Você vai ficar bem. O Lucas, também.

Lucas parou o que estava fazendo e encarou a tv desligada.

— E você? Vai ficar bem? — perguntou o fantasma, baixinho.

— Isso é um problema pro Felipe do futuro. O Felipe do presente tá bem. E assim tá bom pra mim. Será que vocês podiam, sei lá, me deixar dormir?

Lorena beijou a bochecha dele e se levantou para pegar um controle do Nintendo 64.

— Quer jogar? — sugeriu para Lucas.

— Só se eu escolher o jogo.

— Tá bom.

Lucas colocou Perfect Dark no console e Lorena soltou um gemido comprido.

— Não tem graça, você fica camperando num canto me esperando passar.

— É só a gente ficar no mesmo time.

Jogaram por alguns minutos, com o volume da televisão no mínimo, sentados no chão na frente de Felipe. Assim que ele soltou um suspiro alto, Lucas pausou o jogo.

— Ele dormiu? — perguntou o fantasma.

Lorena se virou, olhando o rosto calmo de Felipe.

— Acho que sim.

Lucas cutucou o piercing, parecendo pensar no que ia falar.

— Você não acha que cometemos um erro?

— Por quê?

— Porque invariavelmente vamos machucar ele. Também vamos nos machucar. Eu e você.

— Credo, Lucas.

Ele deu play no jogo.

— Acho que só tô cansado.

— Vai descansar.

— Não quero.

— Por quê?

— Porque não quero perder tempo.

Lorena ficou com aquilo na cabeça. Lembrou das palavras de Gustavo, sobre Lucas estar sem tempo. Mas certamente não era nada. Afinal, iriam para o Mais-Além em algum momento. O tempo era realmente curto.

Lucas

Capítulo 38

Guitarras e piqueniques

— *Dia lindo*, Terno Rei

Quando Lucas tirou os fones de ouvido e abriu os olhos na manhã seguinte, Felipe estava na escrivaninha, de óculos, no computador.

Olhou para o lado. Lorena dormia. O corpo, inerte. Com uma pontada de dor, o fantasma se deu conta do quanto ela parecia morta. E aí lembrou que ela estava morta mesmo. Virou de lado, observando-a. Ficou contando cada manchinha de seu rosto.

O barulho do teclado parou e ouviu Felipe se espreguiçar. Levantou e o abraçou por trás.

— Oi — cumprimentou.

— Oi, você também. — Felipe segurou seus braços e jogou a cabeça para trás para ver o rosto de Lucas. — Como você tá?

O fantasma deu de ombros.

— Seu trabalho atrasou? — perguntou Lucas, apontando o computador com a cabeça.

Felipe alongou as mãos, mexendo o pescoço de um lado pro outro.

— Valeu a pena — disse ele. — Vou só escrever qualquer merda no relatório de vocês e depois a gente sai de casa.

— Qualquer merda?

— É, não é como se eu estivesse *trabalhando* no caso de vocês nos últimos dias. Não tô mais fazendo sessões contigo e a Lori, mas o Mundo Espiritual não precisa saber disso.

— Você já tomou café da manhã?

Felipe fez que não.

— Vou trazer um café pra você.

— Obrigado.

Lucas desceu. Ruby estava no sofá tocando a guitarra desconectada no colo. Ela estava com um pijama vermelho listrado e uma touca de cetim.

— Esse *riff* tá foda — falou Lucas.

— Cala a boca, tá uma bosta. E você nem tá ouvindo direito.

— Então conecta a guitarra e aí posso ouvir melhor.

— A ideia é ninguém ouvir, porque tá uma bosta.

— Achei que eu era o emo da casa.

— Vamos fazer assim, você para de me elogiar e aí depois, quando terminar o arranjo, eu te mostro.

— Fechou. Esse café é de agora? — perguntou Lucas, sentindo o peso da garrafa térmica.

Ruby virou a cabeça.

— É sim, eu passei não tem meia hora. Pega uma caneca de plástico.

— Eu não vou derrubar, Ruby.

— Sei.

Lucas encheu uma caneca de porcelana de café com açúcar e leite, do jeito que já vira Felipe preparar para si, e subiu com cuidado, sem perder a concentração, com medo de Ruby estar certa sobre fazer uma sujeirada. Felizmente, colocou a caneca sobre a mesa de Felipe sem derrubar.

O médium bebeu um gole do café e suspirou.

— Obrigado, Lu.

— Eu vou tocar com a Ruby um pouco e te deixar em paz.

— Por favor. E leve a Lorena com você quando ela acordar. Vocês não conseguem me deixar meia hora de roupa.

— Culpa sua por ser um gostoso.

— É muito difícil ser bonito.

Lucas pegou o menor amplificador que achou no estúdio e um cabo, voltando para a sala.

Ruby ergueu o olhar para ele e as sobrancelhas se uniram no centro da testa.

— O que foi que eu disse?

— Caralho, Ruby, sabe quantos caras com um décimo do seu talento eu conheci na faculdade e que ficavam se achando pelo campus?

— Quantos caras?

— Muitos. Todos.

Ela suspirou e conectou a guitarra, fazendo um gesto para que Lucas pusesse o amplificador na tomada.

— O que você não tá gostando?

— Não sei, alguma coisa não tá encaixando. Aproveita que tu tá de pé e pega o pedal pra mim.

Lucas obedeceu.

Ruby se ajeitou no sofá e pegou um caderno da mesa de centro.

— O Lipe escreveu essa música e tô tentando fazer o arranjo da guitarra, mas não tá ficando bom.

— Toca aí.

Ela tocou e Lucas acompanhou a letra de Felipe no caderno. Sentiu uma pontada de inveja pela música não ser dele. Era realmente muito boa.

Ruby terminou e começou a dedilhar.

— Pensei em fazer a intro assim. — Ela dedilhou e Lucas apenas ouviu com atenção. Só a interrompeu quando ela chegou no refrão.

— O problema não é o arranjo, a gente pode mudar a letra aqui — pegou uma caneta e fez uma anotação no papel — e vai encaixar certinho.

— Eu não queria mexer na letra do Lipe.

— A gente não vai tirar o sentido. É a mesma coisa com uma palavra mais curta.

Ela fez uma careta.

— Ele odeia que mexam nas letras.

— Pau no cu dele.

Ela riu.

— Bom, tenho você pra pôr a culpa, então foda-se. O que você sugere?

Passaram o resto da manhã trabalhando juntos. Na verdade, Ruby nem precisava da ajuda dele, só de um empurrão para sair do bloqueio criativo. Quando terminaram, chamaram Felipe. Lucas entrou no corpo dele e gravaram a música num gravador portátil que Ruby tirou de uma gaveta. Não foram xingados por alterar a letra.

***

Felipe só conseguiu terminar os relatórios depois do almoço. Lucas ficou na sala, jogando o Jogo da Vida com Lorena, Ruby e Nina enquanto ele terminava. A lobismina logo saiu de casa para o trabalho voluntário e Felipe se sentou com os outros, segurando o laptop.

Ele ficou olhando sites de pontos turísticos, pensativo.

— O que vocês querem fazer hoje?

Nina ergueu o olhar.

— Eu definitivamente não vou segurar vela pra vocês. — E sumiu dali.

— Eu tenho trabalho — respondeu Lorena. — Mas posso ligar pra Bergamota e trabalhar dois períodos amanhã ou depois.

— E tem algum lugar que você queira ir?

— Tanto faz — falou ela, com preguiça. — Ficar na cama o dia inteiro?

Felipe revirou os olhos.

— Lucas?

— Ficar *pelados* na cama o dia inteiro?

— Você nem pode tirar a roupa.

— Mas você pode.

— Vocês podiam tentar não ser pervertidos por umas duas horas? Eu escolho então, vamos ao Parque Municipal.

Lorena arqueou uma sobrancelha.

— Becê tem um... Parque Municipal?

— Tem, ué, é tipo um parque ecológico.

— Tem um labirinto lá — comentou Lucas. — De arvorezinhas.

— De sebes, Lucas.

— Tanto faz, é verde.

Felipe se levantou.

— Vou arranjar uns lanches. Lorena, tenho um desafio pra você, chama-se: colocar uma roupa em vez de tirar.

Ela mostrou a língua e sumiu escada acima.

***

Eram três horas da tarde quando Felipe estacionou na frente do Parque Municipal. O local era afastado do centro, depois da Quinta Avenida, perto do rio Camboriú. Ficava bem no final da rua e a entrada era formada por um arco de pedra com um caranguejo enorme no topo.

— Você realmente não sabia que isso aqui existia? — perguntou Lucas para Lorena.

Ela sacudiu a cabeça.

— Eu não fazia ideia.

Felipe passou a mochila pelos ombros, pegou Lorena pela mão e entraram no parque.

O sol afastava o frio e iluminava tudo de todo tipo de verde. Foram até uma placa com um mapa, escolheram uma trilha e saíram andando, sem pressa. O chão de barro estava seco e não havia mais ninguém à vista. Lorena saiu na frente e Lucas segurou a mão de Felipe. Pararam para observar a paisagem onde a mata se abria para o rio e o manguezal.

— Você traz todos seus namorados e namoradas aqui? — perguntou Lorena, agachada, desenhando algo na terra com um graveto.

Felipe deu uma risada curta.

— Até parece. A última vez que eu namorei foi... — ele fez uma pausa — ... a Carla. Quando ela tava fazendo intercâmbio humano.

— Intercâmbio humano? — perguntou Lucas.

— É... não se assuste quando eu falar isso, mas ela é um demônio.

Lorena se ergueu no mesmo instante.

— Você namorou um *demônio*?

Ele passou a mão no rosto e colocou o cabelo atrás da orelha.

— Infelizmente. Ela fez faculdade no mesmo campus que eu, faz parte da graduação deles passar uns anos na terra.

Lucas esperou uma família passar antes de voltar a falar.

— Um dia eu vou sentar você na minha frente e te fazer falar sobre cada criatura sobrenatural que existe pra eu parar de me surpreender.

— Lucas, você nunca vai deixar de se surpreender.

Olhou para o chão antes de continuarem a caminhada. Lorena havia desenhado um coração com as iniciais LFL no centro. Terminaram a trilha, foram ver o viveiro de plantas exóticas e chegaram ao labirinto. A sebe estava baixa e não parecia exatamente um labirinto, mas isso não impediu Lorena de correr lá para dentro e fingir que estava perdida.

Depois andaram até um lugar onde várias mesinhas de pedras já estavam ocupadas com casais e famílias. Felipe tirou duas toalhas de praia enormes da mochila e esticou na grama uma do lado da outra.

— Quer comer alguma coisa, Lô?

Lorena se ajoelhou ao lado dos dois, meneando a cabeça.

— Me dá uma carolina.

Lucas ficou ansioso com o tanto de gente ao redor e logo entrou no corpo de Felipe. Não só para não ser estranho quando falassem com ele, mas também porque queria comer as carolinas.

— É tão estranho quando vocês estão juntos — comentou Lorena, mastigando devagar e engolindo a comida com um gole de chocomilk. — Eu nunca sei com quem eu tô falando.

— Com os dois — responderam ao mesmo tempo, e sorriram.

— Quem disse isso?

— Nós dois.

Lorena segurou uma risada.

— A gente tá junto aqui dentro — disse Felipe. — Às vezes é um que tá falando, às vezes é o outro e às vezes somos nós dois.

Ela se inclinou na direção deles. O sol fazendo o cabelo azul reluzir feito a asa de uma borboleta.

— É por isso que beijar vocês dois é tão bom.

— Por que a gente fica mudando de ritmo igual um maluco?

— Porque eu consigo sentir os dois.

Ela chegou bem perto e os beijou. Lucas-Lipe sentiu o coração acelerar e afastou a boca dela.

— Lorena, eu disse que o desafio era ficar *de roupa*.

— Seu carro tá logo ali. E o vidro é escuro.

Os dois riram.

— Não tô a fim de ser preso por atentado ao pudor em um parque da prefeitura, Lori, mas eu sempre posso estacionar na garagem quando a gente for pra casa.

— Serve.

Ela começou a comer mais uma carolina de modo extremamente lento e Lucas ouviu alguma coisa.

— O que foi que você disse?

— Eu não disse nada — respondeu Lorena.

— Não, o Felipe.

— Eu não disse nada.

— Você pensou, então.

Ficaram calados. Lucas sentiu Felipe corar. E no segundo seguinte foi expulso.

Lorena olhou de um para o outro.

— O que aconteceu?

— O Felipe...

— Cala a boca, Lucas.

— Por quê?

— Porque eu tenho vergonha?

— Que besteira.

— É sério, Lu, tu acha que isso é fácil?

— Do que vocês tão falando? — Lorena os encarava com os lábios entreabertos.

— Fê. — Lucas segurou o rosto dele. — Eu posso sumir de uma hora pra outra e nunca mais voltar e uma gôndola baranga com um caranguejo enorme pode aparecer a qualquer instante pra levar a Lori pro Mais-Além.

Ele fechou os olhos e respirou fundo. E aí olhou para Lorena.

— Na minha cabeça, eu te chamei de namorada e ele ouviu.

Ela pestanejou. E aí abriu um sorriso malicioso.

— Tá me pedindo em namoro, Fê?

— Porra, Lori, eu sabia que você ia tirar com a minha cara.

— Fica de joelhos, vai!

— Que merda. Lu, ela fez isso contigo também?

— Sim.

— Puta que pariu, Lorena, eu não vou me ajoelhar no meio do parque na frente de todo mundo.

— Você recusaria o desejo de uma garota morta?

— Não é como se eu tivesse te pedindo pra casar comigo.

— O romantismo está morto!

— Peraí — disse Lucas. — Se ela é minha namorada e sua namorada também, então isso faz de você o meu namorado? Vai, ajoelha e me pede em namoro também.

— Que inferno, agora são dois. Eu só queria levar meus dois namorados pra um encontro e ser um boiola feliz por duas horas.

Lorena segurou a risada para beijá-lo. Lucas apoiou a cabeça no ombro de Felipe e ficaram ali no parque, em paz, por mais algumas horas.

Lorena

Capítulo 39
Em que Lorena faz um desfile

— *Não mudaria nada*, Sebastianismos feat. Badauí (CPM 22)

Lorena estava no quintal de Bergamota na sombra do pé de tangerina. Ela agarrou a tesoura de poda como se fosse uma arma, acuada, encarando o pequeno elemental. Era uma pessoa pequena, se uma pessoa pequena fosse feita de musgos. Minúscula, na verdade, com no máximo dez centímetros de altura. A baixa estatura, porém, não a deixava menos amedrontadora. Lorena morria de medo dela. E a criatura parecia adorar esse fato.

— Olha — disse Lorena, se abaixando. — Eu só preciso de três folhas. Foi a Bergamota que pediu.

Mesmo com os olhos miúdos que pareciam bolas de gude, ficou claro para Lorena que o elemental revirou os olhos.

Engoliu um suspiro de frustração. Aquele era o único elemental do jardim que lhe dava problemas. Na verdade, nem tinha visto vários deles no tempo que estava trabalhando ali. Mas o espírito do pé de tangerina estava sempre presente, a seguindo com os olhinhos e mostrando os dentes.

Ouviu o som dos passos arrastados de Bergamota, que estava vestindo pantufas de sapo naquele dia.

— Lorena, algum problema aí? São três folhas de tangerineira.

— Eu sei. — Lorena se virou para trás, com medo de tomar esporro da bruxa. — Ela não me deixa chegar perto.

Bergamota bufou e se aproximou com as mãos na cintura, olhando o elemental.

— O que foi que conversamos? — perguntou ela.

E a criatura respondeu. Com uma voz grave num dialeto cheio de cliques que Lorena não tinha chance alguma de entender.

— A Lorena tá aqui pra me ajudar. Tu sabe disso.

O elemental cruzou os braços e encarou Lorena, como quem dizia "ouse chegar perto de mim se tiver coragem".

— Bergamota, não é por nada não, eu tô morta, mas a mordida dele dói. Não vou chegar perto de novo.

— Sim, ele é terrível. Leva um tempo até se acostumar com gente nova. — A bruxa estendeu a mão e Lorena entregou a tesoura.

O elemental apenas observou enquanto Bergamota cortava três folhas e as enfiava nos bolsos do avental verde.

— Pronto. E para de morder a Lorena.

E a criatura sumiu sem dizer mais nada.

— Será que ele não gosta de gente morta?

— Ele não gosta de ninguém. Não leve muito a sério. Mais alguém tá causando problemas? A erva-doce é tudo menos doce.

— Ah, não, só a tangerina mesmo.

— Qualquer coisa, é só me falar. Eles toparam morar aqui pra me ajudar com as pessoas. Mas, né, no final das contas, é o corpo deles.

Lorena passou o resto do dia sentada em um banquinho do sótão separando ervas em potes, pesando e anotando tudo em uma planilha no computador. Enquanto trabalhava, foi até a janela e olhou na direção da casa de Felipe, que podia ver dali por entre as folhas de sua inimiga. Era bom trabalhar ali. Se sentia útil, saber que teria dinheiro diminuía a ansiedade e ver tudo que Bergamota fazia e era capaz de fazer era um entretenimento à parte. Mesmo assim, sentia que estava perdendo um tempo precioso. Que deveria passar menos tempo ali e mais tempo perto de quem gostava. Olhou para trás, para aquelas prateleiras abarrotadas de vidros misteriosos. Talvez ali, entre eles, houvesse uma magia para estender o tempo. Para esticar as horas e os minutos, ou enviá-la para um universo alternativo onde poderia viver para sempre com os dois namorados.

***

Sentou-se na frente da máquina de costura assim que chegou em casa. Passou o fio pela agulha, colocou a camisa na máquina e costurou, concentrada, deixando a memória muscular fazer o serviço enquanto a mente se perdia. Arrematou, tirou o pé do pedal e cortou os restos de linha com uma tesoura.

Ruby atravessou a porta do quarto e foi até a cama atrás dela.

— O que você tá fazendo?

— Peguei um pouco daquele linho branco e fiz uma camisa pro Lipe. Eu queria fazer uma coisa meio novos românticos que ele pudesse usar no dia a dia. Eu não manjo de alfaiataria, mas a camisa ficou legal, olha.

Lorena mostrou a camisa para Ruby.

— Ele vai amar! Vou ver se acho algum tecido estampado pra você fazer um lenço bem espalhafatoso pra ele usar junto.

Lorena riu.

— Olha esse aqui. — Lorena foi até uma caixa e tirou um vestido simples, vermelho com preto. — Fiz com as minhas medidas, mas deve servir em você, apesar da minha bunda ser muito maior. É de elastano.

Ruby arrancou o vestido da mão de Lorena e estendeu na frente do próprio corpo.

— Não ofenda minha bunda chamando ela de pequena, Lorena. — A garota alisou o tecido do vestido. — É um presente?

— Claro. Eu posso ajustar na cintura pra ti.

Ruby voltou a sentar e encarou Lorena, inclinando a cabeça.

— Que foi? — perguntou a zumbi.

— Você parece bem tranquila em relação a isso.

Ela deu de ombros.

— O que eu diria? Pra você jogar tudo que fiz no lixo? Não, eu gosto de pensar que pelo menos alguém no mundo vai usar algo que criei.

— Vou guardar seu caderno de desenho e, no dia em que eu for milionária por causa da banda, vou mandar fazer todas as roupas que você criou. Aqui... por que você não faz um desfile?

A zumbi soltou uma risada incrédula.

— Desfile, Ruby?

— Bom, fica aí a sugestão no ar. — Ela se levantou e bateu na própria coxa. — Eu vou pedir comida, quer alguma coisa?

— Obrigada. Depois eu desço com vocês.

* * *

Quando Felipe chegou em casa depois de uma sessão com Tomás, Lorena o arrastou até o quarto. Lucas estava lendo e ficou observando enquanto a zumbi obrigava o namorado a tirar as três camadas de roupa de frio para provar a camisa que havia feito.

— Lori, eu não vou colocar a camisa nova antes de tomar um banho. Eu tô vivo e produzo essa coisa mística chamada suor.

— Para com isso, você tá cheiroso. — Lorena o abraçou, fungando o pescoço dele, que tinha cheiro de Felipe, hidratante e óleo reparador de pontas.

O médium estremeceu. O corpo todo arrepiado.

— Coloca logo.

Ele obedeceu.

Ela se afastou alguns passos para ver melhor. A gola em V ligeiramente aberta deixava o peito dele à mostra através do cordão.

— Eu fiz a golinha e a manga três quartos assim pra você ficar com as tattoos de fora e ficar gostoso.

— E com frio.

— Fica quietinho. — A garota se aproximou, observando o caimento, fazendo uma anotação mental de como poderia melhorar quando fizesse a próxima.

Lorena pegou o espelho que ficava em um canto e mostrou para ele. Felipe ficou se observando por alguns segundos.

— Caralho, Lori, ficou muito bom.

Ela sorriu.

— Como é que você disse? Você fica lindo com qualquer coisa.

— Deixa disso, apenas aceite o elogio. — Ele se aproximou do espelho com os olhos brilhando. — Vou usar no próximo show. E guardar pra sempre.

— Por favor, não guarde pra sempre, seria nojento. O ciclo é claro: primeiro, doação; depois, pano de chão.

Ele se aproximou, tirou o espelho da mão dela e a envolveu pela cintura.

— E esse vestido? — ele falou, beijando-a no pescoço. — Você quem fez?

— Uhum.

— Gira pra mim.

Lorena girou.

— Agora desfila — pediu Lucas, finalmente tirando os olhos do livro que não parava de ler.

Ela olhou para ele.

— Como você sabe que falei sobre isso com a Ruby?

— Quê? Não sei de nada sobre a Ruby, Lori. Você não é estilista? Desfila aí com seu vestido.

— Você não manda em mim.

— Você me fez ajoelhar.

— Ele tem razão, Lori — concordou Felipe, rindo. — Vai, desfila pra gente. — Endossou Felipe.

Ela fez biquinho, se afastou e andou de um lado para o outro no quarto, fazendo uma pose exagerada.

— Pera um minutinho. — Felipe correu para fora do quarto e voltou com uma câmera analógica. — Pronto. Vai de novo.

— Nem fodendo.

— Vai logo, Lori!

Ela desfilou pelo quarto mais uma vez, rindo sempre que ele clicava uma foto.

— Agora desfila com aquela saia de tule roxo — pediu Lucas.

— Eu não fiz blusa pra usar com ela.

— Usa qualquer uma. Ou nada.

Lorena escolheu uma blusa preta básica na cômoda e pôs a saia. Girou em torno do próprio eixo, deixando a saia se abrir ao redor enquanto Felipe tirava mais fotos. Trocou para a outra peça e andou pelo quarto, abriu a porta para sair andando pelo estúdio fazendo poses exageradas com Felipe atrás fotografando.

— Uau! — Ruby, que estava sentada ali, bateu palmas. — É a

nossa modelo atropelada!

Lorena caiu na risada.

— Ruby, coloca aquele vermelhinho!

— Não posso, minha bunda é muito pequena! — zombou, mas foi para o quarto, pegou o vestido e desapareceu no banheiro.

Voltou pouco depois, tremendo de frio e ficando ao lado de Lorena para uma foto de Felipe. A lobismina ficou linda naquele vestido. Lorena a olhou de baixo para cima, reparando onde precisaria ajustar para caber na amiga com perfeição. Era como se aquela cor tivesse sido feita para ela. O vestido vermelho perfeito para uma garota viciada em vermelho.

Sentiu um calor invadir seu peito bem onde ficava o coração imóvel, e sorriu. Era por isso que gostava de moda. Por isso que sonhara tanto em fazer roupas. Ruby parecia confortável, feliz e representada. Um pedaço da personalidade dela ganhando vida por meio do tecido.

Elas se abraçaram, posaram e fizeram caretas enquanto Felipe fotografava.

— Agora, você, Fê! — gritou Lucas da porta, de onde observava, escorado.

— Sim! — exclamou Ruby.

— Que caos é esse aqui em cima? — perguntou Shion, vindo da escada, bocejando.

Lorena correu até o quarto, pegou uma das saias e entregou para Shion.

— Você veste a saia, o Lipe desfila com a camisa e eu tiro as fotos.

O vampiro segurou a saia com confusão pura estampada nos olhos escuros.

— É um desfile, cabeçudo — falou Ruby. — O desfile da Lorena Fashion Modas.

A zumbi não conseguiu segurar a risada.

— Por que uma saia? — perguntou Shion.

— É o que tem, você pode desfilar ou ficar aí ocupando espaço na nossa passarela imaginária.

— Tá bom.

Shion simplesmente tirou a calça. Ficou ali, de cueca boxer branca olhando para a saia, procurando o lado certo, antes de vesti-la. Abraçou Felipe e Lorena fotografou os dois de corpo inteiro.

— Agora desfilem, rebolando bastante!

Ruby ria enquanto Lorena clicava e os dois andavam pela sala fazendo caras e bocas.

Felipe andou até ela.

— Falta fotografar aquele outro vestido lá, o preto.

Lorena entregou a câmera para ele e foi se vestir. Voltou para a sala de maneira dramática, abrindo a porta como quem sai para um palco. Os amigos bateram palmas e gritaram. O flash da máquina a acertou de vários ângulos diferentes.

Lucas a segurou pela mão como se ela fosse uma dama.

— Esse vestido é o mais bonito — disse, antes de beijar sua mão. — Parece uma princesa saída diretamente do inferno.

— Ahhh! Que romântico!

— Você arrasou, Lori! — disse Ruby.

— Obrigada — respondeu, envergonhada, agradecida e orgulhosa, tudo ao mesmo tempo.

— Mas vou correr e tirar essa saia antes que eu congele.

Ruby voltou para o banheiro, e Shion apanhou a calça do chão e saiu andando com a saia, como se ela fosse dele.

— Gostei! — exclamou ele já desaparecendo pelas escadas. — Muito refrescante.

Felipe se aproximou. Ele tirou mais uma foto e colocou a câmera sobre uma caixa de som. A puxou para perto, inspirando fundo no pescoço dela.

— Você tá com o cheiro do meu shampoo.

— Deve ser porque eu uso seu shampoo.

Lorena passou os dedos pelo cabelo dele.

— Não é justo seu cabelo ser tão lindo e macio.

— Deve ser porque eu não passava descolorante a cada mês pra ficar trocando de cor.

Ela apenas riu e o beijou devagar. Um arrepio percorreu o corpo dela, o segurou pelos braços e sentiu os pelos dele se arrepiarem.

— Tá com frio? — disse ela, baixinho, contra os lábios dele.

— Tá uns dez graus lá fora. O que você acha?

— Tá bom, tá bom, entendi! Tira a camisa com cuidado, quero fazer um ajuste.

— Que mané ajuste, Lori, tá perfeita.

— Pode ficar melhor.

Voltaram para o quarto e o namorado tirou a camisa com cuidado. Lorena a dobrou e deixou sobre a mesa. No peito, algo diferente pulsava. Não o coração morto, mas uma euforia. Uma sensação boa na boca do estômago.

Virou para trás e observou os namorados conversando. Lucas apontava o livro e falava, empolgado.

Olhou para as paredes do quarto que já fora de tanta gente e que agora era seu lar. E que, em breve, seria o lar de outra pessoa. Assim como os moradores antigos, tinha deixado ali um pouco de si. Um desenho em um dos tijolos e sua assinatura.

Perdida em sensações e lembranças, uma ideia brincou em sua mente.

Descobrir o segredo de Lucas.

Felipe

Capítulo 40
Quando Felipe vai atrás de Lucas

— *Pra não ter que enxergar onde errei*, Bullet Bane

Os dias que se seguiram passaram em paz, sem nenhum grande acontecimento. As sessões com Lucas e Lorena logo foram substituídas por conversas de travesseiro e ele convenientemente omitia as circunstâncias e o local nos relatórios toda manhã.

Deixava as preocupações guardadas em um canto da mente, reservando os dias e as noites para aproveitar o tempo que tinha com as duas pessoas que era cada vez mais fácil chamar de namorados.

Dormiam no seu quarto na maioria das noites. Uma vez adormeceram na sala, outra, no quarto de Lucas e Lorena, na cama horrorosa que tinham improvisado usando as de solteiro. Já tinha reparado que, às vezes, Lucas sumia de madrugada, mas a frequência parecia ter aumentado. Não perguntava aonde ele ia, mas desconfiava que talvez o fantasma ficasse parado na frente da casa do irmão, imaginando todo tipo de confusão expressamente proibida no guia que o médium havia lhe dado para ler, aquele que o fantasma tinha ignorado.

Felipe estava no quarto, sentado à escrivaninha, rabiscando Lucas e Lorena em um caderno, pensando no que escrever no relatório de Tomás. Talvez devesse prestar mais atenção no garoto. Nina não era exatamente um bom exemplo de fantasma e os dois passavam o tempo todo juntos.

Saiu do quarto e os encontrou no chão do estúdio, jogando Banco Imobiliário.

— Merda! — Ouviu Lucas exclamar. — Não acredito que fui preso de novo. Lori, me dê seu cartão de habeas corpus.

— De jeito nenhum! Minha vez. — Ela rolou os dados e tirou dois cinco. — Vou comprar essa casinha.

— Eu ia comprar esse terreno! — reclamou Tomás.

Felipe olhou para o dinheiro do garoto. Ele estava ganhando. Decidiu esperar que Tomás saísse do jogo ou que a partida acabasse antes de falar com ele.

Shion, que estava largado no sofá, olhou para Felipe por um segundo enorme e desconfortável.

Voltou para o quarto e, assim que se sentou na cadeira, ouviu a porta se abrir e fechar. Shion se sentou na cama atrás dele.

— E aí — cumprimentou o vampiro.

Felipe suspirou e girou a cadeira para trás.

— Nada demais, só começando um relatório.

— Você sabe que não é isso que eu quis dizer.

— Shion...

— Felipe... — interrompeu Shion.

— Eu não tô a fim de conversar agora — Felipe o interrompeu também.

Sorrindo, o vampiro falou alguma coisa em japonês que Felipe não fazia ideia do que era.

— Ver anime não me faz entender você, e você só usa japonês quando é pra brigar comigo.

— O que você tá fazendo?

— Me deixa em paz, Shion.

— É sério. Eu não quero que você se machuque.

— Você não pode me proteger pra sempre.

— Eu posso tentar.

Felipe apertou as têmporas, cerrando os olhos com tanta força que surgiram pontos coloridos em sua visão. Sabia que aquela conversa iria acontecer cedo ou tarde. Porém, era muito mais fácil viver em negação. Viver um dia de cada vez sem se preocupar com o que o futuro lhe reservava.

— Eu to ligado que você já ficou com desmortos antes, mas... nunca os seus.

O médium girou a cadeira mais uma vez, pegou o lápis e começou a rabiscar o canto da folha.

— Você acha que não pensei sobre isso?

— Na verdade, eu sei que você pensou sobre isso. Em demasia.

Felipe largou o lápis na mesa e olhou para trás.

Havia sim pensado até demais naquilo. Passara dias e mais dias perdido em pensamentos sem conseguir tirar Lucas e Lorena da cabeça. Passou pelas fases de culpa, negação e medo antes e depois de criar coragem de bater na porta do quarto deles na noite após o show.

— Eu sempre fui mais amigo de todo mundo do que qualquer outra coisa — respondeu.

— É só que... — Shion se ajeitou na cama, ficando calado por alguns segundos, antes de continuar — ... qual é a sua prioridade?

— Minha prioridade não mudou. E tô sempre falando sobre isso com eles, sobre o Mais-Além, que ele deve ser o foco.

— Falar é fácil.

Felipe desviou o olhar, sabendo que Shion estava certo.

— E o que você quer que eu faça?

— Não quero que você faça nada. Só vim aqui expressar minha preocupação. Não só sobre você ser o médium deles, mas principalmente por estar vivo. Você tá entrando em um caminho que não tem mais volta — Shion falou. A voz, geralmente alta, disfarçada por aquela máscara humana que ele usava, estava grave e baixa. O tom, sério. — Ainda dá tempo de se afastar e se preservar.

— Shion... — começou Felipe, erguendo os olhos para o amigo.

— Eu *escolhi* isso. Sei que vou me machucar e escolhi me machucar desse jeito. Eu sei que tá tudo uma grande merda, mas tô aproveitando a merda o máximo que posso, eu *vou* transformar essa porra desse limão numa caralha de uma limonada.

— *Urusai*! Você poderia diminuir a quantidade de palavrão por frase?

— Não.

Shion suspirou, enrolou o cabelo e o prendeu em um coque no topo da cabeça em um nó.

— Eu sei que agora as coisas estão bem, mas...

— Não é a mesma coisa que a Victória faz contigo?

Shion estreitou os olhos com a menção de sua criadora.

— O que foi que ela disse mesmo? — continuou Felipe, sem se abalar com a cara de ódio do vampiro. — Que tu tava aqui só pra me ver morrer, pois pra você eu sou uma efemérida. Tu escolheu ficar aqui, não foi? Só vai demorar mais comigo. Do mesmo jeito que tu ainda tem algumas décadas comigo e a Ruby, eu tenho mais alguns meses com a Lorena e o Lucas e tô feliz assim. Por enquanto.

— Até não estar mais.

— Sim, no futuro, um dia. Eu sei que... você só tá preocupado comigo, Shion, mas faz tanto tempo que não me sinto assim. Cansei de ficar sozinho. Eu só quero aproveitar o tempo que tenho.

— Eu sei.

— E aí, quando acabar, você vai estar aqui, não vai? Pra eu chorar no seu colo.

— Até o fim dos seus dias.

***

Naquela noite, embrenhado nos lençóis com Lucas e Lorena, se acomodou entre os dois. Lucas estava em seu ombro direito e traçava com o dedo o *"Truly strange"* tatuado no peito. Felipe mexia no cabelo de Lorena, ouvindo-a falar, sem prestar muita atenção, sendo embalado até o sono pelo toque e pela voz.

Tinha tanta coisa que queria dizer. Juras de amor ao pé do ouvido, todo o clichê de conversas de travesseiro, mas o que podia falar? O que podia prometer? O futuro estava a centímetros de distância e só existia o passado. E só existia o agora. A conversa nunca seria sobre alguma viagem que fariam. Sobre uma escolha de carreira. Sobre casar ou ter filhos. Sobre o depois.

Felipe soltou um suspiro entrecortado, engolindo um lamento. Por que precisava ser tão emocionado? Shion tinha razão. Aquilo ia doer. Ia doer muito.

Contra sua vontade, o peito balançou de leve. Os olhos começaram a arder.

Lucas foi o primeiro a perceber. Ergueu a cabeça. Os olhos verdes acompanharam a trajetória que a lágrima fez até o travesseiro.

— Fê... — falou ele, as sobrancelhas grossas caídas.

Felipe sacudiu a cabeça, tentando enfiar aquela tristeza para o fundo de seu âmago. Não tinha tempo para lágrimas. Só queria ficar em paz e alegre com os dois.

Lorena se ergueu no cotovelo. Ela secou o rosto dele e deu um beijo na bochecha de leve. Felipe apoiou a testa contra a cabeça dela, fechando os olhos, sentindo o cheiro de melancia do cabelo azul.

Lembrou de Lucas no parque falando sobre a pouca imensidão do tempo. Olhou para o teto e murmurou duas palavras para a escuridão.

Duas vozes responderam.

***

Felipe acordou com frio apesar de alguém tê-lo coberto com o edredom. A porta de vidro da sacada estava aberta e a cortina balançava com o vento gelado que entrava no quarto.

Lorena dormia tranquila, sem se incomodar com o frio, mas ele cobriu a garota mesmo assim. Não fosse por isso, não teria visto Lucas na sacada, encolhido no chão, iluminado pela luz do poste.

Saiu da cama tremendo, colocou a primeira roupa que achou no chão e se enrolou em uma manta. Lá fora estava gélido. Esfregou as mãos, batendo os dentes, se encolhendo ao lado de Lucas.

— Lucas?

O fantasma esticou uma perna, levou a mão para o rosto e bateu a cabeça na parede, sem responder.

Felipe puxou a almofada da cadeira de balanço para se sentar e se acomodou ao lado de Lucas, se ajeitando dentro da manta.

— Fala comigo. O que foi?

Lucas começou a chacoalhar as pernas e Felipe esperou.

— O que você viu? — perguntou o fantasma. — Quando eu

tava aí dentro. Na praia, antes do show.

— Eu não vi nada. Você acessou algumas memórias minhas, mas eu tenho prática e prefiro não roubar lembranças. Do que você tem medo? Antes do show você disse que tinha um segredo. É sobre isso? Eu acabei esquecendo...

O balançar dos pés ficou mais forte e Lucas apoiou os cotovelos nos joelhos. A luz apagada piscou.

— Eu tô tão confuso e perdido — murmurou ele, rouco.

Felipe tentou tocar no namorado, mas Lucas não deixou e a mão do médium apenas atravessou o corpo dele. A lâmpada, que estivera apagada, emitiu uma luz fraca e contínua quando o fantasma começou a chorar.

Ele soluçava.

Felipe costumava saber o que falar em situações como aquela. Já tivera que consolar fantasmas uma quantidade inumerável de vezes. Daquela vez, porém, não soube o que dizer. Lucas não era um fantasma qualquer. Aquela situação não era normal. Não estava lidando com apenas mais um morto.

Lucas chorava. O corpo balançava, e nenhuma lágrima escorria de seus olhos. O médium respirou fundo. Por mais que fosse difícil, e independentemente do que sentia por Lucas e Lorena, a prioridade dele sempre seria ajudar os desmortos. Naquele momento não seria diferente.

Não conseguia pensar em nada grave suficiente para deixar Lucas tão abalado. Que tipo de segredo poderia ser tão ruim?

— Eu não sei o que fazer — continuou o fantasma, entre um soluço e outro. — E agora sinto que traí a confiança de vocês, que fui longe demais. Eu nunca deveria ter me aproximado. Ontem você... e eu... te fiz... eu te fiz chorar.

— Lucas... Não diga isso. Você não fez nada comigo, que merda. Precisa ficar se culpando por tudo?

O fantasma apertou os punhos e a luz ficou mais intensa. Na rua, a lâmpada do poste piscou.

— Por que isso foi acontecer justo agora? Por que fui achar vocês justamente agora que sou isso?

— Lucas...

A luz brilhou com mais força e Felipe olhou para a lâmpada, preocupado.

— Vamos lá para dentro. Vamos conversar.

Lucas apenas balançou a cabeça e soluçou.

— Me desculpe — disse Lucas.

— Desculpar pelo quê?

Mas não conseguiu nenhuma resposta. A lâmpada explodiu e Felipe protegeu os olhos dos estilhaços. Quando se voltou para Lucas, ele já não estava mais ali.

— Merda!

Levantou-se e olhou para dentro através do vidro. Lorena havia acordado com o barulho da lâmpada e olhava para ele.

Entrou no quarto e começou a trocar de roupa, com pressa.

— O que aconteceu? — perguntou ela.

— É o Lucas — respondeu Felipe, irritado por não achar um par de meias.

— Onde ele tá?

Felipe fez que não sabia com a cabeça, calçando os pés com meias trocadas.

— Ele sumiu de novo? Logo ele volta.

— Dessa vez foi diferente.

— O que aconteceu? — ela repetiu a pergunta.

Felipe suspirou e colocou um moletom. Voltou para o armário, vestindo gorro, cachecol e luvas.

— Não sei — disse finalmente. — Mas eu acho que sei onde ele tá.

Felipe inspirou o ar gelado.

— Fique aqui, caso ele volte — falou, e então a beijou na testa. — Eu já volto. Desculpa sair assim.

— Só traz ele de volta.

— Eu vou.

Desceu as escadas correndo e foi para a garagem. Saiu com o carro para ir mais rápido, estacionando em uma rua perto do mar. Andou até o ponto onde os dois sempre conversavam em suas sessões, e lá estava o fantasma. De pé, na beira do mar, olhando para o horizonte rosado do nascer do sol.

Se encolheu de frio e andou até o namorado, que não ficou surpreso de vê-lo ali.

— Lucas... por favor, não suma de novo.

Felipe esticou a mão para que Lucas a pegasse, mas o garoto não se moveu.

— Eu acho que estou pronto — revelou ele. — Pra te contar a verdade.

O médium ficou em silêncio, com medo de dizer a coisa errada e o fantasma desaparecer de novo.

— Eu não tenho o direito de te pedir nada — falou Lucas. — Mas, por favor... não me abandone depois de me ouvir. Não posso te pedir para não me odiar. Só não me abandone.

— Lucas, eu não vou abandonar você.

O fantasma assentiu.

Inspirou, e começou a falar.

Capítulo 41

Quando Shion leva Lorena em um passeio

— *Easterberg*, Pohgoh

Lorena se enfiou em uma camiseta qualquer e saiu do quarto. Lucas sumia de vez em quando, assim como os outros fantasmas. Mas, dessa vez, Felipe parecia preocupado. Apressado. Algo não estava certo. E a ansiedade dele a contaminou. Andava até o próprio quarto quando uma voz vinda do escuro quase a matou de susto.

— Lorena. Eu queria mesmo falar contigo — disse Shion.

Lorena acendeu a luz.

— Credo, Shion, assim você me mata pela segunda vez, que susto.

Ele se levantou do sofá, andando lentamente até ela.

— O que foi? — ela perguntou, apressada. Queria se vestir e ajudar a procurar Lucas. Não conseguiria ficar em casa esperando.

— Eu preciso te mostrar uma coisa.

— Então mostra, vai logo.

— Não está aqui.

— Então vai pegar.

— Eu preciso te levar lá.

Lorena soltou uma risada forçada.

— Sério? Outra hora, então.

Lorena girou nos calcanhares, mas Shion pôs a mão em seu ombro.

— É importante. O Felipe acredita que vocês mortos descobrem seus caminhos sozinhos. E deixá-los livres funciona bem. Tanto é que mandaram a Nina para ele. A fantasma que ninguém conseguiu ajudar em décadas.

— Já está quase amanhecendo.

— Você tem uma percepção incrível.

— Não é perigoso pra você?

— Ainda não.

Lorena revirou os olhos.

— Posso tomar um banho antes?

— Eu te imploro.

Lorena se apressou no banho, vestindo qualquer roupa para encontrar Shion no primeiro andar. Saíram andando juntos pela rua. O céu se tingia de lilás e rosa e o vento estava gelado. Ele carregava uma sombrinha fechada, estava de óculos de sol e um chapéu de praia de abas largas, além de um cachecol cobrindo parte do rosto. Estava ridículo.

— Onde diabos você tá me levando?

— Para um armazém abandonado para comer seu cérebro.

— Ha-ha-ha, muito engraçado.

Os dois andaram por mais um minuto até chegarem a um velho galpão entre dois prédios. As paredes estavam escuras de mofo e rachaduras cobriam parte do reboco. Uma mata densa crescia nos buracos da calçada e no estreito corredor que havia na lateral.

— Você tava falando sério mesmo sobre o armazém.

— Sim, mas não vou comer seu cérebro. Dá indigestão. Agora, eu te trouxe aqui porque gosto de você. E depois de viver tanto tempo, ver no que as pessoas se transformam começa a ficar cada vez mais difícil. Alguns podem achar que a gente se acostuma com a perda ou a decepção, mas é mentira. Sabe, um dia eu vou ter que enterrar o Felipe e os filhos dele, então talvez me preocupe um pouco em excesso com quem eu gosto.

Lorena sempre achou Shion uma figura interessante. Primeiro porque ele parecia uma pessoa completamente normal, com sentimentos completamente normais para alguém da sua idade aparente: trinta e poucos anos. Era só ignorar que ele bebia sangue e nem seria tão diferente assim de outros jovens. Apenas com calças mais coloridas que eles. Porém, era inegável que viver tempo demais podia fazer coisas com a cabeça de um sujeito.

O vampiro a ajudou a saltar a cerca para o meio do mato e pulou atrás dela. Depois, indicou o caminho até uma porta.

Entraram em uma sala minúscula que dava para uma escada de madeira. Os dois subiram e Lorena se viu em um enorme mezanino. Mas, lá embaixo, o átrio não estava abandonado.

Sua espinha congelou, arrepiando cada pelo do seu corpo. Ela agarrou o parapeito com força e sentiu a mão de Shion no ombro.

A coisa-lá-em-baixo se movia arrastando os pés e esbarrando no entulho. Da sua garganta fugia um som de engasgo rouco. Uma figura humanoide, nua, com a pele cinzenta e retraída sobre ossos protuberantes. As mãos haviam se transformado em garras e tinha presas tortas na boca. O pouco cabelo que restava emoldurava o rosto magro.

— O-o-que é aquilo? — Lorena apontou o dedo para a coisa, mas o recolheu de tanto que o braço tremia.

— Um ghoul.

O cubo de gelo que se formava no estômago de Lorena cresceu ainda mais. Então *aquilo* era um ghoul. A segunda opção dos zumbis: Mais-Além e aquilo. Virar *aquela coisa*.

— Esse ghoul está aqui faz uns seis meses. Como você pode imaginar, matar esse bicho é quase impossível, então coloquei aqui para que não matasse ninguém.

— Isso mata?

— Claro que mata. Passa a se alimentar de vida. E não é como se raciocinasse. Tudo que ele sente é fome. Você ainda tem a sua alma. Presa entre o céu e a terra, mas tem. Quanto mais próximo da *terra* você fica, mais se afasta da sua alma, até que a ligação se rompe. A alma se perde, mas a casca que fica... — ele estendeu os dois braços para o ghoul e sorriu cinicamente — ... tchanan! Eis aqui.

— E como uma pessoa se afasta da própria alma?

— Indo contra a própria natureza, talvez.

Lorena largou o parapeito e deslizou até o chão imundo. Ficou ali vendo a coisa se movimentar pateticamente de um lado para o outro entre as grades. Abria e fechava a boca, a olhando lá de baixo com os olhos injetados.

— Ele... tá me vendo?

— Ele te vê. Mas só vê carne. Ele te olha e vê um pratão de churrasco, sem maionese nem farofa. Não é capaz de raciocinar.

— Por que você tá me mostrando isso?

Shion deu um sorriso torto, como se pensasse no que dizer. Então respondeu:

— Porque você precisa saber. Saber de verdade, não só ouvir uma história do Lipe.

— E você acha *mesmo* que eu vou virar essa coisa? Por quê? Por eu ter me apegado ao Lucas e ao Felipe?

Ele se apoiou no parapeito e ficou olhando para baixo.

— Não acho que você vá virar isso. Eu não *quero* que você vire isso. Só quero que saiba que pode. Não tem problema nenhum amar alguém, mas não pode perder o foco. O foco deve ser sempre você. Não perca isso de vista. — Ele se agachou e apoiou as mãos nos ombros dela com seriedade. — Quando a merda bater no ventilador, é em *você* que precisa pensar. Consegue prometer isso pra mim? Que vai se priorizar?

Lorena engoliu em seco. Nunca tinha pensado naquilo. Estava vivendo um dia de cada vez e, sendo sincera consigo mesma, não sabia se era capaz de se colocar em primeiro lugar quando se tratava de Lucas e Felipe. Principalmente Felipe, que estava vivo e tinha tudo a perder.

— Eu... — Lorena encarou os olhos escuros de Shion por trás dos óculos de sol — ... não sei.

Ele assentiu.

— Imaginei. Você se acostumou com o lado bonito do mundo sobrenatural. Um mundo mágico onde tudo é possível, criaturas mágicas existem e bruxas fazem bolo de chocolate. — Ele voltou a olhar para o ghoul. — Mas também existe outro lado. Obscuro, doloroso e cruel, onde os monstros existem e as coisas podem dar errado em um instante.

Shion terminou a frase estalando os dedos.

— E como funciona para você? Também é um morto-vivo, certo? Tem risco de você virar uma coisa assim?

Shion balançou a cabeça em negativa

— Meu coração bate, só que bem devagar. Afinal, sangue precisa ser bombeado pros lugares certos na hora certa. Também estou no meio do caminho, mas são casos diferentes. Eu virar um monstro é opção, até posso, mas não quero.

"Era difícil no passado, mas com o passar das décadas fui aprendendo sobre mim. Conhecendo meus gatilhos, minha fome, minha raiva. O que me acalma, o que me centra, o que eu quero. Você... a natureza não sabe o que fazer com você. Zumbis são abominações da natureza. Ela odeia vocês. Não estão vivos nem mortos e a alma não está aqui nem ali. Ela vai tentar acabar com você e vai conseguir, se deixar. Eu tenho uma centelha de vida daquilo que foi humano um dia. Você é uma casca, só que com a alma pendurada no caminho. Dá pra entender?"

O ghoul parou de arrastar as pernas e encarou eles de volta. Parado ali com os olhos enormes, sem piscar ou se mover. Era assustador e ao mesmo tempo triste saber que aquela pessoa e aquela alma estavam perdidas para sempre.

— Shion... — Lorena começou a frase, mas fez uma pausa, criando coragem — ... você mata pessoas?

Shion a fitou com uma ruga de desprezo na testa.

— Não, não mato pessoas, Lorena. Isso seria o máximo da indiscrição nos dias de hoje e não quero me incomodar com caçadores. E, além disso, nós preguiçosos temos o sistema de entrega de sangue em ampolas. Não é grandes coisas, mas dá pro gasto.

Lorena forçou uma risada ao ouvir aquilo. Resolveu se focar em outra coisa que precisava ser morta.

— E agora, o que vai fazer com isso?

— Cortar a cabeça, desmembrar, queimar, e espalhar muito bem as cinzas. Mas teria que ir num lugar muito remoto. Essa coisa consegue gritar bem alto.

— Você pode esperar o ano novo e fazer isso durante a queima de fogos.

— E perder a festa? Nunca.

— E eu? O que eu faço?

Ele deu de ombros.

— Tira um tempo para pensar. Organizar sua cabeça. Por quem e pelo o quê você está *vivendo*? O que motiva seus dias? O que aconteceria se o Lucas fosse pro Mais-Além? Você ficaria feliz ou triste? A resposta pra essa pergunta talvez te ajude.

Lucas

Capítulo 42

E a visita dos fiscais

— *Don't Be Afraid, You're Already Dead*, Akron/Family

O álbum que estava tocando acabou pouco antes das nove da manhã, quase ao mesmo tempo em que Felipe entrou na garagem.

Lucas apoiou a cabeça no assento, criando coragem para sair do veículo. Não conseguia pensar em Lorena sem sentir nojo de si mesmo.

Felipe deixara claro que ajudaria em tudo o que fosse possível, mas, para isso, o primeiro passo seria contar a verdade para Lorena. Era o melhor a se fazer, antes que fosse tarde demais. Lucas passou horas preparando as palavras e pensando em como faria aquilo. Ainda assim, não fazia ideia de como entrar no assunto e tinha medo do resultado. Aquela história, porém, já havia ido longe demais.

Levantou-se e foi puxado de volta por Felipe, que o encarava com as sobrancelhas caídas de pena. Lucas desviou o olhar. Não queria ver aquele tipo de expressão na face dele. Pena, empatia, compaixão, que fosse.

Era ódio que esperou ver quando finalmente abriu a boca para contar sua história. Mas óbvio que essa não foi a reação de Felipe. Por algum motivo, aquela criatura parecia incapaz de odiá-lo. Ao olhar para Felipe, tudo que via o encarando de volta era a si mesmo. Uma versão um pouco menos machucada. Ou talvez, machucada, sim, mas uma versão que recebeu apoio quando precisou. O mesmo apoio que ele agora oferecia.

— Vai ficar tudo bem — falou o médium com sua voz macia de chocolate derretido. E era tão fácil acreditar nele.

— Você gosta mesmo dessa frase.

— É porque ela é muito boa. E eu sempre acerto.

Lucas se desvencilhou e flutuou até o quarto. Não esperava encontrar Lorena ali. Ela dormia encolhida debaixo do cobertor. Imóvel. Como um corpo engessado sob o Vesúvio.

Sentou-se na cama, sem fazer os lençóis se moverem. Ficou ali um tempo, só olhando para ela. Tentando decorar o formato do rosto, a localização das pintas, a curva dos lábios. Só apreciando a perfeição. E sonhando, imaginando, desejando que tudo fosse diferente.

Ergueu a mão para tirar o cabelo do rosto dela, mas a recolheu. Não queria acordá-la. Lorena merecia descansar antes de ouvi-lo. Antes de descobrir toda a verdade que ele guardava no peito.

Se tivesse pensado por um segundo sequer como as coisas aconteceriam... Se tivesse adivinhado que se apaixonaria... Então, talvez, tivesse tomado outra decisão naquela madrugada em que foi encontrá-la.

— Eu fui tão burro — murmurou baixinho. — Eu deveria ter imaginado, só de olhar pra ti. Assim que você abriu os olhos na gaveta e olhou pra mim, deveria ter imaginado. — Lucas balançou a cabeça e deu um sorriso triste, olhando a fresta de sol que entrava pela janela.

"Eu deveria saber que te amaria. Que me atrairia feito um ímã e seria impossível ficar longe de ti. Que eu nunca seria capaz de dizer a verdade com o medo de te perder. Assim que coloquei meus olhos em ti, eu deveria ter percebido que tu preencheria esse buraco dentro de mim e que talvez, só talvez, eu seria capaz de começar a me curar."

O fantasma encarou os próprios pés. Foi de não ter ninguém para ter tanta gente. Passou de uma alma solitária perdida no mundo, com pessoas que não o compreendiam, para alguém com amigos, com carinho, com amor. Infelizmente depois de tomar a decisão que mais se arrependia no mundo. Porque, se pensasse bem, o que restara de si? E o que restaria nos dias seguintes? E como seria capaz de fazer o que Felipe queria que ele fizesse, sabendo das consequências?

Não queria perder tudo que havia conquistado. Aquela era uma dor que seria incapaz de suportar.

Pensou em se deitar. Colocar os fones e desligar a mente, esquecer de tudo por algumas horas, mas quando a campainha começou a tocar, mudou de ideia. Sabia que Felipe e Shion deveriam estar desmaiados de cansaço e resolveu descobrir a origem daquela barulheira.

Os fantasmas estavam na sala, agindo de maneira nervosa. Nina impediu Lucas de abrir a porta. A campainha continuou.

— Qual o problema? — perguntou Lucas.

Nina se adiantou.

— É o Otto e o brutamontes que anda com ele, o Aldemir.

— Claro, isso explica tudo — replicou Lucas, indo em frente para enfiar a cabeça pela porta e espiar.

— Ei, não faça isso! — gritou Tomás.

A campainha continuou a tocar. Do lado de fora, duas vozes conversavam e chamavam.

— O que eles estão fazendo aqui? — perguntou Tomás em um sussurro.

— O que você acha? — indagou Nina. — O Lipe tá na jurisdição do Otto.

— Jurisdição? — perguntou Lucas.

Nina estalou a língua com impaciência.

— Você sabe, burocracia do pós-morte. Cada médium da cidade tá nos registros e tem um fiscal para cada região da cidade. Ou você esqueceu que o Mundo Espiritual tem todo tipo de organização?

Os fantasmas olharam para cima ao ouvir uma porta bater e logo Felipe estava descendo as escadas, esfregando o rosto.

— Por que diabos vocês não atenderam ou mandaram embora? Deve ser só aquele vendedor de folheto apocalíptico de novo.

Nina e Tomás balançaram a cabeça nervosamente e falaram em uníssono:

— É o Otto!

O mau humor estampado na cara de Felipe se acentuou ainda mais e ele abriu a porta e o portão, irritado.

Os dois fiscais entraram na casa. Um deles era muito baixo, usava terno e um chapéu panamá. O outro era um homem muito grande, todo vestido de branco. Felipe suspirou cansado.

— O que você quer, Otto?

O homem mais baixo se empertigou e foi até o centro da sala.

— Recebemos uma reclamação de poltergeist na região.

— E você vem justamente acusar meus fantasmas? Tem fantasma pra caralho por aqui, Otto. E muitos nem são documentados.

— Você coleciona relatos, Felipe, olha pra essa casa. *Parece* mal-assombrada.

— É porque ela *é*! — Felipe esfregou o rosto mais uma vez, exausto. — Já é a quarta ou quinta vez que tu vem aqui acusar meus fantasmas antes de investigar a região.

Otto deu um sorriso que não alcançou seus olhos. Não parecia nem um pouco convencido.

— Que coincidência pensar que o fenômeno foi identificado bem ao lado da sua casa.

— Tem dois adolescentes morando ali. Eles devem ter feito alguma coisa pra atrair os mortos da região, só isso.

— Só isso, Felipe Monteiro? Só isso?

— É. Só isso.

Lucas olhou com atenção para todos os rostos da sala. Nina e Tomás pareciam inocentes. Felipe tinha cara de paisagem. Se esforçou para não transparecer nada, já que, ao que tudo indicava, os fiscais não tinham como provar quem havia causado o fenômeno na casa vizinha.

Felipe ajeitou o cabelo e voltou a falar.

— Você já olhou os relatórios dos meus mortos no dia do fenômeno?

— O que garante que você escreveu a verdade?

Felipe deu de ombros.

— Se não tem como provar, então pra que vir aqui? Que diferença faz se meus fantasmas são culpados ou não? A Bergamota bem que disse que vocês vivem enchendo o saco a troco de nada.

— A Bergamota está prestes a ter a licença de bruxa cassada. Sabia disso? Ela e aqueles experimentos absurdos que ela faz! Magia proibida! E é o que faremos com você se não se adaptar. Já chega de reclamações.

— Otto, então prova pra mim que meus fantasmas fizeram alguma coisa? Olha só, uma delas tá presa na terra. O outro é emo. E esse aqui tá triste pelo namorado. Eles estão sempre aqui. Sempre colaboram. Passam o dia jogando, lendo e reclamando nos meus ouvidos.

Os fiscais trocaram um olhar por quase um minuto inteiro, até Otto sorrir.

— Espero mesmo.

Felipe ficou olhando enquanto Otto e seu ajudante enorme saíam da casa.

— Da próxima vez nem venha aqui sem provas! — gritou Felipe, antes de eles sumirem pela parede. — Que merda, Nina — xingou o médium, colocando o cabelo atrás da orelha.

— Da próxima vez, eu faço em outro bairro.

— Bom mesmo.

Felipe se voltou para Lucas.

— Você vem?

Foram juntos para o andar de cima e se enfiaram na cama improvisada onde Lorena já dormia.

Era feriado naquela segunda-feira. À tarde, Nina e Tomás saíram para visitar Edu no hospital, enquanto Lucas e Lorena se largaram no sofá da sala para jogar videogame. Ela estava tão sonolenta que seu personagem morria o tempo todo, deixando o jogo particularmente chato. Lucas sentia que a zumbi sabia que tinha algo errado. Podia ver nos olhos dela, nas ações e no silêncio. Ela não fez perguntas, então ficou calado, aproveitando as longas horas de quietude para ensaiar o que diria a ela.

Felipe só saiu da cama às três da tarde e se juntou a eles com um litro de leite em uma mão e a caixa de cereal de chocolate na outra. Sentou-se no chão entre as pernas de Lorena, comendo, emburrado, assistindo a televisão em silêncio.

Shion veio mais tarde, quando estavam na mesa da cozinha jogando Detetive, e foi ele quem descobriu que Coronel Mostarda havia usado o castiçal na sala de estar. Isso tudo enquanto bebia sangue de um pequeno frasco de vidro.

Foi um dia bom, apesar de todos estarem um pouco estranhos, um pouco tímidos e um pouco temerosos. Lucas se sentia menos ansioso agora que dividira seu segredo com alguém, e aguardava a hora certa para falar com Lorena.

Foi quando todos ouviram o grito de Tomás vindo da rua e foram até lá.

Capítulo 43
Quando Lorena deseja um caminhão de sorvete

— *Happiness*, Elliott Smith

Tomás chorava na calçada e Nina conversava com ele, mas Lorena não conseguia entender uma palavra do que ele dizia. O fantasma estava sentado, esfregando o rosto, como se tentasse secar lágrimas por reflexo. Demorou um pouco até a zumbi se dar conta de que era um choro feliz.

Pensou em virar as costas e voltar para dentro de casa. Ainda que estivesse curiosa, não era da sua conta por que Tomás chorava. Se ele quisesse, poderia falar ele mesmo. Mas assim que se virou, Nina chegou perto de onde estavam e falou com Felipe:

— O namorado dele recebeu alta hoje.

Ela deu mais um passo na direção do portão para voltar para dentro de casa, mas Shion a segurou de leve pelo braço. Ergueu a cabeça, encontrando os olhos dele, que fez um movimento com a cabeça como quem diz "observe", então ficou ali, do lado dos amigos.

Felipe foi se sentar com Tomás na calçada, debaixo da luz do poste. Todos os outros ficaram no portão, afastados, assistindo a cena sem piscar uma única vez.

Havia uma energia de expectativa no ar que Lorena não conseguia entender. Deu a mão para Lucas e os dois trocaram um olhar rápido.

Estavam mortos, mas não sabiam lidar com a morte tão bem

quanto Felipe. Não conseguia ouvir o que ele dizia a Tomás, mas parecia funcionar. Sem entender o motivo, Lorena sentiu vontade de chorar também. Apertou a mão de Lucas com força.

Tomás e Felipe conversaram por vários minutos antes de se levantarem. Os dois se abraçaram e o fantasma olhou para o resto do grupo com um sorriso tímido.

Então Nina tampou a boca, segurando um grito.

Todos olharam para ela confusos, até que viram a fantasma apontar para longe, na direção da rua. Ao mesmo tempo, todos ouviram uma música alegre e uma luz colorida.

Lá de longe vinha um caminhão de sorvete rosa, com uma casquinha gigante no topo e uma típica música circense. O veículo foi se aproximando devagar e logo o choro silencioso de Tomás foi substituído por um grito animado e uma risada. Nina observava boquiaberta, e logo quem começou a chorar foi ela. O caminhão de sorvete parou em frente à casa de Felipe.

Lorena abriu a boca, incapaz de acreditar no que via. O veículo vibrava, reluzia, e emitia uma aura de paz e sossego.

Então aquela era a carona de Tomás para o Mais-Além?

Da porta do motorista surgiu um homem alto, vestindo roupas justas e uma cartola azul. Ele fez uma pequena reverência a Tomás e apontou o veículo.

O garoto ficou paralisado por um longo momento, como se não se desse conta de que ali estava o que tinha esperado toda sua morte. O objetivo final. Aquilo que todos lutavam para conseguir. Ele deu alguns passos lentos e passou a mão pelo veículo, dando uma pequena risada.

— Então é isso? — perguntou Tomás. — Isso realmente tá acontecendo?

O motorista fez que sim e sorriu.

— Não vá tocar harpa demais, Tommy. — Felipe se aproximou e o abraçou.

— Harpas são chatas, espero que tenha algo interessante no Mais-Além. Olha só para esse carro de sorvete!

O garoto olhou para Felipe com um brilho gigantesco nos olhos, segurando o médium pelo rosto.

— Obrigado.

— Não precisa me agradecer. Eu não fiz nada, só te emprestei um quarto por um tempo.

Tomás revirou os olhos sorrindo, deu mais um abraço no médium e se aproximou do grupo.

— Você finalmente vai descobrir o maior mistério de todos: o que tem do outro lado. — Shion estendeu a mão para que Tomás a apertasse, mas o garoto a afastou com um tapa e o abraçou também. E depois abraçou a todos, inclusive Lucas, que retribuiu, mesmo sem jeito.

— Obrigado a todos vocês — disse ele com a voz falhando de excitação. — Nunca vou esquecer o que fizeram por mim.

Todos os olhos estavam fixos em Tomás e no caminhão de sorvete, mas Lorena focou sua atenção em Nina. Ela irradiava felicidade. Chorava, mas de alegria pelo amigo. Pensou na pergunta que Shion havia feito a ela e sabia a resposta. Sabia que ficaria triste se Lucas partisse.

Aquele pensamento pareceu partir seu coração em dois. Não conseguia se imaginar sem ele. O Mais-Além pareceu ainda mais distante para ela, como um sonho que se apaga da memória. Queria mesmo ir para lá? Onde estava não era tão melhor? O que tinha do outro lado?

Nina correu até Tomás para abraça-lo mais uma vez, fazendo a lâmpada do poste mais próximo explodir.

— O que eu vou fazer sem você?

— Vai continuar sendo uma menina maravilhosa e vai conseguir sua carona antes que se dê conta disso.

Lorena passou o braço em volta de si mesma, observando a cena, numa tentativa inútil de se acalmar. Os pensamentos estavam a milhão.

— Tchau, pessoal — disse Tomás por fim, entrando no lugar do carona e fechando a porta. — Vou sentir saudades!

Quando o carro começou a se afastar, Lorena não conseguiu mais segurar as lágrimas. Até os olhos de Felipe estavam molhados.

Tomás acenou pela janela e mandou um beijo, soprando a mão.

Então o caminhão simplesmente desapareceu. O grupo ficou ali em silêncio, olhando para o ponto onde o garoto sumiu. A única coisa que se ouviam eram os soluços de Nina. Passou um longo tempo antes que Felipe voltasse para dentro de casa, em completo silêncio.

Shion e a fantasma foram logo atrás, deixando Lucas sozinho com Lorena. A zumbi ficou ali mais um tempo, olhando para a rua, pensando em qual seria a lógica da carona. Tomás havia permanecido na terra para acompanhar o namorado até ter certeza de que o jovem ficaria bem. Toda a família de Nina já havia morrido e ela continuava por ali. Qual seria então o objetivo *dela*?

— Sabe... — ela começou a dizer, chamando atenção de Lucas, que parecia perdido nos próprios devaneios — ... se um carro desses parasse na minha frente agorinha mesmo, eu não sei se seria capaz de entrar.

— Acho que é por isso que nenhum veio te buscar ainda — respondeu ele.

— Achei que essa coisa de morrer seria muito mais simples, mas tenho a impressão de que só está começando. E eu, sabe? Não faço ideia de por que estou aqui. Morri de uma forma estúpida, num acidente ridículo. E? Por que tenho que ficar aqui? Mas, ao mesmo tempo, eu quero ficar aqui. Nessa casa. Com vocês.

Lucas a fitou com um crispar de lábios.

— Talvez eu possa te ajudar com isso — sugeriu ele.

Mas Lorena balançou a cabeça.

— Vou lá pra cima — disse ela. E foi para dentro da casa, deixando Lucas sozinho. Sentiu que ele tinha algo a falar, mas não queria ouvir.

Não naquele dia.

Lucas

Capítulo 44

Em que Lucas apenas obedece

— *Laser*, Hateen

Lucas ficou lá, observando Lorena se afastar e, consequentemente, perdendo toda a coragem que conseguira reunir poucos segundos antes.

Queria segui-la escada acima e abraçá-la, mas, em vez disso, entrou na casa e se sentou no tapete da sala. Felipe estava esparramado em um dos pufes, com o olhar perdido.

— Já falou pra ela? — perguntou ele.

O garoto apenas negou com a cabeça. Felipe suspirou e não disse mais nada. Apenas segurou a mão de Lucas, entrelaçando os dedos deles. O fantasma apoiou a cabeça no pufe e ficou ali, fingindo que acompanhava o que acontecia na televisão enquanto Felipe passava a mão nos seus cabelos, distraído com o seriado que via.

— No que você tá pensando? — perguntou Felipe, baixinho.

— No que dizer. Como dizer. No quanto ela vai me odiar.

— Quer que eu vá junto?

— Não. Eu... preciso fazer isso sozinho. Acho que vou agora.

— Boa sorte.

Lucas ia se levantar, mas Felipe o puxou pelo braço e o beijou.

— Lembra do meu mantra? — disse ele.

— Vai ficar tudo bem?

— Vai ficar tudo bem.

O fantasma subiu as escadas e encontrou Lorena no sofá, desenhando. Observou o caderno. Era um esboço de uma pessoa muito parecida com Felipe e ela recém havia começado a roupa.

— Lori, será que a gente pode conversar?

Ela fez um bico e suspirou.

— Parece ser algo sério.

— É.

— Dá pra deixar pra depois? Eu só quero me enfiar debaixo das cobertas. Minha cabeça está cheia e não duvido que sejam minhocas.

Ele a olhou por um longo segundo. *Não, não podemos deixar para depois.*

— Okay — respondeu, e assim sua coragem foi toda varrida porta afora, mais uma vez.

***

Lucas ficou na cama ouvindo música até Lorena voltar do banho com o cabelo molhado, trazendo o cheiro de melancia até ele. Olhou para as coxas dela, já que não usava nada além de uma camiseta da banda.

Ela se deitou, procurando se aninhar a ele.

— Você tá ocupando a cama toda — reclamou ela.

Ele tirou os fones e guardou o aparelho, se esticando na cama para alcançar a cômoda.

— Eu sou mais alto. É justo.

Lucas se moveu, tentando se ajeitar. A envolveu com o braço, inspirando o cheiro doce que vinha dela.

— Você tá bem? — perguntou ele.

Os ombros dela subiram e desceram.

— Sei lá. Só meio pensativa. Tô tentando absorver tudo que aconteceu — ela falou, em um tom de voz baixo, lembrando do ghoul; — Ver o Tomás partir... É agridoce, né? Aí fico pensando no Lipe, sempre se despedindo das pessoas e lembro do que você falou. Sobre a gente machucar ele.

Lucas a beijou no ombro.

— Eu tô sempre falando besteira, Lori. E o Felipe escolheu ficar com a gente, ele sabe onde se meteu.

Lorena se virou e passou a mão pelo braço de Lucas de maneira sugestiva.

— Achei que você só queria se enfiar embaixo da coberta.

Lorena riu.

— Sabe, você é bem macio pra uma coisa feita de ectoplasma. É tão estranho poder te tocar. Acho que nunca me acostumo com a sensação.

— Isso é porque você não está encostando em mim de verdade. É só uma força psíquica causada por mim e que seu corpo interpreta como tato.

— Precisava estragar o clima servindo de enciclopédia?

— Não pude me conter.

— Mas e o que você sente se não tem um corpo? — Lorena deu um beijo suave nos lábios dele. — O que você sente quando toca em mim?

Lucas pensou por um instante, então a beijou de leve, prestando atenção.

— Sei lá. É como se fosse água também, mas é sólido, compacto, difícil de descrever. É engraçado, pois eu sinto coisas tipo...

— Tipo o quê?

— Tipo calor e... bem-estar. Sei lá como explicar.

— Bem-estar? Você quer dizer, carinho? Tipo assim?

Ela apoiou a mão macia no rosto dele e acariciou a bochecha com o dedo. Lucas fechou o olho, prestando atenção na sensação. Era realmente difícil pôr em palavras.

Abriu os olhos.

Ela estava tão perto que conseguia ver as manchas mais claras e mais escuras naqueles olhos castanhos e o sorriso pequeno na boca carnuda.

— Sabia que eu nunca tinha beijado ninguém com piercing na boca?

— E eu nunca tinha beijado duas pessoas ao mesmo tempo.

Ela riu.

Lucas segurou a mão dela no lugar. Não queria avançar nem um passo com ela antes de falar o que tinha para falar, mas não era fácil suportar a vontade.

— Por que você tá me evitando? — perguntou ele, enfim.

— Não tô te evitando. Eu tô aqui, não tô?

— Você sabe o que quero dizer.

Ela deu de ombros, se aproximando mais ainda.

— Eu não sei o que você vai falar e prefiro não estragar o que rola entre nós. Você diz que precisa conversar e a sensação que tenho é que vai terminar comigo.

— Eu não vou terminar contigo.

— Mesmo assim, tenho medo do que você pode me dizer, e como até agora você não me garantiu que seria nada demais, então é algo muito importante. Talvez algo grave. Sei lá... só me beija. Eu não quero pensar. Já pensei demais. Agora eu só prefiro esquecer.

Lucas obedeceu.

Capítulo 45

E o paraíso antes da morte virar o inferno

— *Sylvia Plath*, Ryan Adams

Lorena empurrou a conversa com Shion para um canto da mente. Afinal, não viraria ghoul da noite para o dia. Não queria pensar naquilo. Não naquele momento. Não naquela noite.

Virou de lado na cama e ficou olhando o perfil de Lucas na escuridão. Podia ouvir o murmurar do mantra vindo dos fones de ouvido que ele usava. O que ele tinha para dizer? O que se escondia por trás de todo aquele ar de mistério? Ela queria mesmo saber? Importaria de verdade?

A garota havia beijado poucas pessoas em sua curta vida. O primeiro por pura pressão das amigas, por ainda ser "boca virgem", termo que ela odiava do fundo do coração. O segundo por pura idiotice. A sociedade manda fazer, então, por que não? Na terceira vez, beijou uma amiga em uma festa... e foi quando tudo deu errado.

Porém, com Lucas foi diferente. E com Felipe, também. Lorena nunca tinha se sentido tão perto de alguém como se sentia deles e essa informação causava um misto de alegria com tristeza nela.

Na manhã seguinte, Lucas falou mais uma vez sobre querer conversar e, mais uma vez, Lorena se esquivou, o beijando. Os narizes se tocavam e a mão dele passeava pela nuca dela, fazendo-a se arrepiar inteira. Entrelaçaram as pernas e ela se aproximou ainda mais.

O beijou devagar, com calma, reconhecendo o calor familiar

que descia para o ventre. Ela o puxou com força, sentindo as mãos dele deslizarem para debaixo da camiseta. Quase podia experimentar a textura da língua de Lucas em meio a toda aquela sensação estranha de estar submersa. O frio que vinha dele parecia sumir a cada toque. Até que desapareceu por completo.

Lorena levou um susto, abriu os olhos e se afastou, olhando para a cama, onde Lucas deveria estar. Ele tinha sumido. De novo.

— Merda!

Saiu do quarto, irritada, e foi olhar pela casa, só para ter certeza de que ele não havia se teleportado para perto.

Encontrou Nina na sala, lendo um livro.

— Você viu o Lucas?

Ela fez que não.

— Ele sumiu de novo.

— Fantasmas somem.

— Sei lá. Foi estranho dessa vez. A gente tava de boa e ele pufff.

A fantasma fechou o livro e olhou para cima, interessada.

— Como assim?

— A gente tava se beijando e ele desapareceu. Ninguém some assim enquanto beija. Nem o fodido do Lucas.

— Você sempre pode trocar de quarto e ir pro do Felipe.

— Vai à merda, Nina.

Virou as costas para procurar em outro lugar, mas Nina derrubou o livro com um baque e flutuou até Lorena com a cabeça inclinada.

— Me conta exatamente como foi. As luzes piscaram?

— Quê? Não. Ele não tava chateado nem nada. Tava tudo bem.

— É o que *você* acha.

— O que você quer dizer com isso?

— Ele só sumiu, né? Do nada?

— Sim.

— Então eu acho que você deveria ir até o hospital Santa Bárbara, especificamente no segundo andar.

Lorena balançou a cabeça, confusa.

— Fazer o que no hospital, Nina?

Ela remexeu os dedos.

— Eu ia muito lá com o Tomás. Talvez você devesse ir também.

Pode ser esclarecedor.

— Hã?

A fantasma não disse mais nada, apenas apanhou o livro do chão e voltou para sua leitura, deixando Lorena ali, parada tentando decifrar a expressão no rosto dela.

Quando conheceu Lucas, ele insistiu muito para que fossem ao hospital encontrar a tal Flávia. Talvez fosse sobre aquilo que Nina estava falando. E o hospital em questão não ficava longe dali.

Se vestiu e saiu de casa. Tinha pensado em ir a pé, mas assim que chegou na avenida teve uma ideia. Parou um ônibus que ia naquela direção e apresentou sua carteirinha do Mundo Sobrenatural. O cobrador a deixou passar. Ficou intrigada, mas calada.

Desceu no ponto em frente ao hospital. Entrou na recepção e foi até o guichê, onde uma mulher pequena aguardava.

A sala de espera estava cheia e movimentada. A televisão, ligada em algum programa educativo, no mudo. Sem saber o que falar, Lorena tirou mais uma vez a carteirinha e mostrou para a recepcionista.

A mulher deu uma olhada rápida, tirou um crachá de uma gaveta e entregou a ela, sem dizer nada.

Talvez o objeto fizesse as pessoas verem o que queriam. Ou talvez, quem sabe, havia muita gente no mundo que sabia da existência do Mundo Sobrenatural.

Lorena prendeu o crachá na camiseta e olhou em volta, sem saber onde ir. A recepcionista, reparando na confusão da garota, disse:

— A Flávia está no segundo andar, a escada é no final do corredor, à sua direita.

Lorena arqueou uma sobrancelha para ela.

— Como você sabe quem estou procurando?

Ela deu uma risadinha fina:

— Eu trabalho para outro chefe — respondeu ela, apontando o indicador para o teto.

— Deus?

A mulher riu.

— Não, o senhor Antunes, que fica no último andar. Ele cuida dos assuntos do Mundo Espiritual aqui do hospital.

Agradeceu e foi em direção às escadas seguindo as instruções da mulher.

Odiava aquele cheiro de remédio de hospital, e odiava mais ainda os murmúrios que vinham de algumas das portas. Chegou ao segundo andar e foi olhando para dentro dos quartos discretamente, sem saber direito o que procurava. Estava ali por Flávia? Ou seria outra coisa?

Já ia virar no próximo corredor quando um gato preto cruzou seu caminho. Ela estacou onde estava, analisando o rabo levantado do bicho.

— O que tu tá fazendo aqui? — ela falou em voz baixa, olhando em volta, procurando algum dono ou qualquer coisa que explicasse a situação.

O animal virou para trás e cravou os olhos em Lorena. Ficaram ali parados, se encarando por um tempo. E o gato não fugiu.

A garota se abaixou, observando atentamente o gato. Aquilo não era normal, o gato a olhava como se tivesse consciência de onde estava e quem era. Então ele balançou o rabo e entrou em um dos quartos que estava com a porta entreaberta.

Lorena olhou em volta, e, não tendo ninguém por ali, resolveu seguir o bicho. Entrou no quarto em silêncio, procurando. O ambiente era separado em vários biombos e todos os pacientes pareciam dormir. Tudo o que podia ouvir eram os bipes, máquinas e respirações pesadas.

O animal passou pela cortina do primeiro biombo e Lorena o seguiu, vendo o gato pular direto para a maca. Deu uma volta sobre si mesmo e se sentou na barriga do paciente, encarando a zumbi com as pupilas dilatadas.

— Que mal-educado, pulando na barriga dos outros — Lorena murmurou. — Você não...

Lorena se interrompeu.

O olhar estava preso no rosto do garoto deitado ali. Teria prendido a respiração se fosse possível. Pior. Se fosse possível, o coração teria rachado.

Piscou várias vezes para certificar-se de que não estava em um sonho ou tendo alucinações.

Na cama, o paciente era um garoto jovem, de cabelo preto desgrenhado. A barba por fazer, uma sonda no nariz, e ele foi traqueostomizado. Os olhos estavam fundos e rodeados por olheiras escuras. Ele era ainda mais magro do que ela havia se acostumado a ver.

Lorena levou as mãos à boca para abafar um grito. Perdeu a força.

Cambaleou até a parede e deslizou até chegar ao chão.

Um soluço ficou entalado na garganta e os olhos queimaram com lágrimas.

Era ele.

Tinha que ser.

Levantou, trêmula, e se aproximou da maca. As orelhas eram furadas e podia ver a marca do furo do piercing no lábio. Disparou até a outra extremidade e leu a prancheta pendurada:

Lucas Vieira.

Sua cabeça começou a rodar e precisou se apoiar na maca para não desabar no chão.

— Como assim? — ela começou a murmurar. — Como...

Deu um pulo de susto quando o gato miou e saltou para o chão.

Então o gato começou a mudar e se transformar em uma pessoa. Uma adolescente negra de roupas pretas surgiu em sua frente. Ela estendeu a mão para que a apertasse, mas Lorena não se moveu.

— Quem ou o que é você?

— Meu nome é Alice e sou a ceifadora do Lucas. — Ela se aproximou e pôs a mão na testa do garoto. — Só que ele não está exatamente morto ainda, então eu fico esperando. Mais cedo ele acordou por um minuto e vim checar. Acho que ele ainda não sabe muito bem, se vai ou se fica.

— Isso... não faz sentido — Lorena falou. Mas fazia sim. Fazia muito sentido.

Os segredos, o silêncio. E ele estava... vivo? Todo aquele tempo?

Era sobre aquilo que ele queria tanto falar? Aquele não era o tipo de segredo que se podia esconder de alguém. Conversavam o tempo todo sobre estarem mortos.

— Por que você me trouxe até aqui?

Alice se sentou na maca dele de pernas cruzadas.

— O Lucas acha que eu o odeio, mas eu simpatizo com ele. — Ela fez um movimento com o dedo na direção da barriga de Lucas e ergueu um fio brilhante conectado ao umbigo dele. — Eu não quero ter que cortar isso aqui. Mas ele não se decide. E acho que você pode ajudar a convencê-lo a viver.

Lorena se aproximou e o soluço entalado saiu pela boca. Acariciou o cabelo dele, deixando as lágrimas descerem pelo rosto. Tantas vezes havia desejado sentir a textura do corpo dele. E ali estava.

Tentou não olhar para o fio de prata pendendo dos dedos da ceifadora. Tentou não olhar para o aparelho que o ajudava a respirar. Tentou não pensar nos motivos de ele nunca ter dito nada. Colocou uma mão hesitante no rosto dele, sentindo-o quase tão frio quanto sua versão fantasma.

— Tá chateada? — Alice perguntou. — Aposto que queria ele morto e todo pra você.

As sobrancelhas da zumbi se uniram e ela torceu os lábios.

— Cala a boca! O que você sabe? Que coisa horrível de se dizer.

— Fala sério. Queria que ele morresse para que ficasse com você, não é? Pode admitir.

— Cala a boca!

Lorena não queria aquilo. Ou queria?

A zumbi balançou a cabeça, lembrou-se do sorriso tímido de Lucas, dele tocando com a banda, cantando, dos sonhos que ele tinha e que deixou para trás.

— Você tá errada. Tô feliz que ele esteja vivo. Eu não tenho mais esperança nenhuma, mas ele tem. E ele merece viver.

Alice a encarou séria por alguns segundos antes de abrir um pequeno sorriso.

— Nisso nós concordamos. — Ela descruzou as pernas e inclinou a cabeça. — Mas... se eu quiser sua ajuda, acho que você precisa de *toda* a verdade.

Alice desceu da maca, pegou a prancheta e entregou para Lorena.

— Por que não olha a data que ele foi internado?

As mãos da zumbi tremiam quando ela pegou o prontuário. Virou algumas páginas e encontrou. Fechou os olhos. Os lábios se crisparam em uma linha fina.

Era o dia que ela tinha morrido. A mesma data. A hora aproximada.

Ela balançou a cabeça. A mente era confusão pura.

— O que isso quer dizer? — Lorena perguntou.

— Vejamos... — Alice tirou um aparelho que parecia um Palmtop do bolso e começou a tocar a tela — ... seu nome? Ah, é, Lorena Carvalho. — ela balançou o aparelho no ar. — Aqui, achei.

Ela limpou a garganta e começou a ler:

— Acidente mata jovem e deixa motorista em coma. Blá-blá-blá, atropelamento na Terceira Avenida blá-blá-blá, deixa dois feridos. O motorista Lucas Vieira, de dezenove anos, segue em coma. A vítima, Lorena Carvalho, de dezoito anos, foi declarada morta no local.

Sentiu como se um tiro de espingarda abrisse um buraco no meio da sua barriga. A mente ficou em suspensão, repetindo as palavras proferidas pela ceifadora. Tentava buscar uma explicação lógica. Algo que fizesse sentido no meio daquele oceano.

Aquele garoto pelo qual se apaixonara era o mesmo que a havia atropelado?

— Isso não faz sentido. — Lorena sorriu, pensando no óbvio. — Lucas é um suicida.

— Ele tava na minha agenda, dirigindo na direção do destino, mas o acidente o pegou primeiro. O acidente, no caso, sendo você.

Um calor tomou conta do rosto da zumbi e ela começou a chorar. Tampou os olhos e saiu correndo porta afora. Não podia acreditar que eram responsáveis pela situação um do outro. Que estava morta por causa dele. Que ele estava naquela maca por causa dela.

Lorena disparava para fora do hospital quando viu a outra versão do Lucas na sua frente, parado no corredor. O fantasma. Ele a olhou de olhos arregalados, mas ela continuou andando e simplesmente o atravessou ao passar.

Queria poder esquecer tudo.

Sumir, desaparecer. Queria poder morrer, mas infelizmente já estava morta.

Queria ir pra casa.

Parte III
Morrer

I've decided tonight, I'm staying alive
Just kicking and screaming
Tonight, I'm staying alive

— *Staying Alive*, Cursive

Eu tentei encontrar um motivo que me fizesse entender
Porque o tempo te levou pra longe
Foi então que eu percebi que ainda tenho você aqui
Em cada detalhe do que eu sou
E em todas as coisas que você me ensinou

— *Violeta*, Heartlistener feat. Caio Weber

Lucas

Capítulo 46

Em que Alice dá a Lucas uma escolha

— *Hurt*, Nine Inch Nails

Quantas noites passou na cama vendo o rosto sereno de Lorena enquanto pensava em como se explicar? Quantas vezes abriu a boca para contar tudo, apenas para engolir as palavras, com medo de nunca mais ver o sorriso dela?

Era tarde demais agora. Todos os medos haviam se concretizado. Viu isso no olhar da namorada. Nas sobrancelhas unidas. Nos punhos apertados. E, mais uma vez, se viu sem palavras.

Lorena o atravessou, tão obstinada a não ser tocada por ele que Lucas não conseguiu segurá-la. A viu se afastar em disparada, desaparecendo na curva do corredor.

Da porta do quarto onde seu corpo estava, Alice sorria.

— Você que fez isso? — perguntou ele.

— Não — respondeu ela, indiferente. — Ela apareceu aqui por conta própria. Tava procurando a Flávia, acredita?

— Por quê?

— Sei lá. Mas agora essa coisa toda tá fora do nosso caminho.

— Eu pedi pra você não se meter na minha vida.

— Tua vida tá na minha mão, meu anjo, literalmente.

Flávia apareceu meio minuto depois e o tirou do hospital. Alice os seguiu, gritando com a outra ceifadora o tempo todo. Lucas não estava exatamente prestando atenção no que diziam, a única coisa em sua cabeça era a visão de Lorena chorando pelo corredor e não conseguia parar de pensar em quão idiota ele era.

Flávia e Alice discutiam sobre o acidente — que ele não lembrava. O traumatismo o deixara com amnésia pós-traumática. Só sabia o que tinha lido no jornal e o que as ceifadoras falavam.

Flávia, uma senhora de cabelo grisalho e uniforme verde-água, gritava com a outra no estacionamento. Lucas entendia o lado das duas. Alice estava do seu lado. Queria que ele acordasse. Flávia dizia que a culpa era de Lucas. Então ele deveria ajudar Lorena a ir ao Mais-Além, afinal não era para ela ter morrido. Alice soltou um rosnado frustrado e fechou as mãos com força.

— Lucas! — Ela se aproximou do fantasma, ficou na ponta dos pés e colocou as mãos nas bochechas dele. — Não escute ela. Ela não sabe o que diz.

— Você não é mais ceifadora que eu, não, Alice.

Flávia se aproximou e segurou o braço da outra com força para tentar afastá-la de Lucas, mas Alice a empurrou.

— Eu mandei você ficar longe dele. Ele é *meu*, Flávia. Meu. Minha responsabilidade.

— E Lorena é responsabilidade de quem? Hein?

A garota começou a rir e Lucas aproveitou para se afastar das duas. Já estava de saco cheio daquela briga toda. Só queria saber de Lorena, se ela estava bem. Se estava segura.

— Você podia muito bem ter se responsabilizado por ela — Alice falou, com o dedo em riste —, mas, em vez disso, colocou todo o peso na minha vítima, que tem nada a ver contigo.

— Ele tem tudo a ver comigo. Ele matou quem não devia!

Lucas apertou os olhos. Aquelas palavras... rodearam sua mente durante cada um dos dias depois do acidente. Aquelas palavras o assombravam.

A acusação deixou Alice em silêncio. Parecia demais até para ela. A ceifadora torceu a boca. Balançou as cabeças para os lados lentamente, como se não pudesse acreditar no que a outra dizia.

— Isso não vai ficar assim — falou.

— A garota deveria estar viva. E ele, morto.

E quando Alice voltou a falar, Lucas gritou:

— Dá pra vocês duas calarem a boca por um minuto?

Elas o ignoraram e voltaram a discutir. Começou a se afastar, tentando bloquear os sons com as mãos. Fechou os olhos e andou.

Lucas lembrava de poucas coisas do dia do acidente. Lembrava de pegar o violão, entrar no carro e conferir a carteira mil vezes. Quando tirou o carro da garagem, tinha um plano. Passou algum tempo no computador escolhendo aonde ir. A ideia era ir ao Canto do Morcego e tocar violão pela última vez.

Mas aí o carro bateu na figura frágil de Lorena... E era tudo um borrão a partir daí. Sempre que tentava puxar mais alguma coisa desse dia, a cabeça doía. E sentia ainda mais dor toda vez que se aproximava do próprio corpo.

Queria entender, queria respostas que nunca conseguiria dar. Era justo ele morrer depois de ela ter morrido à toa? Não. Era justo Lorena morrer? Não. Nada era justo. Só havia duas possibilidades e voltar no tempo não era uma delas.

— Seu tempo tá acabando — falou Alice, seriamente.

Lucas abriu os olhos. Flávia sumira. A outra ceifadora se aproximou até ficar bem perto dele.

— Por favor, não escute a Flávia. Ser uma ceifadora não dá a ela nenhum conhecimento divino. Você... Lucas, você ainda tá aqui. Tem noção disso? Já parou pra pensar nisso? Não sei mais quanto tempo seu corpo vai aguentar, mas não é muito. Tá na hora. De pensar. De decidir.

Ele assentiu. Teria de tomar uma decisão, e rápido. A mais difícil de todas.

Ficou calado. Virou de costas e voltou a andar.

Não tinha coragem de voltar para casa e olhar para Lorena. Também não queria encarar Felipe.

Se apenas a tivesse visto e freado a tempo. Talvez tivesse até tentado, mas por causa do trauma não se lembrava. E agora tinha destruído a melhor coisa que havia acontecido a ele em anos. Algo que nunca nem deveria ter começado.

Foi para a praia e sentou-se na areia. Crianças montavam castelos e catavam conchinhas sob os olhares cuidadosos dos pais. Sorriu ao observá-las.

Percebeu como Lorena o havia treinado para gostar de estar vivo. Passar horas conversando, trocar segredos, passear na orla, tocar música, fazer o que gostava e ser quem era sem precisar se esconder ou sentir vergonha.

Nenhuma vergonha, porém, era maior do que saber que havia matado a garota de quem gostava. De ter roubado a vida dela. Aquela menina especial, divertida, talentosa e linda. E saber que nunca poderiam ficar juntos por causa de um erro.

— Por que eu sou tão idiota? — Lucas berrou para o oceano.

Colocou a cabeça entre os joelhos, sentindo aquele fervor conhecido de raiva brotar no estômago. Os pensamentos girando cada vez mais depressa. Não deveria ter saído de casa naquele dia. Deveria ter pegado um caminho diferente. Ido para outro lugar. Deveria nunca ter nascido, aí, de certeza, ela estaria viva.

O que fazer? Se acordasse, esqueceria de tudo. Alice tinha avisado que não guardaria nada dos últimos tempos. Perderia as memórias de fantasma e principalmente dos amigos. E se voltasse? Voltaria para o quê? Para um irmão que o odiava e um quarto praticamente vazio? O irmão já tinha vendido metade de suas coisas e jogado outras fora. Sabia também que nunca recebera nenhuma visita no hospital. Então qual era o sentido? Só poderia estar com Lorena e Felipe enquanto estivesse desacordado. Não queria esquecer deles. Não queria esquecer de nada que havia vivido nos últimos meses. Nem o bom nem o ruim nem tudo que aprendeu. Como aceitar uma segunda chance de viver se estaria sozinho? Qual o sentido de viver sem aquelas lembranças?

Nenhum sentido. Absolutamente nenhum.

Felipe

Capítulo 47

Quando Felipe acende um cigarro

— *Vida Estranha*, Visconde

Felipe olhava Lucas. O corpo deitado na maca. Suspirou e o ar saiu entrecortado de seus lábios. Puxou uma cadeira para sentar e escondeu o rosto nas mãos. O coração acelerava, batendo contra o peito com raiva e medo. Contou até dez lentamente, controlando a respiração, e então se levantou. Precisava vê-lo. Precisava ter coragem de realmente olhar para ele.

Ergueu o rosto devagar e o viu. As bochechas magras. As olheiras. A sonda, a traqueostomia.

Levantou a mão lentamente e a deixou pairando no ar por alguns instantes antes de tocá-lo. Como se o namorado fosse feito de areia e pudesse se desfazer a qualquer segundo, feito uma ilusão. Como se nunca estivesse ali para começo de conversa.

Quantas vezes acordou de um sonho em que Lucas e Lorena estavam vivos? Quantas vezes desejou, acordado, que eles estivessem vivos?

Devagar, desceu a mão e acariciou o cabelo de Lucas — que estava sujo. Enrolou o dedo em um cacho, se inclinou e o beijou na testa. Ficou ali, perto do rosto dele. Tentou sentir o cheiro que associava a ele, mas só sentia o odor de desinfetante e remédios. Um cheiro metálico que fazia seu nariz doer.

Apoiou a mão no peito de Lucas e sentiu o coração dele bater e os pulmões se encherem de ar.

Vida.

E então sorriu.

— Você por aqui?

Felipe se virou, encarando a origem da voz. Alice sorria, sentada na cadeira.

— Uau, que surpresa, eu aqui — falou ele, sem emoção na voz.

— Não é como se isso tudo não tivesse sido arquitetado por você.

— Na verdade, eu tô sempre aqui. Passo todo tempo livre com ele. — A garota apontou Lucas com a cabeça. Levantou-se, andou até a maca e puxou o fio de prata da altura do umbigo do garoto deitado. — Assim que a conexão enfraquecer, eu vou cortar. Não quero correr o risco de ele virar um zumbi.

Felipe ficou calado. O que poderia dizer? No máximo, agradecer.

— Além disso — continuou —, quem arquitetou tudo foi a Nina, que vivia aqui no hospital com o Tomás e já sabia de tudo faz tempo.

Felipe revirou os olhos. Deveria ter imaginado.

— Se ele morrer agora, continua sendo sua responsabilidade? — perguntou, ansioso. — Afinal, seria um acidente de carro, e não...

— O Lucas estava vindo na minha direção — Alice falou. — Ele tinha um plano.

— Ele me contou.

— Então, ele ainda é meu. Mas eu não quero que seja.

Felipe assentiu.

— Estão cuidando bem dele?

Passou a mão pelo braço magro do namorado, pegando a mão dele e entrelaçando os dedos. A tatuagem ressecada no antebraço mostrava como a pele estava desidratada. As unhas precisavam ser cortadas.

— Ele tá, sim. Na medida do possível. Você acha que consegue convencê-lo a acordar?

Felipe sacudiu a cabeça.

— Eu não sei. Minha especialidade é gente morta, não gente viva que queria estar morta — respondeu, com rancor.

— Bom... sugiro ele se apressar.

— Quanto tempo ele tem?

Ela deu de ombros com um sorriso brincando no canto dos lábios. Por que ela precisava parecer tão má quando não era?

— Dias.

— Quantos dias?

Ela enrolou o frio de prata de Lucas nos dedos e o olhou com atenção.

— Difícil dizer. Mas não acho que dure uma semana.

— Uma semana? — Ele pressionou a mandíbula. — Isso não é o suficiente.

— Pois é.

— Pois é. O que você sugere?

O sorriso de Alice se fechou.

— Sugiro você encomendar uma coroa de flores.

***

Felipe soltou a fumaça dos pulmões lentamente, vendo-a se dispersar ligeira no vento frio. Apoiou o cotovelo no parapeito da sacada do quarto, dando mais um trago no baseado. A porta de vidro abriu e fechou, e Ruby surgiu do seu lado, de costas, apoiando o pé na cadeira. Sem dizer nada, ela esticou a mão e Felipe obedeceu ao pedido silencioso, passando o baseado para ela.

A amiga tragou e sorriu.

— Essa é a erva da Bergamota? — perguntou ela, depois de soltar o ar.

Felipe fez que sim. Não estava com ânimo para conversar.

— Quanto você comprou?

— Por quê?

— Porque é cara pra caralho?

— Tá preocupada com minhas finanças, Ruby? Meu terapeuta também é caro pra caralho, mas disso ninguém fala.

— Como se você ainda estivesse indo na terapia.

O médium deu uma meia risada, pegou o baseado de volta e tragou, passando-o para Ruby mais uma vez.

— O que você quer, Ruby?

— Eu não quero nada além da sua maconha, Lipe, eu senti o cheiro e vim. Simples assim. Sou uma mulher simples e de gostos finos.

— Idiota.

Ficaram ali em silêncio por alguns minutos, trocando o beck de mão em mão. Sabia que a amiga teria mil coisas a falar depois dos últimos dias, depois da revelação de Lucas. Ela, porém, ficou em silêncio, respeitando seu desejo de ficar em paz. Tinha muito no que pensar. Ter um namorado morto era uma coisa. Ter um namorado que, na verdade, estava vivo e podia morrer a qualquer instante... ninguém podia tê-lo preparado para aquilo. O pior era saber que, se — quando — Lucas acordasse... não se lembraria de nada. E Felipe não queria ser esquecido. Não queria perdê-lo.

— Tô pensando em me demitir — comentou Felipe, forçando a mente em outra direção.

Ruby virou o rosto e arqueou uma sobrancelha.

— Não fala isso. Tu só tá sobrecarregado com essa coisa da Lori e do Lucas.

Ele fez que não enquanto segurava a fumaça.

— Não é só isso. Eu tô cansado. Tão. Cansado.

— E aí você vai fazer o quê? Arrumar um trampo em alguma empresa medíocre com um chefe otário?

— Sei lá. Talvez fosse bom descansar por um mês e depois ver o que o setor pode me passar. O salário de Investigador Paranormal é bom.

Ela riu.

— O salário é bom porque o serviço é perigoso.

— É o dobro do que recebo hoje.

— Sério?

— Seríssimo.

— Então vê se tem vaga pra mim.

— Você de Investigadora Paranormal?

— É, ué? Acha que não consigo?

— Não é isso. É só que...

— Talvez seja hora de eu aceitar que nunca vou ter uma vida

comum. — Ela tragou, aguardou alguns segundos em silêncio, olhando para cima e soprou. — Talvez seja a hora de eu aceitar meu lugar.

Felipe bufou, pegando o baseado da mão dela.

— Até, parece, Ruby. Eu nasci médium, não tenho escolha. Nunca tive. Tu tem.

— Você nasceu médium e eu nasci um monstro.

— Tu não é um monstro. E tu tá treinando, não tá?

— Não quero falar sobre isso. Agora me diz, o quanto dessa erva você comprou?

— O suficiente, Ruby. Quer um pouco? Bola pra você.

— Quero fumar antes da lua cheia.

— Eu ainda lembro do fiasco do cogumelo da lua cheia.

— Não foi tão ruim.

Felipe soltou uma risada.

— Eu lembro bem do quanto *não tão ruim* foi. A gente teve que ligar pro seu irmão e tava todo mundo desesperado que você se recusava a entrar no quartinho.

Ela deu de ombros, tragou, segurou e soprou a fumaça.

— Como você tá? — perguntou ela, chegando mais perto e passando o braço pelo pescoço dele.

Felipe apoiou a cabeça no ombro da amiga.

— Um cu. Porém, um cu chapado, graças a Deus.

— O que você vai fazer?

Ele deu o último trago no baseado.

— Eu tô fumando justamente pra não pensar nisso.

— Bora encher a cara, então.

— Na lua cheia?

— Amanhã.

— Amanhã, então.

Capítulo 48

Em que tramas de pele se encaixam

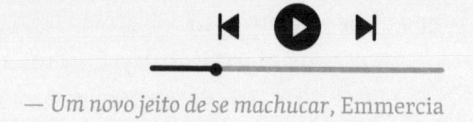

— *Um novo jeito de se machucar*, Emmercia

Semanas após sentirem seu não-pulso e anunciarem sua morte, Lorena finalmente aceitou que, sim, estava morta. A ficha finalmente caiu, bem lá no fundo do poço. Como se até então tivesse vivido em um sonho, povoado por amigos legais e criaturas estranhas, além de dois namorados que a amavam muito.

Pensava nos dias que passara ali na casa de Felipe. Momentos repletos de memórias. Quando jogava e ficava conversando com os amigos. Nas vezes em que saíram à noite e foram à praia de madrugada. A sensação de correr pela orla e chutar areia, as pedras. De pisar nas conchas só para ouvi-las fazendo *creck*, e seguir as pegadas das marias-farinhas até conseguir pegar uma nas mãos. A imagem de Felipe destruindo montinhos de areia e castelos que haviam sobrevivido, pisando e chutando enquanto ria. Ruby sem botas, pulando ondas, molhando a barra da saia. Os fantasmas criando pequenos tornadinhos de folhas na areia e brincando de entrar na água sem se molhar. Espantar as gaivotas, tocar violão até algum morador pedir que calassem a boca. Só quando o sol nascia, e Shion ligava para o celular de cada um deles, soltando impropérios em outra língua é que, então, voltavam para o carro, onde o vampiro estaria, enfiado embaixo de um roupão ridículo com estampa de aviõezinhos e de mau humor. Por vezes buzinando a cada dois minutos, gritando para todos lá fora, perguntando se queriam matá-lo. E Felipe com as chaves do carro para que ele não fosse embora.

Nos últimos dias, lembrou que havia ficado uma noite inteira acordada com Lucas, assistindo a filmes, vendo todos os vídeos de *Salad Fingers*, e burlando a regra de Felipe sobre entrar em redes sociais só para ver as mensagens que haviam deixado para ela depois da sua morte. Como ela estranhara quando Lucas disse que não participava de redes sociais, e como riram com Roque e Alfredo.

Estava trancada no quarto enquanto a chuva fustigava a janela com força para lembrá-la de que seu lugar era ali dentro, trancada e sozinha, e que os dias de sol haviam ficado para trás.

— Lori? — chamou Felipe, batendo na porta e a tirando de seu devaneio.

Lorena ignorou. Focou a atenção na agulha que usava para dar acabamento em uma peça, bordando detalhes minúsculos na gola. A agulha ficou presa e, quando fez força, acabou furando o dedo.

— Ai! — soltou tudo imediatamente para não manchar nada com a gota de sangue que brotou da ferida.

Olhou para o dedo, hipnotizada pela magia diante de seus olhos. A pele começou a se entrelaçar como uma trama, se regenerando até a dor desaparecer.

Aquele milagre porém, a fez lembrar de que não estava viva. Que não merecia amor. Que não passava de uma zumbi iludida.

Ouviu mais batidas na porta. De novo e de novo, e depois a voz de Ruby pedindo para entrar. E então Nina simplesmente atravessou a madeira.

— Sinto muito, meu bem, mas não vamos deixar você aqui sozinha, igual uma pobre coitada.

— Eu *sou* uma pobre coitada. — Lorena virou o rosto.

— Não, você foi agraciada com uma morte rápida e indolor. *Eu* sou uma pobre coitada.

— Tanto faz — respondeu Lorena.

Ruby bateu na porta mais uma vez.

— Deixa de ser uma criançona e abra!

— Não!

— Eu trouxe meu computador e tem internet nele — gritou Ruby do outro lado.

Lorena se voltou para a porta, pensando naquela maravilhosa oportunidade. Queria o computador. Não para ver se haviam deixado mais recados de meu-deus-como-sentimos-sua-falta. Queria procurar notícias sobre sua morte.

Não precisou se levantar, pois Nina foi até a porta e a abriu.

— Nossa, finalmente. Você tem o quê? Cinco anos de idade? — debochou Ruby, abrindo a bolsa e jogando o notebook em cima da cama. — Não contem pro Lipe que eu fiz isso.

Ruby conectou o cabo de rede que vinha do modem, ligou o computador e Lorena digitou seu nome na barra de pesquisa. Os dedos tremiam sobre o teclado, e isso não passou despercebido por Ruby, que arrancou o notebook das mãos da zumbi.

— Deixa que eu leio, você parece que vai ter um ataque. O que você está procurando? A gente já sabe o que aconteceu.

— Eu preciso ver com os meus próprios olhos.

Nina soltou uma meia risada:

— Lori, ver com seus próprios olhos não muda o fato de que ele te atropelou e você morreu e ele tá vivo. E não muda o fato de que ele teve inúmeras chances de te contar e não o fez.

Ruby bufou:

— Fala sério, Nina. É mais do que óbvio que ele gosta dela de verdade. Pare de falar como se tivesse sido proposital.

— Ele mentiu, é isso que importa — replicou a fantasma, dando de ombros.

— Foi um acidente.

— Ele a matou!

Ruby revirou os olhos.

— Nina, sério, já deu. Não foi de propósito. E ninguém tá colocando a culpa em ninguém aqui. Foi um acidente e os dois se ferraram por causa disso. Merdas acontecem. Supere.

Nina resmungou, desgostosa, se calando apenas quando Lorena bateu as mãos na mesa, fazendo o coelhinho de crochê cair e rolar até o chão.

— Vocês podem, por favor, parar de falar como se eu não estivesse presente?

Nina mostrou a palma das mãos, se fazendo de inocente:

— Só estou dizendo. E, Ruby, você ouviu a Lori repetindo o que Alice falou. Era para ela estar viva, Lucas deveria ter morrido naquele dia. Ele roubou a vida dela. Você fica agindo como se ele fosse inocente.

— Deixa de ser idiota, Nina. Não ajo como se o Lucas fosse inocente, mas você fala como se ele tivesse premeditado tudo. Depois do acidente, ele só queria ajudar a Lori ir ao Mais-Além, sem sequer se preocupar com o que aconteceria consigo mesmo. Ele pode morrer, sabia? A qualquer momento. E, Lorena, sem ofensas, mas ele teria todo motivo para simplesmente te ignorar e tentar voltar pro corpo dele.

— Sem ofensas, Ruby — replicou Lorena, nervosa —, mas não estaríamos aqui se ele não tivesse saído de casa pra se *desviver*.

— Okay — respondeu a outra. — Quem morreu aqui foi você, ou seja, é livre para achar qualquer coisa. Mas *eu* continuo defendendo que ninguém é culpado de nada. Agora olha bem na minha cara e me diz que acredita que ele nunca gostou de você.

Lorena pegou o computador de volta, mandando as duas calarem a boca. Abriu os três primeiros links que apareceram no site de busca e leu o que diziam. Ficou ali, encarando as palavras na tela. Aí leu pela terceira vez e depois pela quarta. E também os outros sites. E todos diziam a mesma coisa.

— A cara de defunto é pra quê? — perguntou Ruby.

Lorena não respondeu. Ficou com medo de abrir a boca, porque começaria a chorar se o fizesse. Nina se esticou na escrivaninha e leu a página que estava aberta, soltando um palavrão no final.

— O que foi? — Ruby tentou alcançar o computador.

— A lerda aqui atravessou fora da faixa com o sinal aberto — a fantasma respondeu.

Foi a vez de Ruby xingar. E depois a vez de Lorena, pouco antes de começar a chorar.

Lucas

Capítulo 49
Quando promessas são feitas

— *Faces in Disguise*, Sunny Day Real Estate

A casa da família Carvalho ficava exatamente na esquina da Rua 3018. Era uma casinha de dois andares, pequena e simpática. Estava no mesmo muro de quando Lorena resolveu fugir dele para ver a família. O portão se encontrava aberto e três adultos entravam e saíam da casa carregando caixas e malas, além de uma grande sacola de lixo. Reconheceu a mãe de Lorena, uma mulher branca, baixa, e de cabelo castanho preso num coque. A outra mulher deveria ser a tia, com o cabelo pintado de vermelho vivo. O pai dela era alto, tinha a pele escura e expressão neutra.

Lucas observava de longe enquanto eles colocavam as malas no carro e começavam a trancar a casa toda. Pelas conversas que entreouvia, eles passariam um tempo em Timbó com a família.

Uma caixa havia ficado para fora e Lucas leu as letras escritas no papelão, na mesma caligrafia da caixa que Lorena tinha na casa de Felipe, aquela que Ruby levara para ela. "Videogame" e "CDS". Pelo jeito, Vanessa ia levar aquela caixa para ela. Talvez fossem coisas dela. Talvez, coisas de Lorena, e o fantasma sabia que Lorena ia gostar se Vanessa ficasse com seus CDS e videogame.

Os três adultos não conversaram muito. Terminaram de fechar a casa e ficaram na calçada, trocando palavras em um tom baixo, até os pais dela entrarem no carro e partirem dali.

Vanessa ficou observando o carro se afastar e secou o rosto com a manga do casaco. Então se agachou, abriu a caixa e olhou lá para dentro por alguns segundos antes de se sentar na calçada em silêncio. Ela pegou um CD, o levou junto ao peito e soluçou.

Lucas desviou o olhar.

Pensou na sacola de lixo. Seriam coisas da Lorena também? E quando chegasse o momento da família se desfazer de todas as coisas dela?

Ficou imaginando outra pessoa usando as roupas de Lorena. Uma garota desconhecida com uma camiseta de banda, outra calçando os sapatos. Ou quem sabe alguém rasgando uma das saias para fazer de pano de chão.

Vanessa se levantou com a caixa logo depois e foi até um carro parado ali perto, sumindo em seguida. A casa parecia vazia e abandonada agora. Só mais um pontinho no meio de tantos outros. O cachorro do vizinho latia e os carros passavam ao longe, na rodovia. Tudo intocável, imutável, indiferente sobre quem vivia ou morria.

Sua decisão já estava tomada, só precisava reunir coragem para fazer o que deveria ser feito. Se desse errado, não importava mais. Aquela história não tinha como acabar feliz.

Não se sobressaltou quando Nina se materializou ao seu lado.

— Finalmente te achei — disse ela. — Procurei a cidade toda até lembrar que podia estar aqui. Onde é sua ex-casa? Caso você desapareça de novo.

— Não perca seu tempo indo lá. Eu perdi e me arrependo.

— Onde? — insistiu ela.

Lucas suspirou, cansado, e respondeu.

Nina assentiu, em silêncio, fitando a casa.

— Sabe, eu fiz muito isso depois de morrer. Me sentava na frente da casa dos meus pais. Os vizinhos ficavam trazendo tortas e a mamãe jogava no lixo sem nem ver se era de morango. Ela adorava morango. O cachorro comia depois.

— Como ela está?

— Mamãe? Morreu há anos.

— Não a sua mãe, cabeçuda, a Lori.

— Ah, cabeçudo é você, seu idiota, olha o que você fez.

— Se você veio aqui pra fazer eu me sentir culpado e ficar jogando coisas na minha cara, pode ir embora. Não é como se eu mesmo não estivesse fazendo isso.

Nina balançou a cabeça com um sorriso falso nos lábios:

— Não ia perder meu tempo com você, só tô aqui porque o Felipe tá te procurando. Ele tá bem preocupado com vocês dois.

Lucas deu de ombros. Não dava a mínima se alguém o procurava ou não. Só queria ser deixado em paz enquanto organizava a cabeça.

— E desde quando você se importa?

— Se você sumir, o Lipe vai usar o tabuleiro ouija de novo.

— E aí eu posso sumir de novo.

— Ah, não, não fiquei te procurando à toa. Você tem que ir falar com ele.

— Por quê?

— Porque, por algum motivo, aquele burro gosta de você. Confie nele, seu idiota. Vou falar pra ele te esperar na garagem. Vá pra lá em cinco minutos.

Lucas tentou falar que não iria e não adiantava insistir, mas Nina desapareceu no mesmo instante. Ficou sozinho no muro, encarando a casa da garota que havia atropelado. Soltou um longo suspiro. Só depois de dez minutos foi para a garagem da casa, aparecendo dentro do carro ao lado de Felipe.

— Achei que não viria — disse o médium, trocando de CD.

— Eu também — respondeu Lucas. Já estava se preparando para ouvir sermão, críticas ou qualquer outra coisa do tipo. — Não faço ideia do que me fez vir.

Felipe respirou fundo, girando a chave na ignição e dirigindo para longe dali. Parecia impaciente com o trânsito, mas não disse nada, nem buzinou. Ficaram em silêncio até ele estacionar em uma rua qualquer.

— Lucas — começou a dizer —, eu vou te falar uma coisa agora e só quero que tu ouça. E se tu sumir... — ele inspirou fundo, mas não finalizou a ameaça.

— Não vou a lugar algum — Lucas garantiu. Precisava encarar

as consequências das suas ações.

— Bom mesmo. Eu sei que a sua cabeça de bagre deve estar pensando em morrer, em ficar por aqui mesmo ou em continuar sua saga inútil de ajudar a Lori, mas você está vivo. E eu sei que a culpa do acidente não foi sua nem dela. Não tem culpados nessa história, só vítimas. Você tem noção da oportunidade que está recebendo?

— Oportunidade? Eu não posso simplesmente ir embora, a responsabilidade pela morte dela é minha.

— A responsabilidade pela morte dela é uma coisa que se chama "merdas acontecem". — Felipe soltou o cinto e se virou para Lucas, colocando a mão no joelho do fantasma. — Não vou deixar você jogar sua vida fora por uma falsa responsabilidade que a Flávia colocou na sua cabeça.

"Meu trabalho é esse, eu ajudo pessoas. Ajudo pessoas que nem você e a Lorena desde criança. Nenhum deles, nunca, nunca se perdeu. Já perdi a conta de quantas pessoas conseguiram aquela carona com minha ajuda. Quando você começou a ajudar a Lori, ela estava sozinha. Agora não está mais. Graças a você, ela encontrou a gente, e estou te dizendo que podemos ajudá-la. Você precisa focar em si mesmo e acordar. E confiar em mim pra ajudar a Lori. Eu prometo pra você que vou ajudar ela."

— Lipe, você não entende... Essa não é a questão...

— Já estive no hospital, falei com a Alice e ela me garantiu que se acordar agora não terá nenhuma sequela. Seu corpo está desacordado porque sua alma tá aqui, conversando comigo em vez de estar lá. Seu corpo ainda está bem. Já conversei com a sua médica pra entender o que aconteceu. Não tem motivo pra ficar vagando correndo o risco de morrer.

— Eu não me recuso a voltar por medo de sequelas. Não volto por não ter nada do outro lado, cara. Ninguém me esperando e nenhum lugar pra ir. De que me adianta vocês me dizerem essas coisas se vou esquecer tudo e acordar sozinho, perdido e sem rumo? Eu não quero esquecer vocês. Não quero esquecer você.

— Sozinho? Da onde você tirou que tá sozinho? Eu sou o quê, por acaso? Você não tá mais sozinho. Eu tô aqui. Eu vou lembrar de você.

— Do que isso me adianta? Não importa. Vocês me ensinaram por que diabos eu gosto de estar vivo. Mas se eu esquecer, o que me impede de querer morrer de novo? É sério, cara, se eu acordar sem lembrar de vocês, é isso que vai acontecer.

Felipe tamborilou os dedos no volante.

— Olha, Lucas... você não tá entendendo. Quando acordar, vou até você e te ajudar. Vou inventar uma desculpa esfarrapada qualquer como grupo de apoio a jovens em coma. E você, como o idiota que é, vai acreditar. E eu prometo, juro, que a Lorena não vai ficar sozinha e logo estará fazendo um desfile no céu ou seja lá o que tem do outro lado. E eu estarei aqui por você. — Felipe deu seu melhor sorriso e apontou para si mesmo. — Quando me vir no hospital, tenho certeza de que seu coração vai acelerar.

Lucas riu. Depois baixou a cabeça, escondendo o rosto nas mãos.

— Por que é tudo tão difícil? — Sentiu a mão de Felipe em sua nuca. — Eu só queria sumir.

— Mas não sumiu — falou Felipe.

Olhou para os olhos azuis de Felipe, sem saber o que dizer.

— Não me deixe sozinho — disse, enfim.

— Eu não vou.

Felipe o beijou e Lucas o abraçou com força.

Havia algo do outro lado. Uma réstia de esperança. Um caminho diferente de tudo que imaginara. Um lugar que podia chamar de seu. Qual das estradas escolheria?

Felipe

Capítulo 50
Em que Lorena desabafa

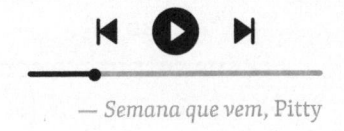

— *Semana que vem*, Pitty

A música estava alta nos fones de ouvido. As mãos seguravam as baquetas com firmeza, se movendo ritmadas, precisas, velozes. Acompanhava a guitarra e a voz de Ruby na gravação, compondo o arranjo da bateria. De vez em quando Felipe fazia uma pausa, testava algo novo e seguia adiante.

Ali, atrás de caixas, bumbos e pratos, com o som bloqueando o mundo ao seu redor, conseguia se sentir sozinho, mesmo naquela casa cheia de gente. Conseguia concentrar nas baquetas a raiva, a frustração e a dor, sentindo-se mais leve a cada batida e a cada pisada nos pedais.

Não queria ser o intermediário entre os dois namorados naquela disputa que nem deveria existir. Mas não havia nada que pudesse falar ou fazer enquanto os ânimos estivessem tão aflorados, com feridas tão abertas em ambos. E não tinha condições de participar daquele jogo de telefone sem fio.

E Lucas... Lucas estava *vivo*. E tudo podia ser diferente, de verdade dessa vez. Se ao menos estivessem do mesmo lado. Lucas parecia um inimigo de si mesmo e Felipe não fazia ideia de como mudar aquela situação. De como as coisas poderiam acabar bem se ele continuasse daquela forma. Lucas só precisava tomar a decisão correta. Só precisava perceber que as coisas poderiam mudar.

Um pedaço de madeira voou longe quando ele acertou o surdo com força demais, quebrando a baqueta.

Felipe esticou a mão, mas os dedos não encontraram nada no suporte de baquetas extras. Parou a música e tirou os fones.

— Merda.

Levantou-se e olhou em volta, tentando se lembrar onde as baquetas poderiam estar no meio daquele caos.

Se agachou ao lado de uma caixa onde guardava tudo que é tipo de tralha e ouviu passos atrás de si.

— Você sabia?

Felipe suspirou e contou até três antes de virar o corpo na direção de Lorena. Pensou em quais palavras usar para desarmar qualquer ideia errada que pudesse estar povoando a mente dela.

— Não. Eu só soube naquela noite, quando ele sumiu e o encontrei na praia.

Ela cruzou os braços. As mandíbulas apertadas e o rosto vermelho. De chorar, talvez. Ou de raiva. A voz dela tremeu ao falar:

— Então todo mundo já sabia.

— Eu não sou todo mundo.

— E tu nunca leu o arquivo dele?

Felipe levantou do chão e se sentou em um amplificador.

— Você sabe que não.

— Por que não me falou nada? — ela ergueu a voz. — Por que *ele* não me falou nada?

O médium ficou calado por alguns instantes.

— Eu não te falei nada porque não era meu segredo. O Lucas ia te contar.

— Mas não contou!

— Ele tentou.

— Não o bastante. Demorou esse tempo todo! Depois de me enganar esse tempo todo! E você...

— Eu o quê, Lorena?

— E você fica do lado dele!

Felipe esfregou o rosto.

— Eu não tô do lado de ninguém. Não existem lados nessa história, só existe tragédia. E eu sei muito bem que tu sabe disso.

Só tá com raiva e magoada e veio descontar na primeira pessoa que apareceu na tua frente.

Felipe apoiou os cotovelos nas pernas e balançou a cabeça.

— Olha, Lori... eu sinto muito que isso esteja acontecendo. Eu não fazia a menor ideia, tá bom? Tu e o Lucas precisam parar de se evitar e conversar sobre isso.

— Não quero nem olhar pra cara dele.

Felipe apertou o osso do nariz.

— Então não tente me culpar por uma coisa que eu não fiz.

— Não tô te culpando!

— Então para de gritar comigo!

— Mas eu não tô gritando!

Lorena girou nos calcanhares e sumiu no quarto, batendo a porta.

Felipe cobriu o rosto com as mãos e conteve um grito. Queria explodir e desaparecer de todo aquele inferno. Levantou-se, mesmo querendo ficar sozinho. Foi até o quarto de Lorena, apesar de querer sair correndo e sumir.

Ela estava deitada de lado com o rosto virado para a janela. Ele se sentou rente às costas da namorada e cruzou as pernas, mantendo a cabeça baixa, encarando os pés. Sentindo a garota se sacudir com o choro.

Ensaiou o que dizer, mas o que tinha para falar? Sabia que ela só estava perdida, que falaria por falar. Que no fundo, ela precisava externar a raiva para não sentir raiva de si mesma. Sabia que ela só estava com medo.

Deitou-se atrás dela e a enlaçou com o braço.

— Eu não tô do lado de ninguém — ele falou. — Tô do seu lado e do lado do Lucas. Do nosso lado. Ficar procurando um culpado não vai levar ninguém a lugar algum.

Ela fungou.

— Ele é culpado de não ter me falado nada antes. — A voz dela saiu fraca e baixa. — Ele deveria ter me falado antes mesmo da gente pisar pra fora daquele IML.

— Eu sei.

— Tanta coisa faz sentido agora. E eu me sinto tão burra, esse tempo todo eu queria respeitar ele. Não forçá-lo a falar o que não queria. E no fim...

Felipe apertou o abraço.

— Ele te falou alguma coisa? — ela perguntou. A voz tão baixa que mal ouvia. — Na praia. Sobre... o acidente.

— Você precisa perguntar pra ele, Lori.

— O que ele disse?

Felipe suspirou e acariciou o braço dela.

— Fala com ele.

— Porra, Lipe.

Lorena se virou. Felipe apoiou a mão na bochecha dela e secou uma lágrima com o dedo.

— Tudo que tá te incomodando, tudo que tu quer saber... só ele pode te falar. E tudo que tu tem pra dizer, só ele pode ouvir. O Lucas te ama, Lorena. Só fala com ele. Não tô te pedindo pra perdoar ele ou pra ignorar todo o tempo que ele escondeu isso de ti. Só escuta ele antes de decidir qualquer coisa.

— Não quero fazer isso ainda.

— Tudo bem. Você tem tempo.

Mas Felipe sabia muito bem que esse tempo não existia.

<u>Lorena</u>

Capítulo 51
E as ladras de quinta categoria

— *Bleed American*, Jimmy Eat World

— Descobriu onde fica a casa dele? — perguntou Lorena.

Lorena, Ruby e Nina estavam reunidas no quarto. Lorena havia colocado na cabeça que seria muito bom invadir a casa do irmão de Lucas para poder entrar no antigo quarto do garoto. Nina tinha o endereço, mas, por algum motivo, parecia cética demais para oferecê-lo a amiga.

— O que você espera conseguir quando chegar lá? — perguntou Nina, jogando-se na cama. — É um lugarzinho praticamente abandonado e sem nada de interessante. Eu posso entrar, sair e te dizer como é. E você vai continuar sem perder nada.

— Quero as coisas dele.

— É muito arriscado você ir lá.

— Nada — rebateu Ruby. — Você entra, olha se a barra tá limpa, destranca as portas e entramos. Tem alarme?

— Tem sim — respondeu a fantasma. — Mas é tranquilo para desarmar. Só sobrou umas sacolas de roupas, uma guitarra e um notebook. Na garagem tem um teclado que deve ser dele. O resto já era. Nem cama e armário tem no quarto. É como se o Lucas já estivesse morto.

— Temos que pegar a guitarra e o computador — afirmou Lorena, ignorando toda a negatividade de Nina.

— Sim, se o irmão dele não tiver formatado o notebook, vai ser a coisa mais importante. Lucas deve guardar as músicas dele lá — ponderou Ruby.

— Isso que vocês vão fazer é roubo — comentou Nina, muito séria, antes de cair na gargalhada.

— Só o PC e a guitarra? — disse Lorena. — Dá pra carregar mais coisas.

— Vocês do século 21 não sabem dar valor ao que é importante de verdade — desdenhou Nina.

Ruby bufou.

— Uma guitarra e um HD intactos são muito importantes, Nina. Agora pare de agir igual a uma avó chata e caquética e mostre onde ele morava.

Nina apontou no mapa da tela do computador de Ruby. Não era longe dali, seria só atravessar parte do bairro.

Lorena ainda sentia os olhos inchados do tanto que chorou ao ler sobre a própria morte. Não conseguia parar de imaginar a tia a chamando de lerda por não ter olhado antes de atravessar a rua. A outra imagem que povoava sua mente era a de Lucas no hospital, com todos aqueles tubos e máquinas e bipes. Ainda não estava pronta para conversar com ele, mas era inegável que ainda o amava. Só precisava de mais um tempo.

***

A casa de Lucas era pequena, apenas dois andares, e seria muito bonitinha se não fosse pelo jardim descuidado e a pintura descascada. O muro era gradeado, não muito alto, e a garagem estava vazia. A rua era tranquila, já que não havia comércio na região e nada de interessante ali por perto.

— Eu vou ver se tem alguém lá dentro — disse Nina, correndo em direção à casa. — Vocês ficam aqui fazendo cara de inocente.

A fantasma desapareceu por alguns minutos antes de surgir e chamar por elas. Sem esforço, abriu o portão.

— Pronto. Mas não fiquem enrolando. É subir e ir embora.

Acasaestavaescura.Apinturanaparedeestavagastaeosmóveis,

com camadas de pó. A sala de estar fedia a cigarro. Podiam sentir um cheiro desagradável vindo da cozinha, e o sofá tinha uma enorme marca de bunda. Nina as chamou para o andar de cima e Lorena e Ruby a seguiram, observando o lugar deprimente. Não havia quadros, enfeites ou fotografias. Nenhuma decoração. Tinha apenas o necessário para uma pessoa sobreviver, e a única coisa que destoava de tudo era a enorme e novíssima televisão da sala.

Lá em cima, foram guiadas até a última porta do corredor.

— Aqui está. Vocês fuçam que vou ficar de vigia. Se alguém aparecer, saiam correndo ou não dará tempo de se esconder.

— Obrigada, Nina — agradeceu Lorena, e a fantasma sumiu.

As duas jovens se entreolharam e empurraram a porta do quarto. O recinto era um cubículo com uma janela pequena e apenas uma mesa afastada em um canto. Sobre o móvel, havia dois sacos de lixo grandes e uma caixa de papelão. Um notebook e uma guitarra dentro do *case*, encostada na parede oposta. E era só.

— Uau — disse Ruby, olhando em volta. — O cara realmente se livrou das coisas dele.

Lorena tampou a boca com as mãos, sem conseguir acreditar no que via. Para o irmão de Lucas, era como se o garoto já estivesse morto. Ao ver aquilo, não culpou o namorado por não querer acordar. Era como se ele e o irmão nem fossem família de verdade, apenas se suportassem.

— Sério, agora tudo faz muito mais sentido. — Ruby foi até a guitarra e a tirou do estojo, empunhando-a. Sem saber, dava vazão aos pensamentos de Lorena. — É óbvio que ele não vai querer voltar. Para quê? Pra não ter pra onde ir?

— Pelo menos agora ele terá vocês — disse Lorena, conferindo o que havia nas sacolas. Eram roupas.

— Sinto muito.

— Pelo quê?

A garota deu de ombros.

— Estamos roubando as coisas dele caso ele acorde...

Lorena afastou aquele comentário da mente. Quando Lucas acordasse, não poderia mais vê-lo. Sabia que não seria capaz de desapegar dele e a imagem do ghoul assombrava sua cabeça. Lembrava das palavras de Shion. Da promessa de priorizar a si mesma. Agora entendia o que ele queria dizer. Como poderia ficar perto e assistir a Lucas não se lembrar dela? Uma dor daquelas... não sabia se seria capaz de aguentar.

Então, focou na missão: roubar o restante das coisas de Lucas antes que o irmão dele tivesse oportunidade de vender tudo.

Ruby guardou o instrumento depois de dedilhar algumas notas e pendurou o estojo nos ombros.

— Será que eu posso ficar com essa guita se ele morrer?

— Ruby!

— Que foi? É tão linda!

— Vamos embora logo.

A lobismina olhou ao redor.

— Pega o computador e as sacolas, eu levo a caixa e a guitarra — disse ela.

Lorena assentiu e abriu a caixa. Bem no topo tinha um saquinho de tecido. Dentro dele, uma porção de fotografias e cartas amarrotadas.

Eram fotos antigas e, em uma delas, havia uma mulher de rosto redondo e cabelos cacheados, que só poderia ser a mãe dele.

— Achei que ele tinha queimado todas as fotos.

— Essas devem ter sobrevivido — concluiu Ruby, espiando a fotografia amassada.

A mulher segurava um bebê cabeludo e rechonchudo no colo na frente de um piano. Atrás da foto dizia: "Aniversário de um ano do Lucas".

— Vamos cair fora daqui.

Mal haviam agarrado tudo quando Nina surgiu entre elas.

— Depressa, um carro acabou de estacionar aqui na frente!

No silêncio que se fez, puderam ouvir a porta do carro fechando e o barulho de chaves. Nina as tranquilizou, dizendo que tudo estava trancado novamente, mas que não dava tempo de sair pela porta. Teriam que pular a janela.

— Como vou sair correndo daqui se tiver uma fratura exposta? — perguntou Lorena entre os dentes, com medo da queda.

— Eu te ajudo a descer — respondeu Ruby. — Nina, você precisa fazer barulho para que possamos sair.

— Ok. Esperem até o alarme disparar e sumam. Vou abrir o portão de novo.

A garota sumiu ao mesmo tempo em que alguém entrava na casa. As outras duas ficaram petrificadas no andar de cima. O alarme soou e Ruby a puxou pelo braço e abriu a janela do quarto, em seguida jogou as sacolas e pulou agilmente para o quintal. Lorena jogou a caixa para Ruby e se pendurou na janela com as mãos antes de soltar, com medo de pular muito longe e acertar a cerca sobre o muro, sendo drasticamente empalada. A amiga aparou sua queda e tudo o que Lorena sentiu foi um puxão forte nos joelhos. Ignorou a dor que já começava a dissipar e as duas correram dali, passando pelo portão e desaparecendo em uma esquina.

— Essa foi a coisa mais imbecil que já fiz na vida — ofegou Ruby, apoiando as costas na parede enquanto Lorena dava uma meia risada.

Nina apareceu entre elas com um sorriso.

— Vocês tinham que ver a cara dele quando derrubei coisas para chamar atenção. — Nina riu. — Sou pós-graduada em balançar lustres e bater portas, melhor que aqueles fantasmas de filme. Pegaram tudo?

Lorena assentiu.

— Falta só o que tá na garagem.

— Vamos ter que voltar outro dia — disse Nina.

— Você tá pronta, Lorena? — perguntou Ruby. — Para o que acontece agora?

Lorena não tinha certeza. Sabia que o próximo passo seria difícil, mas não desistiria. Se Lucas não fosse até ela, o invocaria mais uma vez com o tabuleiro ouija. Quanto tempo será que ele ainda tinha? Lá no fundo, Lorena sabia que precisavam fazer Lucas acordar agora, ou poderia ser tarde demais.

Lucas

Capítulo 52

Paraíso, você realmente está esperando do lado de fora?

— *More Than You Know*, Blink-182

Felipe teve que implorar para que Lucas entrasse em casa, já que o garoto não queria ver Lorena de jeito nenhum. Apenas depois do médium se certificar que ela não estava, foi que ele entrou.

— Você vai acabar vendo ela, mais cedo ou mais tarde — Felipe ralhou.

Os dois encontraram Shion jogando videogame na sala, com todas as cortinas fechadas e luzes apagadas, em mais um de seus surtos de insônia. Ele os viu, pausou o jogo e imediatamente começou a cantar a música dos caça-fantasmas trocando "*Ghostbusters*" por "Felipe".

> *Há algo de estranho no bairro*
> *Quem você vai chamar?*
> *Felipe!*
> *Há algo estranho e não parece bom*
> *Quem você vai chamar?*

Shion riu sozinho enquanto os dois o encaravam sem ver a menor graça.

— Ora, vamos — disse o vampiro. — A única diferença é que você não os prende num aspirador de pó mágico.

— A principal diferença é que eles não matam ninguém.

— Não enquanto estão mortos, pelo menos. — Riu Shion. — Sem ofensas, Lucas.

O garoto balançou a cabeça e se deixou cair em um dos pufes. Shion voltou ao jogo e Felipe desapareceu na cozinha. Lucas ficou observando a televisão sem prestar muita atenção no que acontecia e sem uma gota de interesse pela habilidade que o vampiro demonstrava. *Podia fazer tudo aquilo com uma guitarra de verdade*, pensou ele, *no controle era muito mais fácil*. E ele de fato poderia voltar a fazer aquilo e muito mais. Era só acordar.

Fechou os olhos e apertou as têmporas. E como se fazia para acordar? Não tinha ideia.

— Oh, moleque.

Lucas só foi tirado de seus devaneios quando Shion tacou o controle na sua cara, que atravessou seu rosto e foi parar no sofá.

— Pra que isso?

— Tô te chamando há meia hora, criatura.

— E daí, o que você quer?

— Nada, só dizer para você que por muito tempo eu vivi essa dicotomia. Lembrar ou esquecer? Eis a questão.

O fantasma apoiou a cabeça na mão, olhando o vampiro na altura da tatuagem que ele tinha no braço.

— E? — retrucou depois de um tempo.

Shion deu de ombros.

— Por muito tempo desejei esquecer, esquecer décadas inteiras. Pessoas que conheci, coisas que fiz. Algumas boas e outras nem tanto. Mas às vezes... também tinha medo disso. Sendo imortal, me pergunto quantos anos vou conseguir guardar e o que vou esquecer ou deixar pra trás. Será que vai chegar uma noite que...

A frase morreu na garganta do vampiro e ele deu um sorriso forçado.

— Só queria te falar que eu entendo. Às vezes me pego pensando nos meus anos e tudo o que passou. Tudo o que eu queria lembrar ou esquecer. Mas esquecer... é meio como a morte, né?

Lucas olhou para o rosto do vampiro. Se acordasse, o conheceria mais uma vez? Tocariam baixo juntos de novo? Passaria madrugadas conversando com ele sobre música novamente?

Passou a mão pelo cabelo.

— Ninguém entende por que não quero acordar.

— É porque todo mundo gosta tanto de você que te querem com ou sem memória.

O queixo de Lucas caiu e se viu sem palavras mais uma vez.

— Isso é muito bonito na teoria. Mas, na prática, eu me conheço. Sei quem eu sou e o que fui antes de vocês. As coisas não seriam as mesmas.

— Nada nunca mais será o mesmo pra nenhum de nós. Disso você pode ter certeza.

— Se é pra eu morrer... que seja agora. Do lado de quem conheço... *nessa* vida. Não em uma desconhecida que me espera. Eu não sou mais aquele Lucas. Não quero mais ser *aquele* Lucas.

Felipe voltou da cozinha com pizza requentada, Shion e Lucas ficaram em silêncio. O jovem não falaria sobre aquilo na frente do namorado. Não o deixaria ouvir como ainda se sentia apesar de todas as conversas. Depois de todas as tentativas de convencimento. Felipe merecia ao menos comer em paz.

O fantasma saiu da sala sem olhar para trás e subiu as escadas. Foi em direção ao estúdio e sentou-se no banco do piano.

Felipe havia dito ao fantasma que, depois de acordar, ele nunca mais poderia ver Lorena. Para o bem dela. Para que ela mesma pudesse esquecer e não ficar presa na terra por muito mais tempo.

Tocou algumas notas aleatórias no piano, rindo da própria estupidez e da ironia. Se nunca tivesse entrado no carro, nunca teria conhecido Lorena. Nunca teria desejado estar vivo.

Onde estava a justiça daquilo? Como poderia viver sabendo que aqueles anos a mais de vida pertenciam a outra pessoa? Mas, é claro, ele não saberia disso depois de acordar. Esqueceria de tudo.

Seus dedos continuaram passeando pelo teclado até perceber a música que tocava. "Heaven" do The Fire Theft. As mãos reproduzindo as notas de ouvido. Uma música melancólica, íntima, que o fazia lembrar perfeitamente do que vivia agora.

Soltou uma meia risada pensando naquilo. Como a letra dizia, as coisas mais simples realmente eram as mais difíceis de se compreender. Será que havia conseguido se encontrar durante aquele pequeno período? Seria o suficiente para tê-lo mudado a ponto de valer a pena acordar?

A luz piscou quando começou a cantar e sentiu um frio repentino na barriga quando alguém se sentou ao seu lado.

Lorena ficou ali em silêncio enquanto ele tocava e cantava, deixando a emoção extravasar com a música. A lâmpada piscando cada vez mais até se apagar para sempre.

Quando a música chegou ao fim, deixou o som do piano morrer em uma nota abrupta. Lucas virou o rosto para o outro lado enquanto Lorena se acomodava, apoiando a cabeça em seu ombro. O silêncio que se fez pareceu durar horas.

— Continue — pediu ela, apontando para o piano.

Lucas balançou a cabeça devagar.

— Já acabou — disse ele.

— Que pena — respondeu Lorena, balançando os pés descalços. — Eu gosto de ouvir você.

Ele não disse nada e não fez nada além de fingir remover uma mancha inexistente de uma das teclas. Não conseguia entender o que a levava a falar com ele depois de tudo que tinha feito para machucá-la. Se ela simplesmente o odiasse seria tão mais fácil. Não precisaria se despedir.

— Desculpa — disse ela depois de um tempo.

— Não... Eu que peço desculpas.

Pelo canto dos olhos, a viu dar um sorriso, com os lábios tremendo. Uma lágrima escorreu pela bochecha.

— Eu não tive a intenção. — A voz da garota falhou e ela esfregou o rosto, deixando algo cair no chão.

— Eu também não — respondeu Lucas, sem conseguir se mover para limpar as lágrimas do rosto dela. — Você me perdoa?

— Só se você me perdoar.

Lucas sentiu um grande peso sendo removido do peito, pouco a pouco. Mas, enquanto aquele peso da culpa e do remorso era retirado, outra coisa entrava no lugar. Percebeu que ele mesmo começaria a chorar.

A puxou para si e a abraçou com força, querendo ficar perto dela o máximo que podia.

— Sabe, Lorena — ele continuou depois de conseguir se controlar —, eu nunca quis que nada disso acontecesse. Sinceramente, quando nos conhecemos, achei que encontraria uma garota qualquer e que depois de alguns minutos essa pessoa estaria pronta para continuar seu caminho e eu, o meu.

"Quando eu te conheci, simplesmente não consegui ir adiante. Não consegui me afastar nem desapegar e tive medo, muito medo de tu me odiar e ir embora. E eu só queria, pela primeira vez em minha vida, ter alguém do meu lado, alguém que me entendesse, me aceitasse. E mesmo agora, eu não sei se posso simplesmente acordar."

Lorena fungou, alcançando o chão para pegar o objeto que deixou cair. Lucas sentia todo o corpo tremer. A garota secou os olhos com a camisa.

— Minha mãe sempre dizia que eu deveria ser mais atenta. Meu pai mandava eu baixar o volume do som pra não ficar surda. É engraçado pensar o quanto a gente odeia essa falação. Não sei se aprendi a aceitar minha condição. Mas agora, sentada aqui contigo... meio que agradeço por ter tido a chance de te conhecer. Acho que isso fez de mim uma pessoa melhor.

Lucas sorriu meio sem graça e Lorena apertou o rosto contra o pescoço dele. As lágrimas o atravessaram e caíram diretamente no banco do piano.

— Todo mundo fica me falando pra acordar — confessou ele, separando seu corpo do dela —, mas eu não quero deixar nada disso para trás. — Lucas fez um gesto amplo demonstrando toda a sala. — Não quero perder vocês. Não quero perder você.

— Aí que tá o problema, Lucas. — A garota fungou e secou o rosto com os dedos. — Você já me perdeu. Eu estou morta.

Lucas sacudiu a cabeça como se pudesse fazer as palavras dela irem embora do cérebro.

— Não... — ele falou, segurando ela pelo rosto.

Lorena o imitou, colocando as mãos nas bochechas dele. O fitou nos olhos e ele sustentou o olhar, sendo obrigado a ver as lágrimas que não paravam de cair.

— Sim — ela disse.

Sem aguentar mais, ele a puxou para perto e escondeu o rosto no pescoço dela enquanto soluçava, a segurando bem perto de si.

Os passos subindo as escadas chamaram atenção dos dois.

— Lori, eu tô indo — falou Ruby, mudando de postura ao perceber com quem Lorena estava.

Separaram o abraço e Lorena limpou o rosto. Os olhos de Ruby foram do fantasma para a zumbi algumas vezes.

— Deixei tudo na garagem, você traz as coisas aqui pra cima depois? — continuou a lobismina. — É lua cheia, preciso ir pra casa me preparar.

Lorena fez que sim sem falar nada.

— Se precisar de mim... — começou Ruby. — Amanhã eu venho quando estiver melhor.

— Ok.

Ruby desapareceu pela escadaria e Lorena fungou.

— Do que ela tá falando? — perguntou Lucas.

Lorena se esticou e colocou o saquinho que segurava na mesa de som. Lucas reparou que ele parecia estranhamente familiar.

— Ah, talvez a gente tenha assaltado a casa do seu irmão. — Ela soltou uma risada fraca. — Ruby, Nina e eu formamos um nada excelente grupo de ladras. Pegamos algumas das suas coisas de lá. Tá tudo na garagem.

— Pera, vocês roubaram meu irmão?

— Bom, tecnicamente as coisas são suas, então a gente não roubou, só resgatou.

Ele sorriu, mas logo o que seria uma risada virou outra coisa. Mordeu o piercing por dentro da boca.

— Então vocês viram onde eu morava.

Ela assentiu em silêncio.

— O que sobrou? Fui lá uns dias atrás...

— Não sobrou quase nada. Porque roubamos quase tudo.

— Quê?

A zumbi sorriu.

— Conseguimos sua guitarra, o computador... tem umas roupas também.

Lucas deu um sorriso torto. Se sobrevivesse, pelo menos teria algumas coisas. Não teria que recomeçar completamente do zero. Mas mesmo com ajuda de Felipe... Como ganharia dinheiro, como voltaria a estudar? Como se manteria vivo?

Novos sons de passos vieram da escada e Felipe surgiu com o rosto iluminado. Lucas sorriu para ele. Seria difícil não retribuir um sorriso daqueles.

— Eu tenho um trampo numa casa — disse ele, apoiando uma mão na cintura e trocando o peso do corpo de uma perna para a outra. — Querem ir junto e ver um verdadeiro caça-fantasmas em ação?

— Você é bobo — disse Lorena, com uma risadinha.

Aquilo divertiu Felipe e o sorriso dele se abriu ainda mais, mostrando os dentes perfeitos.

— E você gosta de mim, então, de verdade, quem é pior?

Capítulo 53

E os caça-fantasmas

— *Cartas pra você*, NX Zero

— Vocês querem ir? — Felipe repetiu a pergunta, já que tudo que os dois bobos fizeram foi sorrir bobamente para ele.

Lorena e Lucas trocaram um olhar rápido e o coração de Felipe se apertou um pouquinho mais. Esperava não ter interrompido a conversa muito cedo. Sabia que ainda tinham muito o que falar um para o outro.

Os namorados sorriram de leve e deram de ombros.

— Óbvio que sim — falou Lorena. — É mais aventura no mesmo dia do que vivi minha vida inteira.

Felipe olhou para os dois por um segundo gigantesco. Ali, sentados, apertados no banco pequeno do piano, pareciam tão reais. Tão vivos. Se o destino fosse verdadeiro, era realmente cruel pensar que havia se apaixonado por duas pessoas por quem não podia compartilhar integralmente os próprios sentimentos para não atrapalhar suas jornadas particulares. Era tão difícil encontrar alguém. E agora tinha os dois. E, em breve, teria apenas metade de um.

— Que foi? — perguntou Lorena. — A gente vai caçar fantasmas ou ficar aqui se olhando?

— Foi mal, me distraí pensando no que preciso levar. Me encontrem no carro.

Foi para o quarto e pegou uma mochila do Garfield. Abriu o armário, tirou uma caixa guardada e jogou na bolsa: dois sacos de sal, algumas bonecas de pano que comprara com Bergamota e as luvas. Esperava não precisar usar nada daquilo. Na verdade, nem sabia o que iria encontrar. Afinal, não era uma missão oficial, e sim um favor que estava fazendo ao amigo Hector.

Desceu as escadas e encontrou Ruby na cozinha, sentada na bancada, enrolando um baseado e cantando baixinho.

— Achei que você já tinha ido — falou ele.

— Eu esqueci da minha plantinha.

Andou até ela e plantou um beijo na testa da amiga.

— Se cuida.

— Você também. Ah, e fala pro Hector me ligar.

— Você tem o número dele, liga você.

— Te odeio.

Encontrou os namorados o esperando, ambos estavam calados, perdidos nos próprios pensamentos. Havia um silêncio constrangedor no carro e Felipe tentou quebrá-lo ligando o som. Pensou, com certo humor, que aquele seria um ótimo momento para Lorena fazer uma centena de perguntas.

— Então, aonde vamos? — perguntou ela e Felipe não conseguiu disfarçar o sorriso.

— Não tenho certeza — respondeu, dando ré e saindo da garagem. — Um amigo, Hector, ceifou duas vítimas de assassinato numa casa uns anos atrás. Parece que os fantasmas ainda tão lá e o Mundo Espiritual ignora quando ele reclama. Mas eu nem acho que sejam fantasmas.

— Por quê?

— Fantasmas não causam tanto problema, geralmente essas assombrações são causadas por, bem, aparições, espectros...

— E o que são essas coisas?

Olhou pelo retrovisor e Lucas olhava pela janela, parecendo distraído ou desinteressado. Felipe apoiou a mão na perna de Lorena, dirigindo com a outra.

— Aparições são o que o nome diz — respondeu.

Felipe ficou quieto por um momento enquanto pensava em

como explicar. Só então continuou:

— Às vezes uma pessoa deixa uma espécie de gravação por onde passa antes de morrer. Um pedaço fica ali se repetindo, fazendo algumas ações... Tipo, geralmente o que a gente ouve falar sobre casas assombradas são aparições. Uma imagem na janela, um som subindo as escadas... É uma coisa sem alma, totalmente sem vida.

— E espectros?

— É o que acontece quando um fantasma enlouquece. Às vezes dá pra salvá-los. Mas não deve ser isso, ainda é muito cedo.

Lucas saiu da janela e se sentou no lugar do meio.

— Às vezes?

Demorou um instante para responder.

— Às vezes é perigoso demais tentar ajudar.

— Aí você explode eles como fez com o ex do Lucas? — perguntou Lorena.

Felipe soltou uma risada curta.

— No caso, uma explosão mais definitiva.

— E aí o fantasma... morre pra sempre? — perguntou Lucas.

— É. Tipo um ghoul, mas ghoul não tem salvação nenhuma, dá nem pra tentar.

***

Felipe estacionou na frente de uma casa na Barra, um bairro residencial e pacato, marco zero de Balneário Camboriú.

Saíram do carro e Felipe viu Hector sentado no telhado de uma casa amarela. Ele saltou para o chão como se a altura fosse nada, tragou o cigarro, soprou a fumaça e jogou a bituca na calçada, pisando para apagá-la.

Hector era um pouco mais baixo que Felipe. Era indígena e tinha a pele escura. Se vestia como quem vivera o movimento punk dos anos oitenta, mas havia morrido há poucos anos. O cabelo estava arrumado em um moicano verde desbotado e no colete, portava um bottom com as cores da bandeira trans: azul, rosa e branco.

O cumprimentou com um toque de mãos.

— E aí, Lipe — falou Hector. — Obrigado por vir, eu já tava sem opção.

— Suave, cara. O que tá acontecendo?

O ceifador deu uma olhada rápida para Lucas e Lorena, cumprimentando-os com um aceno rápido.

— Há uns três anos eu ceifei um casal nessa casa. — Ele se virou para a mansão antiga em arquitetura açoriana que se destacava no meio das casas modernas da rua. — Levei os dois até uma médium, como de praxe, mas eles fugiram. Mandei outro médium atrás deles e fugiram de novo. E assim foi, sucessivamente.

Felipe ajeitou a alça da mochila no ombro.

— Dá pra mandar eles pra algum médium que os prenda lá.

— Acha que não tentei? Já tentei juntos, separados... eles simplesmente fazem um caos tão grande que os médiuns desistem, já que atrapalham os outros fantasmas. Não sobrou nenhum médium de assassinato na cidade que queira receber esses dois.

— Porra, eles devem ser insuportáveis.

— Eles não são insuportáveis, eles são loucos. E não tô falando figurativamente. Eles estão completamente perdidos.

— Em três anos? — Felipe trocou o peso de uma perna para outra. — Não, cara.

— É isso que todo mundo me diz. E por isso o Mundo Espiritual não faz nada. Eu tô falando, eles tão por um fio de virar espectros.

— Três anos é...

— Pouco tempo? Eu sei.

Felipe deu uma olhada para a casa e suspirou.

— Eu posso tentar convencê-los a ir pra algum lugar, mas se em três anos ninguém conseguiu...

— Eu já não tô preocupado com isso — disse Hector. — A casa será vendida. Essa semana o filho do casal vai vir aqui com a corretora e eu tenho medo do que pode acontecer com eles.

— Nesse nível?

— Sim, é sério.

Felipe colocou a mochila no chão, procurou as luvas e as deixou nos bolsos da jaqueta, só por precaução. Pôs um saleiro em cada bolso do jeans.

— Lucas, abre a porta pra mim — falou.

Hector se adiantou.

— Toma cuidado. Vou ficar observando de longe. Se eles me virem, vão surtar de novo.

— Tudo bem.

Hector se transformou em um escaravelho e saiu voando, desaparecendo cm uma fresta quebrada da janela.

Lucas abriu a porta. Lá dentro estava um breu. As janelas fechadas e barradas com tapume. Apenas uma iluminação fraca vinha das frestas. Nada era como Felipe esperava. Imaginava que uma casa como aquela seria tombada como patrimônio histórico, mas o interior havia sido modernizado. E depois caotizado: havia entulho em todos os cantos. Móveis quebrados, manchas e rachaduras nas paredes, pó. Muito pó. Sem falar no cheiro que logo invadiu suas narinas.

Felipe fez uma careta e tampou o nariz.

— Tem alguma coisa apodrecendo aqui — comentou Lorena, torcendo o rosto. — Juro que não sou eu.

— Devem ser ratos. Espero que sejam ratos. Por favor, sejam ratos.

Era um gambá, logo descobriram, depois de atravessar o hall até uma sala de jantar. O trisal ficou ali parado, encarando a mesa de madeira. Havia um gambá em uma travessa de inox e pratos, talheres e taças haviam sido colocados em cinco lugares.

Felipe sentiu o estômago revirar.

— Que merda é essa? — perguntou Lucas.

O médium balançou a cabeça devagar, sem palavras. Já tinha visto fantasmas morando em casas abandonadas antes, mas geralmente eles logo aprendiam a tocar em objetos e mantinham o lugar minimamente limpo. E não serviam gambás mortos em travessas Tramontina.

— Vou ver o resto da casa — avisou Lucas, e sumiu. Felipe ia pedir que ele não interagisse com os fantasmas, mas não teve tempo.

— Que sensação ruim. — Lorena abraçou o próprio corpo.

Felipe abriu a mochila, tirou duas bonecas de pano e entregou para Lorena.

— Consegue esconder isso na roupa?

Ela encaixou as bonecas na calça e cobriu com a camisa longa.

— Mais ou menos. Eu fiz algumas dessas bonecas na Berga-mota.

— É só um objeto pra aprisionar fantasmas.

— E o que eu faço com isso?

— Nada. Eu só não tenho mais bolsos livres.

Andaram até a cozinha, onde o cheiro estava pior. Moscas sobrevoavam uma panela no fogão e Felipe soltou um gemido de nojo. Não quis olhar o que tinha lá dentro.

— A casa parece vazia — falou Lorena.

— Não. Eles tão aqui. Eu sinto eles.

Os cantos dos lábios de Lorena caíram, assim como as sobran-celhas.

— O que você sente?

Felipe torceu a boca. Não queria assustá-la.

— Raiva, rancor. Medo. Tá tudo bem — assegurou ele para re-confortá-la, sabendo muito bem que nada estava bem.

Voltaram para a sala de jantar e encontraram Lucas.

— Não tem ninguém — informou ele.

Felipe abriu a boca para repetir o que tinha dito a Lorena, mas não precisou. Uma luz fraca e azulada se iluminou ao lado de uma das cadeiras e uma mulher elegante de coque surgiu, sorrindo, an-dando na direção de Felipe.

Ela o cumprimentou com dois beijos na bochecha como se fos-sem conhecidos e ele sorriu de volta, deixando a cena se desenro-lar.

Lorena e Lucas ficaram tensos e Felipe fez um gesto discreto com a mão na direção deles.

— Eder! É tão bom receber você aqui! — disse a mulher. — Cadê a Suzane?

Felipe ficou em silêncio, sabendo que, na memória torta da fantasma, ela sabia o que Eder respondera. Ele, não.

A mulher fez uma cara triste com seja lá o que o tal de Eder havia dito e colocou as mãos nas cinturas.

— Que pena! E as crianças, como estão?

Um homem sorridente surgiu e apoiou a mão no ombro da esposa, dando um beijo na bochecha dela.

Eder deve ter falado algo, e ela respondeu.

— O Rique deve estar no quarto, com os jogos dele. Sabe como são essas crianças hoje em dia.

— Meu bem, ele já não é criança.

Ela fez uma careta

— Dezoito anos ainda é criança, meu bem. Vá chamá-lo pro jantar! Eder, por favor, fique à vontade, posso te oferecer alguma coisa? Certo!

A mulher foi até a cozinha e Felipe soltou o ar dos pulmões. Mal conseguia respirar com o gambá morto à mesa.

— Lipe, o que tá acontecendo? — perguntou Lorena, se aproximando.

— Eles tão revivendo a morte deles. Deixa rolar, logo acaba. Vai ser bom saber o que aconteceu.

— O que a gente faz?

— Nada.

A mulher voltou da cozinha e colocou outro prato sobre a mesa. Felipe tentou não olhar o conteúdo, mas a curiosidade falou mais alto. Eram vários ossinhos de pequenos animais. O marido voltou, torcendo a boca.

— Amor, adivinhe. Rique não está no quarto.

— O quê?

— Deve ter fugido de novo pra ver aquela namorada.

— Inacreditável! Desculpe, Eder, até parece que não ensinei modos praquele rapaz.

O casal ficou prestando atenção em algo que Eder dizia e a expressão no rosto deles foi mudando. Então a mulher cobriu os olhos com um grito e caiu para trás. O marido tentou fazer algo, mas não teve tempo. Logo também foi atingido e vários pontos vermelhos surgiram em sua camisa branca. Ele caiu de joelhos do outro lado da mesa e a cena desapareceu.

— Caralho — murmurou Lorena, tremendo.

Lucas passou o braço pela cintura dela e o grupo permaneceu quieto até a voz da mulher voltar.

— Desculpa — disse ela.

Felipe procurou pela sala de jantar até encontrá-la olhando pela janela cerrada. A imagem dela estava fraca. Ela emitia um brilho suave e azul que não iluminava nada ao redor. O marido estava sentado na cabeceira da mesa e o rosto voltado para a frente com o olhar perdido. Esbranquiçado e transparente.

Um arrepio se apoderou de Felipe e ele trancou a respiração por um instante para controlar a própria emoção. Nunca tinha visto aquilo acontecer tão rápido com fantasmas. Aquele processo costumava levar anos. O marido estava praticamente translúcido, há pouquíssimos passos da loucura. A mulher, com aquele brilho... talvez já estivesse lá.

— Quando começa, não conseguimos controlar — continuou ela.

— Se é tão ruim aqui, por que ficam? — perguntou Felipe, e a mulher se voltou para ele.

— Quem é você?

Quem respondeu foi o marido.

— Mais um médium querendo nos separar.

— Ninguém pode nos separar — garantiu ela, erguendo a voz.

— Para sempre — afirmou o marido.

— Para sempre — repetiu a mulher.

Ficou em silêncio. Precisava ter cautela na escolha de palavras. Lorena, do seu lado, estava paralisada. Lucas observava a cena com atenção.

— Vocês preferem arriscar suas almas ficando aqui? — perguntou Felipe. — Eu não sei o que tem no Mais-Além, mas com certeza é melhor do que isso. Lá vocês podem se reencontrar. Voltar e viverem juntos outra vez. Aqui... só tem dor.

Era arriscado falar aquilo, mas precisava tentar. Não poderia ficar ali parado eternamente, só esperando o desenrolar das coisas.

— Você não quer nos ajudar — disse o marido. — Ninguém quer nos ajudar.

— Só querem nos separar.

As frases curtas, simples e repetitivas mostravam a Felipe que a capacidade de coerência dos dois já tinha ido para o ralo. Eles provavelmente passavam os dias revivendo os últimos momentos de suas vidas, incapazes de se prender no presente ou de raciocinar.

O marido levantou e Felipe cometeu o erro de dar um passo para trás. Não podia demonstrar que estava com medo.

— Você vai nos separar?

Não   respondeu com firmeza.

A mente pensava em mil coisas que podia dizer, mas a razão lhe dizia que era melhor ficar calado. Que nada que dissesse seria capaz de resolver o assunto. Pelo menos não de modo seguro. Não queria admitir, mas talvez o tempo do casal na terra já tivesse acabado. Definitivamente.

Pensou rápido, calculou o campo de visão dos dois fantasmas e andou pelo cômodo, colocando a mão no bolso da calça e abrindo o saleiro discretamente. Precisava ganhar tempo.

— Eu vim aqui porque a casa de vocês será vendida.

Os dois se entreolharam assustados. Era a reação que Felipe esperava.

— Meu filho nunca faria isso. Essa casa é o legado dele — disse a esposa.

— Pelo que entendi — falou Felipe, ainda andando para contornar a mesa toda —, seu filho só não morreu porque estava fora de casa naquela noite.

Os dois torceram a boca. As sobrancelhas se unindo, com ódio.

Felipe deixava o sal cair no chão ao andar e, naquele momento, chegara perigosamente perto do casal. Mas precisava continuar andando. Precisava formar um círculo em torno dos dois. Mas então o primeiro saleiro acabou. E no silêncio absoluto que se fez quando parou de andar, a mulher ouviu o "pop" do segundo saleiro se abrindo no bolso de Felipe.

— Merda.

A mulher olhou para o chão e gritou. Um grito agudo, alto, horrível. A forma dela se iluminou ainda mais, mudando para um tom avermelhado. Ela foi para cima do médium, que se concentrou para impedi-la de tocá-lo. Funcionou, mas o marido foi mais esperto: ergueu uma cadeira e tentou atingir Felipe.

O médium se esquivou e Lucas surgiu, segurando os pés da cadeira, arrancando-a da mão do fantasma e a jogando longe.

Felipe aproveitou a distração para calçar suas luvas. Eram luvas simples, de lã estampada, mas enfeitiçadas.

— Lori, boneca!

A zumbi atirou uma das bonecas para ele e Felipe a pegou no ar.

— Lucas, segura ele!

Lucas obedeceu, tentando segurar o homem que se debatia. Felipe se aproximou, segurou o fantasma pelo braço e pressionou a boneca contra o peito dele. A luva permitia que ele tocasse em um fantasma independentemente da intenção do morto.

A mulher tentou ajudar o marido, mas cometeu o erro de tentar atingir Felipe com chutes e socos que o atravessavam sem surtir efeito.

Tentou lembrar das palavras exatas do feitiço, mas não conseguiu, então pensou no que Bergamota sempre dizia: o importante não eram as palavras, e sim a intenção. Por isso, ele gritou:

— Entra logo na merda da boneca!

Um brilho surgiu do peito do fantasma, e ele foi sugado para dentro da boneca de pano, que caiu no chão com um baque seco.

A esposa encarou Felipe com raiva. Então foi até a mesa, pegou uma faca de ponta e a ergueu no alto.

Felipe se preparou para desviar do golpe, mas Lorena se pôs na frente dele e deixou a faca atravessá-la no peito.

— Ai! — gritou ela. — Sua puta!

— Lori! — Lucas e Felipe gritaram ao mesmo tempo.

A fantasma removeu a faca, fazendo a zumbi gritar, mas não fugir. Bloqueou um novo ataque contra Felipe e jogou para ele a segunda boneca.

Com um rugido de doer os ouvidos, a mulher ergueu a faca no ar e tentou acertá-lo mais uma vez. Lorena, porém, segurou a arma, sem se importar de ter a mão atravessada pela lâmina.

Felipe empunhou a boneca, irado ao sentir o sangue de Lorena respingar no seu rosto. A fantasma o viu. Olhou para a boneca e acertou Lorena uma quarta vez tentando atingi-lo.

A mulher virou de costas e Felipe se adiantou na direção dela, com medo de que ela desaparecesse no ar. Por sorte, ela parou no caminho para pegar a boneca no chão, aquela que aprisionava o marido.

Lucas arrancou o objeto da mão dela e Felipe a agarrou pelo braço. A fantasma lutou e se debateu, mas não conseguiu impedir o médium de encostar a boneca contra o peito dela e gritar:

— Entra na porra da boneca!

E a mulher entrou.

Felipe respirou fundo e caiu de joelhos, exausto. O coração batendo com força no peito dolorido. Sentiu a força se exaurir com o feitiço e deitou-se contra Lorena, que ajoelhou ao lado dele.

— Você tá bem?

Ele respirou fundo algumas vezes.

— Tô sim. Isso só é cansativo.

Lucas se ajoelhou na frente dele com o olhar preocupado.

— Lorena... seu ombro.

Lorena encarou a faca cravada no ombro e sacudiu as mãos, como se uma aranha estivesse escalando nela.

— Tira! Tira isso! — gritou.

Lucas puxou a faca e Lorena apertou o ferimento, que logo se fechou.

— Que ódio, eu gostava dessa camiseta!

— Essa camiseta é minha — comentou Felipe, apontando para a camiseta rasgada e ensanguentada no peito da zumbi.

— Bom, agora essa camiseta é do lixo.

— Será que a gente pode ir embora daqui? — sugeriu Lucas, ajudando Lorena a se levantar, e depois os dois ajudaram Felipe.

— Lipe! — Hector surgiu entre eles olhando para o médium com um olhar assustado.

— Agora tu aparece? — Lorena gritou.

— Tá tudo bem, Lori, se eles o tivessem visto seria pior — Felipe falou.

— Pior?

— Pior — Hector respondeu, olhando para o amigo. — Tudo bem mesmo?

— Só um pouco fraco.

O ceifador sacudiu a cabeça.

— Caralho, eu não imaginei...

— Hector. — Felipe colocou a mão no ombro dele. — Tá tudo certo.

Ele assentiu, olhando para Lorena e reparando no estrago. Ela estava inteira, mas coberta de sangue.

— Desculpa — ele falou.

— Desculpa é o caralho. O Lipe podia ter morrido.

— Lori, não é pra tanto.

— Não, ela tá certa — Hector falou. — Eu não deveria ter ligado pra você.

— Acredite — Felipe falou. — Devia sim. E eu resolvi o problema, não foi? Sério, Lori, isso aqui... é normal na minha vida.

— Não deveria.

Felipe fez um gesto de dispensa e entregou as duas bonecas para o amigo.

— Achei que seria mais seguro — comentou Lucas, olhando para Lorena que limpava o sangue da mão na camiseta.

— Costuma ser.

A verdade era que, depois de tantos anos trabalhando com a mesma coisa, Felipe preferia fazer aquilo do que seguir trabalhando como médium. E, se conseguisse a vaga de Investigador Paranormal, aquele seria o tipo de coisa com a qual precisaria lidar diariamente. Perigoso. Interessante. Emocionante. Talvez fosse o tédio falando, mas a experiência havia apenas feito com que mudar de profissão parecesse ainda mais convidativo.

Hector dirigiu o grupo até a casa de Felipe, que ainda estava meio grogue depois dos feitiços.

— Fala pra Ruby me ligar — disse ele, parando o carro de Felipe na rua.

— Você tem o número dela, liga você.

***

Felipe sabia que Lucas estava acordado. O ruído que vinha do fone de ouvido já havia silenciado há pelo menos meia hora, mas o fantasma permanecia deitado de lado, na direção de Lorena.

O médium estava cansado. O corpo pesava desde o dia anterior. A aventura, pelo menos, tinha feito o clima entre os três voltar ao normal. Ou assim lhe parecia.

A situação do casal que ajudaram era similar a de Lorena e Lucas. Ambos não queriam ser separados. Ambos estavam apegados a alguém através do amor. Shion uma vez disse que ele era muito ingênuo com a forma de ver o amor entre desmortos, e talvez tivesse razão. Via isso agora. Talvez não fosse assim tão fácil usar amor como ajuda para chegar ao Mais-Além. Talvez também fosse perigoso. Talvez tivesse cometido um erro.

Suspirou, se desvencilhou das cobertas e ergueu a mão, traçando o contorno do braço de Lucas com o dedo.

Se ele voltasse para o corpo, poderia senti-lo de verdade. Poderiam ficar juntos. Seria possível manter um relacionamento com um humano ordinário? Como esconder que era médium? Como poderia esconder o que viveram juntos durante o tempo que Lucas fora um fantasma? Poderiam ficar juntos? E o que fazer em relação a Lorena? Terminar o que tinham mesmo gostando dela?

Lucas se remexeu, silencioso. Tudo era quieto no entorno dele. Por mais que pudesse vê-lo perfeitamente e até mesmo tocá-lo, sabia bem que não havia nada sólido ali. O fantasma tirou o fone de ouvido e se virou, o encarando com aqueles olhos verdes que pareciam cintilar. Felipe se sentiu tolo. Deveria ter percebido que aqueles olhos eram diferentes. Que tinham vida.

Apoiou a mão no rosto de Lucas e o garoto se aninhou em seus braços. Felipe o acariciou e tentou enrolar um dos cachos em seu dedo, mas a ilusão do corpo de Lucas não era complexa o bastante e nada aconteceu.

A cortina fechada deixava o quarto escuro. A manhã estava fria e uma brisa gelada vinha da pequena abertura das portas de vidro da sacada. Os passarinhos lá fora anunciavam que o dia havia começado, mas eram o único som além da própria respiração e as batidas de seu coração, acelerado no peito. Queria falar tudo que estava sentindo, mas não conseguia encontrar palavras coerentes.

— Fica comigo — disse por fim, enterrando o rosto no pescoço de Lucas. — Acorda e fica comigo.

Era egoísta pensar aquilo? Talvez. Porém era só o que conseguia pensar.

— Eu tô aqui agora — falou Lucas, a voz baixa.

— Agora não é o bastante. Eu quero mais, Lucas. Quero você. quero você inteiro. Quero você até meu corpo virar pó.

Não deveria falar aquilo. Lucas tinha o próprio dilema para lidar. Sentia o mesmo em relação a Lorena, porém nunca diria algo como aquilo a ela. Não deveria nunca falar algo que pudesse prejudicar um desmorto. Saber que Lucas estava vivo havia mudado tudo.

— Você não sabe quanto medo eu tenho — disse Lucas. — Medo de acordar sozinho e perdido, amargo e descontente.

Felipe puxou o queixo de Lucas e apoiou a testa contra a dele.

— Eu tô aqui, Lucas, não vou deixar você sozinho. Você nunca mais vai ficar sozinho, tá me ouvindo?

— Que garantia eu tenho de que vou querer algo com você? Você não conhece meu outro eu, Fê, o que já desistiu de sentir qualquer coisa boa.

— Porque você tá doente.

— Fê, eu fazia terapia e tomava remédio, como você acha que...

— Lucas, é sério, para de falar merda por cinco minutos. Você confia em mim ou não?

— Não é questão de confiar. Se eu acordar... pra onde vão todas essas memórias? Se nossas experiências formam quem a gente é, então esse meu outro eu terá morrido. Será como se nada disso tivesse acontecido. Eu não quero morrer, Lipe. E acordar... acordar é matar quem sou agora.

Era incrível como Lucas conseguia ter sempre emoções extremamente exageradas. Muitas vezes, Felipe não fazia ideia de como responder às coisas que ele falava.

— Você não tem mais tanto tempo. Sua conexão com o corpo tá cada dia mais fraca. — Lorena se remexeu na cama e Felipe baixou o tom da voz. — Digamos que você morra, eu não vou poder ficar com você sabendo que isso te prende no mundo. O que vimos ontem... aquilo aconteceu em apenas três anos.

— Será que a gente pode deixar isso pra lá?

— E vamos deixar isso pra lá até quando? Você não pode fugir dessa conversa pra sempre.

Lucas afastou a coberta de Felipe, montou no colo dele e se inclinou para frente.

— Eu posso fugir por pelo menos meia hora — falou o fantasma em seu ouvido.

— Como você consegue pensar em sexo enquanto fala da própria morte?

— Do mesmo jeito que você.

Felipe segurou o rosto dele com as duas mãos e o beijou, sentindo o corpo reagir àquele rapaz que não pesava nada. Em resposta ao beijo, Lucas se solidificou um pouco mais, pressionando o quadril contra o dele.

Abriu os olhos, pensou em afastá-lo, mas desistiu, se perdendo em Lucas mais uma vez. Talvez pela última.

Capítulo 54
E um dia qualquer

— *Let's Dance to Joy Division*, The Wombats

Lorena estava no banho com Felipe e eles podiam ouvir Lucas tocar piano. Uma música enérgica que a garota não reconheceu, mas gostou. Saiu do box enquanto Felipe hidratava o cabelo e se enrolou na toalha. Ele parecia menos cansado depois de dormir. Queria conversar sobre o que acontecera. Sobre o casal de fantasmas. Mas o assunto era tão familiar que não conseguia juntar coragem de falar o que a afligia.

Ver o ghoul a havia assustado, mas parecia um futuro improvável e distante. Aquele casal, porém... Havia enlouquecido em tão pouco tempo. Aquele futuro improvável não parecia mais tão distante assim.

— Lipe? — chamou a meia voz. — Quando o Lucas acordar...

— Quando?

— É, ué. Quando. É questão de tempo, ele com certeza vai acordar.

Felipe ficou em silêncio e ela abriu a porta do box para olhar para ele.

— Que foi? — perguntou. — Você acha que ele não vai?

— Não é isso. É só que... Sei lá. Você está mais otimista do que eu.

Lorena trocou o peso de uma perna para outra, sem acreditar no que ouvia.

— Tu não tá falando sério.

Ele ficou em silêncio e escorreu o creme do cabelo.

— O que você sabe que eu não sei? — insistiu Lorena.

O médium virou de costas, desligou o chuveiro e puxou a toalha pendurada no box. *Por que ele sentiu necessidade de esconder o rosto, por que me deu as costas?*

— Felipe.

— Lorena.

— Desembucha.

Felipe suspirou.

— Não é que eu não acredite que ele vá acordar ou coisa do tipo. É só que... Ele tem pouco tempo.

Lorena abriu caminho para ele passar e Felipe andou até o quarto, se secando.

Ela já imaginava isso, mas era mais fácil ignorar e fingir que estava tudo bem. Era mais fácil se iludir, fingir que estava viva e vivendo uma história de amor com final feliz. Era mais fácil fingir que a história deles não era na verdade um drama.

Felipe colocou uma cueca e um pijama quentinho.

— Esse "quando" precisa acontecer rápido. Mas eu não sei mais o que fazer pra tentar ajudar. Ele... — Felipe esfregou o rosto e Lorena ficou observando enquanto se vestia.

Felipe fingia estar bem. Às vezes ela conseguia capturar o tom de voz e lembrar o quão exausto ele realmente estava. E Lorena era parte daquilo. E se sentia culpada. Talvez devesse se afastar e deixar Lucas e Felipe em paz. Afinal, ela estava morta. Ela era o denominador incomum ali.

— Lorena, eu conheço essa cara, não começa a pirar agora.

— Eu não tô pirando, Lipe, é só que o Lucas não é o único que precisa tomar uma decisão importante.

Reparou no movimento da mandíbula de Felipe, como se apertasse os dentes com força.

— Eu vou comer alguma coisa — declarou ele, mudando completamente o assunto sem nem disfarçar. — Quer comer alguma coisa? Acho que tem bolo.

***

Lorena ficou jogando videogame no tapete da sala até Lucas aparecer. Ele ficou ao lado dela, assistindo-a jogar. Felipe cantava e ouvia música na cozinha, lavando a louça. Nina passava aspirador de pó no andar de cima. E toda aquela união de barulhos estava deixando a zumbi ainda mais estressada.

— Troca o jogo ali, Lu, eu desisto — falou ela, frustrada.

— Achei que você queria zerar esse jogo antes do Mais-Além.

— Seria ótimo se eu conseguisse passar desse templo idiota.

Ele se ajeitou, dobrando os joelhos.

— Não é tão difícil.

— Não é tão difícil? Disse o maior *noob* da casa.

— Eu sou ruim em jogo de luta e de tiro, não quer dizer que sou totalmente incompetente com um controle, Lori.

— Então tá, sabichão, o que preciso fazer?

— Abre seu mapa. Você precisa subir o nível de água nesse lugar aqui, ó.

— E depois voltar o caminho todo?

— Usa aquela magia verde nessa sala e depois tu pode se teletransportar de volta.

— Porra, eu não sabia pra que isso funcionava.

Felipe desligou o som e veio da cozinha. Sentou-se do outro lado de Lorena e se espreguiçou.

— Eu odeio esse templo.

— Não é difícil — Lucas repetiu.

— Não é difícil, é chato. Tira bota, põe a bota, tira a bota... Tédio. Você levou fada ou poção? Tem um chefe tenso daqui a pouco — disse Felipe.

— Óbvio, Lipe, é claro que eu esqueci de comprar poção.

Ele riu.

— Tem umas fadas nuns potes mais em frente.

Felipe se deitou no colo dela e ficaram ali no chão em silêncio por um tempo.

Estava tudo tão calmo, tão comum. Tudo parecia tão simples. Seria fácil se deixar levar por aquela ilusão de leveza.

Felipe se ergueu quando ouviu a porta abrir e lançou um olhar intrigado para Ruby, que entrou na casa com uma cara péssima.

Ela tinha olheiras profundas e o cabelo estava preso em um coque descuidado.

— O que você tá fazendo aqui? — perguntou Felipe, se levantando e indo até ela. — Você deveria estar descansando.

— Eu não queria ficar sozinha. — A voz dela estava fraca, quase inaudível.

Ele a ajudou a sentar no sofá.

— Você veio de carro?

— Eu peguei um táxi.

Felipe pegou uma almofada e um cobertor e entregou para Ruby.

— Pelo jeito seu plano deu errado — comentou ele.

— Horrivelmente errado. — Ruby pigarreou. — Achei que a maconha ia acalmar minha loba, mas ela só ficou triste.

— Você ainda quer sair hoje à noite?

— Daqui umas horas eu já tô melhor. Tem café?

— Vou pegar pra você.

Felipe sumiu na cozinha e Ruby se ajeitou, cobrindo os ombros com o cobertor.

— Você tá bem, Ruby? — Lorena perguntou, pausando o jogo.

— Eu tô bem. — Ela pigarreou. — Você que deve estar mal de estar jogando o templo da água.

— Caralho, todo mundo odeia essa merda?

— Coloca outra coisa aí — sugeriu a lobisomem. — Tenho trauma só de olhar essa tela.

Felipe voltou e entregou a Ruby uma xícara de café e uma fatia de bolo.

— Você é um anjo — disse a amiga, dando um beijo na bochecha dele.

— Sua loba além de triste tá melosa?

— Vai a merda, Lipe.

— Onde você pensou em ir mais tarde?

— Pensei naquele pub de Itajaí, mas aí um de nós precisaria ficar sóbrio pra dirigir. No bar do 13 dá pra ir andando e voltar cambaleando.

— Tá bom. Agora fica aí quietinha pra recuperar a voz.

***

Lorena estava em um banco de frente para a praia segurando um copo de bebida que ela queria que fosse dela. Observava Lucas e Felipe conversando perto do mar. Eles riam juntos de alguma história que o médium contava. Sempre sentia um friozinho na barriga quando os via daquele jeito, alegres, juntos.

Perto do quiosque, atrás de uma árvore, Ruby beijava Hector. Shion havia desaparecido depois de subir no bar para pegar mais bebidas.

Nina se sentou ao lado dela, balançando os pés.

— Você ainda tá chateada comigo? — perguntou a fantasma.

Lorena encarou a amiga e revirou os olhos.

— Existem formas menos babacas de transmitir a notícia de que o namorado fantasma de alguém está vivo. Há quanto tempo você sabia?

Ela deu de ombros e colocou as mãos debaixo das coxas.

— Bastante.

— Tu não contou nem pro Lipe?

Ela fez que não.

— Lori, às vezes eu só quero instaurar o caos e ver o que acontece. Eu tô aqui há quarenta anos e já vi de tudo, menos paciente em coma fingindo que tá morto.

— Você é horrível.

— Obrigada.

Lorena torceu a boca e voltou o olhar para os namorados que riam na areia.

— Você não vai estragar minha noite, Nina.

Levantou-se e foi até a beira do mar. Felipe passou o braço pelo pescoço dela e a beijou com sabor cerveja. Lorena olhou para eles, falando de música. Os olhos brilhavam como se não houvesse nada no mundo mais importante ou interessante.

— De quem é esse copo? — perguntou ele.

— Da Ruby.

— Cadê ela?

— Sugando a alma do Hector pela boca.

— Qual é a dos dois? — perguntou Lucas.

— Os dois ficam juntos e terminam constantemente já faz uns anos.

— Que saudável.

Felipe deu uma risadinha.

— É... complicado. O Hector tem uns problemas com o modo que o Mundo Espiritual funciona e... sei lá. Não é da minha conta.

Ele pegou o copo da mão de Lorena e bebeu todo o conteúdo, fazendo uma careta.

— Querem subir pro bar? O Shion já deve ter esquecido da gente.

Encontraram o vampiro sentado na bancada do bar, comendo pipoca, bebendo suco de morango e conversando sobre política com um grupo de pessoas desconhecidas. Ele ofereceu a bebida para os recém-chegados e Lucas quis um gole, por isso incorporou em Felipe. Ruby chegou logo depois e largou Hector de lado para dançar com Lorena, que cantou, pulou, bateu cabeça e beijou Lucas-Lipe até não aguentar mais.

Só saíram dali quando as luzes acenderam, como se a dona do estabelecimento mandasse um recado de "vão embora", às quatro e meia da manhã.

Ruby estava descalça, sentada na areia molhada, montando um castelo de areia com Shion e Hector, que riam feito crianças.

A zumbi sentou na calçada preta e branca com os pés na areia, Felipe, com a cabeça apoiada no ombro dela de um lado e Lucas, deitado no colo dela do outro.

— Será que a gente consegue convencer os dois a ir embora? — perguntou Felipe, sem tirar os olhos dos amigos.

— A Ruby disse que só vai embora quando fizer um castelo da altura dela.

— Isso não vai acontecer nunca.

— Ela não cansa, não? — indagou Lucas.

Felipe bocejou.

— Aposto que foi ideia do idiota do Shion. — Ele se levantou — Vou lá destruir o castelo.

— Tadinhos! — exclamou Lorena.

— Tadinhos nada. — Lucas ergueu a cabeça. — Já faz meia hora que tão ali empilhando gotas de areia.

Lorena puxou Felipe pelo braço.

— Vamos embora e deixa eles aí. Olha a carinha de alegria dos três.

Felipe bufou.

— Você tem razão. Eles sabem o caminho.

Os três saíram andando pela calçada que se esvaziava cada vez mais. As festas acabavam, os bares fechavam e todos iam para casa.

Na metade do caminho, Felipe parou de andar, segurou Lorena pelo rosto e a beijou. Encostou a testa na dela, de olhos fechados e respirou fundo.

— Lorena... — ele começou a falar, mas Lucas o puxou pelo braço, separando os dois.

— Fê... Seja lá o que tu vai falar, não fala nada.

O médium o encarou por um segundo e colocou a mão na cintura, aguardando uma explicação.

O fantasma continuou.

— Ninguém chorou hoje ainda. Podíamos continuar assim.

— O dia já acabou há algumas horas.

— O dia acaba quando a gente dormir. E aí amanhã você fala o que tem pra falar. Por agora a gente pode só fingir que tá tudo bem.

Lorena segurou os dois pela mão.

— Prefiro assim também.

Felipe sorriu e voltaram para casa, aproveitando os últimos momentos de paz.

Lucas

Capítulo 55

Quando Lucas recebe uma notícia

— *Scene One - James Dean & Audrey Hepburn,*
Sleeping with Sirens

Lucas estava no quarto fechado com a própria guitarra nas mãos. Havia evitado encostar nela desde que soubera que estava ali ao seu alcance. Uma Les Paul branca que conseguiu graças ao desconto de vendedor na loja de música e, claro, muita economia.

Dedilhou por alguns segundos, aumentou o volume do amplificador e começou a afinar as cordas de ouvido.

O som reverberou como um choro e ele fechou os olhos, sentindo a familiaridade dela contra o corpo. A mão andando pelo braço, os dedos nas casas. A curva da guitarra contra a coxa..

A casa estava quieta. Todos dormiam. As notas ecoavam baixinho pelo quarto e ansiava por aumentar mais ainda o volume para abafar o som das aves. Odiava como elas anunciavam que um novo dia havia começado de modo tão alegre. Não queria que o tempo passasse. Só queria ser congelado em um momento bom.

Com a guitarra afinada, tocou as primeiras notas de uma música sua e percebeu que queria poder sentir o peso da guitarra nas mãos. A aspereza das cordas nos dedos. Dor na mão depois de ficar tempo demais tocando. Sentia falta até de esquecer de comer, quando ficava concentrado em alguma composição.

De certa forma, não ter um corpo era mais fácil. Não precisava se preocupar com suas necessidades básicas e texturas desagradáveis não incomodavam. Muito do que o sobrecarregava não afetava seu corpo astral.

Cantarolou a música, que ainda não tinha letra. Nunca tinha conseguido pensar em nada que encaixasse, mas, naquele momento, tocando a música outra vez, podia imaginar a voz de Felipe cantando ela. O timbre dele, que soava gentil, doce e poroso ficaria perfeito. Pensou em falar com ele sobre aquilo, mas aí lembrou que o assunto viraria mais um discurso de como deveria voltar para seu corpo.

Parou um pouco, pensou e experimentou alguns dedilhados e acordes diferentes para o refrão. E continuou a tocar, com calma, até que Felipe entrou silenciosamente no quarto, fechando a porta atrás de si. Ele bocejou, se esgueirou até as camas de solteiro unidas e se enfiou debaixo da coberta, fungando.

— Vai dormir — disse Lucas, sem parar de tocar. Ainda era cedo demais para Felipe estar acordado. Ele não deveria ter dormido nem quatro horas.

— Alice me acordou.

Lucas parou de tocar. A última nota ressoando no ar desconfortavelmente até desaparecer.

Felipe continuou.

— Ela me ligou.

Lentamente, o fantasma colocou a guitarra no *case* e voltou para a cama. Olhou para Felipe. O namorado o encarava com seriedade.

Por que ele não falava logo o que queria?

— Eu... — Lucas começou, mas a voz pareceu embolar. — Eu... morri?

Felipe passou a mão pelo cabelo e aquele simples gesto rápido pareceu levar tempo demais. Certamente teria reparado se estivesse morto, não? Às vezes sentia o corpo físico na forma de uma dor extrema na cabeça. Um cansaço repentino. Pensando bem, já fazia um tempo que não sentia nada daquilo.

Felipe se aproximou mais e o segurou pela mão. Lucas sentia que seria capaz de vomitar se a resposta demorasse mais um segundo sequer.

— Não. Ainda.

Um alívio tomou conta de Lucas e ele puxou a mão de volta, baixando o corpo e apoiando os cotovelos nos joelhos, segurando a cabeça.

Não era muito bom em identificar as próprias emoções... mas alívio?

Alívio?

Por que sentiu alívio?

— Lucas?

Felipe colocou a mão no ombro dele e o afagou de leve.

— Hum?

— A conexão tá fraca...

— Sei.

Mais uma pausa.

Não ousou olhar para cima. Não queria ver a expressão no rosto de Felipe.

— Ela... — ele voltou a falar. — Alice vai cortar o fio.

O mal-estar subiu por sua garganta e teve certeza de que iria vomitar. Os pensamentos invadiram a mente como uma torrente, rodopiando e machucando o cérebro.

Estava chovendo? O que era aquele ruído?

Olhou para a janela. Sol.

Como sua pressão podia baixar se era apenas um corpo astral?

— Eu pedi mais tempo a ela — explicou Felipe, e a voz dele parecia distante. — Lucas?

Ele só assentiu com a cabeça, sem encontrar palavras, sem saber o que sentia, o que falar, como se as palavras se perdessem antes de encontrar uma ordem em que fizessem sentido.

— A Alice disse que vai esperar, mas que vai cortar o cordão assim que a conexão enfraquecer mais um pouco... Ela... ela não quer correr o risco de você não ser ceifado e virar um zumbi.

Lucas bufou.

— Talvez não seja má ideia deixar minha alma se separar do corpo sozinha. Se eu for um zumbi, pelo menos vou ter um corpo.

— Puta que pariu, Lucas, que merda!

A explosão de Felipe o tirou do próprio devaneio. O namorado segurou a raiz do cabelo com raiva. As mãos tremendo.

— Caralho, Lucas, por que você não consegue ver o mesmo que eu? Às vezes eu tenho vontade de socar bom senso pra dentro de ti, puta merda.

Felipe segurou o rosto de Lucas nas mãos.

— Lucas, por favor. Por favor, acorde!

Odiava ver Felipe daquele jeito, parecendo tão frágil. Os olhos dele se encheram de lágrimas que desceram apressadas pelas bochechas rosadas.

— Por favor! — implorou ele mais uma vez. — Eu não vou simplesmente te abandonar. Eu tô aqui, contigo! Só acorda e volta pra mim!

— Como você vai ficar com um humano normal?

Uma risada curta saiu dos lábios do médium.

— Humano normal? — indagou ele. — Você não é um humano normal! Nada em você é normal. Você é você e eu amo você!

As palavras atingiram Lucas como um soco. Ficou ali, imóvel, sendo segurado por Felipe que chorava. As palavras dele se unindo ao resto do turbilhão de pensamentos.

— Você... eu...

Foi só o que conseguiu falar antes da porta abrir.

— Lipe, por que...

Lucas olhou para Lorena. Ela interrompeu o que estava dizendo. O olhar foi de Lucas para Felipe, que secava o rosto na coberta, o corpo ainda sacudindo de leve.

— Tá tudo bem? — perguntou ela. — O que aconteceu?

Lucas sentia o corpo pesado. Os ouvidos doíam e pareciam implodir cada vez que algum som entrava por eles. Era tanta coisa, tanta coisa, tanta coisa acontecendo, tanta coisa sentindo, tanta coisa *sendo*.

Felipe falou alguma coisa que Lucas não registrou. Lorena respondeu. Felipe retrucou. Lucas tampou os ouvidos e se levantou, como se explodisse.

— Parem todos de falar ao mesmo tempo! — gritou, e foi para a sala, atravessando Lorena no caminho.

Apertou as mãos no ouvido com força, mas os sons pareciam

continuar. Andou até o piano no canto da sala e se agachou, sentindo um forte ímpeto de se embalar. E então abriu os olhos e viu um objeto sobre a mesa de som.

Se levantou, deu um passo e o pegou nas mãos. Era aquilo que Lorena estivera segurando quando conversaram no banco do piano. Sabia que o reconhecia de algum lugar.

Era o pequeno saco de tecido vermelho desbotado onde guardava algumas cartas, documentos e fotos.

— Como você conseguiu isso? — questionou, se virando na direção de Lorena.

Ela e Felipe estavam perto, lado a lado, com olhares assustados.

— Dá sua casa, ué — explicou ela, com a voz fraca.

Lucas virou e revirou o objeto nas mãos. Deu alguns passos à esmo abriu o saco, retirando uma foto da mãe. Ela sorria abertamente, com o cabelo solto e uma flor amarela presa nele.

Uma cópia da matrícula na universidade. A certidão de nascimento. Uma foto do dia do trote. Da turma do ensino médio. Uma foto junto da mãe, ambos sentados em um piano. O ingresso de cinema do seu primeiro encontro com Gustavo, que podia finalmente deixar para trás, e o fez, rasgando o papel.

— Lorena... se eu acordar... você promete tentar me esquecer?

Ela sorriu serenamente e foi até ele.

— Eu não vou te esquecer nunca. Como poderia esquecer? Mas posso prometer que vou tentar te superar. Ir em frente.

Se inclinaram um na direção do outro. Envolveu o rosto da garota e o acariciou quando os lábios se encontraram em um beijo silencioso. Conseguia sentir as lágrimas tocando seu rosto.

E então tudo ficou escuro.

E sua cabeça doeu mais do que nunca.

Lorena

Capítulo 56

Em que Lorena age sem pensar

— *Famous Last Words*, My Chemical Romance

As fotos se espalharam por todo o chão da sala quando o garoto que as segurava desapareceu. Folhas de papel chiaram ao cair, deixando um nada desagradável no ambiente ao pararem de se mover pelo chão liso. Aquele silêncio se estendeu pelo que pareceram séculos de vazio e incerteza.

— Lucas — Lorena chamou o nome dele, sabendo que ele não poderia mais ouvi-la.

Ficou encarando o local onde o namorado estivera. A sensação do toque ainda nos dedos e na boca.

Ela sabia que ele não tinha se transportado para algum outro lugar. Sabia disso com toda convicção. Ele não teria ido embora sem mais nem menos. Lá no fundo, sabia que nesse momento ele provavelmente estaria na cama do hospital, abrindo os olhos. Sozinho. Ou talvez...

Sentiu uma mão no ombro dela e se virou. Abraçou Felipe com força, enterrando o rosto no peito dele.

— Será que...

— Ele acordou? — Felipe suspirou e Lorena sentiu o peito dele subir e descer. Ele apoiou a mão no topo da cabeça dela.

Ou morreu?, pensou ela. Lorena se afastou um passo e olhou no rosto dele. Estava sério e a encarava de volta com a mandíbula cerrada.

Lorena deixou-se cair no chão de joelhos sobre as fotografias e as cartas enquanto sentia o coração partir.

As lágrimas lavaram o rosto. A dor de estômago desapareceu e deu espaço para algo diferente. Pesado e frio. Como se o próprio coração tivesse sido perfurado por algo pontiagudo. Ou virado pedra. Por mais que não precisasse respirar, sentia falta de ar e a garganta apertava, soluçando alto.

Felipe se ajoelhou do lado dela e a abraçou, em silêncio, deixando-a chorar no colo dele.

A ideia de que aquele havia sido o fim a perturbava. A despedida não podia ser daquela forma. Tão repentina, tão vazia. Sem tchau nem adeus ou um até logo. E agora precisava aceitar que não poderia ver Lucas novamente.

— A gente precisa ir ao hospital — disse ela.

Felipe se remexeu, se ajeitando no chão. Passou a mão no rosto dela e a segurou no queixo.

— Lori... é melhor você não ver ele.

— Eu sei, eu sei... Eu... fico no carro, só preciso saber se ele tá bem.

Ele assentiu.

— Eu tô destruído, não posso dirigir assim. Espera eu tomar um banho e um café pra acordar... Aí a gente vai.

Observou ele se levantar e ir apressado até o quarto. Então Lorena ficou de pé e correu até a escada, tentando ouvir as vozes do andar de baixo. Não ouviu nada.

Calçou os tênis e saiu de casa em disparada, passando escondida. Sabia que Felipe chegaria lá depressa, e aquela era a única chance que teria de ver Lucas acordado. Depois disso, não poderia mais chegar nem perto dele. As lágrimas caiam pelo rosto em gotas gordas que ela secava com a manga da camisa enquanto corria até a Avenida do Estado.

Entrou no primeiro ônibus que passou, saltando em frente ao hospital. Sentia as pernas fracas e os joelhos ameaçavam ceder a cada passo que dava. E se não encontrasse Lucas vivo? E se ele tivesse morrido?

Soluçava audivelmente, sem se preocupar em esconder o rosto

dos transeuntes. Sentia um medo crescente à medida que se aproximava. Não suportava a ideia de entrar no quarto e encontrar um zumbi. Ou nada. Talvez nem a deixassem entrar no quarto.

Entrou pela porta da sala de espera e passou pela recepcionista, que apenas sorriu. Subiu até o segundo andar e ficou parada em frente à porta do quarto onde ele estava. Permaneceu ali, olhando para a janelinha que lhe mostrava as divisórias do ambiente, nada mais. Depois de alguns instantes, empurrou a porta.

Tudo estava exatamente como antes. Aquela quietude desagradável, cujo único som era o engasgo de aparelhos de respiração e um ou outro bipe ou resmungo vindo de trás dos biombos. Lucas estava ali. Seu peito subia e descia lentamente. Estava vivo.

Era uma visão que preferia não ter, se fosse possível. Preferia ter na memória a imagem de um Lucas saudável. Não aquela aparência descuidada, as olheiras enormes, a palidez em seu rosto. Estava tão magro que podia ver a protuberância dos ossos. E, por mais que ela não sentisse, sabia que estava frio e tudo que o cobria era um simples pano.

Se aproximou da maca e agarrou a barra lateral para fazer as mãos pararem de tremer. Puxou o cobertor mais para cima e passou os dedos pelo cabelo dele, acariciando a cabeça. Seu peito doía só de olhar para ele naquele estado, mas pelo menos estava vivo.

Ouviu vozes e passos apressados no corredor e apertou o apoio da maca com força. Lucas continuava a dormir e em breve alguém a encontraria e a tiraria dali.

— Acorda, acorda, acorda — murmurou ela entre os dentes.

A porta do quarto foi aberta e duas enfermeiras entraram, olhando-a de maneira seca.

— Você não deveria estar aqui. Não é horário de visitas. Venha.

Uma das mulheres a puxou pelo braço e foi então que viu. Primeiro as pálpebras tremeram.

— Espere! — gritou Lorena, e a mulher imediatamente se colocou à frente, vendo o mesmo que ela.

— Chame a doutora — disse a enfermeira para a outra, parada na porta.

Lucas olhava diretamente para Lorena. O olhar pesado, mas

ela tinha certeza de que se focava exatamente nela. Não parecia reconhecê-la. Não parecia entender nada do que estava acontecendo.

Lorena foi arrastada dali pela enfermeira, que voltou para o quarto depois de deixá-la no corredor. Da escada, surgiram Felipe e Ruby, correndo até onde estava. Voltou a olhar para o quarto pela janelinha, querendo entrar e abraçá-lo. Mas sabia que não poderia fazer aquilo. Nunca mais.

Sentiu uma mão em seu ombro e se virou para ver Felipe a fitando com olhar preocupado.

— O Lucas acordou — disse ela, abraçando o rapaz e enfiando o rosto em seu peito.

Felipe acariciou seu cabelo, suspirando.

— Achei que você queria isso.

— É claro que queria, mas agora nunca mais vou vê-lo. Não é tão simples.

— Eu sei.

Sentiu a camiseta dele encharcando com as lágrimas, mas continuou a soluçar. Já sentia uma saudade enorme corroendo-a por dentro e se perguntava como poderia continuar sem o namorado, dia após dia. Será que era assim que a própria família se sentiu quando ela morreu? Perdidos e confusos e com medo de nunca conseguir superar aquele buraco que só parecia crescer e crescer?

— Ele me viu — disse ela. — E realmente não fazia ideia de quem eu era ou o que estava fazendo ali. Desculpa por ter vindo, eu precisava vê-lo.

— Tá tudo bem — respondeu Felipe. — Eu teria feito a mesma coisa.

***

Ruby levou Lorena para casa enquanto Felipe foi procurar a administração sobrenatural do hospital para combinar o que fariam com Lucas.

Em casa, Ruby preparou uma xícara de café para as duas enquanto Lorena desfiava um copo descartável perdido pela mesa.

— Você tá com uma cara miserável — disse Ruby, sentando-se ao lado da amiga.

Não respondeu. Apenas deixou os ombros caírem mais ainda e segurou o rosto nas mãos. Sabia que havia feito a coisa certa e sentia-se bem por saber que agora Lucas estava seguro e vivo novamente. Mas então por que se sentia tão horrível? Teria de conviver com aquele sentimento ou ele a deixaria algum dia?

— Felipe me pediu para conversar com você. Sobre o que vai acontecer agora.

— Hum. — Lorena não estava muito a fim de conversar.

— Lucas não tem para onde ir, e voltar pra casa do irmão seria o mesmo que abandoná-lo. Então, em algum momento, depois que ele se recuperar, vamos tentar fazer ele vir pra cá. E você vem morar comigo.

— Tu praticamente mora aqui.

— É, mas meu apartamento existe e as contas estão pagas. E aí o grupo de apoio vai ser lá em casa também. O Lipe disse que vai pedir pra não mandarem nenhum morto novo pra ele por um tempo.

Lorena amassou o copo já completamente desfiado e o jogou no lixo:

— Okay. Mas como Lucas vai morar com um vampiro, uma fantasma e um médium?

— Melhor do que morar com um monstro.

Lorena resmungou e Ruby suspirou lentamente, afastando seu café e segurando a mão da amiga.

— Lori, se for te animar um pouquinho... Tamos preparando algo para poder buscar o restante das coisas dele que ficaram na casa do irmão. Você pode ir junto, pra ajudar.

Lorena deu um pequeno sorriso, maior ainda do que esperava ser capaz de dar.

— O que vão fazer?

— Não sei ainda. Vamos descobrir mais tarde.

***

Lorena preferiu ficar sozinha pelo resto da noite e pela manhã do dia seguinte, largada na cama de Felipe em posição fetal e ouvindo música canadense triste. Quando criou coragem para se desentocar, pegou uma pequena mala emprestada do médium e guardou os poucos pertences, deixando o quarto que dividira com Lucas com a aparência de abandono de quando chegara. Em breve, Lucas estaria morando ali, sem se lembrar de nada do que passaram juntos, das histórias que compartilharam, nem que havia tido coragem de tocar em um pub ou que teve dois namorados. *Tudo vai ficar bem*, repetia para si mesma.

Abriu a bolsa e procurou o porta-lápis de dinossauro e o coelhinho de crochê, devolvendo os dois para a cômoda. Assim o quarto dele não ficaria tão frio.

Pegou giz pastel colorido do quarto do namorado e procurou nas paredes por um espaço nos tijolos. E lá, com letras coloridas, escreveu com sua melhor caligrafia: "nunca desista de você".

***

Felipe contava muito pouco do que acontecia no hospital para Lorena. Sabia que Lucas teria fisioterapia para reaprender a andar e sessões de fonoaudiologia para avaliar a fala.

Uma noite, se reuniram na sala da casa de Felipe, e o médium e Shion explicaram o que fariam para buscar as coisas de Lucas. Pouco depois estavam saindo do carro em frente à casa do finalmente nomeado irmão de Lucas, Ricardo.

Nina entrou na casa para se certificar de que as coisas de Lucas ainda estavam lá. Assim que ela voltou, Felipe tocou a campainha.

Um homem de meia idade e cabelo escuro ralo abriu a porta, e, com cara de sonso, foi até eles.

Felipe se pôs a frente, estendendo a mão pela grade do portão para que a apertasse.

— Boa noite, seu Ricardo? Eu sou Augusto, faço parte da associação de ajuda para jovens pós-coma. — Nina riu com gosto ao ouvir Felipe dizer aquilo. — Recebemos uma solicitação do hospital para buscar os pertences de Lucas Vieira.

Lorena virou o rosto para o outro lado, fazendo um grande esforço para não começar a rir. Mordeu os lábios e se concentrou. Nina, que não podia ser vista nem ouvida, ria à vontade.

Ricardo abriu o portão com as chaves e soltou uma meia risada:

— Sinto te informar, mas já não tem nada dele aqui. O que não vendi, foi roubado por uns baderneiros. Pode avisar sua associação de qualquer-coisa que vocês perderam tempo.

Sem paciência, Shion se colocou na frente de Felipe.

— Na verdade — disse o vampiro que, mesmo usando calças verde-limão, conseguia parecer intimidador ao fitar Ricardo nos olhos —, tem um teclado e algumas caixas na garagem.

Os dois ficaram se encarando por vários segundos, então o irmão de Lucas assentiu com a cabeça, com o rosto desprovido de qualquer emoção.

— Tem um teclado e algumas caixas na garagem — repetiu o homem com os olhos vidrados. — Mas eu já vendi essas coisas.

— Infelizmente terá que cancelar a venda — disse Shion. — Vá buscar tudo.

— Infelizmente terei de cancelar. Vou buscar tudo.

— Viu só — disse Felipe. — Eu pedi na boa, sem problema, era só entrar e nos entregar as coisas, mas não. Você preferiu ser hipnotizado por um vampiro.

Ricardo olhou para ele de boca aberta e olhos caídos:

— Preferi ser hipnotizado — disse ele.

— Não dá pra mandar ele socar a própria cara? — perguntou Lorena.

— Ah, dá — disse Shion. — Se quiser, eu o mando beber água da privada, é vingança o suficiente pelo seu namorado?

Lorena sorriu.

— Vai ter que servir.

Os quatro ficaram esperando enquanto Ricardo ia e vinha até ter trazido tudo e colocado no porta-malas do carro.

Quando ele acabou, Shion olhou em volta na rua vazia, agarrou o homem pelo pescoço e o mordeu. Ricardo não esboçou reação nenhuma e Lorena, enojada, assistiu ao vampiro enquanto ele se alimentava.

— Agora vai beber água de privada — mandou Shion, limpando a boca com um lenço.

Foram embora dali em seguida. Um pouco do peso foi descarregado dos ombros de Lorena e ela conseguiu sentir um pouco de paz. Mas só um pouco.

***

Estava deitada sobre Felipe na cama, debaixo das cobertas. Ele acariciava as costas dela lentamente enquanto conversavam e uma música baixa vinha do aparelho de som.

— Como vai ser agora? — perguntou ela. A cabeça deitada no peito dele, que subia e descia. — Tipo, você disse que era difícil conviver com humanos normais. E Lucas agora é... um deles.

Felipe inspirou fundo e soltou o ar devagar.

— Vou ter que dar um jeito. E Lucas tá longe de ser normal, né, Lori.

Ela riu baixinho. Ele continuou:

— Como vou pedir um tempo sem mortos novos, vai ser mais fácil. Aí só com você e a Nina tenho mais tempo. Vai dar certo. Falei com a Nina e ela deve passar mais do tempo livre dela com vocês lá na Ruby.

— Mas é tranquilo deixar ele sozinho em casa? Tipo quando você sair pras reuniões com a gente na casa da Ruby?

— Ele não vai ficar sozinho, não se preocupe com isso.

Felipe a empurrou para o lado, a deitou na cama e a beijou de leve na testa. Se levantou, embrulhado na manta e foi até a escrivaninha. Abriu a gaveta e pegou uma pasta, voltando para a cama em seguida.

— Que é isso? — Lorena perguntou.

O médium abriu a pasta e tirou um desenho de lá. Uma aquarela. No desenho, Lorena estava no centro, abraçada com Lucas e Felipe de cada lado. Sorriam como se posassem para uma foto.

— Eu fiz isso aqui pra gente. Como o Lu não aparecia em foto, eu o desenhei. Imprimi essa cópia pra você.

Lorena pegou o desenho e suprimiu um choro. Passou a mão

pelo rosto das três figuras ilustradas no papel fosco. Ela parecia tão bonita na visão de Felipe. Será que era daquele jeito que ele a enxergava? Lucas parecia idêntico, com um sorriso lindo, e Lipe, radiante.

Ela inspirou fundo, apertando o nariz.

— Pode chorar — disse Felipe com a voz fraca. — É ruim segurar o choro.

Lorena olhou para ele. Várias lágrimas desciam pelo rosto do médium. O apertou com força e soluçaram no colo um do outro.

Lucas

Capítulo 57
E como Lucas odeia ter que pedir ajuda

— *Products of Poverty*,
Craig Owens feat Stephen Christian

Durante parte da vida, Lucas imaginara que morrer deveria ser uma sensação libertadora. Estar em um lugar e, de repente, não estar mais. Deixar tudo, todas as coisas ruins para trás. Num piscar de olhos, se ver livre do irmão, do barulho, dos colegas de classe e da miséria constante que o atormentava dia após dia.

Levando isso tudo em consideração, foi estranho quando ele acordou sentindo uma desconhecida leveza dentro de si, apesar da dor na cabeça e em algum lugar do peito que não sabia discernir ao certo onde ou o que era.

O gosto na boca era horrível. O lado esquerdo da cabeça latejava. Quando abriu os olhos, viu uma garota o encarando. Não sabia onde estava. A última coisa da qual se lembrava era de entrar no carro. E agora estava ali. Quem era aquela menina e por que parecia tão triste? Buscou em sua memória se a conhecia, mas teria se lembrado de alguém de cabelo azul.

Uma mulher levou a garota dali e Lucas voltou a fechar os olhos. Parecia um hospital. Então estava internado? Continuou a perscrutar as lembranças em busca de algo que explicasse aquilo, mas não havia nada. Será que alguém o havia salvado? Há quanto tempo estava ali? Aquilo não deveria estar acontecendo. Havia se planejado para que aquilo *não* acontecesse.

Os olhos pesaram e o jovem não conseguiu mantê-los abertos. Acordou novamente, mas não fazia ideia de quanto depois.

Uma mulher loira de rabo de cavalo e uniforme branco e ver-de-água o fitava, sorrindo.

— Bom dia, Lucas — disse ela. — Você é um rapaz de sorte.

Ele meneou a cabeça e tentou se sentar, sem sucesso. Estava completamente enfraquecido. Os braços tremeram com o esforço e reparou que mal sentia as pernas.

— Yey. — Ele conseguiu falar depois de um tempo, mas não saiu som algum. Desistiu de tentar sentar. Sua boca parecia estranha e fraca. Há quanto tempo não a usava?

A médica sorriu.

— Você esteve adormecido por dois meses. Consegue se lembrar de alguma coisa?

Tentou falar, mas não conseguiu.

— É normal não conseguir falar, não se preocupe — disse ela. A médica falou por mais um tempo, se apresentou, explicando a lesão que ele havia sofrido e repetindo volta e meia o quão sortudo ele era por estar tão bem. — Estou muito feliz que você finalmente tenha acordado. Sabe como nós o estávamos chamando aqui no hospital?

Apenas olhou para ela e piscou.

— Bela adormecida — ela disse, com um sorriso gentil. — Você estava com ótimos sinais vitais e não acordava. Não sabíamos mais o que fazer para te ajudar.

Lucas piscou mais uma vez como resposta, ainda confuso, tentando lembrar o que ela havia dito sobre o acidente e a lesão, mas já havia esquecido.

Sentia algo estranho na garganta e, por algum motivo, sabia o que era. Mas estava com medo de confirmar. Medo de ter perdido a voz. Medo de nunca mais poder cantar.

Lentamente, e com esforço, ergueu o braço e tocou o cano plástico no pescoço. A doutora Mari entendeu.

— Está com dúvida em relação à traqueostomia?

Lucas piscou.

— Ela foi colocada para proteger suas vias aéreas pelo tempo que ficou internado, mas não se preocupe. Ainda temos algumas etapas até podermos tirar a traqueo completamente e tudo cicatrizar. Isso não vai afetar sua voz.

O garoto respirou aliviado. Ela voltou a explicar mais algumas coisas, mas Lucas sentiu o sono o dominar. Ele balançou a cabeça fracamente, sem entender metade do que escutava. A médica o examinou, disse que teria que fazer uma série de testes e exames. Que parecia estar tudo bem e que ela se sentia otimista, seja lá o que isso significava.

A cabeça começou a girar no meio do monólogo da médica. Acidente de carro? Sentiu ânsia de vômito, mas não veio nada. Esfregou o rosto com as mãos fracas e ficou encarando a agulha enfiada no punho. Um tubo idiota levava oxigênio até seus pulmões. Tinha sido alimentado por um cano enfiado no nariz por semanas.

Precisou que alguém o movesse, o limpasse e o alimentasse. Saber disso o fez sentir vergonha de si mesmo. Não era ali que queria estar.

A médica se interrompeu no meio de uma frase e olhou para o rosto dele.

— Informação demais? — Ela sorriu.

Lucas conseguiu mover a cabeça afirmativamente.

— Vou deixar você descansar um pouco. Mas saiba que está muito melhor do que eu jamais poderia imaginar. Ficou sem falar e se mover por muito tempo e perdeu muita massa muscular. Ainda vai demorar um pouco para receber alta, mas estou confiante.

Ela saiu, avisando que voltaria depois para começar alguns exames. Lucas não prestou muita atenção. Escondida por um biombo, uma mulher chorava baixinho, aumentando mais ainda o mal-estar que sentia.

O primeiro medo de Lucas foi o de ter ficado com sequelas, mas, pelo jeito, nada havia acontecido.

***

O tempo passava devagar, deitado ali. Tinha tempo demais para pensar e oportunidade de menos para distrair a mente de tudo que estava pensando. As sessões de fisioterapia logo começaram e, em poucos dias, trocaram o cano plástico do pescoço por um de metal. A consulta com a fonoaudióloga do hospital o deixou aliviado. A voz estava fraca, mas conseguia falar e ela explicou que ele poderia voltar a cantar quando se recuperasse. Que tudo que levaria de lembrança seria a cicatriz no pescoço.

Foi transferido para a enfermaria, onde dividiu o quarto com mais alguns pacientes. Um dia, durante a manhã, entraram duas pessoas no quarto e se dirigiram até ele. Uma delas era uma enfermeira idosa, de cabelo branco preso num coque, que sorria gentilmente.

— Boa tarde, querido — disse ela. — Meu nome é Flávia. Tem alguém aqui que veio conversar com você.

Lucas fitou a mulher e apontou um dedo fraco para o ombro dela. Um grande besouro negro estava pousado ali. A enfermeira encarou o animal com raiva e o fez voar para o corredor com um forte peteleco.

— Essa praga fica me seguindo para todos os lados — disse ela.

A pessoa que a acompanhava riu, mas logo pigarreou para disfarçar.

— Este é Felipe — disse Flávia. — Vou deixá-los conversar.

A enfermeira saiu da sala e Felipe se sentou na única cadeira disponível no quarto. O cabelo loiro ia até os ombros e ele tinha um rosto bonito e estranhamente bondoso. Usava calças skinny com botas e moletom. Os brincos longos e tatuagens nas mãos chamaram atenção. Tentou se lembrar, mas não fazia ideia de quem era.

Lucas olhou para o rosto dele mais uma vez. Ele usava delineador. A boca parecia estranhamente familiar.

— Eu sei que isso vai parecer ridículo... — Felipe começou a falar, mas deixou a frase morrer.

Lucas continuou encarando-o, sem dizer nada. Tentou se erguer, mas desistiu em dois segundos. Tudo doía e o corpo parecia feito de geleca.

— Eu sou Felipe, da Associação de ajuda para jovens pós-coma — o desconhecido falou. — Estou aqui para ajudá-lo com o que precisar. Responder dúvidas, conversar, encaminhar para terapia etc.

Lucas tentou rir. Ele tinha razão, era ridículo.

Inspirou fundo algumas vezes, tapou o buraco da traqueo no pescoço e conseguiu falar:

— Essa é a coisa mais imbecil que já ouvi. — Ele meneou a cabeça, sentindo enjoo ao dizer tantas palavras tão rápido. — Se for um golpe, nem perca seu tempo. Eu não tenho nada.

Viu que o tal de Felipe tentou segurar um sorriso.

Lucas pigarreou. A língua parecia desconfortável na boca.

— Alguma enfermeira... — O som não saiu. Ele lembrou de tampar o buraco com o dedo e repetiu. — Alguma enfermeira ficou com pena de mim e mandou você, não foi? Posso não ter onde cair morto, mas não sou burro.

As palavras saíram lentamente.

Felipe deu de ombros, torceu a boca e batucou os pés no chão com impaciência.

— Tá, a Flávia é minha amiga. Ela falou de você e me mandou aqui porque tenho uma vaga na minha república. A gente não paga aluguel porque a casa é minha. Você pode ficar lá.

A cabeça de Lucas rodou.

— Não preciso... da sua ajuda.

— Tem certeza? — disse o outro. — Seu irmão ligou dizendo que não quer que você volte para lá.

Lucas semicerrou os olhos.

— E quem disse que eu quero voltar pra lá?

— É por isso que eu tô aqui.

Sua cabeça rodou ainda mais. Como era fácil esquecer-se desses detalhes quando as pessoas a sua volta estavam sendo gentis. Ficou em silêncio, sem tirar os olhos dele. Será que não teria opção a não ser admitir que precisava de ajuda? De um completo estranho?

Não teve de pensar no assunto por muito mais tempo, pois a médica logo chegou para começar mais uma bateria de exames. Felipe deixou um número de telefone e a promessa de voltar no outro dia.

E ele voltou.

Felipe chegou pela manhã com um cobertor extra para Lucas. O frio piorava com o avanço do inverno. Ele falou pouca coisa e colocou um filme no notebook que havia levado. Lucas não conseguiu acompanhar a história, mas agradeceu silenciosamente pela distração.

Logo depois teve mais fisio e fono e exames. E em todos os momentos se pegou pensando em Felipe. Não conseguia entender a presença dele. O que ele estava fazendo ali? Não entendia por que alguém iria até ali por ele. Por pena? Não queria a pena de ninguém.

No outro dia, mais uma visita de Felipe. Sua voz estava melhor agora. Estava ligeiramente mais forte. Quando ele colocou o restante do filme, Lucas se esforçou e conseguiu se sentar.

— Por que você fica vindo aqui? — perguntou, com o dedo no furo metálico.

Felipe pausou o filme e o olhou com calma. Lucas precisou desviar o olhar das íris azuis.

— Eu... — ele começou, mas parou, ponderando — ... fiz uma promessa.

— Pra quem?

— Pra alguém que amo.

— O que isso tem a ver comigo?

Felipe sorriu e Lucas odiou achar o sorriso lindo.

— Quer que eu vá embora?

Lucas se ajeitou no travesseiro.

— Só dá play no filme.

***

Naquela noite, Lucas não conseguiu dormir, pensando no mundo que o esperava fora daquelas paredes. Alguém sentira sua falta? E o pessoal do trabalho e da faculdade? Como estavam todos? Como iria se erguer quando saísse dali? Para piorar, os sons e os cheiros do hospital eram nauseantes.

Quando não estava em consultas e sessões, estava sozinho com a própria mente e as visitas de Felipe logo viraram um bálsamo. Aguardava por ele ansioso todos os dias. E ele sempre vinha. Conversavam um pouco e assistiam a filmes. E aquelas folgas no tratamento ajudavam o tempo a passar mais depressa.

No dia em que sua traqueostomia foi removida, criou coragem de ligar para o irmão usando um telefone do hospital. Uma conversa extremamente longa de um minuto e vinte e seis segundos ao telefone. Se escondeu no banheiro para chorar, sentado na cadeira de rodas que o acompanharia por mais um tempo.

* * *

Lucas sentiu um peso enorme sair dos ombros quando a doutora Mari apareceu para vê-lo uma manhã com a notícia de que ele receberia alta. Já não aguentava mais ficar enclausurado, apesar do medo que tinha do mundo.

A médica o abraçou, repetindo pela milésima vez o quão sortudo ele era. Uma enfermeira entregou para Lucas os pertences que tinham chegado com ele no hospital. O piercing, os alargadores e a carteira. A abriu, melancólico, encontrando ali dentro as notas fiscais do posto de gasolina e da farmácia.

Quanta sorte eu tenho, pensou, imitando mentalmente a voz da médica.

Tinha vergonha até de se olhar no espelho. Estava com as roupas ridículas que os pacientes usavam e se quisesse ligar para um táxi, ou para o Felipe, teria que ir à recepção pedir o telefone emprestado. Sua cara estava horrível, a barba, desalinhada, muito maior do que já vira em toda a vida. O cabelo parecia um ninho. Os furos dos alargadores haviam diminuído de tamanho e as joias não entravam, só para piorar a aparência.

Mas não tinha muita opção. Lavou e secou o rosto na pia, tentando ajeitar a cara.

Assim que saiu do banheiro, girando a cadeira de rodas para ir até a recepção, deu de cara com uma garota gótica. Ela sorriu para ele, estendendo um celular.

— Eu te conheço? — ele perguntou.

— Não. Mas eu conheço você. Por meio do Felipe, sabe? — disse ela. — Aqui, liga para ele.

Lucas segurou o aparelho enorme e sem botões, sem entender muito bem o que era. Viu um número já discado no visor e hesitou antes de tocar com o dedo no desenho verde de telefone. Pareceu funcionar. O telefone chamou apenas duas vezes. Se afastou um pouco da garota e combinou de se encontrar com Felipe. Devolveu o celular e a menina desapareceu dali sem dizer uma palavra.

No horário marcado, Felipe passou pela porta da recepção carregando uma mochila. Os dois se cumprimentaram com um aceno discreto.

— Nós pegamos suas coisas na casa do seu irmão. Tem algumas roupas aqui dentro. — Felipe estendeu uma mochila que Lucas pegou e abriu. De fato, eram suas roupas. Tinha até um tênis.

— Obrigado.

— De boa. Vou te esperar, sem pressa.

Lucas se vestiu, fez tudo o que tinha que fazer no hospital, deu um último tchau para a equipe que o havia atendido e saiu dali, empurrado em uma cadeira de rodas. Mal podia esperar para ir embora daquele lugar.

O sol ainda brilhava naquele final de tarde e ele inspirou com gosto o ar livre do cheiro de remédio. Felipe o esperava no estacionamento apoiado em um gol prateado ao lado de uma garota negra de cabelo cacheado e vermelho. Ela vestia um kilt vermelho e um sobretudo. Era uma espécie de alívio ver que estava sendo resgatado por pessoas parecidas com ele. Não conseguia entender a motivação que tinham, mas precisaria deixar aquilo de lado. Era tudo que tinha.

A garota estendeu a mão, que ele apertou timidamente.

— Meu nome é Rúbia, mas me chame de Ruby — disse ela com um sorriso.

Lucas respondeu com um simples "oi" antes de agradecer novamente a Felipe pela ajuda, e se desculpar umas mil vezes pelo incômodo enquanto a garota guardava a cadeira de rodas dele no porta-malas. Perguntou-se se já havia sentido tanta vergonha em sua vida. Mas pelo menos eles pareciam legais. Esperava que fossem, de verdade.

Lorena

Capítulo 58

Quando Lorena precisa desapegar

— *Untouchable, Part 2*, Anathema

Ruby morava em um apartamento pequeno e agradável perto do centro da cidade. Era um condomínio com vários prédios idênticos, mudando apenas a cor de cada bloco.

As paredes eram coloridas e cheias de pôsteres de bandas e quadros. Ela cultivava pequenos vasos de flores por tudo e tinha um quarto adaptado para que se transformasse na lua cheia sem machucar ninguém ou chamar atenção.

Para ela, era totalmente normal arrumar um grande pedaço de carne uma vez por mês e se trancar sem roupas no quarto dos fundos. Quando se transformava, Ruby perdia todo o controle sobre o corpo. Mas ela afirmava estar treinando há alguns meses para se transformar quando precisasse e não atacar quem não queria.

A amiga ficava distraindo Lorena com esses assuntos. Era bom tirar Lucas da cabeça por um tempo. Principalmente agora que estavam separados em definitivo. Conversou muito sobre aquilo com os amigos e não seria capaz de separar as coisas. Não queria se machucar ainda mais. Não queria prejudicar Lucas com sua presença.

Ficou feliz em ajudar com a arrumação na casa da colega. Ajeitaram o quarto da bagunça para quando Lorena se mudasse. Ligaram o som bem alto e a zumbi ajudou Ruby a separar o que era lixo e o que não era. E como tinha lixo naquela casa! Pilhas de papéis, sacos, embalagens que ela havia guardado por serem bonitas. Objetos que ela jurava que teriam utilidade algum dia.

Lorena ainda ficou na casa de Felipe por mais algumas semanas enquanto Lucas não recebia alta. O namorado ia no hospital todos os dias e a atualizava sobre a recuperação do ex-fantasma sem muitos detalhes. Teve que acompanhar de longe as notícias sobre a evolução, exames, tratamentos. E afogou a mente em passeios com Ruby, televisão, videogame e o trabalho com Bergamota.

Os dias foram passando e a saudade, piorando. Saber sobre a melhora rápida de Lucas, porém, trazia um pouco de paz para ela. Sentia aquele turbilhão se acalmar aos poucos, se convencendo de que não precisava se preocupar tanto. Que tudo acabaria bem.

Em uma manhã, Lorena comprou uma caixa de chocolates e foi para o trabalho. Não conseguiu se concentrar e Bergamota a deixou sair mais cedo.

De tarde, saiu com Felipe e foram até o Café com Corpos. Dali ele deixaria Lorena na casa de Ruby e iria ao hospital.

Lorena respirou fundo ao pegar o cardápio nas mãos, lembrando da noite que passou ali com Lucas. Da noite que conheceram Shion.

— Tá tudo bem? — Felipe teve de perguntar algumas vezes até Lorena focar nele.

— Tá, sim... Tava lembrando de quando vim aqui com Lucas. Se eu comprar um pudim de cérebro, você entrega pra ele? Eu comprei uma caixa de chocolates pra ele, mas esqueci na Bergamota.

— Posso entregar. Só não sei que tipo de desculpa vou dar pra entregar esse tipo de coisa.

— Sei lá, eu compro quatro e vocês dizem que é sobremesa da janta.

— Melhor.

Perto das cinco da tarde, Ruby saiu com Felipe para buscar Lucas no hospital, deixando Lorena sozinha para chorar as mágoas e ser miserável. Comeu uma barra de chocolate em menos de cinco minutos, se sentiu cheia e passou mal. Na total falta do que fazer, ficou assistindo a reprise de um filme sem graça na televisão da sala.

Nina apareceu mais tarde para tirá-la de casa e foram ao shopping.

Perambularam juntas por um tempo enquanto a fantasma conta-va em detalhes os últimos acontecimentos de sua não-vida e fofo-cas de desmortos que não conhecia. Na livraria, Lorena a ajudou a encontrar uma nova leitora para ser atormentada: uma garota franzina, de óculos fundo de garrafa, que havia comprado um dos livros do momento.

— Ah, os livros de romance — suspirou Nina. — Tão previsí-veis, adoro eles.

Nina a abandonou para assombrar a garota e Lorena ficou va-gando pela cidade sozinha. Era incômodo, porém. Tudo o que ela olhava a fazia lembrar do namorado. Mesmo as coisas sem sentido, como uma lata de refrigerante amassada. Forçou-se a sorrir, pre-cisava ficar feliz por Lucas. Mas tinha uma vontade assombrosa de abraçá-lo e beijá-lo de novo. Andar de mãos dadas. Trocar cari-nhos e histórias.

Já era tarde da noite quando chegou em casa. Ruby estava lá e Hector, também.

Foi pega de surpresa e parou de chofre antes de seguir até a sala.

— E aí — Hector falou.

— Oi, Lori — Ruby cumprimentou.

Deixou a chave sobre a mesa de jantar e se aproximou.

— Oi... como ele tá?

Ruby cruzou as pernas, se ajeitando.

— Ele tá bem, por incrível que pareça.

A zumbi foi até o sofá do lado oposto da sala.

— Que bom, então.

— Ele até tocou um pouco de violão — Ruby acrescentou, mas Lorena percebeu pelo olhar dela que estava se segurando para não falar mais nada.

Sabia que deveria se afastar. Mas conseguiria?

— A propósito — a lobismina falou —, a Bergamota deixou uma caixa de chocolate lá na casa do Lipe. Disse que era presente seu.

— Ah, sim...

— Deixei no quarto do Lucas pra você.

— Obrigada. Eu... não tenho certeza do que fazer agora. — Lorena sentiu os olhos se encherem de água. — Parece o primeiro dia depois que morri, quando me sentia totalmente perdida.

Ruby abriu a boca para falar, mas Hector foi mais rápido.

— Essa coisa que você tá sentindo — ele fechou a mão em um punho apertado e colocou na frente do peito —, essa vontade de correr, de sumir, se esconder... isso tudo é normal. Você passou por coisas demais nos últimos meses, todo mundo entende que você precisa de um tempo. Tá tudo bem, a gente tá aqui. Logo as coisas se ajeitam. Acredite.

Lorena assentiu. Era exatamente aquilo que sentia. Aquela dúvida de o que fazer, para onde ir. Era vontade de fugir.

— Parece que não consigo ficar parada aqui sem fazer nada.

O ceifador levantou e se ajoelhou no chão perto de Lorena.

— Você tá segura aqui. O Lucas tá seguro, o Lipe tá seguro. Todo mundo vai ficar bem.

— Eu sei, mas... eles vão ficar bem *sem* mim. E é isso que dói.

O rapaz sorriu.

— Não, Lorena. Com você. — Ele pegou na mão dela e apertou de leve. — Você não deixou de existir da noite pro dia. Você ainda existe na mente e no coração dos dois. Mesmo pro Lucas, que perdeu a memória.

Ruby se aproximou também, ficando ao lado dela no sofá. A amiga pegou a outra mão.

— Você acha que o Lucas de três meses atrás teria tocado violão na sala da casa de um bando de desconhecidos?

Entre as lágrimas, Lorena conseguiu dar uma pequena risada.

— Claro que não.

— Pois então. Ele pode não se lembrar, mas ele mudou. Graças a você.

A zumbi fungou, limpando o rosto com o ombro.

— E o Lipe, vai ficar bem?

— O Lipe vai ficar ótimo, Lori. Todos nós vamos.

Lucas

Capítulo 59
E o recomeço de Lucas

— *You're Not Alone*, Saosin

Felipe estacionou o carro em frente a uma grande casa no Bairro das Nações. Lucas estava aliviado por finalmente se ver livre do irmão, apesar de que agora teria que praticamente reconstruir a vida do zero. Se aquelas pessoas não tivessem aparecido, não sabia o que seria de si mesmo.

Era desconfortável, porém, interagir com os desconhecidos. Estava se deixando levar por tudo que acontecia a sua volta, sem energia, sem opções.

Rúbia entrou na frente. Lucas a seguiu devagar, manobrando a cadeira de rodas, com Felipe o ajudando a subir o degrau nada acessível entre o quintal e a porta de entrada. O lugar, apesar de muito bonito, parecia abandonado, com relva crescendo entre os pisos do jardim e heras pelas paredes. A casa estava limpa e a decoração caótica combinava perfeitamente com os moradores. Era espaçosa e parecia que seria fácil se locomover por ali com a cadeira de rodas. A não ser pela escada.

Lucas se recostou na cadeira, suspirando. Estava muito cansado e com fome. Só queria tomar banho, comer e dormir.

— Shion deve chegar daqui a pouco — disse Felipe, tirando as botas. — Mas nem estranhe muito, ele trabalha de noite, então costuma dormir de dia. Ele tem fotossensibilidade e tal. Eu trabalho de casa e tenho uma doença mental que me faz achar que posso sobre-viver de música.

— E eu vou ter que dar um jeito de arrumar algo pra fazer da vida e ajudar com as contas — falou Lucas, aplicando pressão so-bre o curativo na garganta. — Posso ver na loja de CD se consigo meu emprego de volta, o que duvido muito. Além de ter perdido o ano letivo na faculdade.

Rúbia o olhou com uma careta que ele simplesmente não en-tendeu.

— Você tem uma guitarra, pode entrar na nossa banda e ga-nhar uma mixaria junto da gente.

Felipe deu uma cotovelada na garota que Lucas fingiu não ver. Estava mais ocupado com o que ela havia dito. *Uma guitarra?*

— Como assim, eu tenho uma guitarra?

Felipe e Rúbia se entreolharam.

— Lembra? Pegamos algumas coisas suas na casa do seu ir-mão. Ou você esqueceu que toca guitarra?

— Claro que não, só achava que não tinha sobrado nada além dessas roupas que você me trouxe.

Felipe sorriu, se levantando do sofá em um pulo e indo para a escada.

— Cara, se esse é o caso, acho que vai se surpreender.

Ruby e Felipe o ajudaram a chegar no andar de cima. Estava ansioso por trocar a cadeira de rodas pelo andador. E depois, voltar a andar com as próprias pernas. Mas precisava ser paciente com o próprio corpo.

Quando Ruby saiu de sua frente no andar de cima, Lucas olhou maravilhado para o estúdio. Que tinha até um piano.

— Você pode brincar no parquinho depois, vem dar uma olha-da aqui.

Lucas os seguiu até uma porta na direção oposta. Era um quar-to muito maior do que estava acostumado. E, para sua surpresa, tinha muito mais roupas do que achava que teria. Até seu compu-tador havia sobrevivido.

Ele soltou uma risada baixa, tirando a guitarra do estojo, co-locando ela sobre as coxas e tocando alguns acordes. Os dedos tremeram, fracos. A guitarra parecia pesar cem quilos.

Podia recomeçar com aquilo. O computador tinha coisas da faculdade e composições. Não era má ideia.

— Sério, eu nem sei como agradecer.

— Ah, isso não é tudo.

Rúbia apontou a escrivaninha e havia uma caixa de chocolates ali.

— De quem é isso? — perguntou Felipe soando estranhamente neutro.

— A outra garota que morava aqui deixou pra você, como boas-vindas. Não estranhe, ela é assim mesmo — respondeu Rúbia.

Lucas olhou para a cômoda. Havia um ursinho de amigurumi e um porta-lápis de dinossauro.

— Acho que ela esqueceu aquilo também.

— Ela ia levar junto, mas achou que o quarto... precisava ficar com um pedaço dela e decidiu deixar.

A cabeça de Lucas girou. Por que estavam todos sendo tão gentis? Havia morrido e ido para o céu ou acordara em outra linha do tempo?

— O que você quer jantar? — perguntou Rúbia da porta.

— Eu queria mesmo o maior hambúrguer da cidade, mas não acho que a doutora Mari ficaria feliz comigo.

— Ok, o Lipe faz um puta caldo gostoso, vai ser bom nesse frio.

— Desculpa dar trabalho.

Felipe sorriu.

— Trabalho nenhum, eu ia cozinhar de qualquer jeito. O banheiro é essa porta aqui do lado, tem toalha no armário, fique à vontade. Tem uma cadeira no box.

— Obrigado.

Os dois sumiram porta afora e Lucas soltou um suspiro cansado. Dedilhou a guitarra desconectada por alguns minutos antes de guardá-la e foi fuçar o que havia restado. Colocou o computador na escrivaninha, conectou na tomada e se certificou de que não tinha sido formatado. Depois começou a guardar as poucas roupas na cômoda. Quando terminou, estava exausto.

Pegou a caixa de chocolates e viu que havia um bilhetinho

nela. Um pedaço de papel escrito xoxo, com um desenho de uma tangerina carimbado no canto. Comeu alguns e guardou o bilhete na gaveta.

Decidiu conhecer o local e manobrou a cadeira até o banheiro. Era um espaço limpo e organizado, com a pia sobre uma bancada de granito. Fechou os olhos ao ver o tamanhão do espelho.

Respirou fundo algumas vezes.

Olhar para si mesmo não trazia uma sensação agradável há anos. E se ver tão fraco, tão diferente, tão destruído acrescentava uma camada de gravidade naquela sensação que já não era boa.

Pressionou a mandíbula e os dedos apertaram a pia com o máximo de força que tinha. Então ergueu a cabeça e abriu os olhos.

Aquele Lucas, que ele não reconhecia, o olhou de volta.

Mas não era só aparência. Não era a magreza, o cabelo, a barba, os buracos vazios nas orelhas e no lábio. Não era a mancha enorme sob os olhos. Olhava o reflexo e não sabia quem estava do outro lado. Quem era aquele homem que o encarava? Ele tinha o seu nariz, sua boca, seu queixo. Por que não se reconhecia?

Os olhos arderam. Piscou e uma lágrima desceu pelo rosto.

Esfregou a cara. Um gosto amargo na boca. Soltou uma risada bufada quando se deu conta de que não tinha uma mísera escova de dentes.

Voltou para o quarto e transferiu o corpo para a cama, inspirando e engolindo tudo que sentia com cada respiração.

Olhou para cima quando ouviu o som de passos próximos e Felipe surgiu na porta. Ficou se perguntando se estava com cara de choro. Não queria ser visto daquele jeito por ninguém.

— Eu me dei conta só agora de que você precisaria de algumas coisas — falou ele, sem entrar no quarto.

Ele segurava uma nécessaire azul. Como Lucas não disse uma palavra, Felipe continuou.

— Eu sei que isso é estranho. — Ele se aproximou devagar e entregou o objeto para Lucas.

Ficou olhando para as mãos dele. Os dedos fortes. As unhas pretas descascadas. A flor tatuada. Por que aquelas mãos eram tão familiares? E por que queria tanto tocá-las?

Pegou a nécessaire tomando cuidado de não tocar a pele do outro.

Felipe, que parecia tão desconfortável quanto Lucas, ergueu o braço e ajeitou o cabelo, como se tentasse ganhar tempo.

— Eu... eu vou no mercado depois, se você quiser, pode vir comigo e pegar algumas coisas.

Lucas assentiu devagar. Tinha o cartão do banco e algum dinheiro. E realmente precisaria de...

Ele abriu a nécessaire e olhou lá dentro. Escova de dente, pasta, barbeador, creme de barbear, fio dental.

Pressionou os dentes com força. Olhou para cima.

— Ok — disse apenas. Se ficasse tempo demais com a boca aberta, seria capaz de voltar a chorar.

Felipe sorriu como resposta e saiu dali.

Lucas baixou a cabeça e ficou encarando os objetos dentro da bolsinha.

Por quê?

Não entendia o que estava acontecendo. Repetia para si mesmo a pergunta: por que aquelas pessoas eram tão gentis com ele? Como tinha ido parar naquela casa?

Ele olhou em volta, para os desenhos e as palavras de conforto espalhados pelas paredes de tijolinhos escuros. Para as duas camas. O sofá. Por que aquele quarto o fazia sentir tão... em casa?

Apoiou os cotovelos nos joelhos e baixou a cabeça. O olhar preso na nécessaire. E então deixou as lágrimas virem para lavar o rosto. E com elas, quem sabe, conseguiria trocar de pele, deixar aquela face no passado e se reconhecer uma vez mais quando olhasse no espelho.

***

Tomou o tão esperado banho e se livrou da barba estúpida que tomava conta do rosto. Achou alargadores menores dentro da caixa, mas o furo do piercing no lábio estava fechado.

Conheceu Shion, um cara com metade do cabelo raspado, roupas coloridas e pantufas de coelhinho. Ele estava brincando com um contrabaixo acústico quando Lucas saiu do quarto mais tarde.

Se apresentaram e Shion soltou o instrumento, colocando-o no suporte.

— Eu vi que você trouxe uma guitarra — falou.

Lucas fez que sim e foi até o lado do sofá, respirando fundo. Seus braços já estavam cansados de empurrar a cadeira.

— Vocês têm uma banda? — perguntou Lucas.

— Uhum.

— Tocam o quê?

— Emo, post-hardcore, por aí.

Lucas começou a achar que talvez realmente estivesse morto, pois seria coincidência demais que tocasse o mesmo tipo de música.

— Você só toca ou canta também? — perguntou Shion.

— Eu canto e também toco piano. Arranho no baixo e um pouco de bateria — respondeu ele.

Lucas esticou o braço e pegou o violão que estava ali ao lado dando sopa. Suspirou lentamente, sentindo a aspereza das cordas de metal nas pontas dos dedos. Tocou algumas notas e o som encheu seu peito como se fosse ele mesmo a caixa acústica.

Shion sorriu ao ouvi-lo tocar e Lucas parou, corando.

— Coloca ali de volta — falou rapidamente. — Não quero derrubá-lo, ainda não tenho força nos braços.

Shion ajudou Lucas a colocar o instrumento no suporte e pareceu vacilar durante alguns instantes, antes de falar:

— Então, acontece que nossa banda está atualmente sem vocalista. Seria bom ter alguém pra ensaiar com a gente.

— Eu nem sei se vou conseguir voltar a cantar.

— Eu tenho certeza de que logo já vai melhorar — falou Rúbia, vindo da escada.

— Bom, eu ainda tenho umas sessões de fisioterapia. Se der certo, posso ensaiar com vocês, sim.

A garota lançou um olhar estranho, incrédulo, parecendo surpresa, na direção dele.

— Mesmo? — perguntou ela.

Lucas assentiu, confuso com a reação.

Rúbia deu de ombros e apontou para a escada.

— Shion, me ajuda a trazer a janta?

Os dois desceram enquanto Felipe liberava a mesa onde ficava um computador.

Comeu em silêncio, envergonhado, enquanto o trio conversava. Perdido em pensamentos, não prestou atenção no que diziam. Bebeu muito mais Coca-Cola do que deveria e, quando terminou, Felipe colocou um pudim em formato de cérebro à sua frente. A sobremesa era estranhamente familiar. Evocou um certo sentimento de euforia, mas não conseguiu entender por quê.

— O Shion falou que você pode ensaiar com a gente quando melhorar.

— Ah, é. Talvez leve um bom tempo.

— Tudo bem. — Felipe sorriu de volta e estendeu a mão para que ele apertasse. — Combinado.

E, no momento que suas palmas se chocaram, sentiu uma corrente elétrica vindo daquela união e indo diretamente para sua cabeça. Tudo desabou em instantes e se viu caindo através da escuridão.

Quando acordou, sabia exatamente de quem era a letra no cartãozinho deixado junto à caixa de chocolates. E conseguiu até mesmo imaginar o motivo da tangerina; não, bergamota, desenhada no cartão.

Lorena

Capítulo 60

Quando Lorena pede a Deus uma Mercedes e Ele entrega um busão

— *You, Me & the Boatman*, Quiet Company

Sentiu-se a maior anta do mundo enquanto remexia a bolsa atrás das chaves do portão. Lorena não fazia ideia de onde as havia deixado. Provavelmente perdera, deixando-as cair em qualquer canto. Estava na frente do apartamento há mais de quinze minutos sem poder entrar. Não tinha ninguém em casa e Ruby não atendia o celular por nada no mundo. Ela não tinha avisado que sairia ou chegaria tarde, e já eram nove da noite.

Sem mais opções, pensou em ir até a casa do Felipe. Ele mesmo havia dito que Lucas não estaria lá, que jantariam na rua. Então não teria perigo. Quem sabe Ruby estava lá, ensaiando sozinha. Talvez por isso ela não atendia o maldito celular.

Caminhando, chegaria em uns quarenta minutos. Foi andando, sem muita pressa de chegar. Afinal, suas pernas não cansavam.

As ruas estavam cheias de jovens, que carregavam copos de bebida e garrafas PET de refrigerante cheias de tubão dentro, alguns tinham latas de cervejas caras. Música eletrônica vinha de dentro das casas noturnas e bares. Com a chegada da primavera, o tempo começava a esquentar, movimentando ainda mais a cidade.

— Ótimo — resmungou ela, ao pegar o celular velho para mais uma tentativa de ligar para Ruby. A bateria estava quase acabando.

Discou três números diferentes e nenhum respondeu. Parecia

que a última chance de entrar em casa era se Ruby estivesse no Felipe. Chegando lá, tocou a campainha uma, duas, três vezes. Nada. Já tinha devolvido as chaves da casa de Lipe.

Se afastou, indo para o outro lado da rua. Podia ver luzes acesas no andar de cima, mas nenhuma música sendo tocada. Ou seja, ninguém ensaiando.

Chutou uma pedra para o meio da rua e começou a se afastar. Melhor sair dali. Havia dado apenas alguns passos quando ouviu o portão abrir. *Finalmente*, pensou ela, e voltou até lá.

Sabia que tinha algo errado quando viu que quem atendeu a porta era, primeiro, muito magro e, segundo, muito alto. Teve certeza da burrada que havia feito em meio segundo, ao reconhecer Lucas, parado, com a mão na maçaneta e a encarando com cara de cansado. Ele estava com uma calça de moletom xadrez que já tinha visto em Felipe.

— É você que tá ligando para cá e tocando a campainha a cada cinco segundos? Se for, por favor, pare.

Teve de fazer um esforço tremendo para não sorrir por vê-lo, ali parado, de pé, vivo, respirando, carne e osso e mais fofo do que nunca, mesmo de mau humor. Depois começou a se esforçar para fazer cara de inocente, como quem não quer nada. Descartou a ideia de sair correndo pela rua igual uma lunática.

— Sim, eu mesma — respondeu ela. — A Ruby tá aí? Eu perdi minha chave de casa e moro com ela.

— Não. Todos saíram.

— E por que você não atendeu o telefone?

— Porque eu não quis. E aí levei cinco horas pra descer a escada e chegar aqui.

Lorena torceu a boca para ele.

— Você que é o Lucas?

— Sou.

— Aposto que era mais simpático quando estava em coma.

Os dois ficaram se encarando por um longo momento. Já estava se arrependendo quando ele começou a rir. E como riu. Soltou a maçaneta e segurou a barriga de tanto gargalhar. A garota não entendeu nada. Ele deveria ter ficado bravo, fechado a porta e nunca falado da existência dela para ninguém. Um minuto depois, ele se controlou.

— Sério, Lorena, para com isso, tô de zoeira com sua cara.

— O quê?

— Sei quem é você, criatura, eu lembro!

— Como assim, sabe quem eu sou? A colega de apartamento da Ruby?

Lucas voltou a rir.

— Não, esperta, eu lembro de você. De tudo. Você vai entrar ou ficar aí fora esperando alguém chegar e nos ver conversando?

Lorena não moveu um músculo. Era um sonho, obviamente. Afinal era organizada demais para perder suas chaves. Não, não era. E também não estava dormindo, pois sabia que sua mente nunca ousaria processar uma imagem de um Lucas que não tivesse uma argola na boca.

Ele ficou esperando, com uma sobrancelha arqueada, enquanto Lorena processava a informação. Então, sem mais nem menos, ela correu e pulou nos braços dele. Quase o derrubou no chão, mas continuou apertando-o em um abraço até que ele implorasse para ser solto.

— Lori, eu ainda não tenho força para isso, pega leve.

Ignorou-o, sem largar dele nem por um instante. Como era bom poder senti-lo de verdade. E era quente, e com o rosto no peito dele podia ouvir o coração batendo e sentir o peito subindo e descendo. E céus, como ele cheirava bem.

Lorena se afastou apenas o suficiente para admirar aquele rosto. Os olhos dela foram da ferida cicatrizando no pescoço para os olhos verdes. Passou as mãos no cabelo dele, que estava um pouco mais comprido. Ele sorriu para ela e envolveu seu rosto com as mãos.

— Você é menor do que eu me lembrava. E mais macia do que achei que seria.

Ela sorriu de volta e sentiu os olhos ficarem molhados.

— Ora, vamos, não chora — pediu ele. — Se você chorar, vou chorar também, aí vai me fazer passar vergonha na frente da menina que gosto.

Lorena secou os olhos e fingiu procurar em volta e atrás dele.

— Quem é? Ela tá aqui?

— Ah, tá sim. É uma menina baixinha e indie.

— Ei, eu não sou indie.

— Quem disse que eu tava falando de você?

Lorena riu e deu um tapa no braço dele, e por mais fraco que tenha sido, Lucas chegou a dar um passo para o lado.

— Sério, você vai me derrubar.

— Desculpa, é força do hábito.

— Não, a força é sua mesmo — respondeu ele, pegando na mão dela e indo para dentro de casa.

Lorena ficou olhando para as duas mãos juntas sem perceber direito aonde estavam indo. Ela entrelaçou os dedos nos dele, alegre, como se ganhasse na loteria.

— Vamos lá pra cima — disse ele.

— Cadê a Nina? — perguntou ela, receosa que a fantasma aparecesse e estragasse o momento.

— Todos saíram juntos. Eu fiquei porque ainda não tô legal pra sair. E também não quero dinheiro emprestado dos outros nem gastar o pouco que tenho.

— Eu sei o que é isso.

— Pelo menos você não precisa comer. Tinha que ver a minha vergonha quando cheguei aqui sem lembrar de nada.

Ficou apoiando ele enquanto subiam. Lucas segurava o corrimão com força e dava um passo de cada vez. Chegando lá em cima, ele puxou um andador colocado do lado da escada e foram em direção ao antigo quarto de Lorena.

Observou Lucas entrar no quarto com ela e trancar a porta à chave. Sentiu um calafrio.

Então ele veio direto para ela, sem hesitar ou vacilar. Segurou ela pela nuca, a puxou para perto de si e a beijou. Suave e longamente. Lorena o apertou de volta com força, sentindo a respiração quente em seu rosto. Os joelhos ameaçaram ceder e sentiu cada célula derreter. O calor passeava pelos corpos, irradiando dele para ela. Sabia que pertencia ali, naqueles braços. Que tudo a levara ali.

O coração dele saltava no peito, desordenado, apressado. Lucas acariciava o rosto dela e a mão restante entrou por baixo da blusa.

— Achei que você estava fraco e cansado e não se sentindo muito bem — cochichou ela.

— Já tô melhor.

Lorena riu, enfiando os braços por dentro da camisa dele e o abraçando.

— Finalmente eu posso fazer isso — disse ela, o corpo ansiando por sentir mais do dele.

Lucas sorriu enquanto a beijava.

Cambalearam até caírem na cama. Ela por cima, o envolvendo com as pernas e pressionando o corpo contra ele.

Não tinha mais nada na mente, nenhum tipo de preocupação ou receio ou medo. Eram só os dois jovens, unidos por algo mais forte do que a vida ou a morte.

Qualquer tipo de bloqueio ou ressentimento era abafado pelo coração que batia e a respiração pesada que escapava dos lábios de Lucas. Aquele som vivo, os embalando melhor que qualquer música. Lorena sentia total consciência da pele fria que ela mesma tinha e do coração estático em sua caixa torácica, mas, naquele momento, nada daquilo importava. Nada mais importava além da sensação dos corpos juntos, dos sussurros de confidências ao pé do ouvido. Das bocas coladas, das mãos que a seguravam com força. E das pernas entrelaçadas como se fossem um só.

Descobriu que ele tinha uma tatuagem no braço e outra na perna. Era estranho e ao mesmo tempo prazeroso finalmente poder vê-lo sem a camisa listrada. Juntos na cama, separados por nada além da vida, percebeu finalmente que estava feliz, encontrando a resposta para a pergunta que Shion lhe fizera.

Ficou agarrada a ele debaixo da coberta quando acabou, deitados lado a lado e se perdendo um nos olhos do outro, sem precisar trocar uma única palavra para se comunicarem.

Lorena sabia que aquilo era o fim e atrasava o momento de partir o máximo que podia. Ainda sentia cada centímetro de Lucas na própria pele quando apoiou o rosto no peito dele, sendo envolvida de volta.

Ele mexeu no cabelo dela carinhosamente. Ficaram em silêncio por um tempo.

— Achava que nunca mais ia te ver.

Ela ergueu a cabeça para absorver o máximo que podia do rosto do namorado. Cada curva, cada poro, cada detalhe.

— Eu também. — Lucas lhe deu um beijo na testa.

— O que aconteceu com você? Por que se lembrou de tudo?

Lucas pensou por um tempo, parecendo tão despreocupado quanto ela. Não queria que o momento passasse.

— Você não sabe? — perguntou ele.

— Quando aconteceu, achamos que tinha sido você — disse ele.

— Como assim?

— Por causa do chocolate. Foi você que enviou.

Lorena pensou por um instante.

— Chocolate? Ah. Eu ia deixar uma caixa aqui, mas esqueci... na Bergamota...

Lucas riu.

— A Bergamota enfeitiçou eles. Veio com a etiqueta dela e tudo.

Os olhos de Lorena se arregalaram.

— Eu não tenho nada a ver com isso.

— Bom, aconteceu. O estranho é que posso até ver a Nina.

— Sério? Meus pêsames — ela falou, forçando uma voz séria.

Lucas gargalhou e a puxou para um abraço.

— O Lipe sabe que você lembra?

— Todos sabem. O Fê ainda tava decidindo se ia te contar ou não.

— Por quê?

— Bem... O feitiço da Bergamota foi experimental. Ela não sabia se ia realmente dar certo e o Lipe tinha medo de eu esquecer tudo de novo e você... ter que passar por todo o trauma mais uma vez.

Lorena se apoiou no cotovelo e o olhou com seriedade.

— Então corre o risco de você esquecer tudo de novo?

Lucas ergueu a mão e enrolou um dedo em uma mecha de cabelo azul, carinhosamente.

— Não. A Bergamota me contou hoje. Ela vem aqui quase todo dia, inclusive, é ela quem tá me ajudando com a recuperação.

— Hoje? — Lorena perguntou, desconfiada. — Que coincidência eu vir parar aqui justamente hoje.

Ele deu uma meia risada.

— Eu não duvidaria nada se o sobrenome da coincidência fosse Nina.

Ela deixou o corpo cair mais uma vez ao lado dele.

— Tu realmente acha que foi a Nina quem sumiu com minha chave?

Ele deu de ombros. Lorena observou aquele movimento. As cobertas se movendo em torno dele. O calor que vinha do corpo do rapaz que já não era mais um fantasma. No fim das contas, não era importante como tudo aquilo tinha acontecido. Ele estava vivo e se lembrava de tudo. Lembrava dela. Lembrava da banda. Lembrava dos amigos, de Felipe.

— Você e o Lipe tão juntos? — Ela afastou o rosto e passou a mão no queixo dele, sentindo a textura da barba de um dia.

Ele fez que sim e ela sorriu.

— Então posso ficar tranquila. Vocês vão cuidar um do outro.

As borboletas no estômago de Lorena começaram a pousar e foram substituídas por outra coisa. Um quentinho no coração. Uma calma, uma certeza. Não se arrependia de nada. Estava tendo uma chance de dizer adeus. Ficou imaginando como seria se tivessem se conhecido em outra época. Teriam se dado bem ou ignorado a existência um do outro? Numa cidade tão pequena, era um absurdo pensar que nunca haviam se topado.

Mas Lorena sabia que ficar chorando sobre o que aconteceu ou que poderia ter acontecido era inútil. O importante é que o conhecera. Que eles estavam bem, juntos de todas as pessoas maravilhosas que conheceram. Com todas aquelas memórias que criaram juntos. Com tudo o que aprenderam naqueles poucos meses em que havia sido uma zumbi e ele, um fantasma.

Tinha consciência de que estava morta e não havia nada que pudesse acrescentar para ele ou Felipe. Não podia ficar no caminho, nem ficar aparecendo de repente. Ela precisava superar eles. E eles, ela.

Sabia que Lucas também compreendia aquilo. Podia ver em cada movimento e em cada olhar que estava se segurando para não precisar dizer adeus.

Lucas encostou a testa à dela. Os dois fecharam os olhos e aproveitaram aqueles instantes que estavam prestes a acabar. Cada toque de suas peles, o cheiro do cabelo dele, o gosto da boca, a respiração. Tentou absorver cada segundo e centímetro.

— Queria que o Lipe estivesse aqui — falou ela, baixinho.

— Eu também. Mas tu sabe que ele...

— Nunca teria deixado isso acontecer?

Os dois riram.

— O Lipe... — Lucas começou, olhando para o teto — ... ainda tá preocupado demais comigo.

— Eu também tava.

Ele olhou para ela.

— Tava?

Ela fez que sim, se aproximando um pouco e o beijando na ponta do nariz.

— Eu sei que pode levar um tempo, mas sei que tu vai ficar bem. Os dois vão.

Lorena passou a mão pelo cabelo dele e deslizou o dedo pela mandíbula, até chegar na cicatriz no pescoço.

Não havia mais segredos entre os dois e sentia que era toda dele. Que o que havia entre eles era genuíno, verdadeiro como uma rocha. Mas não pertenciam ao mesmo mundo. Mesmo se sentindo tão viva naquele momento.

— Lucas.

— Que foi?

— Eu te amo.

Ele sorriu.

— Eu também te amo.

Sua garganta apertou e um suspiro demorado escapou enquanto sorria. Estava em pedaços, mas, ao mesmo tempo, sentia algo diferente dentro de si. Como se estivesse se libertando de algo pesado.

— Eu nunca vou me esquecer de você — disse ela, dando um último e demorado beijo nos lábios de Lucas.

— Nem eu de você, Lori. Nem de tudo o que fez por mim.

— Se alguma coisa acontecer com você, ou quando não estiver legal, lembre-se de mim. Estarei sempre do seu lado, mesmo que você não me veja.

Lorena precisou fazer um grande esforço para se soltar dele. Lucas ficou parado, sentado na cama, vendo-a se levantar, se vestir, abrir a porta e partir. Antes de desaparecer, a garota olhou para trás e sorriu para ele, que acenou de volta, sorrindo serenamente.

— Vou ficar te esperando — disse ela.

Ela desceu as escadas, e a cada degrau que pisava, seu coração ficava mais e mais leve. O contrário do que achou que aconteceria. Abriu o portão de fora e ficou parada na calçada, olhando para o alto.

Pensou que fosse chorar, mas os soluços simplesmente não vieram. Não havia nada ali, nem motivos para chorar. Não mais. Foi andando lentamente pela calçada. Lembrou que havia deixado a bolsa lá em cima no quarto. Deu de ombros. Não precisaria dela aonde estava indo.

Ouviu um ronco forte de motor de ônibus parando do seu lado na rua. Ela ficou encarando aquele coletivo azul sem graça. O motorista bigodudo não tirou os olhos dela por vários segundos. Ele era a única pessoa lá dentro e não havia nada escrito no cartaz lateral que deveria informar a linha. A porta se abriu e o homem continuou olhando.

— O que foi? — perguntou ela.

— Normalmente ninguém faz perguntas.

— Eu não sou normal, nem ninguém. E, além disso, cadê minha Mercedes? Tomás ganhou um caminhão de sorvete. Soube de uma menina que ganhou um cisne, desses de pedalinho, que foi voando pelas nuvens. E vocês me dão uma porra dum ônibus coletivo?

O homem deu uma risada gostosa.

— O veículo transmite o coração da pessoa — disse ele. — Além disso, tecnicamente, esse ônibus é uma Mercedes.

Ah, legal, pensou ela. *Meu coração é um ônibus fedido, onde qualquer um entra e faz o que bem entender.* Como se lesse sua mente, ele respondeu:

— Não. Seu coração é grande e espaçoso, onde cabem várias pessoas, c as ajuda a chegar aonde elas precisam. Veja bem, esse é um micro-ônibus, muito melhor que um comum. Tem até garrafinhas de água no fundo. E ar-condicionado. Os assentos são ótimos.

Lorena assentiu com a cabeça, tendo que concordar que um

micro-ônibus era realmente mais confortável que um coletivo normal.

Subiu os pequenos degraus do veículo com medo de olhar para trás, para a casa de Felipe. *Mas não tem problema*, pensou ela. Eles estavam bem. E ela estava pronta.

Ouviu passos apressados perto de si. Olhou para trás. Felipe olhava para ela boquiaberto. Nina e Ruby tampavam a boca com as mãos. Shion sorria de leve.

Lorena parou onde estava e desceu a escada, correndo para os braços de Felipe. Os dois se beijaram e ela sentiu algo quente no rosto. Lágrimas escorriam pelas bochechas dele e ela as secou com os dedos.

— Você precisa ir — falou ele, apressado. — Agora.

— Eu sei — respondeu ela, mas não o soltou.

— Agora, Lori! — A voz dele tremeu. — Faça uma boa viagem.

— Vocês vão ficar bem? Você e o Lu?

Ele fez que sim, apertando-a contra si uma última vez.

— Vamos sim. Eu vou cuidar dele, Lori. Vai logo, você precisa entrar.

— Espera, eu ainda não te disse uma coisa.

— Fala logo.

— Eu te amo.

Felipe esfregou o rosto, empurrou o cabelo para trás e piscou, fazendo mais lágrimas caírem.

— Também te amo, sua maluca, agora entra nesse ônibus.

Lorena achou que precisaria se esforçar para soltá-lo. Que o peito doeria. Que sentiria vontade de chorar, mas nada aquilo aconteceu. Sorriu para o namorado e para os amigos, virou as costas e subiu no ônibus, indo até a janela.

Felipe subiu na roda do ônibus para alcançar Lorena e deu um beijo rápido nos lábios dela. Ele se afastou e a porta do ônibus fechou.

— Vou te esperar — disse Lorena.

— Pra quê? Vai viver sua próxima vida. Aproveita.

— É nisso que você acredita?

— É o que faz sentido.

— Eu limpei meu quarto extra por você! — gritou Ruby — Onde pensa que vai agora?

Lorena deu uma risada, apoiada na janela aberta.

— Sua casa tava uma zona, foi bom mesmo dar uma arrumadinha.

Shion sorriu abertamente e acenou para ela. Lorena sorriu de volta, acenando para todos.

— Sayonara, Lorena!

— Sayonara, Shion! Deem um jeito nessa bagunça, por favor, né, gente! — gritou ela, apontando para a casa.

Lucas surgiu no portão e passou o braço pela cintura de Felipe. Ele acenou com um sorriso que ela devolveu. Ver os dois juntos a encheu de uma sensação quente no peito.

Nunca teria chegado ali sem ele. Sem nenhum deles.

Lorena correu para o fim do ônibus e enfiou a cabeça para fora da janela, enquanto o veículo se afastava sem fazer nenhum som ao seguir pela rua asfaltada.

Os colegas iam diminuindo. Nina chorava, os outros acenavam. A casa foi ficando para trás. Acenou uma última vez antes de tudo desaparecer em uma curva e em uma espessa nuvem branca.

Parou de olhar para trás e olhou em frente. Para seja lá para aonde estava sendo levada.

Que fosse um lugar melhor.

Estava em paz agora.

Fim

Onde tudo acaba e começa ao mesmo tempo.

Carta aos leitores

Oi. Como você está? Espero que esteja bem.

Desmortos é o livro mais pessoal que já escrevi, mas, no começo, não era fácil entender o motivo. Escrevi a primeira versão em 2011, ciente de que eu não era normal. De que não era como as outras pessoas. Sabendo que tinha alguma coisa em mim que fazia eu me sentir alienígena.

Esse sentimento, durante toda a minha vida, fez eu me sentir sozinha. Estranha, desconectada do mundo e das pessoas à minha volta. Aos poucos, me fechei em mim mesma. Passei por momentos de dor profunda e questionava o sentido da vida. Sem saber, escrevi um livro sobre pessoas que se encontram. Que finalmente se identificam, como se terrestres finalmente se encontrassem em outro planeta. A vida, então, finalmente fazendo sentido.

Em 2022, recebi meu diagnóstico de autismo e reescrevi Desmortos. Lendo o livro, finalmente me dei conta do que havia feito. Uma espécie de metáfora onde os desmortos e as criaturas fantásticas são os neurodivergentes, se encontrando em um mundo mágico. A dificuldade em se relacionar com os vivos comuns e a facilidade de se comunicar com os iguais.

Durante muito tempo, os personagens de Desmortos foram amigos para mim, onde podia me encontrar e usá-los para representar a mim, minhas dores, desejos e família encontrada. Espero que, nessas poucas páginas, eles possam ter sido seus amigos também.

Se você, como eu, se identificou com algum deles, deixo aqui uma lista de informações que podem ser úteis. Dito isso, eu sei. Eu sei bem o sentimento de solidão que pode viver dentro da gente. Alguém já deve ter dito isso a você e você provavelmente não acreditou. Então vou falar de novo, pra ver se dessa vez pega: você não está só.

Contatos úteis:

TDAH não é moda e é cada vez mais comum ser diagnosticado na vida adulta e adolescência. Os sintomas podem piorar à medida que crescemos e as demandas da vida se tornam mais intensas: https://tdah.org.br/

Lucas é autista, mas ainda não sabe disso. Não ter um diagnóstico traz um peso e uma angústia muito grande para a gente. O site está em inglês, mas é um portal excelente com muita informação e testes que podem ajudar na busca por um diagnóstico formal. Você pode traduzi-lo por meio do navegador ou pedir ajuda: https://embrace-autism.com/

Os Centros de Atenção Psicossocial (caps) oferecem tratamento psiquiátrico e psicológico gratuitos por meio do sus. Você encontrará informações mais específicas no site da prefeitura de sua cidade.

Se estiver mal e precisar conversar com urgência, entre em contato com Centro de Valorização da Vida (cvv), onde um voluntário especializado ajudará. O número é 188 e você também pode acessar www.cvv. org.br. e conversar via chat. Eu sei bem como dar o primeiro passo para pedir ajuda é o mais difícil, mas você é forte, você consegue.

Em um momento do livro, a Lorena vomita alimento por ser uma zumbi. As ações descritas no livro têm relação única com a natureza da personagem como criatura sobrenatural. Caso isso engatilhe algum sentimento, acesse a Associação Brasileira de Transtornos Alimentares onde você encontrará orientação: https://astralbr.org/.

Fique bem. Eu acredito em você.

Com amor,

Mary C. Müller

Este livro foi composto nas fontes Augusta, Stolzl e Skolar pela Editora Nacional em março de 2024. Impressão e acabamento pela Gráfica Ipsis.